S0-CFA-700

ein Ullstein Buch

ÜBER DAS BUCH:

»Wer kein Zuhause hat, kann überall hin«, erklärt Maximiliane von Quindt aus Poenichen in Hinterpommern, den Lesern aus dem ersten der *Poenichen-Romane, Jauche und Levkojen* (UB 20077), bekannt, und macht sich mit ihren viereinhalb Kindern auf den langen Weg in den Westen, eine unter Millionen Vertriebenen. Aus einer Kriegswaise des Ersten Weltkriegs ist eine Kriegerwitwe des Zweiten Weltkriegs geworden. Doch im Gegensatz zu anderen Flüchtlingen wird Maximiliane nicht wieder seßhaft. Als sie schließlich in Kalifornien, wohin ihre Mutter und ihr Stiefvater emigrierten, über den Pazifik blickt, sagt sie: »Was tue ich hier? Ich bin doch aus Poenichen.« Allen Prophezeiungen zum Trotz vergeht ihr das Lachen nicht und auch nicht das Singen. Sie sucht und findet, vorübergehend, Wärme in Männerarmen. Als ihre Kinder erwachsen sind, sagt sie: »Lauft!« Um sie zu besuchen, muß sie den Globus zur Orientierung nehmen. Denn die Quindts, jahrhundertelang auf jenem fernen Poenichen zu Hause, sind nun in alle Winde verstreut.

Fast sechzigjährig fährt Maximiliane ins polnische Pommern, sitzt im verwilderten Park des einstigen Herrenhauses auf einem Säulenstumpf und ›vollzieht nachträglich und ihrerseits die Unterzeichnung der Polenverträge‹. Die Speisekammer Poenichen, aus der sie sich heimlich nährte, ist leer. Wenn sie zurückkehrt, wird auch sie seßhaft werden können.

»Man legt das Buch ungern beiseite – wegen der anspruchsvollen Anspielungen, aber auch wegen des schlichten Sachverhaltes und weil hier jemand mit ruhiger Sicherheit eine Geschichte erzählt.« (*Die Zeit*)

DIE AUTORIN:

Christine Brückner, 1921 in einem waldeckschen Pfarrhaus geboren. Abitur, fünf Jahre Kriegseinsatz, Studium. Häufiger Orts- und Berufswechsel. Halle/Saale, Marburg, Nürnberg, Stuttgart, Krefeld, Düsseldorf u. a. 1954 erhielt sie für ihren ersten Roman, *Ehe die Spuren verwehen,* den ersten Preis in einem Romanwettbewerb, seither ist sie eine haupt- und freiberufliche Schriftstellerin. Von 1980–1984 war sie Vizepräsidentin des deutschen PEN; 1982 wurde sie mit der Goethe-Plakette des Landes Hessen ausgezeichnet. 1985 stiftete sie zusammen mit O. H. Kühner den »Kasseler Literaturpreis für grotesken Humor«. Sie schreibt Romane, Erzählungen, Kommentare, Essays, Schauspiele, auch Jugend- und Bilderbücher.

Christine Brückner

Nirgendwo
ist Poenichen

Roman

ein Ullstein Buch

ein Ullstein Buch
Nr. 20181
im Verlag Ullstein GmbH,
Frankfurt/M – Berlin

Ungekürzte Ausgabe

Umschlagentwurf:
Hansbernd Lindemann
unter Verwendung eines Aquarells
von Heide M. Sauer
Alle Rechte vorbehalten
© 1977 Verlag Ullstein GmbH,
Frankfurt/M – Berlin
Printed in Germany 1990
Druck und Verarbeitung:
Clausen & Bosse, Leck
ISBN 3 548 20181 4

11. Auflage Mai 1990

Von derselben Autorin
in der Reihe
der Ullstein Bücher:

CIP-Titelaufnahme
der Deutschen Bibliothek

Brückner, Christine:
Nirgendwo ist Poenichen: Roman /
Christine Brückner. – Ungekürzte
Ausg., 11. Aufl. – Frankfurt/M;
Berlin: Ullstein, 1990
    (Ullstein-Buch; Nr. 20181)
    ISBN 3-548-20181-4
NE: GT

Meinem Mann, dem Schriftsteller
Otto Heinrich Kühner,
der das Leben der Quindts
fünf Jahre lang ratend und helfend
mit mir geteilt hat.

1

>>Ja, der Friede! Was wird aus dem Loch, wenn der Käs gefressen ist?«<

Bert Brecht

Maximiliane Quint schläft, an jeder Seite zwei ihrer Kinder. Sie ist am Ziel. Sie hat ihre Ziele nie weit gesteckt. Dieses hieß Westen. Damit die Kinder Platz neben ihr haben, hat sie die angewinkelten Arme neben den Kopf gelegt; sie ist im siebenten Monat schwanger.

Nie wieder Kranichzüge. Nie wieder Wildgänse.

Eine unter 13 Millionen, die die deutschen Ostgebiete vor den anrückenden sowjetischen Truppen verlassen haben und jetzt, im Herbst 1945, in Schüben zu drei- und viertausend von den russischen Posten jeden Abend über die Grenze in die englisch besetzte Zone durchgelassen werden. Bei Dunkelheit waren sie mit ihren Bündeln durch die Wälder gezogen, hatten sich vor allen uniformierten Männern versteckt und die ›grüne Grenze‹ überschritten, auf die sich schon bald der ›Eiserne Vorhang‹ niederlassen wird.

Maximiliane liegt auf einem Notbett im ungeheizten Maststall des Gutshofs Besenhausen. Es fehlte nicht viel, dann hätte sie ihr fünftes Kind in einem Stall zur Welt gebracht und in einen Schweinetrog gelegt.

Der alte Baron Quindt, ihr Großvater, hatte im November 1918 der Dorfkirche, deren Patronatsherr er war, aus Anlaß ihrer Geburt eine Heizung gestiftet, und schon damals wurde behauptet, daß das Neugeborene die Welt ein wenig wärmer gemacht habe. Später wird einmal der Vater ihres Schwiegersohns sagen, daß es um einige Grade wärmer in einem Raum werde, wenn sie ihn betrete. Der erste Toast, der ihr, dem Täufling, galt, hatte gelautet: ›Vor Gott und dem Gesetz sind alle Kinder gleich.‹ Der Großvater hatte ihn ausgebracht, und er hatte, weiter vorausblickend, als er ahnte – und er ahnte viel –, gesagt, daß man ihn sich werde merken müssen.

Von ihrem Vater, Achim von Quindt, ist kaum mehr überliefert als jenes telegrafierte dreifache ›Hurra, Hurra, Hurra‹, mit dem er auf die Geburt seines ersten und einzigen Kindes reagierte, bevor er in den letzten Tagen des Ersten Weltkriegs fiel. Dieses Telegramm befindet sich in dem Kästchen, das ihr ältestes Kind, Joachim, im Schlaf an sich preßt. Was man liebt, legt man neben sich, das Kind die Puppe, der Mann die Frau; Maximiliane hat ihre Kinder neben sich gelegt. Von ihrer Mutter weiß man kaum mehr als von ihrem Vater, nur, daß sie sich 1935 in Sicherheit gebracht hat, zusammen mit ihrem zweiten Mann, dem jüdischen Arzt Dr. Grün.

Fünfjährig hatte Maximiliane in breitem pommerschen Platt zu ihrem Großvater gesagt: ›Ich will vel Kinner, Grautvoader!‹ Und er hatte mit ›später‹ geantwortet. Viel später ist es darüber nicht geworden. Siebenundzwanzig Jahre alt ist sie zu diesem Zeitpunkt und Mutter von viereinhalb Kindern, drei davon mit demselben Vater, Viktor Quint, der im April als treuer Anhänger seines Führers Adolf Hitler gefallen ist, was sie aber noch nicht weiß. Joachim, der Erstgeborene, siebenjährig, von ihr ›Mosche‹ genannt, der seine Ängstlichkeit tapfer bekämpft, ein zartes und zärtliches Kind; dann Golo, furchtlos und ungebärdig, vorerst noch das hübscheste ihrer Kinder, braunlockig und mit den runden, lebhaften Augen seiner Mutter, ›Kulleraugen‹, die ein polnischer Leutnant nun schon in vierter Generation auf geheimnisvolle Weise vererbt hat. Golo hat in Ermanglung eines Gewehrs einen Stock neben sich liegen. Als nächste Edda, ein Sonntagskind, das ihren großdeutschen Namen der Tochter des ehemaligen Reichsmarschalls verdankt. Edda hat Viktor Quint zum Vater, aber nicht Maximiliane zur Mutter, ist aber von ihr akzeptiert und adoptiert worden, ein Kind der Liebe, richtiger ein Kind der Liebe zum Führer; neben ihr liegt die Puppe, die auf der Flucht einen Teil der Haare und einen Arm eingebüßt hat. Schließlich Viktoria, drei Jahre alt, trotz ihres siegreichen Namens ein schwieriges Kind, von Krankheiten und Unheil bedroht, an einer handgesäumten Batistwindel lutschend, die zum vorgesehenen Zweck endlich nicht mehr benötigt wird. Und das ›halbe‹ Kind: die Folge einer Vergewaltigung durch einen Kirgisen vom Balchasch-See.

Bis zur Flucht aus Pommern hatte Maximiliane vom Krieg kaum mehr wahrgenommen als die Abwesenheit ihres Mannes, unter der sie jedoch nicht litt. Bis sie dann im letzten Kriegswinter mit den Gutsleuten Poenichen verlassen mußte; mit Pferd und Wagen, aber auch mit Ochsen, Treckern, Kindern und Frauen, ein paar Hunden und Katzen. Die Katzen kehrten am Dorfausgang wieder um.

Ihre Großeltern, die alten Quindts, waren mit wenigen anderen zurückgeblieben. Eines Morgens hatte sie den Aufbruch des Trecks verschlafen, war allein, mit einem Handwagen und den Kindern, weiter nach Westen gezogen, bis sie von der anrückenden Front überrollt wurde.

Sie ist keine Quindt auf Poenichen mehr; sie hat mit allem anderen auch ihren Namen verloren. Man redet sie mit ›liebe Frau‹ an.

»Sie müssen doch die Geburtsurkunden Ihrer Kinder gerettet haben, liebe Frau!«

»Ich habe die Kinder gerettet«, antwortet sie.

Der Lagerpfarrer spricht ihr Trost zu. »Der Mensch lebt nicht von Brot allein, liebe Frau!«

Und sie sagt: »Aber ohne Brot überhaupt nicht, Herr Pastor!«

»Sie werden Ihre Einstellung ändern müssen, liebe Frau!«

»Später, Herr Pastor!«

Dort, wo sie herstammt, sagt man ›Pastor‹ und betont die letzte Silbe.

Hinterpommern! Früher gab dieses Wort Anlaß zur Heiterkeit, eine Gegend hinterm Mond. Jetzt erfährt sie, daß sie ›jenseits von Oder und Neiße‹ gelebt hat, und niemand lacht mehr darüber. Ein Anlaß zum Mitleid. Wo fließt die Neiße? Noch ist Maximiliane Quint wie die anderen Flüchtlinge davon überzeugt, daß sie zurückkehren wird. ›Das ist allens nur 'n Övergang‹, wie Bräsig zu sagen pflegte. Man hat sie zur Erbin von Poenichen erzogen. Eine Neunzehnjährige, die Mutter wurde, bevor sie eine Geliebte und eine Frau hätte werden können, von ihrem Mann wie ein Nährboden für seine Kinder behandelt, mit denen er den deutschen Ostraum zu bevölkern gedachte. Über Jahre werden sie und ihre Kinder als ›Kriegshinterbliebene‹ und ›Heimatvertriebene‹ in den Sammelbecken der Statistiken auftauchen.

Laute Befehle. Sie werden geweckt. Sie müssen jenen Flüchtlingen Platz machen, die in der vergangenen Nacht über die

Grenze gekommen sind. Ein Durchgangslager, dessen Namen jahrzehntelang für viele zur ersten Zuflucht wird: Friedland.

Die anderen Flüchtlinge ziehen ihre Schuhe an und suchen hastig ihre Gepäckstücke zusammen; schon hängen sie sich die Rucksäcke und Bündel um. Die Kinder rütteln an ihrer Mutter, aber wie immer fällt es schwer, sie zu wecken. Joachims Stimme dringt dann doch an ihr Ohr und an ihr Herz.

»Mama! Wir müssen weiter!«

Maximiliane knotet das Kopftuch unterm Kinn zusammen wie alle Frauen aus dem Osten; nichts unterscheidet sie mehr.

In einer Baracke werden sie entlaust, in einer anderen Baracke erhalten sie Lebensmittelmarken: 75 Gramm Fleisch und 100 Gramm Fett für die laufende Woche; für werdende und stillende Mütter ein Liter Vollmilch und 500 Gramm Nährmittel – auf dem Papier. Statt Bescheinigungen gibt es erstmals Reisemarken.

»Wir gehn auf Reise!« ruft Golo begeistert. Die Flucht scheint beendet, ebenfalls auf dem Papier. Die Heilsarmee schenkt Kakao aus. Wie immer stellt sich Maximiliane mit den Kindern als letzte an. ›Sie hat de Rauhe weg‹, hatte schon die Hebamme Schmaltz, die sie auf die Welt holte, gesagt. Trotzdem gehört sie nicht zu den letzten, die abgefertigt werden.

Bei den Amerikanern gibt es am meisten zu essen, heißt es, aber sie halten jeden Jungvolkführer für einen Nazi! Die Engländer sind genauso arm dran wie die Deutschen, aber sie behandeln die Besiegten anständig! Gerüchte. Die Flüchtlinge tun sich nach ihren Herkunftsländern zusammen: Ostpreußen, Schlesier, Sudetendeutsche, Pommern, zusammengehalten durch ihre Sprache. Die pommerschen Trecks sollen von Mecklenburg aus nach Holstein weitergezogen sein, heißt es. Also nach Holstein! Das bedeutet: englische Besatzungszone, Hunger. ›Wat sin mut, mut sin.‹ Ein Pommer tut, was man ihm sagt.

Joachim liest am Ausgang des Lagers die Aufschrift eines Schildes vor, das die Engländer zur Warnung aufgestellt haben. Er liest jetzt schon ohne zu stocken, obwohl er bisher auf keiner Schulbank gesessen, wohl aber auf den Fußböden von Schulen geschlafen hat. »›Wer nicht im Besitz einer Zuzugsgenehmigung ist, erhält keine Wohnung, keine Lebensmittelmarken, keine Fürsorgeunterstützung in Niedersachsen!‹« Er zittert. »Mama!«

Seine Mutter tröstet ihn. »Wir suchen unseren Treck! Martha Riepe hat alles gerettet, unsere Pferde und die Betten und Mäntel und Schuhe und . . .«

»Versprichst du uns das?«

»Nein, Mosche! Versprechen kann ich das nicht!«

Joachim schließt die Augen, sammelt sich, strafft sich, geht an seinen Platz und nimmt die kleine Viktoria an die Hand.

Als der Zug der Flüchtlinge das Lager verläßt, können die fünf Quints nicht Schritt halten, sie geraten in den Zustrom neuer Flüchtlinge, werden zurückgedrängt und bekommen ein weiteres Mal Kakao. Eine Welle aus Kakao ergießt sich über das hungernde Westdeutschland. Maximiliane leckt Viktoria die Kakaoreste vom Mund, die einfachste Form der Säuberung, ein Taschentuch müßte gewaschen werden. Die übrigen Kinder benutzen den Handrücken.

Die Viehwaggons, von der englischen Besatzungsmacht auf dem Bahnhof Friedland zum Weitertransport der Flüchtlinge bereitgestellt, werden gestürmt. Menschentrauben hängen an den Wagen, selbst die Dächer werden besetzt.

Wieder müssen die fünf Quints zurückbleiben. Viele Jahre später wird Maximiliane manchmal, wenn sie auf Bahnsteigen steht, nachdenklich die neuen Eisenbahnwagen betrachten, die durch Faltenbälge miteinander verbunden sind, keine Trittbretter haben, keine Außenplattform, dazu die elektrisch geladenen Oberleitungen, und wird denken: nirgendwo Platz für flüchtende Menschenmengen . . .

Sie machen sich zu Fuß auf den Weg. Zum erstenmal Richtung Norden, nachdem sie bisher immer nur nach Westen gezogen sind. Noch ist das Wetter freundlich, die Herbstregen haben noch nicht eingesetzt. Mittags wärmt sie noch die Sonne. Weit kommen sie nicht, aber sie erreichen einen Bach. Dort machen sie halt, um sich zu waschen. Seit Monaten werden die Kinder nur noch nach Bedarf und Gelegenheit gewaschen, wobei die Gelegenheiten seltener sind als der Bedarf, Äpfel und Rüben dienen als Zahnbürste.

Maximiliane steckt die Nase in Golos Haar. »Du stinkst!« sagt sie. »Wir stinken alle nach Schweiß und Läusepulver. Gib die Seife heraus, Golo!« Aber Golo hat das Stück Seife eben erst im Lager eingehandelt. Er sträubt sich, er braucht es zum weiteren Tauschen.

»Jetzt brauchen wir Seife!« bestimmt die Mutter.

›Brauchen‹ heißt das Wort, das alles regelt. ›Das brauchen wir.‹ ›Das brauchen wir nicht‹, ein Satz, der auch von Golo anerkannt wird.

Maximiliane kniet am Bachufer nieder und wäscht nacheinander die Kinder. Viktorias Gewicht ist so gering, daß die Mutter das Kind durch das Wasser ziehen kann wie ein Wäschestück, wobei Viktoria, was selten vorkommt, auflacht. Die handgesäumten, mit Krone und Quindtschem Wappen bestickten Windeln, die 1919 bereits in Gefahr waren, zu Batistblusen verarbeitet zu werden, dienen als Handtücher. »Lauft«, befiehlt die Mutter den Kindern, »damit ihr warm werdet!« Dann wäscht sie den eigenen, nun schon schwerfälligen Leib.

An der Uferböschung, vom Gebüsch halb verborgen, sitzt ein Mann im Gras, keine dreißig Meter von ihr entfernt, und sieht ihr zu. »Da sitzt jemand!« ruft Edda. Aber Maximiliane wendet nicht einmal den Kopf; sie kann sich nicht auch noch um andere kümmern und um das, was die Leute sagen oder denken könnten. Dieser Mann sagt zunächst gar nichts und denkt viel. Maximiliane geht und breitet die feuchten Windeln zum Trocknen über einen Strauch, wie es die Frauen seit Jahrtausenden tun.

Als sie damit fertig ist, erhebt sich der Mann, geht auf sie zu und streckt die Hand hin. Doch sie reicht ihm die Seife und nicht die Hand. Sie ist eine praktische Frau, keine vernünftige, wie man annehmen könnte.

Der Mann sieht sie an, nimmt dazu die Brille ab, eine Gasmaskenbrille mit Stoffband, wie sie Wolfgang Borcherts Heimkehrer Beckmann zwei oder drei Jahre später auf der Bühne tragen wird. Er sieht ihr in die Augen, bedeckt sogleich die eigenen mit der Hand, nimmt die Hand dann wieder weg, sieht noch einmal in ihre Augen, mit denen sie schon so viel erreicht hat und noch erreichen muß, und sagt: »Oh!« Dann läßt er sich ins Gras fallen, zieht die Stiefel aus, wickelt die Lappen ab und steckt die Füße in den Bach, taucht die Arme tief ins Wasser, wirft sich Hände voll Wasser ins Gesicht, wischt es nicht ab, läßt es unter die wattierte Tarnjacke rinnen.

»Blut und Boden«, sagt er, »aber mehr Blut. Den Krieg kann man nicht mit Seife abwaschen, so viel Seife gibt es gar nicht.«

Golo steht an der anderen Seite des Baches und sieht ihm zu.

»Sie müssen den Hut beim Waschen absetzen, Mann!« ruft er.

»Das ist ein Wunschhut, Junge! Den setz ich nicht ab, den hab ich mir gewünscht. Einen Hut trägt man im Frieden. Und jetzt ist Frieden. Kein Stahlhelm mehr und keine Feldmütze mehr!«

Er zieht die Füße aus dem Bach, erhebt sich, steht, barfuß, vor Maximiliane stramm und kommandiert sich selbst: »Rechts um! Links um! Rührt euch! Abteilung Halt! Im Gleichschritt marsch!« Er führt alle seine Befehle aus, bleibt dann stehen und wendet sich Maximiliane zu. »Man hat mich vor sechs Jahren in Marsch gesetzt, und jetzt muß ich irgendwo zum Halten kommen. Man hat mich entlassen. Der Krieg ist unbrauchbar geworden. Aber ich bin noch brauchbar, ich weiß nur nicht, wozu.« Er hält den leeren Brotbeutel hoch, kehrt die Hosentaschen nach außen, klopft an die hohlklingende Feldflasche. »Das habe ich in sechs Jahren eingebracht. Ein Kriegsverlierer! Aber ich habe einen Stempel. Ich bin entlassen. Ich kann einen Nachweis erbringen. Ich habe gelernt, wie man sich eingräbt. Ich habe gelernt, wie man auf Menschen schießt. Ich habe immerhin denselben Rang erreicht wie unser Führer. Gefreiter!«

Die Kinder stehen schweigend in einiger Entfernung. Golo springt, von Stein zu Stein, über den Bach, stellt sich vor den Fremden und fragt: »Wer bist du denn?«

Der Mann sieht den Jungen an und blickt in die Augen der Mutter. Dann läßt er sich auf die angehockten Beine nieder. »Ich habe nichts, ich bin nichts, ich bin der Herr Niemand!« Er streckt ein Bein vor, macht auf dem anderen ein paar Sprünge und singt dazu: »»Ach, wie gut, daß niemand weiß, daß ich . . .‹ Na, wie heiß ich –?«

Die Kinder weichen einen Schritt zurück. Viktoria fängt an zu weinen, und Joachim sagt vorsichtig: »Rumpelstilzchen.«

Der Mann springt auf, lacht, wirft seinen Hut hoch und fängt ihn auf.

»Lauft!« sagt Maximiliane. »Sucht Brombeeren!«

Sie legt sich ins Gras, schiebt eines der Bündel unter den Kopf. Der Mann läßt sich neben ihr ins Gras fallen. Die Stimmen der Kinder entfernen sich. Wasserplanschen, Vogelruf. Maximiliane schließt die Augen und begibt sich an den Blaupfuhl in Poenichen. Nach einer Weile legt der Mann seine Hand auf ihren Leib, spürt den doppelten Herzschlag.

»Ich träume«, sagt er. »Ich tue so, als ob ich träume.«

Eine Idylle, wie sie nur am Rande der Katastrophen entstehen kann. Die Stunde Null. Rückkehr ins Paradies. Maria aber war schwanger. War is over, over war. Sie sind davongekommen, und noch verlangt keiner, daß sie Trauerarbeit leisten, daß sie Vergangenheit bewältigen, eine Existenz aufbauen und neue Werte schaffen.

Sie wenden sich einander zu und blicken sich an.

Maximiliane versteht alle Worte, die er sagt, auch die, die er nicht sagt. Die Frage nach dem Woher wird mit einer Handbewegung nach Osten beantwortet, die Antwort auf die Frage nach dem Wohin umfaßt die westliche Hälfte der Erdkugel.

Es wird kühler, schon fällt Tau. Die Kinder kommen frierend herbeigelaufen, Golo und Edda mit Mohrrüben und Äpfeln. Sie haben sie in einem Garten gestohlen und werden dafür von der Mutter gelobt. Die Beute wird verteilt, die größeren Äpfel für die größeren Kinder, die kleineren für die kleineren Kinder. »Und was sollen wir morgen essen?« fragt Edda, einen Apfel in der Hand, eine Mohrrübe zwischen den Zähnen.

»Darum müssen wir uns morgen kümmern«, antwortet die Mutter, zieht aus den Bündeln die Schafwolljacken, die von der Baronin Quindt in den Notjahren nach dem Ersten Weltkrieg gewebt worden waren, und zieht sie den Kindern als Mäntel über. Die größte Jacke nimmt sie für sich, aber sie umschließt ihren dick gewordenen Bauch nicht mehr. Der Mann führt ihr vor, wie die Tarnjacke um seinen abgemagerten Körper schlottert, zieht sie aus und reicht sie ihr. Sie reicht ihm die ihrige. Beide Jacken sind noch warm vom Körper des anderen.

Maximiliane rückt die Schultern zurecht und richtet sich für lange Zeit in der Jacke ein und tarnt darunter ihr ungeborenes Kind.

»Nun gehöre ich zu euch!« sagt der Mann zu den Kindern, und zu Maximiliane gewandt: »Gibt es einen Vater für die kleinen Schafe?«

»Ja.«

»Wo?«

»Vermißt.«

»Von dir?«

»Nein«, sagt Maximiliane, ohne zu zögern. Mit sechzehn Jahren hatte sie ihre Mutter verraten.

Dieses ›nein‹ genügt ihm. Damit ist beschlossen, daß er mitkommt. Er sagt zu den Kindern: »Ihr braucht ein Haus! Ich werde euch ein Haus bauen, für jeden eines!« und zaubert Papier und Bleistift aus seinen Taschen. Er wendet sich an Joachim. »Was für ein Haus willst du haben?«

»Eines mit fünf Säulen davor!« antwortet Joachim, ohne überlegen zu müssen.

»Gut. Das bekommst du!«

Zehn Minuten benötigt er, dann besitzt jedes der vier Kinder ein Haus je nach Wunsch, Golo eine Burg mit beflaggten Zinnen und Türmen, Edda ein Mietshaus mit acht Etagen, wo alle Leute Miete zahlen müssen.

»Und ein Haus aus Glas für dieses kleine Mädchen aus Glas«, sagt der Erbauer und verteilt die Bilder. Joachim legt sein Blatt sorgsam in das Kästchen, der einzige, der sein Haus aufbewahren wird.

Währenddessen hat Maximiliane sich mühsam ihre Stiefel wieder angezogen, Knobelbecher, die Golo vor einem halben Jahr einem toten deutschen Soldaten ausgezogen hatte. Der Mann hilft ihr beim Aufstehen.

»›Wir müssen weitermarschieren‹«, sagt er, »bis alles in Scherben fällt‹, alte Lieder, traute Weisen, wir werden die Scherben kitten!«

»Wir brauchen vor allem einen Platz zum Brüten«, sagt Maximiliane, geht zu den Hagebuttensträuchern und sammelt die noch feuchten Windeln ein.

»Du kannst dich auf mich verlassen!« ruft er hinter ihr her. Der ewige Ruf der Männer.

Wieder schließt sich den Quints ein Heimkehrer an und begibt sich in den Schutz von Frauen und Kindern, will überleben, will kein Held mehr sein. Er hebt Viktoria hoch und setzt sie sich auf die Schultern. Das Kind schließt schaudernd und selig zugleich die Augen, wie früher, als es auf den Schultern des Vaters zum Blaupfuhl ritt.

Sie brechen in neuer Marschordnung auf. Aber diese Kinder wissen bereits aus Erfahrung: Männer kommen und gehen, Verlaß ist nur auf die Mutter.

Eine Weile ziehen sie auf der Landstraße dahin. Bei jedem Fahrzeug, das in ihrer Richtung fährt, winkt der Mann mit seinem Hut, bis ein Lastkraftwagen mit Holzvergaser anhält.

»Was habe ich gesagt! Ein Wunschhut!« ruft der Mann und setzt seinen Hut wieder auf.

Sie dürfen im Laderaum des offenen Wagens mitfahren. Der Boden ist mit Schweinemist bedeckt. Es riecht vertraut wie auf Poenichen. Maximiliane sieht für Augenblicke den Gutshof vor sich, die Stallungen, das Herrenhaus, die Vorhalle mit den fünf weißen Säulen und die Großeltern, die dem Flüchtlingstreck nachblicken, hört wieder die drei Schüsse und schwankt. Der Mann meint, daß sie Halt brauche in dem schwankenden Fahrzeug, und legt den Arm um ihre Schultern. Sie sieht ihn an und lehnt sich gegen ihn.

Der Wagen gewinnt an Fahrt, Funken stieben aus dem Rohr des Holzvergasers. In einer Kurve weht ein Windstoß den Wunschhut vom Kopf des Mannes. Er läßt Maximilianes Schulter los, hämmert mit der Faust gegen das Fenster des Fahrerhauses, gestikuliert und ruft dem Fahrer zu, er wolle absteigen. Dann springt er, als das Fahrzeug anhält, ab und läuft hinter seinem Hut her. Aber der Fahrer wartet nicht, bis der Mann zurückgekehrt ist, sondern gibt Gas und fährt weiter. Maximiliane klopft ans Fenster, der Fahrer bedeutet ihr mit Handbewegungen, er könne nicht warten, es werde bald dunkel werden, und die Scheinwerfer seien nicht in Ordnung.

Die Kinder singen: »»Weh, weh, Windchen, nimm Kürdchen sein Hütchen und laß'n sich mit jagen . . .‹«

Sie werden den Mann rasch vergessen. Nur wenn die Mutter ihnen später von Rumpelstilzchen vorliest, wird Rumpelstilzchen aussehen wie dieser Heimkehrer, wird eine Gasmaskenbrille tragen und auf einem Bein am Bach entlanghüpfen, in der Nähe von Friedland, und wird seinen Hut hoch in die Luft werfen. Die Kinder siedeln die Märchen dort wieder an, wo die Brüder Grimm sie vor 150 Jahren gesammelt haben.

Maximiliane lehnt an der Rückwand des Fahrerhauses, hält sich mit einer Hand am Gitter fest, drückt mit der anderen die kleine Viktoria an sich und beobachtet, wie der Mann winkt, kleiner wird und verschwindet.

2

›Ein Geduldiger ist besser denn ein Starker.‹

Sprüche Salomos

Der Lastkraftwagen hält vor dem Bahnhofsgebäude in Göttingen. Der Fahrer hebt die kleine Viktoria aus dem Schweinekäfig, hilft der Mutter beim Aussteigen, die anderen Kinder springen allein herunter. Er tippt an den Mützenschirm, sagt: »Na dann!« und fährt davon. Er hat von seiner schicksalhaften Rolle im Leben der Maximiliane Quint nichts wahrgenommen.

Maximiliane faßt in die Innen- und Außentaschen der Jacke, sucht nach einem Hinweis auf den früheren Besitzer und findet nichts weiter als eine Tüte. Sie schüttet einen Teil des Inhalts in ihre Hand: Feuerzeugsteine, Hunderte von Feuerzeugsteinen. Golo stößt einen Freudenschrei aus. Er ist der einzige, der den Wert sofort erkennt, ein Sechsjähriger im Außendienst. Man wird von der Hinterlassenschaft des Unbekannten mehrere Wochen lang leben können.

Die Eisenbahnzüge kamen in Göttingen bereits überfüllt an und durchfuhren mit verminderter Geschwindigkeit den Bahnhof. Einige der am Bahnsteig wartenden Flüchtlinge versuchten, wenigstens ein Trittbrett zu erreichen. Für die Quints gab es kein Weiterkommen.

Im Schutz der Dunkelheit ging Maximiliane mit den Kindern über die Schienen zu einem Personenzug, der auf einem Abstellgleis stand. Eine der Waggontüren war unverschlossen. Sie stiegen ein, fanden ein Abteil mit unversehrten Fensterscheiben und mit einer Tür, die sich schließen ließ. Die Kinder kletterten in die Gepäcknetze und rollten sich zu zweien nebeneinander zusammen.

Kurz darauf unternahm ein Mann der Bahnpolizei einen Kontrollgang durch den Zug und leuchtete mit der Stablampe in jedes Abteil, riß Türen auf, schlug Türen zu.

Der Lichtstrahl seiner Lampe trifft einen Soldaten, der die Kapuze seiner Tarnjacke über den Kopf gezogen hat und die Knobelbecher gegen die Holzbank stemmt. Er rüttelt ihn an

15

der Schulter. »Mann, raus hier, der Krieg ist aus!« Die letzten Worte gehen bereits im Kindergeschrei unter, erst einstimmig, dann vierstimmig, ohrenbetäubend. Seit sie unterwegs sind, haben diese Kinder ihre Mutter durch Geschrei geweckt und beschützt. Der Lichtstrahl richtet sich auf die Gepäcknetze, aus denen verstörte Kindergesichter auftauchen.

Der Soldat streift Kapuze und Kopftuch zurück. Ein Frauengesicht kommt zum Vorschein, von Anstrengungen gezeichnet. Als Maximiliane die müden Lider hebt, glänzen die Augäpfel von Tränen.

»Raus hier!« sagt der Hilfspolizist, wie immer, wenn er jemanden in einem abgestellten Zug entdeckt. Das dritte »Raus hier!« klingt schon nicht mehr überzeugend. »Liebe Frau! Ist das alles ein Wurf?« Der Lichtstrahl streift über die Kinderköpfe; dann schaltet er die Taschenlampe aus und zieht die Tür hinter sich zu.

»Was soll ich denn nun mit euch machen?«

Noch wirken die Parolen der nationalsozialistischen Ära zum Schutz von Mutter und Kind weiter. Für einige Jahre wird Maximiliane daraus noch ihren Nutzen ziehen. Außerdem ist das Mitteilungsbedürfnis des Polizisten größer als sein Pflichtgefühl. »Wir hatten nur eines«, sagt er. »Wir dachten, wir könnten uns nicht mehr Kinder leisten. Und nun haben wir gar keines. Bei Brazlaw. Da war ein Brückenkopf. Haben Sie mal davon gehört?«

Maximiliane schüttelt den Kopf.

»Liegt am Bug. Kein Mensch kennt das. Vielleicht bringen Sie ja ein paar von denen durch.«

»Brauchen Sie vielleicht Feuerzeugsteine?« erkundigt sich Golo aus dem Gepäcknetz. Aber er gerät an einen Nichtraucher.

»Auch nicht einen einzigen?«

»Meinetwegen, Junge, einen!«

Er schaltet die Lampe wieder an, zieht eine flache Flasche aus der Jackentasche und reicht sie der Frau. »Nehmen Sie mal 'nen Schluck, das wärmt einen auf.«

Maximiliane trinkt, reicht die Flasche an Joachim und der an Golo weiter.

»Sie ziehen ja Trinker ran, liebe Frau!«

»So rasch wird aus einem Pommern kein Trinker.«

»Pommern! Wo die Menschen überall wohnen! Ich komme aus Weende. Ich war immer beim Gleisbau. Jetzt mach ich Polizei, weil ich nicht belastet bin, und die von der früheren Polizei arbeiten jetzt im Gleisbau. Aber zum Polizisten bin ich nicht geboren. Die Leute . . .«

Doch Maximiliane hört von seinen Ansichten über die Polizei nichts mehr. Sie schläft schon wieder. Der Mann steckt die Flasche ein, sagt, daß der Zug gegen sechs Uhr in der Frühe abfahren wird, und fragt die Kinder: »Wo wollt ihr denn überhaupt hin?«

»Nach Holstein! Da ist unser Treck!« antwortet Joachim.

»Dann seht zu, daß ihr rechtzeitig hier rauskommt. Der Zug fährt in die Gegenrichtung. Nach Süden.«

Er wendet sich zum Gehen.

»Ihr Feuerstein, Mann!« ruft Golo ihm nach.

»Laß man, Junge!«

Doch Golo hat sich die Ehre der Schwarzhändler bereits zu eigen gemacht. »Geschäft ist Geschäft!« erklärt er, holt einen Feuerstein aus der Tüte und reicht ihn dem Mann. Dieser nimmt ihn und entfernt sich leise, um die schlafende Frau nicht zu wecken.

Um sechs Uhr in der Frühe setzte sich der leere Zug in Bewegung, ohne auf dem Bahnhof von Göttingen zu halten, Richtung Süden. Ein Bahnsignal entschied über das weitere Schicksal der Quints. Sie schliefen fest und merkten nichts.

Als Maximiliane feststellte, daß der Zug nach Süden und nicht nach Norden fuhr, sagte sie: »Dann fahren wir eben auf den Eyckel. Wir können überall hin.«

Das hatte sie schon einmal gesagt.

»Wann fahren wir denn endlich wieder nach Hause?« fragt Edda.

»Später!«

»Aber bei der Urma in Poenichen . . .«

»Von Poenichen wollen wir jetzt nicht sprechen!« befiehlt die Mutter.

In Friedland wird der Zug von Flüchtlingen gestürmt. Koffer und Bündel, Kartons und Kinder müssen verstaut werden. Jemand fordert Maximiliane auf, wenigstens eines ihrer Kinder auf den Schoß zu nehmen. Sie zieht Viktoria zwischen ihre

Knie. »Du leiwer Gott«, sagt die Frau neben ihr, »Sie kriegen ja noch eins!« und nimmt das Kind auf ihren Schoß. »Preußisch Eylau!« sagt sie. Maximiliane antwortet mit »Poenichen bei Dramburg«. Keiner nennt seinen Namen, statt dessen den Ort, aus dem er kommt.

Der Zug fährt weiter. Die Kinder bekommen Hunger. Viktoria klagt, ihre Füße täten ihr weh; alle vier Kinder haben schmerzende Füße, weil die Schuhe nicht mehr passen. Maximiliane holt das Märchenbuch hervor. Wieder einmal liest sie von hungernden und frierenden Märchenkindern, vom Hans im Glück und vom Sterntaler-Mädchen, und als Golo, der eine Abneigung gegen Bücher hat, das Buch zuschlägt, erzählt sie von der Burg Eyckel, vom Verlies und vom Burgfried und vom tiefen, tiefen Brunnen, vom Nachtvogel Schuhuhu und von der alten Burgfrau Maximiliane, die weit über achtzig Jahre alt sein muß. Sie schließt aufatmend auch diese Geschichte mit: »Und wenn sie nicht gestorben ist, dann lebt sie heute noch.«

Eine Frau, die im Gang auf ihrem Koffer sitzt, sagt: »Sie hätten lieber Brot mitnehmen sollen! Von Geschichten werden die Kinder nicht satt!«

Maximiliane läßt das Buch sinken, hebt den Blick. »Das Brot hätten wir längst aufgegessen. Ein Buch reicht lange!«

»Sie werden sich noch umgucken!« sagt die Stimme.

»Ich gucke mich nicht mehr um.«

»Ist das eine böse Fee?« flüstert Joachim.

»Ja.«

Sie sind von verwunschenen Prinzen und bösen Feen umgeben, es wird ihnen Gutes und Böses geweissagt, und beides erfüllt sich.

Hundert Kilometer mit der Eisenbahn, zu jener Zeit eine Tagesreise. Irgendwo müssen sie aussteigen und mit ihrem Gepäck ein langes Stück zu Fuß gehen, weil eine Eisenbahnbrücke zerstört ist. Es heißt, sie führe über die Fulda oder Werra. Was die feindlichen Bomber und die feindliche Artillerie nicht zerstört hatten, ließen blindwütende Parteileiter sprengen. Sie haben die Brücken hinter sich zerstört, ein Volk, das ›nicht wert war zu überleben‹, das ›seinen Führer nicht wert‹ war, wie dieser testamentarisch die Nachwelt wissen ließ.

Im Sackbahnhof von Kassel enden alle Züge. Kein Dach mehr über den Bahnhofshallen, die rauchgeschwärzten Mauern in

Trümmer, schwarzes Eisengestänge vorm Himmel. Die untergehende Sonne beleuchtet die Reste der Stadt, über die jetzt der Blick weit ins Land geht. Joachim, dessen Tapferkeit nur selten bis zum Abend ausreicht, greift nach dem Arm der Mutter. »Mama! Warum . . .?«

Was hat er überhaupt fragen wollen? Warum sie so lange unterwegs sind, wo doch alle Städte, durch die sie kommen, zerstört sind? Warum sie Poenichen verlassen haben, wo doch dort der Großvater und die Urma sind? Er faßt alle Fragen in einem einzigen verzweifelten ›Warum?‹ zusammen.

»Frag deinen Vater!« sagt seine Mutter und faßt in ihrer Antwort ihr eigenes Entsetzen und ihre Ratlosigkeit zusammen.

Vielleicht trägt dieser Satz schuld daran, daß Joachim sein Leben lang nach dem Vater fragen wird und sich mit der Schuld der Väter auseinandersetzen muß. Es nutzt nur wenig, daß die Mutter seinen Kopf an sich zieht und »Mosche« sagt, in der Geheimsprache, die sie nur mit ihrem Erstgeborenen führt.

Die fünf Quints werden zum nahe gelegenen Ständeplatz geschickt, wo ein Notaufnahmelager für Flüchtlinge eingerichtet worden war, Zelte für 1000 Personen, mit einer Betreuungsstelle für Mütter und Kleinkinder und einer Krankenstation, in der Rotkreuzschwestern und Helferinnen der Bahnhofsmission Dienst taten.

Die Männer hatten pünktlich bei Kriegsende mit ihrem Krieg aufgehört, die Frauen nicht. In den Jahren des Krieges hatten sie die Straßenbahnen durch die verdunkelten Städte gefahren, hatten nach den Luftangriffen die Brände gelöscht, hatten in Munitionsfabriken gearbeitet. Man hatte die ›tapferen kleinen Soldatenfrauen‹ gelobt und besungen, und jetzt klopften sie den Mörtel von den Steinen der Kriegstrümmer ab. Trümmerfrauen, für Notzeiten besonders geeignet. Sie streikten nicht im Krieg und streiken nicht im Frieden, diese großen Dulderinnen von alters her, zu denen auch Maximiliane gehörte.

Wieder gibt es für jeden einen Becher Kakao, dazu ein Stück Brot, weiß und weich wie Watte, eine Spende der amerikanischen Besatzungsmacht. Golo drückt es zusammen und fragt: »Was soll das denn sein?«

»Das ist etwas sehr Gutes«, erklärt Maximiliane, »das kommt aus Amerika!«

»Aber ich habe Hunger auf Wurst.« Im Gegensatz zu den anderen, die nur einfach Hunger haben, hat er immer Hunger auf etwas Bestimmtes. Jetzt also hat er Hunger auf Wurst.

»Ich probier's mal!« sagt er und geht mit der Tüte Feuersteine davon, zurück in das Bahnhofsgelände.

Den Quints werden zwei Luftschutzbetten zugewiesen. Eine alte Frau muß der schwangeren Maximiliane Platz machen. Die Frau hockt sich ans Fußende des Bettes und zieht die kleine Viktoria auf den Schoß. »So kleine Krabuttkes!« sagt sie, wiegt das Kind und wickelt einen Strang seiner dünnen Haare um den Finger. »Wie die Haare, so der ganze Mensch«, sagt sie und greift in Maximilianes kräftiges Haar. »Sprunghaare«, stellt sie fest. »Sie halten schon mal was aus. Sie wickelt so leicht keiner um den Finger.« – »Nein!« antwortet Maximiliane.

»Flippau!« Die alte Frau stellt sich vor. »Zwölf Kilometer hinter Pasewalk.«

»Poenichen«, sagt Maximiliane, »Kreis Dramburg.«

»Meine Kinder sind geblieben. Die wollten nich weg. Aber mein Mann hat 'nen Bruder in Stuttgart. Da wolln wir hin. Haben Sie auch jemanden im Westen?«

»Ich hoffe es!«

»Wenn sie nicht gestorben sind!« fügt Edda hinzu.

Die Frau setzt zu einem neuen Gespräch an. »Die Kinder! Die machen schon zu viel mit. Sie müssen ihnen Kartoffelwasser zum Trinken geben. Von rohen Kartoffeln. In Kartoffeln is alles drin, was ein Mensch braucht. Kartoffeln hat's für uns immer gegeben, Milch nich, die mußten wir an die Herrschaft abliefern. Sie haben wohl zu den Herrschaften gehört?«

»Ja«, antwortet Maximiliane.

»Dafür können Sie nichts«, fährt die Frau fort. »Wir hatten zwei Kühe und die Ziegen. Vier Stück. Und jedes Jahr haben wir zwei Schweine fettgemacht. Dreieinhalb Zentner schwer!«

Nach einer halben Stunde kehrt Golo zurück und hält triumphierend zwei Dosen hoch. »Fleisch«, ruft er, »lauter Fleisch! Für zehn Feuersteine!«

Maximiliane öffnet mit dem angeschweißten Schlüssel eine der Dosen, reicht sie den Kindern, öffnet die andere und reicht sie der Frau aus Flippau.

»Sie haben uns Ihr Bett abgetreten!«

Edda begehrt auf. »Und was sollen wir morgen essen?«

»Heute werden wir satt, und morgen sehen wir weiter.«

Selbst der Pfarrer in Hermannswerder, dem für einige Jahre die geistliche Erziehung Maximilianes oblag, hätte vermutlich soviel Sorglosigkeit gegenüber dem kommenden Tag für leichtfertig gehalten. Als die Dosen geleert sind, säubert Edda sie unter einem Wasserhahn und verwahrt sie in ihrem Gepäck. Dann legen sie sich schlafen. Maximiliane deckt Joachim und Viktoria mit der Filzdecke des Soldaten vom Balchasch-See zu. »Gott behüet uns!« sagt sie statt eines langen Gebetes.

»Wenn man nur schlafen könnte«, sagt die Frau aus Flippau. »Wenn nur nich immer die Gedanken wären.«

Maximiliane kann schlafen.

In der Frühe rüttelte die Frau sie an der Schulter.

»Sie setzen einen Zug ein nach Süden!«

Als die Quints aus dem Zelt heraustraten, war es noch dunkel. Sie hasteten mit den anderen zum Bahnhof. Die Halle war bereits von wartenden Menschen überfüllt, die alle mit dem angekündigten Zug fahren wollten. Die Kinder drängten sich schlaftrunken und frierend an die Mutter, die an einem Mauerrest der Halle Schutz vor den Nachdrängenden suchte. Noch war der Zug nicht eingefahren, die Sperren wurden von amerikanischen Militärpolizisten bewacht, deren weiße Helme durch die aufziehende Morgendämmerung leuchteten.

Ein Mann stieß Maximiliane an und zeigte auflachend auf die Mauer hinter ihr. Sie wandte sich um und schaute in die Augen des Führers. Für Bruchteile von Sekunden spürte sie wieder diesen Blick, der sie ein einziges Mal aus unmittelbarer Nähe getroffen hatte, kurz bevor ihr Mann sein letztes Kind zeugte: Viktoria. Sie betrachtete eingehend dieses letzte, halb abgerissene Durchhalteplakat. Hitler, den Blick fordernd auf den Beschauer gerichtet. ›Unablässig wacht der Führer und arbeitet nur für dich. Und was tust du?‹ Jemand hatte mit Kreide die Antwort daruntergeschrieben: ›Zittern‹.

»Jetzt zittern wir immer noch«, sagte der Mann.

Maximiliane wandte sich ihm zu und entgegnete: »Aber nicht mehr vor Furcht, sondern vor Kälte.«

»Egal, wovor man zittert.«

Dann war der Mann wieder in der Menge verschwunden.

Als der Zug einläuft, stürmen die Wartenden vor, drängen

und schieben; einige stürzen schreiend zu Boden. Einer der Soldaten, ein Neger, springt auf den Sockel der zerstörten Bahnsteigsperre und schreit: »Zurrück!« Keiner achtet darauf. Der Soldat reißt seine Maschinenpistole hoch. Einige werfen sich zu Boden, andere rennen weiter. Der Soldat schießt über die Köpfe hinweg und schreit wieder: »Zurrück!« Sein Versuch, Ordnung in das Chaos zu bringen, scheitert, da die Leute annehmen, er wolle ihnen den Zugang zum Zug verwehren. Golo läßt die Hand der Mutter los, springt über die Liegenden, macht unter dem Podest des Soldaten halt und ruft begeistert: »Ein Mohr! Ein kohlpechrabenschwarzer Mohr!«

Der Arm, der die Maschinenpistole hält, senkt sich, die Mündung richtet sich auf das Kind. Nie war Golo in größerer Lebensgefahr, aber sein Sinn für Gefahren ist unterentwickelt. Er lacht. Bis der farbige Soldat ebenfalls lacht, die Maschinenpistole wieder hebt und »Zurrück!« schreit.

Maximiliane rührt sich vor Entsetzen nicht vom Fleck. Joachim weint laut auf. »Sie schießen wieder!« Sie beobachten, wie Golo über einen Koffer springt, stürzt und liegen bleibt.

Wieder steht einer seiner Füße schräg, derselbe, den er unmittelbar nach Viktorias Geburt gebrochen hatte.

Und wieder fuhr ein Zug ohne die fünf Quints ab. Eine neue Mutter Courage – hat das wirklich einmal jemand von Maximiliane gesagt? In diesem Augenblick ist sie eine werdende Mutter ohne Courage.

Bisher waren die Quints Flüchtlinge unter Tausenden von Flüchtlingen, zurückkreisenden Evakuierten und Displaced Persons gewesen, die Hinterlassenschaft des Krieges, ein Ameisenvolk, das durcheinandergeraten war und hin und her irrte. Jetzt aber lenkte Golos Unfall die Aufmerksamkeit auf das weinende Kind, auf seine kleinen Geschwister und auf die schwangere Mutter. Was für ein armer kleiner Junge, der da so herzerweichend schluchzte! Was für ein hübsches Kind! Braunlockig, mit Grübchen und schwarzbewimperten Kulleraugen!

Von einem amerikanischen Soldaten erhält er den ersten Kaugummi. Er schiebt ihn in den Mund und kaut lernbegierig.

Mit einem Krankenwagen werden alle fünf Quints in ein ehemaliges Lazarett gebracht, in dem man eine Unfallstation eingerichtet hat. Der Krankenpfleger, der den Unfall aufnimmt, fragt nach Name und Anschrift.

»Ich bin eine von Quindt und befinde mich auf dem Weg zu unserem Stammsitz im Fränkischen«, sagt Maximiliane im Tonfall, mit dem sie den Kindern Märchen erzählt, und erhofft sich, durch die Angabe von Herkunft und Ziel Aufmerksamkeit zu erwecken.

Der Krankenpfleger blickt nicht einmal hoch, sagt: »Na und? Jedenfalls können Sie bei uns Ihr Kind nicht bekommen. Wir müssen uns um Unfälle kümmern. Wir sind hier ein Lazarett!«

Golos Fußgelenk wird geröntgt und gerenkt. Dabei wird die alte Bruchstelle entdeckt und die Mutter auf diesen Befund angesprochen. Sie schließt einen Augenblick lang die Lider, sieht Golo, der von Poenichen nicht weggehen wollte, hoch über sich in der Blutbuche hängen, sich fest an einen Ast klammernd.

Sie legt die Arme um den Aktenschrank, drückt das Gesicht dagegen wie damals an den Baumstamm.

»Ist Ihnen nicht gut?« fragt man, schiebt ihr einen Stuhl hin.

Da man nicht weiß, wo man die Angehörigen des verunglückten Jungen für die Dauer der Behandlung unterbringen soll, dürfen die Mutter und die Geschwister im Lazarett bleiben. Nachts schlafen sie in Betten, die gerade leerstehen. Wenn es regnet, halten sie sich in den Gängen des Lazaretts auf, wo Golo, dem man inzwischen einen Gehgips angelegt hat, mit den verwundeten ehemaligen Soldaten Schwarzmarktgeschäfte betreibt. Bei schönem Wetter geht Maximiliane mit den Kindern in die Karlsaue, ein verwüstetes Gelände, wo in den Bombenkratern Wasser steht. Holzstücke, die man wie Schiffe schwimmen lassen kann, finden sich. Zum erstenmal spielen die Kinder wieder. Zweimal am Tag bekommen sie alle einen Teller Suppe.

Golos Beinbruch gehörte zu den Glücksfällen.

Bei der abschließenden Visite betrachtet der diensttuende Arzt Golos verkrümmte Zehen und sagt zu der Mutter: »Das Kind trägt offensichtlich zu kleine Schuhe!«

»Alle meine Kinder tragen zu kleine Schuhe. Wir sind seit Februar unterwegs. Kinderfüße wachsen auch auf der Flucht.«

Der Arzt blickt Maximiliane an, schaut dann auf der Karteikarte nach dem Namen.

»Ich habe in Königsberg einen von Quindt kennengelernt«, sagt er. »Wenn ich nicht irre, einen Baron Quindt. Wir saßen im

Schloßkeller, im ›Blutgericht‹. Er verschaffte uns einen ausgezeichneten weißen Chablis, dazu Muscheln in Weinsoße. Das war damals immerhin schon im dritten Kriegsjahr.«

»Onkel Max!« sagt Maximiliane. »Der Vetter meines Großvaters!«

Ihre Augen füllen sich mit Tränen.

»Ein geistreicher Herr, aber etwas resistent«, fährt der Arzt fort. »Er tat ein paar Äußerungen, die ihm hätten gefährlich werden können. Aber man wollte dem alten Mann ja nicht schaden.«

Der letzte Satz war gedehnt gesprochen und daher aufschlußreich.

»Übrigens: Sautter, Oberstabsarzt!«

Maximiliane stellt fest, daß an seinem Hals über dem weißen Kittel noch der Kragen der Wehrmachtsuniform sichtbar ist, sogar mit dem silbergestickten Spiegel.

»Sie stammen ebenfalls aus Königsberg?« fragt er.

»Nein«, antwortet Maximiliane. »Aus Pommern. Kreis Dramburg. Rittergut Poenichen.«

»Ihr Mann ist demnach Landwirt?«

»Nein«, sagt Maximiliane und blickt den Arzt bedeutungsvoll an, was dieser für vertrauensvoll hält. »Mein Mann war in der Parteiführung tätig, Reichssippenamt, unmittelbar dem Reichsführer SS unterstellt.«

»Sehr tapfer, das so offen einzugestehen! Wo war er zuletzt im Einsatz?«

»Er hatte an der Invasionsfront den rechten Arm verloren, aber er schrieb mir damals, daß er seinem Führer auch mit dem linken Arm dienen könne. Ordonnanzoffizier im Führerhauptquartier! Wilhelmstraße!«

»Es gab großartige Männer darunter«, sagt Dr. Sautter. »Und gibt es noch immer.«

Maximiliane lächelt ihm zu. »Auch Frauen!«

»Famose Frauen! Ohne sie wäre es gar nicht gegangen. Man muß jetzt zusammenhalten. Jenes ›Geselle dich zur kleinsten Schar‹ gilt wieder. Getreue gibt es noch genug, es gilt nur, sie aufzuspüren. Einer muß jetzt für den anderen einstehen.«

»Mit Kinderschuhen!« sagt Maximiliane.

»Richtig!« sagt der Arzt, blickt auf Golos Fuß, den er noch immer auf dem Schoß hält. »Davon gingen wir aus. Frauen haben diesen bewundernswert praktischen Sinn für das Nächstliegende. Gerade die Frauen aus dem Osten zeigen Haltung. Fest zur Rückkehr entschlossen. Ich schreibe Ihnen eine Adresse auf.« Er greift zum Rezeptblock, bringt ein kleines Lachen zustande.

»Schuhe für die Rückkehr! Ein unbedingt zuverlässiger Mann. Gudbrod, Marställer Platz, ehemaliger Platz der SA. Er hat ausreichend Schuhe auf Lager, offiziell ist er ausgebombt. Nicht bei Dunkelheit, das könnte auffallen. Im übrigen brauchen wir das Licht nicht zu scheuen! Über Geldmittel verfügen Sie?«

Maximiliane nickt.

»Was haben Sie für ein vorläufiges Ziel?«

»Den Stammsitz meiner Familie im Fränkischen. Seit sechshundert Jahren im Besitz der Quindts.«

Bisher hatten sich Maximilianes Kinder ruhig verhalten, aber jetzt sagt Edda: »Wenn sie nicht gestorben sind.«

Die Aufmerksamkeit des Arztes wird auf die Kinder gelenkt.

»Kinder dürfen in diesen Zeiten nicht verwildern. Sie brauchen eine starke Hand. Nachwuchs. Es gibt gute Leute unter dem Adel. Leider nicht alle, sonst wäre der 20. Juli nicht möglich gewesen.«

Maximiliane spielt ihren letzten Trumpf aus. »Mein Mann schrieb mir damals, übrigens aus dem Lazarett: ›Wenn auch nur ein Quindt unter den Verrätern ist, gilt die erste Kugel ihm und die zweite mir.‹«

Die neuen Schuhe erhielt dann Joachim. Golo bekam die abgelegten seines Bruders, der jüngere jeweils die des nächstälteren. Viktorias Schuhe blieben übrig. Edda packte sie ein. »Die brauchen wir für den Mirko.« Immer noch hieß das ungeborene Kind ›Mirko‹, wie jener polnische Junge aus den Geschichten der Mutter, der während der Flucht die Quints durch Hinter- und Vorderpommern und durch die Mark Brandenburg begleitet hatte.

Dieser Dr. Sautter, ehemaliger Oberstabsarzt, hat den Kindern nicht nur passende Schuhe verschafft, sondern der Mutter auch eine entscheidende Lebenserkenntnis. Von nun an wird sie sich, je nach Erfordernis, als die Frau eines Nationalsozialisten oder als die Tochter eines jüdischen Stiefvaters ausgeben, als Adlige oder als bürgerlich Verheiratete. ›Eine Gesinnung muß man sich leisten können‹, hatte ihr Großvater früher oft gesagt, eine seiner Quindt-Essenzen, von seiner Enkelin in die Tat umgesetzt.

Bevor es weiterging, holte Edda eine jener leeren Fleischdosen hervor, die Golo am Bahnhof gegen zehn Feuersteine eingehandelt hatte. Sie betrachtete das Etikett und fragte ihre Mutter: »Was steht denn da eigentlich drauf?«

Maximiliane nahm die Dose in die Hand und las vor: »›Only for army dogs‹. Nur für Hunde, für amerikanische Hunde.«

3

›Eine Kalorie ist die Wärmemenge, die nötig ist, um ein Gramm Wasser um ein Grad zu erwärmen.‹

Handlexikon

Dem Strom der Flüchtlinge, der sich seit dem Frühjahr über das restliche Deutschland ergoß, folgte seit Ende des Sommers der Strom der Vertriebenen. Er benutzte dasselbe Strombett und dieselben Schleusen.

Ein halbes Jahr zuvor hatte Stalin erklärt, die alten polnischen Gebiete Ostpreußen, Pommern und Schlesien müßten an Polen zurückgegeben werden. Dieser Satz machte sechshundert Jahre deutscher Geschichte null und nichtig; ein Lehrsatz für den Geschichtsunterricht, schwer zu begreifen, schwer zu lernen, aber von vielen doch bereitwillig hingenommen, um des lieben Friedens willen. Es hätte ein Sprengsatz werden können, aber er hat nicht einmal in späteren Wahlreden gezündet. Preußische Tugenden, Fügsamkeit, Vernunft, Duldensfähigkeit und Lebenswille, vereinten sich mit östlicher Wesensart. Flüchtlinge und Vertriebene suchten sich anzupassen und ihre Eigenart zu leugnen.

Etwa zur gleichen Zeit hatte der englische Ministerpräsident Churchill geäußert, daß die Vertreibung die befriedigendste und dauerhafteste Methode sei, da es auf diese Weise keine Vermischung fremder Bevölkerungen gebe, aus denen doch nur endlose Unruhen entstünden. Er sehe auch nicht, sagte er, weshalb es für die Bevölkerung Ostpreußens und der anderen abgetretenen Gebiete in Deutschland keinen Platz geben sollte, schließlich seien im Krieg sechs oder sieben Millionen Deutsche getötet worden. Eine nüchterne Berechnung, die aber stimmte. Die Deutschen aus dem Osten haben die Kriegsausfälle im Westen ersetzt, die polnischen Umsiedler aus dem zur Sowjetunion geschlagenen östlichen Teil Polens haben die abgezogenen Ostdeutschen ersetzt, Russen sind in die östlichen Teile Polens eingezogen. Die Austauschbarkeit des Menschen schien wieder einmal bewiesen. Sollte der alte Quindt recht gehabt haben, als er in der Taufrede zu Ehren seiner Enkelin Maximiliane gesagt hatte: ›Hauptsache ist das Pommersche, und das hat sich noch immer als das Stärkere erwiesen. Am Ende sind aus Goten, Slawen, Wenden und Schweden, die alle einmal hier gesessen haben, gute Pommern geworden.‹ Noch fehlt für diese Behauptung der Beweis.

›Flüchtlingsstrom‹, das klang nach Naturkatastrophe, und als solche haben ihn die Bewohner des restlichen Deutschlands empfunden und sich entsprechend dagegen zu schützen versucht. Man errichtete Dämme, um sich gegen diesen Strom zu wehren, schleuste ihn in abgelegene, wenig besiedelte Gegenden, in holsteinische Dörfer und in bayrische Kleinstädte, die von dem Strom überschwemmt wurden.

Das Bild vom Strom und von der Überschwemmung war besser gewählt, als die Urheber damals ahnten. Menschen-Dung. Wie fruchtbar dieser war, würde sich in den Jahren des Wiederaufbaus erweisen.

Aber noch fing man den Strom der Flüchtlinge in leerstehenden Baracken des ehemaligen Reichsarbeitsdienstes, in Luftschutzbunkern und stillgelegten Schulen auf, vor denen Maximiliane jedesmal entschlossen kehrtmachte, da man rasch hinein und schwer herauskam.

Wieder einmal hieß es: »Wie wollen Sie denn weiterkommen in Ihrem Zustand, liebe Frau? Mit den vielen Kindern?«

»Vier!« verbesserte Edda, die es genau nahm mit allem, die immer zählte und abzählte und nachzählte.

Der Beamte, der die Personalien der Quints für einen Registrierschein der amerikanisch besetzten Zone aufgenommen hat, greift nach Maximilianes Daumen, drückt ihn zuerst auf ein Stempelkissen, dann in die linke untere Ecke des Registrierscheins. »Als ob wir alle Verbrecher wären! Fingerabdrücke!

Vielleicht will man uns nicht fotografieren, damit später keiner weiß, wie wir ausgesehen haben.«

Er hebt den Blick und sieht Maximiliane an. Was er sieht, veranlaßt ihn zu der Frage: »Glauben Sie denn an Wunder, liebe Frau?«

Maximiliane erwidert den Blick und sagt: »Ja.«

Ihr Glaube hat ihr geholfen. Der Beamte Karl Schmidt wird zum Vollzugsbeamten eines Wunders. Er verschafft Maximiliane und ihren Kindern eine Mitfahrgelegenheit nach Nürnberg, diesmal in einem geschlossenen Lastwagen, der nicht Schweine transportiert, sondern Zuckerrüben. Für die Dauer der Fahrt ernähren sie sich davon. Für Viktorias kleine Zähne erweisen sie sich allerdings als zu hart. Wieder füttert Maximiliane ihr Sorgenkind nach Vogelart von Mund zu Mund. Edda spuckt die durchgekauten Rübenschnitzel aus und sagt: »Schweinefutter!«

»Unsere Gefangenen haben auch Rüben gegessen, wenn sie Hunger hatten«, sagt Joachim und würgt den Brei hinunter.

»Aber das waren Russen!« sagt Edda, wie sie es in Poenichen von der Mamsell gehört hat. »Halbe Tiere.«

»Das sind auch Menschen!« belehrt die Mutter sie. »Jetzt geht es uns so schlecht, wie es den russischen Gefangenen damals ging.«

Im Alleinunterricht versucht sie, ein Geschichtsbild zu korrigieren.

Der Lastwagen fährt über Landstraßen und nicht mehr auf Chausseen. Die Berge der Rhön, das Tal des Mains. Maximiliane achtet mehr auf den Nutzwert der Natur als auf ihre Schönheit. Unter den Laubbäumen sind die Buchen die wichtigsten, weil sie Bucheckern liefern: Öl. Nadelwälder bedeuten Reisig sowie Kienäpfel zum Heizen und Kochen. Umgepflügte Äcker verheißen Korn- und Kartoffelfelder, auf denen nun Menschen die Nachlese halten, nicht mehr Gänse und Wildschweine. Hamsterer sind auf den Straßen unterwegs mit leeren und gefüllten Taschen, mit Handwagen voll Holz.

Die Quints kommen zu spät, längst sind die Felder zum zweitenmal abgeerntet, die Kienäpfel aufgelesen. Es ist Anfang Dezember.

Sie fahren durch das Land, von dem Jean Paul behauptet, die Wege verliefen von einem Paradies ins andere. Aber jeder

Mensch trägt sein eigenes Paradies mit sich. Maximiliane ist aus ihrem Paradies vertrieben, und Jean Pauls Paradies ist von Menschen überfüllt.

Pommersche Schweiz, Fränkische Schweiz: was für ein Unterschied! Kleine, nach römischem Erbrecht immer wieder geteilte Felder. Jemandem, der aus dem Osten kam, eher wie Gärten erscheinend, die Berge unvermittelt aufsteigend und den Blick verstellend, die Täler eng und felsig. Maximiliane fühlt sich von den schmalbrüstigen, mehrgeschossigen Häusern der kleinen, meist unzerstörten Städte bedrängt. Sie greift sich an den Hals, knöpft die Jacke auf, um sich Luft zu schaffen.

Die letzten zweihundert Meter des Fluchtwegs werden ihr so schwer wie die ersten, als der Treck durch die kahle Lindenallee zog, an deren Ende das Herrenhaus lag. Im Osten war der Himmel gerötet vom Feuerschein der anrückenden Front. Dreht euch nicht um!

Wieder eine dünne Schneedecke überm Land.

Und jetzt stand sie am Fuße des Burgbergs, den Eyckel vor Augen. Mit siebzehn Jahren war sie zum Sippentag hier gewesen, eine pommersche Eichel am Stammbaum der Quindts. Nicht einmal ein Jahrzehnt war seither vergangen, und sie warteten zu fünft vor dem Tor.

›Man sieht der Burg nun doch an, daß die Wogen einer großen Zeit daran geschlagen haben.‹ So ähnlich hatte es die Eigentümerin Maximiliane Hedwig an ihren Bruder in Poenichen geschrieben, und dieser war der Ansicht gewesen, daß der Eyckel schon viel ausgehalten hätte. Drei Jahre lang hatten die Gebäude als Jugendherberge gedient und ›der deutschen Jugend eine Vorstellung von deutscher ritterlicher Vergangenheit vermittelt‹, wie es Viktor Quint, das tausendjährige Reich fest im Blick, geweissagt hatte. In jenem Sommer 1936, als sich die Quindts mit und ohne ›d‹, mit und ohne Adelsprädikat zu jenem Sippentag auf dem Eyckel trafen. Die Fahnen des Dritten Reiches wehten, unter denen man, stehend und mit erhobenem Arm, einstimmig, wenn auch nicht immer eines Geistes, ›Die Reihen fest geschlossen‹ sang. Die Reihen der Quindts hatten sich seither gelichtet.

Der große Saal und das Jagdzimmer, die zu Schlafsälen ausgebaut worden waren, hatten inzwischen als Auffanglager für ausgebombte und evakuierte Einwohner Nürnbergs gedient und waren mit Hilfe von Decken in Wohneinheiten aufgeteilt worden, keine größer als neun Quadratmeter. Nach und nach waren die Nürnberger in ihre Stadt zurückgekehrt und hatten den in Schüben eintreffenden Quindts aus Ostpreußen, aus der Lausitz, Mecklenburg und Schlesien Platz gemacht. Noch einmal war der Eyckel zur Fliehburg geworden. Aus dem festlichen Sippentag werden böse Sippenwochen und Monate werden, für die Alten unter ihnen sogar Jahre.

Derselbe Name, das gleiche Schicksal – wie mußte man sich einander verbunden fühlen! Aber schon wieder gab es Unterschiede. Wenn Menschen noch so eng zusammengehören, es gibt innerhalb ihres gemeinsamen Horizontes doch noch alle vier Himmelsrichtungen, sagt Nietzsche. Für die einen hatte das Kriegsende den Zusammenbruch des Großdeutschen Reiches bedeutet, für die anderen den Tag der Befreiung von der Diktatur. Schmach und Segen, für manche unter ihnen beides zugleich.

Der nationalsozialistische Geist der alten Maximiliane Hedwig von Quindt hatte sich rechtzeitig verdunkelt und hatte sie das Ende jener Neuen Zeit, an die sie geglaubt hatte, nicht mehr wahrnehmen lassen. Sie war verstummt und versteinert, vergreist und unzurechnungsfähig. Manchmal tauchte sie, einem Schloßgespenst beängstigend ähnlich, auf der Treppe auf, die in den Hof führte, eine Decke um die Schultern geworfen. Wer ihr begegnete, wich ihr aus.

Aus den Fenstern, deren Scheiben vielfach durch Bretter oder Pappe ersetzt worden waren, ragten schwarze Ofenrohre. Der Garten war in Gemüsebeete parzelliert; die letzten Kohlköpfe standen unter Bewachung ihrer Eigentümer. Die Lebensmittelrationen lagen niedriger, als es dem von alliierter Seite festgesetzten Mindestmaß von 1150 Kalorien entsprach. Für den Hausbrand wurden in diesem Winter keine Kohlen bewilligt. Kein Strauch wuchs mehr an der Burgmauer, die Bäume waren bis zu Mannshöhe entästet. Alles Brennbare war verheizt worden.

›Arbeit adelt‹ lautete eine der großen Parolen des Dritten Reiches. Auf dem Eyckel hätte es jetzt heißen können ›Adel arbeitet‹, aber diese ersten Nachkriegsjahre waren arm an Parolen. Wer den Krieg überlebt hatte, wollte nicht im Frieden verhungern oder erfrieren. Der Hunger drängte die einen zur

Nahrungssuche und die anderen zum Nachdenken; zu den letzteren gehörte Roswitha von Quindt. Maximiliane war damals auf dem Sippentag freudig umarmt und geküßt worden, von alten und von jungen Quindts. Jetzt, wo sie unförmig, mit vier kleinen Kindern und den armseligen Bündeln im Hof stand, mischte sich unter die Wiedersehensfreude die Befürchtung, daß man noch enger zusammenrücken müsse und daß der eigene Lebensraum noch mehr beschnitten würde. Eine geborene Baronesse Quindt, eine angeheiratete Quint, ihr Anspruch war doppelt gesichert, niemand machte ihn ihr streitig.

»Wartet!« sagte Roswitha von Quindt, die im Februar 45 als ostpreußischer Flüchtling für eine Woche auf Poenichen geweilt hatte. »Ich sage meiner Mutter Bescheid.«

Elisabeth von Quindt, genannt ›die Generalin‹, hatte auf dem Eyckel das Zepter in die Hand genommen, aus keiner anderen Berechtigung heraus als der, daß sie mit ihren Töchtern als erster Flüchtling, und zwar bereits im April, eingetroffen war. Eine Ostpreußin von Haltung und Gesinnung, ihr Mann, Generalleutnant, befand sich, wie sie aus sicherer Quelle wußte, in russischer Gefangenschaft. Sie strahlte Zuversicht aus. Der alte Quindt hätte allerdings wohl gesagt, die eine Hälfte sei Zuversicht und die andere Anmaßung. Sobald sie den Mund auftat, tauchte hinter ihr der ganze Deutschritterorden auf mit Schild und Schwert. Sie forderte von den Bewohnern des Eyckel auch in der jetzigen Lage, Hunger und Kälte durch Haltung zu bekämpfen. Von ihrem Besitz hatte sie so gut wie nichts retten können, aber von ihren Überzeugungen hatte sie auf der Flucht nichts verloren. Sie wußte auch im Dezember 45, was ein junger Mensch sowohl im Hinblick auf die Vergangenheit als auch im Hinblick auf die Zukunft zu tun hatte. Jetzt schritt sie die breite Treppe hinunter und ging auf Maximiliane zu, die an einer Mauer lehnte, die Kette der Kinder an der Hand. Wieder war ein Ziel erreicht. Unterkunft. Niederkunft. Die Bilder verschwammen vor ihren Augen. Warum erinnerte alles an Ingo Brandes aus Bamberg, einen Oberprimaner, der ihr beim Festgottesdienst ›Quindt und Quint vereint zusammen‹ ins Ohr sang, der ihr Kornblumen pflückte, der unter ihrem Fenster wie der Rauhfußkauz rief, als ›Mondlicht das Tal der Pegnitz überflutete‹. Wieder schwankt sie unter dem Anprall der Bilder und stützt sich auf die Schulter ihres Ältesten, der sich stark macht.

Auf die erste Frage der Generalin, die ihrem Mann galt, hätte sie beinahe, indem sie ihn mit Ingo Brandes verwechselte, geantwortet, er sei mit dem Flugzeug abgestürzt, wo er doch bei der Infanterie gewesen war. Den einen hatte sie geheiratet, den anderen geliebt, einen Jagdflieger, beim Feindflug abgestürzt. Ihr Körper rettet sich in eine Narkose der Erinnerungen.

Mit Umsicht und Zuversicht trifft die Generalin ihre Anordnungen. Die Kinder werden zunächst einmal in die Küche geschickt; eine Kammer unterm Dach wird als Wochenstube eingerichtet: Bettstelle, Tücher, Wasserschüsseln und Lampe.

An dieser Stelle erscheint es angebracht, einen Blick zurückzuwerfen in die grünen Zimmer von Poenichen, wo Vera von Quindt, geborene von Jadow, eine Berlinerin, unter ›denkbar primitiven Umständen‹, wie sie es genannt hatte, im Jahre 1918 ihre Tochter Maximiliane zur Welt brachte; die Hebamme Schmaltz zur Stelle und, wenn auch ein wenig verspätet, der Hausarzt Dr. Wittkow, dazu eine Mamsell, die Täubchenbrühe zubereitete; die alten Quindts in der Vorhalle, auf die Geburt des Erben wartend, der Erzeuger allerdings an der Front; später dann Säuglingsschwester und Kinderfräulein, Personal, Besorgnis und Verwöhnung.

Aber auch diesmal liegen die Quindtschen Batistwindeln bereit, wird ein Holzkübel mit warmem Wasser gefüllt, schiebt man der Gebärenden einen erhitzten Backstein an die kalten Füße, sitzt eine Frau am Bettrand und hält ihre Hand. »Anna«, sagt sie, »Anna Hieronimi, meine Mutter war eine Quint. Ich komme aus Gießmannsdorf, bei Bunzlau. Du kannst ruhig ›Anna‹ sagen.«

»Amma«, sagt Maximiliane und streicht sich das nasse Haar aus der Stirn, atmet tief, ihr Gesicht entspannt sich. »Amma«, wiederholt sie, wie damals, als sie zu Anna Riepe auf Poenichen ›Amma‹ sagte, weil ein Herrschaftskind zu einer Mamsell nicht ›Mamma‹ sagen durfte.

»Streng dich nicht an!« sagt Anna Hieronimi. »Laß es kommen! Kinder wollen leben. Es hat noch viel Zeit vor sich.«

Wehrlos und willenlos läßt Maximiliane die Geburt geschehen, wie sie die Vergewaltigung bei der Zeugung hat geschehen lassen. Ihre Kräfte sind geschwächt, aber der Lebenswille des Kindes ist um so stärker.

Die Frau aus Gießmannsdorf erweist sich als eine weise Frau. Sie hat selbst drei Kinder zur Welt gebracht.

Einmal steckt die Generalin den Kopf durch die Tür: »Geht alles gut voran?«

Als Anna Hieronimi das Neugeborene, ein Mädchen, schließlich im Arm hält, sagt sie: »Was für ein Wunder! Ein Gotteskind. Wir sind nicht aus Sand gemacht, und wir werden auch nicht zu Sand. Wir sind aus Blut und werden zu Blut.«

Sie tut das Nötige, und Maximiliane läßt das Nötige geschehen. Anna Hieronimi schiebt ihr das Kind gewaschen, gewickkelt und gewindelt unter die graue Decke. »Ich denke manchmal: In der Stunde, wo wir ein Kind zur Welt bringen, wird jede von uns eine Art Maria. Wo wir doch alle als Gotteskinder geboren sind. Wir haben es nur wieder vergessen.«

Maximiliane bewahrt auch diese Worte in ihrem Gedächtnis. Sie fallen in fruchtbaren, aufgewühlten Boden. Nur bei diesem Kind wird sie jenes Geheimnis der Menschwerdung gewahr, das mehr ist als ein biologischer Vorgang.

Das Licht der Welt, das hier erblickt wurde, bestand aus zwei Kerzenstummeln. Von 20 Uhr bis 24 Uhr war der elektrische Strom gesperrt, und die Gebäude lagen im Dunkel. Keine Verdunkelungsbestimmungen mehr, aber auch kein Licht. Da das warme Wasser genutzt werden mußte, wurden die anderen Kinder geholt und gewaschen. Fünf waren es nun, ihrem Namen gemäß: Quint.

Das fünfte Kind, dieses Kind eines Kirgisen, wurde auf dem Stammsitz der Quindts geboren, ein Grund mehr, ein vollwertiger Quint zu werden, allerdings ein Flüchtlingskind, obwohl es im Westen zur Welt gekommen war. Aber ein Flüchtling bringt weitere Flüchtlinge zur Welt; sie vermehren sich auf natürliche Weise.

Ein neugeborenes Kind rührt auch an die verhärtetsten Herzen und an unheilgewohnte Augen. Da war jemand noch ärmer als man selbst, noch hilfloser. Man brachte dem Kind ein paar Scheite Holz, eine Schüssel mit Haferflocken, ein wollenes Einschlagtuch, eine Flasche Petroleum. Was für eine Erstausstattung für ein kleines Mädchen! ›Armut gibt der Armut gern‹, ein Lesebuchgedicht. Keiner wollte so arm sein, daß er nichts zu verschenken hätte.

Die Generalin trat ebenfalls an das Bett der Wöchnerin; mit

leeren Händen, aber mit guten Ratschlägen. »Diese Kinder müssen von klein auf lernen, daß sie Quints sind! Das bedeutet eine besondere Verpflichtung, auch wenn sie im Augenblick ohne Besitz sind.«

Maximiliane widerspricht, wenn auch zögernd: »Sie müssen lernen, daß sie nichts Besonderes sind, Tante!«

»Du scheinst etwas vom Geist deines Großvaters in dir zu tragen!«

»Ich hoffe es, Tante!«

So mutig wie in dieser Unterredung war sie nicht immer.

›Der Mirko‹, sagen die Geschwister zu dem Neugeborenen und werden belehrt, daß es ein Mädchen sei. Also sagen sie ›Mirka‹ zu ihr, zumal das Neugeborene gar keine Ähnlichkeit mit dem richtigen Mirko hat.

Drei Tage bleibt Maximiliane liegen, dann macht sie sich auf den Weg, um die Geburt des Kindes standesamtlich anzuzeigen.

Der neue Bürgermeister, Joost, bis vor kurzem noch Klempner, leitete die Befähigung zu seinem Amt davon ab, daß er der nationalsozialistischen Partei nicht angehört hatte, so wie sein Vorgänger sie daraus abgeleitet hatte, daß er ihr angehörte. Denunzieren, denunziert werden. Der große Reinigungsprozeß war im Gange. Vom Führerbild, das an der Wand hinter dem Schreibtisch gehangen hatte, war ein weißer Fleck mit schmutzigem Rand zurückgeblieben. Der Bildersturm war lautlos und unblutig erfolgt. Aber die Alliierten konnten sich nicht allein auf die Selbstreinigung des besiegten Volkes verlassen. Nicht weit vom Eyckel, in Nürnberg, tagte seit November der Internationale Militärgerichtshof und entschied über Schuld und Unschuld, über Leben und Tod; die deutsche Nation wurde in fünf Kategorien eingeteilt: Hauptschuldige, Schuldige, Minderbelastete, Mitläufer und Unbelastete. Schwarze Schafe, weiße Schafe.

Noch hatte keine Spruchkammer entschieden, zu welcher Kategorie Maximiliane gehörte: Führerin im ›Bund Deutscher Mädel‹ und Frau eines aktiven Nationalsozialisten. Noch ist sie nichts weiter als ein Flüchtling aus dem Osten. Für Bürgermeister Joost waren das alles ›halbe Polen‹. Die Nennung des Mädchennamens, des Adelstitels und des Ritterguts verstärkten seine Abneigung. Er ahnte nicht, wie nahe er der Wahrheit kam: Maximiliane war eine Viertelpolin, und ein Angehöriger der Roten Armee war der Vater des anzumeldenden Kindes.

Zunächst einmal lehnt Bürgermeister Joost den Namen ›Mirka‹ als ortsunüblich ab und schiebt Maximiliane ein Verzeichnis der im Fränkischen gebräuchlichen Vornamen zu. Das Register stammt aus dem Jahre 1938, und Herr Joost zeigt mit dem Finger auf Namen wir Erika, Gerlinde oder Ingeborg. Die vier mitgebrachten Kinder brechen in ihr gewohntes Gebrüll aus. Maximiliane unternimmt keinen Versuch, die Kinder zur Ruhe zu bringen. Sie wartet ab, bis der Name Mirka ins Standesamtsregister eingetragen wird. Als Vater des Kindes gibt sie ihren Ehemann Viktor Quint an, Wehrmachtsangehöriger, vermißt, gebürtig aus Breslau. Wenn man es verlangt hätte, hätte sie diese Angaben auch beeidet. Zu wahrheitsgemäßen Auskünften gegenüber einer Behörde fühlte sie sich nie verpflichtet. Dem Kalender nach wäre ihr Mann als Erzeuger durchaus in Frage gekommen.

Mirka ist fortan das einzige ihrer Kinder, das über eine ordnungsgemäße, im Westen ausgestellte Geburtsurkunde verfügt; ein Jahrgang, den man später als einen ›geburtenschwachen‹ bezeichnen wird, geboren unter dem Sternzeichen des Schützen, demnach – wenn man den Astrologen glauben darf – großzügig, gerecht denkend, freigebig, beliebt, optimistisch, unabhängig, abenteuerlustig und selbstbewußt sowie ›mit stolzem, federndem Gang und der Sehnsucht nach fernen Inseln‹.

Vorerst liegt das kleine Schütze-Mädchen, ungewogen, nicht einmal gemessen, in seiner Kartoffelkiste, die man als Säuglingsbett hergerichtet hat. Es verschafft seiner Mutter Lebensmittelkarten für stillende Mütter, zusätzlich Vollmilch und Nährmittel, von Maximiliane als ›Stillmittel‹ bezeichnet, dazu fünf Karten für Kleinkinder beziehungsweise Säuglinge. Jeder Normalverbraucher mußte sie beneiden, wenn sie mit ihren Milchkannen vom Berg hinunterging ins Dorf.

4

Das erste Weihnachtsfest im Frieden! Ausgangserlaubnis für
die besiegte und befreite Bevölkerung bis um zwei Uhr dreißig
in der Heiligen Nacht. Die Amerikaner stifteten aus eigenen
Beständen pro Kopf der Bevölkerung ein Kilogramm Weizen-
mehl und 400 Gramm Zucker, braunen Zucker aus Kuba, der
wie gesüßter Fleischextrakt schmeckte.

   Am großen Herd in der Küche, wo man sonst aus durchge-
rührten weißen Bohnen Schmalz, gewürzt mit Thymian, kochte
und gegärten Magerquark mit falschem, am Wegrand gepflück-
tem Kümmel zu ›Stolper Jungchen‹ verrührte und wo man die
feuchten Brotscheiben röstete, damit sie keine Blähungen ver-
ursachten, da backten in den Vorweihnachtstagen die Frauen
nachmittags gemeinsam Weihnachtsgebäck, im Kopf die alten
Maße und Rezepte. Aber statt der vorgeschriebenen Eier nehmen sie jetzt Milch, statt Vollmilch Magermilch; als diese verbraucht ist, nehmen sie Wasser, anstelle von Bienenhonig Zuk-
kerrübenkraut und statt Zucker Süßstoff. Ein Schuß Essig gibt
die gleiche treibende Kraft wie Backpulver. Aus Blech hatte
man Backformen in alten Mustern hergestellt, Stern und Herz,
Baum und Mond, Vogel und Fisch. Alles läßt sich ersetzen.
Auch der Weihnachtsfrieden war nur so etwas wie ein Ersatz-
frieden.

   Der Tannenbaum wird in der Küche aufgestellt. Alle, die
Arme und Beine regen können, beteiligen sich an den Vorbereitungen, stellen Strohsterne her, gießen Kerzen, bestäuben
Kienäpfel mit Gips. Man zerschneidet eine Hakenkreuzfahne
zu schmalen Streifen, bindet Schleifen daraus und schmückt
damit den Baum. In den tiefen Fensternischen stehen lang-
brennende Hindenburglichter, zur Beleuchtung von Bunkern
und Unterständen vorgesehen.

   Die geistliche Ausgestaltung der Christnacht hat der Diakon
Quint aus der Lausitz übernommen. Sein Sohn Anselm, vor

vier Wochen hohlwangig aus dem französischen Kriegsgefangenenlager Bad Kreuznach entlassen, bläst die Posaune, die seine Mutter im Fluchtgepäck gerettet hat. ›Dies ist die Nacht, da mir erschienen des großen Gottes Freundlichkeit . . .‹

Maximiliane schiebt die Kiste, in der ihr neugeborenes Kind liegt, näher an den Herd. ›Dies Kind, dem alle Engel dienen, bringt Licht in meine Dunkelheit.‹ Natürlich wenden sich alle Augen dem Kind in der Kiste zu.

Bevor der Diakon noch das Wort ergreifen kann und bevor auch nur die erste Zeile aus dem Zweiten Kapitel des Lukas-Evangeliums gesprochen ist, setzt ein leises, ansteckendes Weinen ein, dem die Generalin mit den Worten: »Und wenn wir auch alles verloren haben, unseren Stolz haben wir nicht verloren« ein Ende macht.

Der Diakon tut das Beste, was er tun kann – ein großer Prediger ist er nie gewesen –, er läßt weg, was er gelernt hat, spricht aus dem Herzen, schlägt die Bibel, die er in den Händen hält, nicht auf. Dies ist der Zeitpunkt für die Offenbarung.

»Ich sehe eine neue Stadt, die Hütte Gottes bei den Menschen. Er wird bei ihnen wohnen, sie werden Sein Volk sein, und Er wird mit uns sein, kein Tod wird mehr sein, kein Leid mehr, kein Schmerz mehr. Er wird kommen und abwischen unsere Tränen . . .«

Maximiliane betrachtet ihr Kind, das die Augen geöffnet hat. Sie hört nicht mehr auf die Worte; ihre Seele braucht wenig Nahrung, kommt mit wenigen Sätzen aus. Warum nicht jetzt? denkt sie. Warum erst in einer künftigen Stadt? Worauf wartet Er noch? Er wird abwischen unsere Tränen.

Die Quindts mit und ohne ›d‹ rücken näher zusammen. Frau Hieronimi besorgt das Einschenken, füllt ein heißes, rotes und süßes Getränk in die dickwandigen Jugendherbergstassen. Man singt Weihnachtslieder und singt sich dabei vieles von der Seele. Das Weihnachtsgebäck wird auf Zinntellern herumgereicht, und keiner zählt diesmal nach, wieviel sich jeder davon nimmt. Die Kinder sitzen am großen Küchentisch und benutzen Sterne und Herzen zu einem Puzzle-Spiel. Maximiliane nimmt Viktoria, die schon seit Tagen wie jedem Ereignis auch diesem entgegengefiebert hat, auf den Schoß. Im Wechselgesang singt sie mit Anna Hieronimi »›Maria durch ein Dornwald ging . . . da haben die Dornen Rosen getragen . . .‹«

Von der uralten Tante Maximiliane Hedwig, der man einen Lehnstuhl nahe an den Herd gezogen hat, kommt ein Klageton, ähnlich dem Ton, der entsteht, wenn zwei Eisschollen aneinanderstoßen.

Edda holt einen Arm voll Holzscheite aus dem Schuppen und schichtet sie in den Backofen, damit sie dort trocknen. »Was für ein umsichtiges kleines Mädchen!« – »Nichts muß man ihm auftragen, alles tut es von selber!« Man lobt es, lobt zugleich die Mutter. Maximiliane muß nicht mehr erwähnen, daß Edda ein Sonntagskind ist, um ihr zu ihrem Recht zu verhelfen. Auch der Name ›Kuckuck‹, den der alte Quindt dem kleinen Findling gegeben hat, verliert sich immer mehr.

Joachim stellt sich neben seine Mutter. Es ist zwar schon eine Weile vergangen, seit die Generalin die Quindts an ihren Stolz erinnert hat, aber der Junge braucht immer lange Zeit zum Nachdenken.

»Haben wir auch einen Stolz?« fragt er.

»Nein!« antwortet seine Mutter.

»Worauf ist Tante Elisabeth stolz?«

»Ihr Mann ist ein General. Und sie hat zwei Kinder geboren und aufgezogen.« – »Wir haben fünf Kinder!«

»Stolz ist nicht wichtig, Mosche.«

»Was ist wichtig, Mama?«

Maximiliane denkt einen Augenblick nach. »Mut ist wichtig. Und Geduld«, sagt sie dann. »Und jetzt schließ die Augen und denk an zu Hause! Was siehst du?«

Joachim strengt sich an, macht sich steif und sagt: »Die fünf Säulen. Und den Pferdeschlitten. Und Riepe auf dem Kutschbock. Und . . .«

»Siehst du! Das ist wichtig, Mosche. Daß man auch noch etwas sieht, wenn man die Augen schließt.«

Und dann muß Joachim vor allen Anwesenden sein Gedicht aufsagen. Er zittert am ganzen Körper, auch die Stimme. »»Wärst du, Kindchen, im Kaschubenlande, wärst du, Kindchen, doch bei uns geboren . . . Rote Schuhchen für die kleinen Füße, fest und blank mit Nägelchen beschlagen . . .‹« Er bleibt nicht stecken, verspricht sich kein einziges Mal, läßt keinen Vers aus. »»Wärst du, Kindchen, doch bei uns geboren!«« Aus dem Gedächtnis der Mutter ins Gedächtnis des Kindes übergegangen.

Auch er wird gelobt, wird in die Arme geschlossen, geküßt. »Ein richtiger kleiner Quindt!«

Ein Korb mit Äpfeln wird herumgereicht. Dann holt jeder ein paar Geschenke hervor, vom Mund Abgespartes, Selbstgeschnitztes, liebevoll und wertlos. Aber auch ein Rodelschlitten kommt zum Vorschein, vom Stellmacher des Dorfes aus Brettern zusammengenagelt und vom Schmied mit Kufen beschlagen. Golo stürzt sich darauf und läßt sich von Joachim über den Steinboden der Küche ziehen, schwingt seine Krücke, von der er sich noch immer nicht getrennt hat, wie eine Peitsche. Der alte baltische Onkel Simon August bekommt mehrere Zigarren, Frau Hieronimi erhält von Maximiliane deren ganze Monatsration an Zigaretten; sie zündet sich sogleich eine davon an und sagt mit einem Seitenblick zur Generalin: »Die deutsche Frau raucht wieder!«

Die Tanten aus Mecklenburg verteilen handtellergroße Leinendecken mit Lochstickerei, die Muster selbst entworfen. Erst am nächsten Morgen wird man gewahr werden, daß man keinen Tisch besitzt, auf den man ein Zierdeckchen legen könnte. Die Decken werden in den Schachteln verschwinden, die man unter die Betten schiebt, weil man keinen Schrank besitzt.

Frau Hieronimi überreicht den beiden alten Damen feierlich einen emaillierten Nachttopf, den sie mit Tannenzweigen und Strohsternen weihnachtlich geschmückt hat. Er erweckt Heiterkeit. Alle kennen die nächtlichen Schwierigkeiten der Damen, deren Kammer durch lange, ungeheizte Gänge und Stiegen vom nächsten Klosett entfernt liegt.

Die Generalin bringt das Gespräch wieder in die richtigen Bahnen und eröffnet den Reigen der Weihnachtsgeschichten.

»Bei uns in Königsberg«, erzählt sie, »zog am Heiligen Abend, wenn es dämmrig wurde, so gegen vier Uhr, die Stadtkapelle durch die Straßen. Bei uns in der Regentenstraße traf sie so gegen halb fünf Uhr ein. Die Kinder drängten sich am Fenster und warteten schon ungeduldig, auch das Personal stand im Salon, am anderen Fenster. Bei uns spielten sie ›O Tannenbaum‹, das Lieblingsweihnachtslied meines Mannes. Im Marschtempo! Anschließend überreichte die Köchin meinem Mann das Tablett mit dem selbstgemachten Marzipan. Die Form hatte er eigens für unsere Familie anfertigen lassen. Sie war dem Schwarzen Adlerorden nachgebildet, den sein Urgroßvater von Friedrich Wilhelm dem Dritten verliehen bekommen hatte, in Originalgröße! Er nahm dann einen der Marzipanorden und überreichte ihn mir als erster. ›Den ersten Orden für meine liebe Frau Elisabeth!‹ Und dann sagte er . . .«

»Suum quieque!« unterbrach Roswitha ihre Mutter.

»Das Schwein quiekt!« ergänzte ihre Schwester Marie-Louise, und beide brachen in Gelächter aus.

»Suum cuique!« berichtigte die Generalin mit erhobener Stimme. »›Jedem das seine!‹, wie es auf dem Orden zu lesen war! Und dann überreichte er den Kindern ihre Orden, erst der Ältesten, dann der Jüngsten und dann auch dem Personal. Genau dem Rang nach, zuerst der Köchin. Es war jedesmal wie eine Auszeichnung, und so wurde es auch von allen empfunden. Wir verbrauchten für das Marzipan mehr als zehn Pfund Mandeln.«

Die übrigen Quindts antworteten mit einem achtungsvollen »Oh!«.

»Jedenfalls feierten wir alle zusammen wie eine große Familie«, schloß die Generalin; doch ihre Tochter Roswitha ergänzte: »Und anschließend ging das Personal in die Kammern und weinte.«

Auch Maximiliane läßt ihre Gedanken zurückgehen und überlegt, ob die Kinderfräulein und die Hausmädchen nach der Bescherung auf Poenichen in ihren Kammern geweint haben mögen, und kommt zu dem Ergebnis, daß es wohl genauso gewesen war.

Als nächste beginnt Frau Hieronimi zu erzählen. Sie streicht ihr Haar eng an den Kopf und läßt die Hände auf den Ohren liegen, als müsse sie die Gedanken darin festhalten.

»Am Nachmittag, noch bevor wir in die Kirche gingen, gab es schon frische süße Mohnpielen, steif von Korinthen und dick mit Zucker und Zimt bestreut. In jedem Haus besaß man eine Weihnachtspyramide, aus Holz gedrechselt und bemalt, jede war anders; auf der unsrigen stand die Jahreszahl 1797. Vor der Kirchtür wurden die Kerzen angezündet. Dann trug jeweils ein Kind aus jeder Familie die Pyramide wie einen Lichterbaum hinein und pflanzte ihn, im Chor, in einen der Ständer; andere Kinder stiegen die Treppe zur Empore hinauf und setzten ihren Baum auf die Brüstung. Mit jedem Lichterbaum wurde es heller in der Kirche. Im vorigen Jahr haben wir noch Kerzen gehabt, die wir selbst aus Bienenwachs gegossen hatten. Mein Jüngster hat die Pyramide getragen. Er wollte es erst nicht, er war schon fünfzehn Jahre alt. Zwei Tage später haben sie ihn zur Flak geholt. Keiner hat beim Aufbruch zur Flucht an die Pyramide gedacht.«

»Solch eine Pyramide läßt sich ersetzen!« sagt die Generalin.

»Ja«, entgegnet Frau Hieronimi. »Alles läßt sich ersetzen, sogar das Bein eines fünfzehnjährigen Jungen!«

Sie bricht in unbeherrschtes Schluchzen aus.

»Jeder hat hier sein Schicksal!« sagt die Generalin ungehalten.

»Aber nicht jeder hat die Kraft mitbekommen, es zu tragen!« wirft der alte baltische Onkel ein und versucht abzulenken. Er zieht aus seinem Rock eine Flasche. »Ich habe hier ein Schlückchen zu trinken. Reiner Korn! Einen Löffel für jeden!«

Mit ruhiger Hand füllt er die Löffel, die man ihm hinstreckt.

»Feine Leute trinken nie mehr als einen, allenfalls zwei Schnäpse. Und wir sind doch alle sehr feine Leute, nicht wahr! Und etwas essen muß man dazu, ›Sakuska‹ sagte man bei uns. Und jetzt werde auch ich eine Geschichte erzählen, eine lustige. Eine Geschichte muß lustig sein. Bei uns erzählt man lustige Geschichten, die man weitererzählen kann, wenn man wieder zu Hause ist. Es war in einer stürmischen Weihnachtsnacht. Die Chausseen waren vereist, und ein Schneesturm kam auf, so einer, wo man meint, die Wölfe zu hören . . .«

Mehr hörte Maximiliane von der Geschichte nicht. Die Stichworte genügten. Sie kaute der Reihe nach die Nägel ihrer Finger ab, während jener Weihnachtstag vor ihr auftauchte, als sie mit ihrem Mann auf der Fahrt von der Bahnstation nach Poenichen in einen pommerschen Schneesturm geriet, der ihn in Zorn versetzte; dazu der mißratene ›Karpfen polnisch‹, die weinende Mamsell Pech und am Ende Viktors kategorisches ›Komm!‹, mehr ein Racheakt als ein Zeugungsakt, die Frucht davon: Golo, dieses ungestüme Kind, das sich bei der Geburt schon das Schlüsselbein brach. Sie hört die Hebamme Schmaltz ›Du leiwer Gott!‹ sagen und taucht dann mit hörbarem Aufatmen aus dem pommerschen Schneesturm wieder auf, sucht nach Golo und entdeckt ihn zwischen den Knien des baltischen Onkels, den Mund weit geöffnet, damit er nur alles schlucken kann, was er hört.

».. . und am Ende wurde der Karpfen dann doch noch verspeist!«

Die Geschichte war zu Ende. Der baltische Onkel holt eine der Zigarren hervor, die man ihm geschenkt hat. Edda eilt bereits zum Herd, hält einen Kienspan ins Feuer und trägt ihn vorsichtig zu dem alten Herrn. Der zündet sich bedächtig seine Zigarre daran an.

»Ich danke euch allen für diesen schönen Weihnachtsabend!« sagt er.

Aber nur die Kinder haben ihm zugehört. Die Erwachsenen sitzen da und hängen ihren eigenen Erinnerungen nach. Jeder erzählt seine Geschichte mehr sich selbst als den anderen.

Statt eine Weihnachtsgeschichte zu erzählen, berichtet ein Herr Österreich, pensionierter Oberfinanzrat aus Breslau, der dort während des Krieges eine Quint geheiratet und aus persönlicher Liebhaberei Ahnenforschung betrieben hatte, über den Auszug des ersten Quinten, der zu Beginn des 15. Jahrhunderts als Lehnsherr des Burggrafen von Nürnberg in dessen Gefolge von hier nach dem Osten, ins Brandenburgische, gezogen war. Der Burggraf habe seine Burg an die Stadt Nürnberg verkauft, während der Eyckel glücklicherweise im Besitz eines Zweiges der Quindt, wenn auch eines unechten, geblieben sei.

»Und jetzt diese Rückkehr!« schloß er seinen Bericht, und alle hingen wieder ihren Gedanken nach.

Golo schreckt sie daraus auf. Er hat sich in den Besitz der Posaune gebracht, steigt auf einen Stuhl, setzt das Instrument an den Mund, bläst mit dicken, roten Backen nach Leibeskräften hinein, ein stämmiger Barockengel; er bringt ein paar helle Töne zustande, für die er großen Beifall erntet.

Maximiliane läßt Viktoria vom Schoß gleiten, nimmt den Säugling aus der Kiste und zieht sich mit ihm in eine der dunklen Fensternischen zurück, um ihn zu stillen. In diesem Augenblick stürzt Viktoria unvermutet zum Herd und legt die Hand auf die heiße Platte. Schreckensrufe von allen Seiten. Man betrachtet die Brandwunden, gibt Ratschläge: »Feuchte Seife!« – »Die frische Innenhaut eines Eies!« – »Mehl!« Nichts davon war zu beschaffen. Maximiliane wehrt alle Ratschläge ab, nimmt Viktoria wieder auf den Schoß, leckt die wunde Hand und nimmt sie in den Mund. Sie weiß, was dieses Kind benötigt und was es sich nur auf diese Weise verschaffen wollte: Beachtung, wo doch alle anderen Geschwister bewundert worden waren, sogar der Säugling, der auch jetzt wieder friedlich in seiner Kiste schläft, nicht einmal weint, wenn man ihn von der Brust nimmt.

Die Kinder werden müde; für jedes findet sich ein Schoß und ein Paar Arme, die es an sich ziehen.

Als alle Lieder gesungen sind, schaltet Anselm Quint sein Radiogerät ein, den amerikanischen Soldatensender American Forces Network. Bing Crosby singt gerade ›Dreaming of a white Christmas‹. Eine Botschaft aus einem fernen, reichen Land, dazu angetan, die Herzen noch mehr zu weiten. Noch einmal werden die Teller mit dem Gebäck herumgereicht und gelobt. ›Wer ist noch, welcher sorgt und sinnt? Hier in der Krippe liegt ein Kind.‹

Als um Mitternacht die Glocken im Dorf läuten, öffnet der Diakon das Fenster. Auch im Dorf hat man Weihnachten gefeiert; wie, danach fragt von den Flüchtlingen auf dem Eyckel keiner.

Wenn jene Quindts, die das erste Weihnachtsfest nach dem Krieg miteinander gefeiert haben, später davon erzählen werden, wird immer von dem Gebäck die Rede sein. ›Ohne alles mit Essig‹, werden sie sagen und dabei mageren, kalorienarmen Putenbraten essen, einen Riesling dazu trinken und von jenem ›Heißgetränk‹ des Jahres 1945 erzählen, das chemie-rot aussah und nach Süßstoff schmeckte, ähnlich wie sie 1945 von Königsberger Marzipan, Mohnpielen und ›Karpfen polnisch‹ erzählt haben. ›Habt ihr denn nur gegessen?‹ werden die Kinder sie fragen. Und keiner von ihnen wird imstande sein zu berichten, was anders war bei jenem Weihnachtsfest.

5

›Wer an Gott glaubt, der hat es leichter, der weiß wenigstens, bei
wem er sich beklagen kann.‹

Der alte Quindt

Auf der Potsdamer Konferenz der Alliierten war die endgültige
Festlegung der Westgrenze Polens bis zur Friedenskonferenz
zurückgestellt worden. Im Sommer 1950 wird Pommern in die
Woiwodschaften Stettin, jetzt Szczecin, und Köslin, jetzt Kos-
zalin, aufgeteilt werden; aus der Kreisstadt Dramburg wird
Drawsko werden.

Und was wird aus Poenichen?

Vae victis! Wehe den Besiegten!

Die drei tödlichen Schüsse, die der alte Quindt abgegeben
hatte, als der Treck seiner Gutsleute auf die vereiste Chaussee
einbog, waren das letzte, was man von Poenichen erfahren hatte.

Der alte Riepe hat dann, wie es ihm aufgetragen worden war,
dafür gesorgt, daß sein Herr und Freund und die Frau Baronin
rechtzeitig unter die Erde gekommen sind, und in einiger Entfernung ist auch Texa, die Dackelhündin, begraben worden.
Ein Stück pommersche Erde, das sei nicht das schlechteste,
hatte Quindt einmal im Verlauf eines kurzen, aber tiefsinnigen
Gesprächs am Wochenbett seiner Enkelin geäußert, als es um
das Weiterleben nach dem Tode gegangen war. Riepe hatte allerdings nicht verhindern können, daß man die frischen Grab-
stellen erkennen konnte; der Schneefall setzte erst einen Tag
später ein. Aber die Plündernden, die sich mit dem Spaten über
den Platz hermachten, entdeckten den frischen Kadaver eines
Hundes und stellten das Graben ein. An einem toten Gutsbe-
sitzer war zudem den gegnerischen Soldaten nicht gelegen,
nicht einmal die aus den Lagern befreiten russischen Kriegsgefangenen und zwangsverpflichteten Polen hatten das Bedürfnis, sich an dem Toten zu rächen; statt dessen plünderten sie das
Herrenhaus, durchwühlten in weitem Umkreis das Gelände
nach vergrabenen Wertsachen. Noch nach Monaten wurden sie

fündig, als Maximiliane immer noch geduldig, wenn auch mehr genial als genau, Planskizzen für die Verwandten anfertigte. Die Nachfragen wurden jedesmal mit dem ausgesprochenen oder unausgesprochenen Vorwurf verbunden, warum die anvertrauten Kisten nicht auf die Flucht mitgenommen worden waren.

Die paar Gutsleute, die auf Poenichen zurückgeblieben waren, hatten zum Zeichen ihrer Unterwerfung weiße Laken aus den Fenstern gehängt und sich vorsichtshalber versteckt gehalten. Nur Willem Riepe war den sowjetischen Panzern entgegengegangen und hatte die rote Fahne geschwenkt, die er zwölf Jahre lang verborgen gehalten hatte. Mag sein, daß sich in der Morgendämmerung nicht hatte ausmachen lassen, daß das schwarze Hakenkreuz auf weißem Grund fehlte: er kam nicht dazu, seine in die Haut eingebrannte Nummer aus dem Konzentrationslager Oranienburg vorzuweisen, er wurde mit einem Gewehrkolben niedergeschlagen, später aber dann als Propagandist in einem deutschen Kriegsgefangenenlager bei Minsk eingesetzt; seine Frau gehörte mit ihren beiden jüngsten Kindern zu jenen Pommern, die im Sommer 1946 ausgesiedelt wurden.

Keiner hatte bei der überstürzten Flucht daran gedacht, in der Leutestube jene Europakarte zu entfernen, auf der Martha Riepe die Hitlerschen Eroberungszüge mit Stecknadeln und Wollfäden markiert und auf dem Stand vom November 1942 belassen hatte; der ›Völkische Beobachter‹ mit der Schlagzeile der Eroberung von Orlowski, einem Vorort Stalingrads, hing ebenfalls noch am Haken. Beides fiel einem deutschsprechenden sowjetischen Offizier in die Hände und hatte zur Folge, daß nicht nur das Herrenhaus, sondern auch die Leutehäuser und Dorfkaten in Brand gesteckt wurden. An das Herrenhaus wurde dreimal Feuer gelegt, aber die Steinmauern hielten stand; die weißen Säulen wurden von den Flammen geschwärzt, die Fensterscheiben barsten. Aber das Ganze machte von ferne damals noch den Eindruck von ›pommerscher Antike‹, wie der alte Quindt den Klassizismus zu nennen pflegte.

Sieben Einwohner des Dorfes Poenichen, so hieß es, sollten noch in der Feldscheune am Blaupfuhl und im halbzerstörten Inspektorhaus am Poenicher See leben, darunter der alte Riepe, der Stellmacher Finke und die beiden alten Jäckels. In

Arnswalde sollte kein Stein auf dem anderen geblieben sein. Die Russen seien inzwischen abgezogen, polnische Bauern aus der Ukraine seien gekommen, mit Sack und Pack, ebenfalls aus ihrer Heimat vertrieben, ärmer als man selbst.

Die Nachrichten aus Pommern drangen spärlich und verzerrt in den Westen, an die Ohren derer, die glaubten, sie seien nur evakuiert und würden eines Tages in die Heimat zurückkehren. Den Vertriebenen steckte die Angst noch in den Knochen und in den Augen, mehr als den Flüchtlingen. Pommerland ist abgebrannt! Nichts Heiteres ist aus Poenichen zu berichten, außer, daß Klara Slewenka, die Frau des Schmieds, nach der ersten Vergewaltigung gesagt haben sollte: ›Dat heww wie all lang nich mehr hätt.‹ Aber auch über diesen Satz mochte wohl kaum einer lachen.

Von den 143 Personen und acht Wagen, die unter der Leitung von Martha Riepe aus Poenichen fortgezogen waren, hatten neun Personen, dazu zwei Pferde, ein Trecker und drei Wagen das Dorf Kirchbraken in Holstein erreicht. Alle übrigen Personen waren irgendwo hängengeblieben oder hatten sich vom Treck getrennt und sich in die drei Himmelsrichtungen verteilt, wo sie nach Verwandten suchten. Sieben Personen hatten die Strapazen der Flucht nicht überstanden.

Über Martha Riepe ist einiges zu sagen. Ein Kellerkind, im Souterrain des Herrenhauses geboren, als Tochter von Otto und Anna Riepe, die, Kutscher und Mamsell, ein treues Dienerleben lang auf Poenichen von allen geachtet und von Maximiliane sogar geliebt worden waren. Ihre Tochter Martha war zur Gutssekretärin aufgestiegen, eine Vertrauensstellung, aber sie hatte wohl doch etwas vom aufsässigen Blut ihres Bruders Willem in sich, der – ›Friede den Hütten, Krieg den Palästen!‹ – nach dem Ersten Weltkrieg versucht hatte, an das Herrenhaus Feuer zu legen, ein Kommunist, dem der alte Quindt Unterschlupf gewährt hatte, als er aus dem Lager Oranienburg entlassen worden war. Bereits bei seinem ersten Auftreten in Poenichen hatte Martha Riepe sich in Viktor Quint, Maximilianes späteren Mann, verliebt. Ihre Bewunderung für ihn hatte ebenso wie ihre Liebe zu Hitler den Zusammenbruch des Dritten Reiches überlebt. Und jetzt war sie auch noch zur Verwalterin des restlichen Quindtschen Besitzes geworden, vielfache, widersprüchliche Beziehungen also.

Wem gehörte, was gerettet worden war? Dem Eigentümer oder dem, der es gerettet hatte? Fragen nach den Besitzverhältnissen ließen sich rechtlich und menschlich beantworten, falls sie überhaupt gestellt wurden, und das tat Maximiliane nicht.

Als sie auf dem Eyckel eingetroffen war, hatte bereits ein Brief von Martha Riepe aus Kirchbraken vorgelegen, an sie, Maximiliane, gerichtet; statt mit einer Briefmarke mit einem Stempel versehen, der besagte, daß die Gebühr bezahlt war, sowie mit dem Vermerk, daß die Mitteilungen – ›Zutreffendes ankreuzen‹ – nicht in Englisch, Französisch oder Russisch, sondern in Deutsch, der Sprache der Besiegten, abgefaßt waren. Er enthielt die Anfrage nach ihrem, Maximilianes, Verbleib und enthielt sonst nichts weiter als die Kopfzahl der aus Poenichen stammenden Personen und Pferde sowie die genaue Anschrift.

Ein wortarmer, aber inhaltsreicher Briefwechsel setzte zwischen den beiden ungleichen Frauen ein, in dem niemals ein Wort darüber stand, wie es hatte geschehen können, daß Martha Riepe am vierten Tag der Flucht den Quindtschen Treck hatte abziehen lassen, ohne sich um Maximiliane und ihre vier kleinen Kinder zu kümmern.

Unter ihre erste Nachricht schrieb Maximiliane, ohne ein Wort der Erklärung für diesen unverständlichen Satz: »Schick die Taufterrine!« In Martha Riepe steckte noch soviel an Untertanengesinnung, daß sie die Terrine umgehend mit Schmalz füllte und in eine Kiste mit Weizenkörnern verpackte, ohne weitere Fragen zu stellen, aber mit dem Zusatz im Begleitbrief, daß der Jagdanzug des Oberleutnant Quint habe gerettet werden können, ein Satz, der die angstvolle Frage nach dessen Verbleib enthielt. Die Kiste mit der unversehrten Terrine aus dem Curländer Service – Königlich-Preußische Manufaktur – traf erst zwei Monate später ein, was einer der Gründe dafür war, daß das Kirgisenkind nicht getauft wurde. Maximiliane nahm es mit den geistlichen Amtshandlungen nicht so genau; Golo war dafür, dank der Gutmütigkeit des alten Pfarrers Merzin, in Poenichen zweimal getauft worden. Mit der Einhaltung von Konventionen konnte man bei ihr nicht mehr rechnen. Aber als ein Gotteskind hatte das Neugeborene in seiner Kiste sogar das Jesuskind vertreten. ›Er wird abwischen alle Tränen.‹ Warum hätte das Kind weinen sollen? So nahe der Mutter, nachts in deren Bauchkuhle schlafend, tagsüber in einem Wolltuch, auf den Rücken gebunden, damit die Hände freiblieben für Milchkannen und Körbe; nach seiner Geburt war dieses Kind kaum weiter von seiner Mutter entfernt als vor seiner Geburt.

Martha Riepe teilte in den nächsten Monaten den Quints an Lebensmitteln das zu, was sie für richtig hielt, bis die aus Poenichen stammenden Vorräte verbraucht waren.

Sobald ein Brief mit dem Poststempel ›Eutin‹ eintrifft, holt Joachim seine Liste sowie den Bleistift hervor und schreibt die Namen, die er hört, untereinander. Wenn die Mutter vorliest: »Die alte Klukas ist schon in Mecklenburg gestorben«, dann macht er ein Kreuz hinter den Namen.

Er benutzt das Kreuz wie ein Satzzeichen, ein Klagezeichen. Wenn seine Mutter sagt: »Inspektor Kalinski und seine Frau sollen jetzt in Friedrichshafen, französische Zone, leben«, hakt er die Namen ab.

»Die drei Schüsse haben Sie ja selbst gehört.«

Etwas mit dem Herzen lange schon wissen, und es mit eigenen Augen lesen, ist ein Unterschied.

»Nimm deine Liste, Joachim! Mach ein Kreuz für den Großvater und für die Urma!«

Joachim schaut seine Mutter aus erschrockenen Augen an.

Ein altbewährtes Mittel gegen die eigene Traurigkeit ist es, einen anderen trösten zu müssen. »Denk nach, Mosche! Willst du, daß der Großvater Zigarettenkippen aufliest, die die Amerikaner wegwerfen? Hast du vergessen, daß er so gern geraucht hat? Soll die alte Urma, die doch so leicht friert, Holz sammeln gehn im Wald?«

»Wo sind sie jetzt?« will Joachim wissen.

»Zu Hause!« Maximiliane läßt offen, ob es sich dabei um ein himmlisches oder irdisches Zuhause handelt. Ein Stück pommerscher Erde.

»Wir wollen es den Kleinen nicht sagen«, erklärt Joachim. »Sie verstehen es noch nicht.« Er faltet seinen Friedhof zusammen und legt ihn sorgfältig in das Kästchen, das er unter dem dreifach belegten Bett verwahrt. Dann stellt er sich vor seine Mutter, hebt sich auf die Zehenspitzen, die Arme fest an den Körper gepreßt, und zittert. Maximiliane hat nicht wahrgenommen, wann diesem Kind das Weinen vergangen war.

Es ist anzunehmen, daß Martha Riepe ehrlich war, als sie eine Liste jener Gegenstände aufstellte, die in Sicherheit gebracht werden konnten. Den Trecker hatte sie bei dem Bauern in Zahlung gegeben, der die Pferde unterstehen ließ. Martha Riepe konnte mit Zahlen umgehen, nicht mit Pferden; Fuhrdienste konnten weder sie noch die alte Frau Görke leisten, mit der sie das Zimmer teilte. Griesemann, der erste Gespannführer, hatte in einer Molkerei Anstellung gefunden. Das Curländer Service war vollständig erhalten geblieben, die eingerollten Gemälde der Ahnengalerie ebenfalls, aber sie schimmelten, weil der Stall, in dem das Flüchtlingsgut lagerte, feucht war. Ferner enthielt die Liste: 160 weiße Damastmundtücher, 100 mal 100 Zentimeter groß, dazu acht Tafeltücher für 24 Personen, mit den Wappen der Quindts und der Königsberger Malos; die Teppiche aus dem ›Separaten‹ und dem Herrenzimmer; den Bismarckbrief, in dem von den Schwierigkeiten, ein Patriot zu sein, die Rede war und von der berühmten Poenicher Wildpastete, deren Rezept aber samt der Mamsell Picht verlorengegangen war. Die Liste umfaßte zwei Seiten, und auf vier weiteren Seiten stand, was man nicht hatte durchbringen können, also etwa das Bettzeug, die Bettwäsche und die Kleidung.

»Wir brauchen«, schrieb Maximiliane jedesmal, und dann traf nach geraumer Zeit das Gewünschte ein, darunter die silbernen Bestecke und die silbernen Becher. Maximiliane machte sich an die schwierige Aufgabe, den Kindern den Umgang mit Messer und Gabel beizubringen, was sie für ihre Erziehung wichtig hielt. Bei Golo blieben ihre Versuche ohne Erfolg; sobald er sich unbeobachtet wähnte, trank er aus der Flasche statt aus dem Becher. Die Listen waren nur insofern unvollständig, als nicht erwähnt wurde, daß Viktors Front-Briefe erhalten geblieben waren, ebenso der von ihm angelegte Stammbaum mit dem Wurzelwerk der pommerschen Quindts und der schlesischen Quints, das sich in Viktor und Maximiliane zu einem Stamm vereinigte und die ersten Zweige in die Zukunft streckte, jedes der Kinder als eine Eichel am Zweig hängend.

Martha Riepe bevorzugte von den Kindern Edda, die mehr als die anderen ihrem Vater glich und deren Mutter sie nie zu sehen bekommen hatte; sie vermochte sich daher vorzustellen, daß dieses Kind das ihrige sei. Unermüdlich strickte sie, wie seinerzeit für den Leutnant Quint, für Edda Pullover, Röcke und Strümpfe, aus Garn, das in einer Zeit totaler Marktwirtschaft dafür vorgesehen war, die Korngarben in der eroberten Ukraine zu binden, überproduziert worden war und jetzt zu haltbaren Kleidungsstücken verstrickt werden konnte. Wenn Maximiliane Edda eines dieser neuen Kleidungsstücke anprobierte, behielt sie das Kind länger als nötig zwischen den Knien und betrachtete es eingehend, um sich an Viktor zu erinnern. Sie vergaß immer wieder, wie er ausgesehen und wie er gesprochen hatte. Edda bekam, wie ihr Vater, eine Gänsehaut, wenn man über ihren Arm hinstrich. Wenn Maximiliane von ihrem Mann träumte, trug er Uniform und besaß noch zwei Arme; aber im Gegensatz zu Christian Blaskorken und Ingo Brandes war Viktor nie ein Mann ihrer Träume gewesen.

Am Ende des ersten Winters, den die Quints auf dem Eyckel verbrachten, traf eine weitere Suchanzeige ein. Sie kam aus den Vereinigten Staaten von Amerika und war von der Charlottenburger Großmutter weitergeleitet worden.

»Wer ist Mrs. Daniel Green?« will Joachim wissen.

»Das ist eure Großmutter!« erklärt Maximiliane.

»Wie viele Großmütter haben wir denn?«

»Ihr könnt gar nicht genug Großmütter haben!«

Maximiliane erzählt den Kindern von ihrer eigenen Mutter, die eine berühmte Fotoreporterin gewesen sei und einen Arzt geheiratet habe. Sie versucht, ihnen zu erklären, warum ein Arzt, dessen Vorfahren von jüdischer Rasse gewesen waren, Deutschland habe verlassen müssen. Es stellt sich heraus, daß die Kinder an einer solchen Erklärung nicht interessiert sind; ein Paar Großeltern in Amerika sind interessant genug.

»Sind sie reich?« – »Leben sie in einem Wolkenkratzer?« – »Fahren sie einen Straßenkreuzer?«

»Pacific Drive«, liest ihre Mutter und: »San Diego – California.« Die Kinder hocken um sie herum, und sie erzählt von Amerika, von Apfelsinen und Kokosnüssen, Kakaosträuchern und Feigen. Geschichten aus dem Schlaraffenland. »Das ganze Jahr ist Sommer, und immer blühen die Rosen!«

Sie wartet die Wirkung ihrer Geschichte ab. »Und wann kann man da Schlitten fahren?« erkundigt sich Edda, die jeden Tag zum Dorf hinunterrodelt. »Das kann man in Kalifornien nicht, aber man kann im Meer baden. Es ist dort wie im Paradies, ein Land, wo Milch und Honig fließt«, sagt Maximiliane.

»Fahren wir da hin?« fragt Golo.

»Später!« antwortet die Mutter. »Jetzt müssen wir erst einmal einen Brief nach Amerika schreiben.«

In dem Brief mußte sie mitteilen, daß ihre Mutter, die nie eine Mutter hatte sein wollen, inzwischen eine fünffache Großmutter geworden war. Sie beschränkte sich, nach langem Nachdenken, auf die Angabe von Anzahl, Alter, Geschlecht und Namen der Kinder, teilte die Adresse mit und erwähnte, daß auf dem Eyckel 26 Quindts aller Art beieinander wohnten. Sie nannte die Namen der Lebenden und nicht die der Toten; Lebenszeichen wurden erwartet. »Und Du –?« schrieb sie unter den Brief, machte einen überlangen Gedankenstrich und wiederholte die Frage: »Und Du?«

Zehn Reihen ihrer großen Handschrift füllten bereits einen Bogen.

Golo, der noch nicht lesen kann, steht daneben und drängt sie: »Hast du geschrieben, daß sie Schokolade schicken soll? Und Zigaretten! Und Kaugummi!«

»Das steht alles zwischen den Zeilen«, sagt Maximiliane.

Vera, geborene Jadow, in erster, fünf Tage währender Ehe mit Maximilianes Vater verheiratet, gehörte nicht zu jenen Amerikanerinnen, die sich Opfer auferlegten, um der notleidenden Bevölkerung im Nachkriegsdeutschland zu helfen. Ihr Verhältnis zu Deutschland war anhaltend gestört; ihre Emigration hatte das Ende ihrer glänzenden Karriere als Fotoreporterin bedeutet. In den ersten Jahren hatte sie sich und ihren Mann mit dem Fotografieren von High-school-Bräuten durchgebracht; seither fotografierte sie nicht mehr. Die Bilder aus den zerstörten Städten Europas und aus den Konzentrationslagern sah sie sich nur auf ihre Bildqualität hin an. Ihr Mann, der sich jetzt nicht mehr ›Grün‹, sondern ›Green‹ nannte, hatte inzwischen eine Praxis aufgebaut und fing gerade an, sich, wie viele andere Psychiater der Wiener Schule, einen Namen zu machen. Mr. und Mrs. Daniel Green lebten, im Vergleich zu Europa, bereits im Jahre 1946 im Überfluß, und Vera schickte daher gelegentlich ein Paket aus dem Überfluß, zumeist also Überflüssiges, Dinge, von denen sie annahm, daß eine siebenundzwanzigjährige junge Frau sie benötigte, Seidenschals sowie ein Cocktailkleid, plissiert, hellgelb und mit Fransen an Ausschnitt und Saum. Aber sie legte auch ein Paar Nylonstrümpfe dazu, die in Maximilianes Soldatenstiefeln allerdings sofort zerrissen. Die Pakete wurden jedesmal unter Ausrufen der Verwunderung und Enttäuschung ausgepackt.

Im ersten Paket befand sich auch eine Dose mit Nescafé. Eine Tasse davon genügte, daß Maximiliane hellwach in ihrem überfüllten Bett lag: im Rücken den naßgeschwitzten Golo, den Säugling in der Bauchkuhle. An Schlaflosigkeit nicht gewöhnt, weiß sie mit ihrer Unruhe nicht wohin, erhebt sich und verläßt ihre Kinder, läuft in ihrem Kaffeerausch bis zum Waldrand, die wattierte Jacke überm Hemd, die bloßen Füße in den Knobelbechern. Am Waldrand umarmt sie einen Baumstamm, reibt die Wange an der rauhen Rinde, wie an der Jacke eines Mannes. Beim Heimkommen begegnet sie auf der oberen Stiege der alten Großtante Maximiliane. Statt zur Seite zu weichen wie sonst, schließt sie die alte Frau in die Arme, schüttelt sie und weckt für Sekunden den kranken Geist. Ein Augenblick des Erkennens.

»Die kleine Quindt aus Poenichen!«

»Hut ab!« sagt Maximiliane.

Die alte Frau ein wenig klarer als sonst, die junge Frau ein wenig verrückter.

Nachdem sich die amerikanischen Hilfsorganisationen zu dem Zentralverband CARE zusammengeschlossen hatten, ließ Mrs. Daniel Green monatlich ein Paket schicken und wurde auf diese Weise doch noch zur Ernährerin ihrer einzigen Tochter, nachdem sie sie als Kleinkind im Stich gelassen hatte. Wieder geht es Maximiliane besser als anderen. Zur rechten Zeit hat sie eine Mutter in Kalifornien: ein Land, in dem die Kühe Milchpulver geben und die Hühner Eipulver legen, wo man aus Erdnüssen Butter herstellt.

Amerika! Amerika!

6

›Die Menschen zünden zwar morgens gemeinsam das Feuer an, aber jeder verbringt den Tag auf seine Weise: die einen mit guten, die anderen mit bösen Taten.‹

Kirgisisches Sprichwort

Es hätte auf dem Eyckel eine Quindtsche Kommune entstehen können. Gemeinsame Not müßte dazu ebenso geeignet sein wie eine gemeinsame Überzeugung. Zum Heizen des großen Küchenherdes hätte das Holz ausgereicht, zum Heizen der vielen Kanonenöfen reichte es nicht. Statt in einem großen Topf für alle zu kochen, schoben elf Parteien ihre Tiegel und Töpfe mittags auf dem Herd hin und her; die Kostbarkeiten ließ man im geheimen brodeln, auf elektrischen Kochplatten, Heizöfchen oder Bügeleisen, was fortwährend zu Kurzschlüssen führte, da die Stromleitungen überlastet wurden. Da man auf diese Weise ständig auch die Zuteilung an Strom überschritt, mußten die Elektrozähler nachts wieder auf das erlaubte Maß gebracht werden, wozu man einen Magneten benutzte; ohne strafbare Handlungen kam man nicht durch. Man wusch nicht gemeinsam im Waschhaus, sondern jeder wusch in einer eigenen Schüssel, die er unterm Bett verwahrte. Die großen Kochkessel der ehemaligen Jugendherberge wurden als Regentonnen unter die schadhaften Dachrinnen gestellt und dienten als Wasserspeicher zum Gießen der Kleinstgärten.

Die meisten Quindts waren arbeitswillig, aber nicht alle arbeitsfähig. Arbeitsplätze waren nicht zu finden, selbst wenn man keine Ansprüche an die Angemessenheit stellte. Also sammelte man in den Wäldern Holz, sägte und spaltete es, wobei es erwärmte, noch bevor es im Ofen brannte. Ein Korb voll selbstgepflückter Heidelbeeren verschaffte nacheinander Müdigkeit, Befriedigung und Brotaufstrich.

Im abgelegten Gehrock einer Kleiderspende saß der baltische Onkel Simon August, sooft es die Witterung zuließ, auf einer sonnenwarmen Bank im Hof, streckte den schmerzenden Rücken, wenn er zu lange Holz gehackt hatte, und rauchte den selbstgebauten Tabak in der Pfeife. »So muß es sein, wenn man alt wird, dann wird der Abschied leicht«, sagte er manchmal. Trotz dieser Abschiedsgedanken trug er seinen Nachttopf im Morgengrauen in sein Gärtchen und leerte ihn sorgsam über den Tabak- und Tomatenstauden.

Eine neue Zeit brauchte neue Töne! Unter Opfern an Lebensmitteln und Tabakwaren ersetzten die Quints aus der Lausitz die Posaune des Sohnes durch eine Jazztrompete. Mit seinem alten Rundfunkgerät hörte Anselm Quint nach wie vor den amerikanischen Soldatensender; neue Klänge für das deutsche Volk, das zwölf Jahre lang abgekapselt gelebt hatte und nun Anschluß suchte an die Neue Welt. Anselm zog sich mit Rundfunkgerät und Jazztrompete unters Dach zurück, Louis Armstrong als Lehrmeister und Vorbild. Er spielte nach Gehör, ohne Noten. ›Sentimental Journey!‹ Keiner, der in jenen Monaten auf dem Eyckel gelebt hat, wird seine Übungsstücke je vergessen. Die Abneigung der Generalin gegen alles, was sie für Jazz hielt, wurde stündlich verstärkt. Aber wer beruflich übte, durfte bis Mitternacht üben, eine Existenz stand auf dem Spiel. ›Let me stay in your eyes, let me stay in your eyes‹, täglich, hundertfach. Manchmal tauchten Maximiliane und Frau Hieronimi unterm Dach auf und tanzten miteinander zu den neuen Rhythmen. Wieder lebte Maximiliane auf einem Frauenberg, wie damals auf der Fraueninsel Hermannswerder. Hatte sie Grund zu tanzen? Hatte Frau Hieronimi Grund zu tanzen, wo die Männer vermißt waren, Frau Hieronimis Sohn noch immer im Lazarett lag?

Auch Roswitha von Quindt zog sich jeden Morgen unters Dach zurück; sie lernte bereits seit einem Jahr Russisch. Eines Tages stellte sie ihre Mutter vor vollendete Tatsachen. »Ich habe eine Aushilfsstelle als Dolmetscherin beim Militärgerichtshof in Nürnberg angenommen!« Die Generalin ist entrüstet. »In unserer Familie hat noch keine Frau für Geld gearbeitet!«

»Dann wird es Zeit!« sagt ihre Tochter.

»Dein Vater befindet sich in russischer Gefangenschaft, und du willst die Sprache seiner Feinde sprechen!«

»Ihr hättet sie mich früher lernen lassen sollen. Die Grenze war nur hundert Kilometer entfernt!«

Viktors jüngere Schwester Ruth, ehemalige Rote-Kreuz-

Schwester, hatte im Dorf in einer leerstehenden alten Scheune einen Kindergarten eingerichtet, der zunächst nur von Kindern der Flüchtlinge, dann aber auch von ein paar Dorfkindern besucht wurde. Sie lehrte sie Abzählverse und Kinderreime, machte Hüpfspiele mit ihnen, sang mit ihnen. Die Dialekte mischten sich. Statt eines Gehaltes erhielt sie ein Glas Sirup, eine Tüte grüner Erbsen, bisweilen sogar ein Stück Speck. Sie verdiente sich, im Sinne des Wortes, ihren Lebensunterhalt und trug dazu bei, das Ansehen der Flüchtlinge zu heben, zumal sie nicht katholisch war.

Im Türmchen, ›nahe den Vögeln unter dem Himmel‹, lebten die ›weißen Tanten‹, unverheiratete Schwestern, Friederike und Hildegard, mit den ostpreußischen Quindts verschwägert. Sie verstanden sich auf feine Handarbeiten und sonst auf nichts. In ihrem Fluchtgepäck hatten sie Leintücher mitgebracht, an denen sie mit klammen und bald auch gichtigen Händen unermüdlich Fäden heraus- und an anderer Stelle wieder hineinzogen, sehr mühsam und sehr kunstvoll, aber sehr unnütz. Lochstickerei und Schattenstich. Frivolitäten der weißen Tanten. Der himmlische Vater ernährte auch sie. Frau Hieronimi half ihm dabei und versuchte, die feinen Deckchen auf den Markt zu bringen. Der Bedarf an zweckfreien schönen Dingen war allerdings gering.

Den besten Raum bewohnte die Witwe des inzwischen verstorbenen Ferdinand von Quindt, ehemaliger Senatspräsident, der beim Sippentag nicht zugegen gewesen war, da er sich mit den bürgerlichen Quints nicht hatte ›gemein machen wollen‹. Seine Witwe mußte sich nun doch gemein machen und froh sein, auf dem Eyckel ein Unterkommen gefunden zu haben. ›Ich muß froh sein‹, stand in jedem ihrer Klagebriefe.

Der Diakon Quint hatte in dem nahen Ort Moos-Kirchach eine Anstellung als Aushilfspfarrer gefunden. Unter Opfern an Lebensmittelmarken und amerikanischen Zigaretten, die sein Sohn beisteuerte, gelangte er in den Besitz eines Fahrrads, allerdings ohne Lampe und Klingel, aber mit Bälgen und Schläuchen und einer unversehrten Rücktrittbremse, die wegen des steilen Bergs unentbehrlich war. Er verließ jeden Morgen seine Unterkunft, kehrte abends zurück und brachte die ›Nürnberger Nachrichten‹ mit. Man entnahm ihnen die wichtigsten Meldungen, die vor allem aus ›Aufrufen‹ bestanden. Aufruf von Nährmitteln, Zucker, Kohle. Einschränkung der Stromzuteilung, Verkürzung der Ausgangssperre. Die Energien wurden den Deutschen ebenso knapp zugemessen wie die Freiheit. Todesurteile im Nürnberger Prozeß! Großbetriebe wurden dekartellisiert. Erneute Kriegsgerüchte. Völlig erkaltet war die Asche noch nicht; aber wichtiger war für den Augenblick, auf welche Marken es wieviel Gramm Fett geben würde.

Von Klaus von Quindt, dem Schwager der Generalin, kam mit der vorgeschriebenen Anzahl an Wörtern eine Karte aus russischer Gefangenschaft. Für mehrere Jahre bewährte sich der Eyckel als Postsammelstelle für alle Quindts.

Mathilde von Ansatz-Zinzenich, eine Schwägerin der Generalin, von der es hieß, daß sie nichts außer dem ›Gotha‹, dem alten Adelskalender, gerettet habe, schrieb täglich Briefe, wobei sie den ›Gotha‹ wie ein Adreßbuch benutzte; an die de Quinte in Straßburg, nach vierjähriger Unterbrechung nun wieder ›Strasbourg‹, an Adolf von Quindt in Friedberg, an Louisa Larsson geborene von Quindt in Göteborg und an die Zinzenichs in Xanten, bekam aber nur selten eine Antwort und noch seltener das erhoffte Paket. Von ihr ist der Satz übermittelt: ›Wir Reichen verstehen es einfach nicht, kein Geld zu haben.‹ Eines Tages wurde sie beobachtet, wie sie aus der Kammer des baltischen Quindt schlich und ein Stück Brot in die Falten ihres Ärmels schob. Es sprach sich herum. Der alte Simon August von Quindt wäre gern über den Vorfall hinweggegangen, schließlich war die Beschuldigte schon siebzig Jahre alt, aber die Generalin hielt einen ihrer Gerichtstage ab, wobei der Diakon Quint und eine der weißen Tanten als Beisitzer tätig sein mußten. Der alte Herr ging auf die Diebin zu, wollte ihr die Hand küssen, sprach von ›mildernden Umständen‹ – ein ehemaliger hoher Jurist, Beamter auf Lebenszeit und damals bereits wieder Pensionsempfänger –, aber die Diebin übersah die Hand und verzieh ihm nie. Ihr Mund wurde noch verkniffener; zu viel hatte sie sich im Leben bereits verkneifen müssen. Sie bekam ihren hysterischen Husten, hustete allen Quindts etwas, Nacht für Nacht, und schaffte sich dadurch Beachtung; so leicht zu erklären und doch so schwer zu ertragen, fast so schwer wie die Satzanfänge und Satzenden der Generalin. ›Wir Ostpreußen!‹ – ›Bei uns im Osten!‹ Da die eigenen Töchter sich ihrer Erziehung entzogen hatten, richtete sich ihr Bedürfnis nach

Einflußnahme auf neue Objekte. Maximiliane und ihre kleinen Kinder boten sich an.

»Du darfst nicht zulassen, daß dieser Junge« – gemeint war Golo – »noch immer aus der Flasche trinkt, Maximiliane! Du läßt die Kinder heranwachsen wie kleine Wilde! Es sind Quindts! Zeige dich dieser Aufgabe gewachsen! Wenn Name und Rang und Besitz nicht mehr gelten, wenn es zur völligen Entwertung aller Werte kommen sollte, müssen wir uns durch unsere Lebensart unterscheiden und auszeichnen! Wir aus dem Osten . . .«

Bei solchen einseitigen Unterhaltungen mit der Tante stand Maximiliane in der Regel wortlos da und kaute an den Fingernägeln, so daß die Generalin gegenüber ihrer Schwägerin einmal äußerte, diese Maximiliane scheine ein wenig einfältig zu sein, aber ›um so leichter werde sie sich wieder verheiraten‹.

Was hätte Maximiliane entgegnen sollen? Sie ließ ja tatsächlich die Kinder ungezwungen und natürlich aufwachsen, und mit dem Säugling ging sie, wie die Tante es ausdrückte, um ›wie eine Hündin mit ihren Welpen‹, packte ihn, wenn sie die Unterlage glattziehen wollte, mit den Zähnen am Jäckchen und hielt ihn daran hoch, rollte ihn dann hin und her wie einen Rollbraten, zur Entrüstung der Tante, aber zum Entzücken des Kindes.

Golo und Edda spielten zwar nicht mehr mit vorgehaltener Maschinenpistole ›Komm, Frau!‹, aber statt dessen ›Hallo, Fräulein!‹. Golo als amerikanischer Besatzungssoldat, Edda als deutsches Fräulein, dem man nur winken und Kaugummi zuwerfen mußte, und schon trippelte sie, ihr kräftiges Hinterteil schwenkend, neben Golo davon. Maximiliane wusch an den wöchentlichen Waschtagen ihre Kinder auch nicht getrennt nach Geschlechtern, sondern, der Einfachheit halber, gemeinsam und sagte als Erklärung zur Generalin, die Zeuge davon wurde und ihre Entrüstung deutlich zeigte: »Wenn ich erst die Jungen und dann die Mädchen wasche, wird darüber das Wasser kalt, und die Kinder, die draußen warten, müssen frieren.«

»Es handelt sich um Moral und nicht um das, was praktischer ist, Maximiliane!« entgegnete die Generalin.

»Wer seinen Kindern nichts bieten kann, darf ihnen doch auch nichts verbieten!« sagte Maximiliane bei anderer Gelegenheit dann doch einmal.

›Lieber Gott, mach mich fromm -‹, sie läßt beten, was man sie selbst hat beten lassen; bei fünf Kindern muß es schnell gehen, aber sie versäumt an keinem Abend und bei keinem Kind mit aller Zuversicht zu sagen: »Gott behütet dich!« Nur Golo macht aus dem Gebet ein Zwiegespräch, an dessen Ende er sagt: »Gute Nacht, lieber Gott!« und das von Gott mit »Okay, Golo!« beantwortet wird. Maximiliane ist nicht der Ansicht, daß sie die Ausdrucksweise Gottes beanstanden müßte.

Eines Tages bringt Golo einen Handwagen aus dem Dorf mit: zwei Räder haben keine Reifen, die Deichsel ist verbogen.

»Woher hast du den Wagen?« will die Mutter wissen.

»Die Wengels haben zwei! Ich habe den schlechteren genommen!« sagt Golo, eine Antwort, die Maximiliane zur Klärung der Besitzverhältnisse für ausreichend hält. Sie beschafft für eine Monatszuteilung an Tabakwaren blaue Farbe und streicht den Wagen damit an. Der Sinn für Eigentum ist ihr verlorengegangen, und in Erziehungsfragen kommt sie ohne Richtlinien aus. Einen Teil der Erziehung hat inzwischen auch, zumindest was die drei ältesten Kinder anlangt, die örtliche Grundschule, genauer: der Lehrer Fuß und die Lehrerin, Fräulein Schramm, übernommen; und Viktoria geht morgens an der Hand ihrer Tante Ruth mit in den Kindergarten, wo sie sich allerdings unglücklich fühlt; während alle anderen spielen und toben, steht sie, nägelkauend, abseits und erklärt ihrer Tante: »Mir ist langweilig.«

Die Frage nach dem vermißten Vater der Kinder, an die man bisher aus mancherlei Gründen nur selten gerührt hatte, wurde inzwischen im Kreis der Quindts immer offener besprochen, etwa in der Weise, daß man fragte, ob es besser sei, die Frau eines toten oder eines lebenden Nationalsozialisten zu sein; ob Viktor Quint sich durch Freitod der richterlichen Gewalt entzogen habe wie sein Führer, oder ob er mit diesem vom Erdboden verschwunden sei, Argentinien solle ja hohe Parteiführer und Militärs aufgenommen haben. Weder die, die ihn fürchteten, noch die, die ihn bewunderten, mochten an einen schmählichen Selbstmord Hitlers glauben.

Maximiliane schien an einer Antwort auf die Frage nach Leben oder Tod ihres Mannes wenig interessiert zu sein. An seine Abwesenheit war sie gewöhnt. Untergründig wuchs in ihr aber doch wohl das Verlangen nach kräftigeren als Kinderarmen. Nur ein einziges Mal hatte sie nachts den Ruf des Rauhfußkauzes zu hören bekommen, war aufgesprungen, als hätte sie das Schreien der wiederkehrenden Wildgänse gehört, und hatte sehnsüchtig am Fenster gestanden. Noch immer war ihr Ohr nicht gegen die Töne der Jazztrompete gefeit; sie erinnerten sie an Christian Blaskorken, dem ihre erste leidenschaftliche Liebe gegolten hatte, jenem geheimnisumwitterten Mann am See, der seine Signale auf einer alten Trompe de Chasse geblasen hatte.

Obwohl sie selber, statistisch, zu dem Überschuß von drei Millionen Frauen gehörte, konnte man mit ihr über ›das Los der Frauen‹ nicht reden. Sie sagte dann lediglich: »Die Männer sind tot, wir leben.« Sie war sich darüber im klaren, daß die Zukunft ihr drei Möglichkeiten bot: Sie konnte ganz in ihren Kindern aufgehen; sie konnte ihre Erfüllung in einem Beruf suchen oder konnte sich das Alleinsein mit schönen Dingen angenehm machen. Und bei alledem hatte sie das neunte Gebot, ›Du sollst nicht begehren deiner Nächsten Mann‹, im Auge zu behalten.

Frau Hieronimi, die Gerüchte und Nachrichten aufsog wie ein Schwamm, berichtete, daß es in Nürnberg eine Frau geben solle, eine Frau Vogel oder Vogler, die Auskünfte über vermißte Ehemänner gab, indem sie den Ehering an einem Haar über dem Bild des Betreffenden pendeln ließ. Je nachdem, in welcher Richtung das Pendel ausschlug, nach Osten oder Westen, wußte man, wo der Betreffende in Gefangenschaft war. Und wenn der Ring sich überhaupt nicht rührte, dann wußte man eben auch endlich Bescheid. Zwei Mark für die Auskunft, allerdings auch eine ganze Raucherkarte, 30 Zigaretten, die gesamte Monatsration. Westen oder Osten, lebend oder tot. Aber im Gegensatz zu Frau Hieronimi wollte Maximiliane nicht wissen, ob ihr Mann noch lebte. »Die Zeit wird es ausweisen.«

Es wurde Frühling. Er kam zwar früher, aber zögernder als im Osten, schickte viele Vorboten, die Schwalben kehrten zurück und ebenso die farbigen Besatzungssoldaten. Anselm Quint übte immer noch auf seiner Jazztrompete, hatte es aber inzwischen zu einer gewissen Fertigkeit gebracht. Edda sammelte junge Brennesseln sowie jungen Löwenzahn, und Joachim pflückte die ersten Primeln. Maximiliane ging später als im Winter zum Milchholen ins Dorf und nahm zwei Kannen mit. Die eine ließ sie füllen und schickte die Kinder damit nach Hause, mit der leeren Kanne begab sie sich auf eine Weide, wo seit

Tagen eine Stute mit ihrem Fohlen stand. Mit beiden Tieren ließ sich reden, erst recht, wenn man eine Brotrinde oder eine Mohrrübe mitbrachte. Bereitwillig gab die Stute von ihrer Milch ab, und so wurde Mirka mit Stutenmilch aufgezogen. Sie schmeckte wäßriger und süßer als Kuhmilch, war aber der Muttermilch am ähnlichsten. Die Kinder, denen man Stutenmilch zu trinken gab, würden eine zarte, bräunliche Haut bekommen, aber wilde Kinder werden, hieß es. Maximiliane legte jedesmal der Stute die Arme um den Hals, rieb ihre Stirn an der Stirn des Pferdes und atmete den vertrauten Geruch. O du Falada, da du hangest! Wenn sie mit ihrer Milchkanne zurückkehrte, sang sie, wie früher, Löns-Lieder. ›Im Schummern, im Schummern‹. Jazztöne mischten sich darunter. ›Let me stay in your eyes, let me stay in your eyes‹. Anselm Quint spielte bereits für Amerikaner, spielte nicht mehr zur Ehre Gottes in der Kirche, sondern in amerikanischen Offiziersmessen, für Nescafé, Kaugummi und Camelzigaretten. Manchmal brachte er den Kindern süßes Schmalzgebäck mit, dessen Namen sie andächtig aussprachen: »Doughnuts!« Bald trug seine Jazz-Band sogar den Namen ›Anselm Quint-Band‹.

»Mein Sohn macht Karriere!« verkündete seine Mutter voller Stolz, aber die Generalin erklärte: »In unserer Familie macht man keine Karriere, da tut man seine Pflicht!«

Eines Tages ist Maximiliane dann doch bereit, mit Frau Hieronimi nach Nürnberg zu jener ›Sybille‹ zu fahren. Die drei großen Kinder sind in der Schule, Viktoria im Kindergarten, der Säugling wird den weißen Tanten in Obhut gegeben. Die Haare frisch gewaschen, Maximiliane in ihrem einzigen Sommerkleid, immer noch jenes, das die alte Frau Görke aus blau-weiß kariertem Bettzeug genäht hatte. Frau Hieronimi im gelben, plissierten Kleid, das Maximilianes Mutter aus Amerika geschickt hatte.

Die beiden Frauen fragen sich zur Mittleren Pirkheimer Straße durch und suchen dann nach dem Haus, den Beschreibungen nach ein Eckhaus neben einem Trümmergrundstück. Die Hausnummer wissen sie nicht, den Namen ›Vogel‹ oder ›Vogler‹ darf man nur flüstern. Ein Hinterhaus, 24 Mietparteien, im Treppenhaus jede Steinstufe von wartenden Frauen besetzt; an der Wand auf halber Treppe hängt der Schlüssel zum Klosett. Kohlgeruch. Schließlich sitzt auch Maximiliane der alten Frau gegenüber. Sie streift ihren Ehering ab, reißt sich, unaufgefordert, ein Haar aus, aber diese halbe Pythia und halbe Hexe hat ihre Methode geändert: sie mischt einen Stoß Karten und hält, ohne hochzublicken, Maximiliane den Kartenstoß hin: »Dreimal zum Herzen hin abheben!« Maximiliane gehorcht. Dann blättert die Alte sieben Karten auf, legt sieben Karten darunter, murmelt die Zahlen, eins, zwei, drei, vier, fünf, sechs, sieben, wo ist meine Frau geblieben, meine Mutter, mein Sohn, mein Vater. Sie blickt auf, sagt: »Meine Karten sagen die Wahrheit!«, zählt, vom Herzbuben aus, jede siebente Karte ab und legt sie vor sich hin. Sie zeigt Maximiliane das Pik-As und sagt: »Tod und Schreck.« Dann hält sie ihr die Kreuz neun hin. »Kleines Geschenk, vielleicht kleine Erbschaft, aber klein! Hier! Ich sehe ein großes Glück, vorher aber viel schwarz, viel Tod.« Noch einmal sagt sie: »Meine Karten sagen die Wahrheit!« und läßt die Hände in den Schoß sinken, der Kopf sinkt ebenfalls. Die Stunde der Wahrheit ist beendet. Maximiliane entrichtet die zwei Mark Gebühr und legt ein Stück Speck in den Korb, der, zur Hälfte mit Tüten gefüllt, neben dem Tisch steht.

Frau Hieronimi sieht ihr angstvoll ins Gesicht, geht an ihr vorbei und wirft gleichfalls einen Blick in die Zukunft. Fünf Minuten später holt sie Maximiliane ein, die bis zur nächsten Straßenecke vorausgegangen war. »Herz sieben«, ruft sie von weitem, »zweimal hintereinander!«, schiebt den Arm unter Maximilianes, drückt ihn an sich und strahlt. Maximiliane sieht sie überrascht an. Herz sieben! Eine Liebeskarte! Anna Hieronimi ist vierzig Jahre alt!

Die beiden Frauen gehen durch die Frühlingsstraßen, binden die Kopftücher ab, der Wind weht durch ihr Haar, in den Ruinen blühen die gelben Trümmernarzissen. Ein Jeep fährt vorbei, ein amerikanischer Soldat ruft: »Hallo, Fräulein!« Eine Herz sieben hat genügt, um Anna Hieronimi zu verjüngen. Sie schiebt die schwarzen Haarsträhnen zurück, ihre Augen bekommen Glanz. Ihr Leichtsinn steckt an. Sie gehen zusammen in eine Konditorei, trinken Ersatzkaffee und essen ein Stück Torte gegen Abgabe von einer 50-Gramm-Brotmarke und einer Fünf-Gramm-Fettmarke. Dann suchen sie den schwarzen Markt auf und tauschen die mitgebrachte Schafwolle gegen einen Fahrradschlauch für Frau Hieronimis Fahrrad ein.

Auf der Rückfahrt hört Maximiliane im Zug dem Gespräch zweier Frauen zu. Die eine sagt zur anderen: »Das Mädchen hat krumme Beine wie ein Kirgise!«

Am Abend bandagiert sie Mirkas Beine, bindet die Knie mit einer Batistwindel fest zusammen, etwas Geeigneteres besitzt sie nicht. Nach einiger Zeit vergißt sie es.

Vom Frühling bis in den späten Herbst arbeitet Maximiliane bei dem Bauern Seifried auf dem Feld, eine Landarbeiterin. Bei Regen stülpt sie sich einen Sack als Kapuze über den Kopf, der auch den Rücken trocken hält. Sie hackt Rüben und verzieht Rüben, pflanzt Kartoffeln, hackt sie und erntet sie, wäscht Zuckerrüben im Bach und hilft beim Kochen des Sirups. Bei gutem Wetter liegt Mirka am Feldrain, schläft oder kriecht umher, immer in Ruf- oder Sichtweite der Mutter. Wieder arbeitet Maximiliane mit zwei Händen. Wenn man ihr eine neue Arbeit aufträgt, sagt sie: »Ich kann es ja mal versuchen.« Ihr Lohn besteht aus fünf Zentnern Winterkartoffeln und einem Eimer Sirup. Abends mischt sie den Kindern rohes Kartoffelwasser unter die Milch. Ihre Kinder sehen gesünder aus als die Dorfkinder; sogar Viktoria kräftigt sich.

Das Obst in den Gärten und an den Straßenbäumen reift und wird von Flurhütern bewacht. Drei von Maximilianes Kindern befinden sich im kletterfähigen Alter und müßten von ihr bewacht werden. Aber statt dessen klettert sie selbst auf die Bäume, drückt die Äste herunter, damit die Kinder nach den Äpfeln langen können; auch sie befindet sich im kletterfähigen Alter. Joachim, der sonst ängstlich ist, kommt glückstrahlend zu seiner Mutter gelaufen: »Ich habe mich heute freigeklettert!« Es ist einer der höchsten Birnbäume weit und breit, ein Ribbeck-auf-Ribbeck-im-Havelland-Birnbaum. Joachim und Edda laufen davon, sobald der Flurhüter Heiland in die Nähe kommt; Golo verläßt sich mehr auf seine Augen und seine Grübchen. Eines Tages hat der Flurhüter ihn erwischt, nimmt ihn beim Kragen und bringt ihn zu seiner Mutter, die an einem Hang sitzt und unter ihrem Rock das gestohlene Obst verbirgt. Er stellt sie zur Rede. Sie sieht ihn an und sagt: »Unsere Birnen in Pommern werden ebenfalls von anderen Leuten gegessen!«

»Polaken!« sagt er und nimmt Golo die paar Birnen ab.

Wenn Maximiliane Äpfel kaut, steigen unweigerlich Gedichtzeilen in ihr auf, die sie vor zehn Jahren zusammen mit Äpfeln zu sich genommen hat. Andere Apfelsorten verlangen nach anderen Gedichten. Mehr als nach Kalorien und Vitaminen verlangt sie nach Worten. Zufällig gerät ihr ein zerlesenes Exemplar des Romans ›Vom Winde verweht‹ in die Hände. Die nächsten Nächte verbringt sie auf einer Treppe sitzend, das Buch auf den Knien, die Stallaterne und ein Körbchen Äpfel neben sich, eingewickelt in die wattierte Tarnjacke, die Beine in Filzstiefeln, und liest, faßt Zuneigung zu Rhett Butler, ist ergriffen von Scarletts Schicksal, mit dem sich das ihre durchaus hätte messen können. Was für ein Krieg! Was für ein Land! Amerika, Amerika!

Ein Land, aus dem nun in regelmäßigen, aber weiten Abständen Pakete eintrafen. Butter aus Erdnüssen! Milchpulver und Eipulver in Dosen! Kokosflocken! Ein Schlaraffenland.

Aus einer Kleiderspende für Flüchtlingskinder erhalten auch die kleinen Quints Jacken und Mützen und Schuhe, so wie früher Lenchen Priebe die abgelegten Kleider Maximilianes zum Auftragen bekommen hatte. Der große Rollentausch fand statt, aus den Gebenden wurden Nehmer; die Geber so wenig fröhlich wie die Nehmer. In der ›Kemenate‹ stapelten sich die Kartons, unter den Betten war kein Platz mehr. An den Geweihen im Gang hingen die Kleidungsstücke mehrfach übereinander. Maximiliane hatte keine Erfahrung im Ordnungmachen; Ordnung, das war für sie etwas, das von Hausmädchen hergestellt wurde und das man nicht zerstören durfte. Mit Beunruhigung sah sie, wie sich Besitz anhäufte. Wer sollte das alles tragen, wenn sie eines Tages weiterzogen . . .

Aus amerikanischen Zuckersäcken mit der Aufschrift ›Oscar Miller‹ näht sie Kleidungsstücke für die Kinder. Sie breitet die aufgetrennten Säcke auf dem Fußboden aus, legt, in Ermangelung eines Schnittmusters oder Bandmaßes, die Kinder, eines nach dem anderen, auf den Stoff und schneidet nach ihren Umrissen mit der Schere zu. Die Frau des Lehrers Fuß leiht ihr eine Nähmaschine mit Handantrieb. Joachim dreht das Rad, einmal schneller, dann wieder langsamer, je nach Anweisung, und seine Mutter stellt jene Kappnähte her, die sie in Hermannswerder gelernt hat. Es entstehen Kittel von einer primitiven Originalität, aber sie enthalten, was ein Kleidungsstück braucht: Löcher für Kopf und Arme. Die Quintschen Kinder verwandeln sich in kleine Beduinen. Eine Szene, von der Maximiliane zwanzig Jahre später in der Modezeitschrift ›Madame‹ lesen wird. Für sich selbst versucht sie ebenfalls einen solchen Kittel herzustellen, scheitert aber an den Abnähern; Sackkleider wurden erst ein Jahrzehnt später modern. Einen Spiegel besitzt sie nicht, aber in Kirchbraken lebt ja noch Frau Görke! Ihr schickt sie zwei der aufgetrennten Zuckersäcke. Vier Wochen später trifft ein Paket aus Holstein ein, darin ein Kleid für Maximiliane, ›Oscar‹ in großen Buchstaben auf dem Rücken, die Vorderseite allerdings unbedruckt, die Abnäher an den richtigen Stellen. Frau Görke hatte die Maße ihrer pommerschen Kundinnen noch im Kopf. Außerdem enthielt das Paket Kleidungsstücke für alle Kinder. Aus den Resten, die beim Umschneidern von Wehrmachtsuniformen in Zivilkleidung abfielen – seit dem 1. Dezember durften keine Wehrmachtsuniformen oder Teile von Uniformen getragen werden –, hatte Frau Görke Hosen und Jacken für die kleinen Quints genäht, und weil in Holstein viele Männer bei der Marine gedient hatten, gab es neben feldgrauem Tuch auch viel blaues, und nun sahen die Quintschen Kinder wie kleine Landsknechte aus, und man lachte im Dorf über sie.

Bei den ersten wärmenden Sonnenstrahlen im März 1947 zog Maximiliane eines Tages wieder einmal mit dem Handwagen und sämtlichen Kindern in den Wald, um Holz und Kienäpfel zu sammeln. Der Bauer Wengel kam ihnen entgegen, ein Ausweichen war unmöglich. Er sah seinen Wagen, blieb stehen und fuhr Golo, der die Deichsel hielt, grob an: »Das is mein Wagen! Hergeben tunst'n!«

»Dieser schöne Kindersportwagen?« erkundigt sich Maximiliane und sieht den Bauern Wengel mit einem Blick an, der schon ihre Lehrer in Arnswalde in Verwirrung gebracht hat. Aber Herr Wengel war von anderem Schlag.

»Zigeuner! Polaken!«

Maximilianes Augen füllen sich ungewollt mit Tränen. Die Kinder blicken ihre Mutter ängstlich an, warten nur noch auf ein Zeichen, um in ihr erlerntes Gebrüll auszubrechen, aber Maximiliane nimmt die kleine Mirka aus dem Wagen und drückt sie dem Bauern in den Arm. »Halten Sie das Kind, damit ich den Wagen ausräumen kann!«

Sie hebt Viktoria heraus, die sich wehrt und hohe Schreie

ausstößt, legt die Kissen an den Wegrand, nimmt dem verblüfften Mann das Kind wieder ab, legt es auf die Kissen und drückt dem Bauern die Deichsel in die Hand.

»Nehmen Sie ihn! Die blaue Farbe schenke ich Ihnen!«

»Macht's, daß ihr damit fortkimmt!« sagt der Bauer Wengel. Mehr an Freundlichkeit war von ihm nicht zu erwarten.

7

>Über die Armut braucht man sich nicht zu schämen, es gibt weit mehr Leut', die sich über ihren Reichtum schämen sollten.‹

Nestroy

Immer häufiger greift Maximiliane sich an den Hals, öffnet die oberen Knöpfe der Bluse, verschafft sich Luft und atmet tief. Es wird ihr eng auf dem Eyckel.

»Wie lange wollen wir denn noch in diesem Pißputt bleiben?« fragt Golo. »Ich denke, wir wollen nach Amerika!«

»Später«, sagt seine Mutter.

Vorerst war man noch, wenn auch nur durch zwei eierlegende weiße Leghornhennen, an den Ort gebunden. Aus Maschendraht und Brettern hatten die Bewohner des Eyckel Verschläge an die Mauern gebaut, in denen sie Kaninchen, Tauben und Hühner hinter Verschluß hielten. Maximilianes Hühner lebten zur Untermiete im Geflügelstall des Barons von Sixt. Aus Großgrundbesitzern waren Kleintierhalter geworden. Das Bargeld wurde knapper und gleichzeitig immer weniger wert; aus der schleichenden Inflation konnte leicht wieder eine galoppierende werden wie nach dem Ersten Weltkrieg. Auch in den Notunterkünften des Eyckel entstanden Notbetriebe, in denen Sterne aus Stroh und handgeschnitzte Holzlöffel hergestellt wurden. Rückkehr ins vorindustrielle Zeitalter, Handgewebtes, Handgetöpfertes, Handgestricktes. Für das Nötige fehlte es an Material und Maschinen, folglich wurde Unnötiges verfertigt. In den Bauernhäusern im Dorf tauchten wieder Butterfässer auf und Webstühle, sogar Spinnräder, und in den Kammern der Bauern sammelten sich in den Schränken Teppiche und Lederkoffer, Wollstoffe und Schmuck. An jedem Morgen begegnete Maximiliane den Bewohnern der Städte, die zum Hamstern ins Dorf kamen; Bitt- und Bettelgänge.

Der Diakon Quint hatte erfahren, daß in Moos-Kirchach eine Frau aus Nürnberg ihren Ehering aus Not für eine Tasche voll Kartoffeln eingetauscht hatte, und ermahnte von der Kanzel den Empfänger, den Ring zurückzugeben, das heißt, ihn ungesehen in den Opferstock zu legen. Er rührte an die verschwarteten Herzen und sprach vom Sakrament der Ehe.

Auch Maximilianes Geld ging zur Neige, obwohl sie wenig verbrauchte und viel arbeitete. Sie erhielt von dem Bauern Seifried Deputat wie die Landarbeiter in Poenichen. In ihren kurzen Briefen an die Hermannswerder Freundinnen, an Isabella v. Fredell in Nienburg, an Wilma v. Reventlow in Münster oder die Offizierswitwe Marianne Stumm in Bad Schwartau, standen Sätze wie ›Ich arbeite wie ein Pferd!‹ und ›Ich lerne, mich zu bücken!‹. Daraus klang mehr Verwunderung als Klage. Und Marianne Stumm antwortete ihr, daß sie, ihrer beiden Kinder wegen, auf jedes persönliche Glück verzichte. In Pommern hatten die Landarbeiter in Kolonnen auf den Kartoffel- und Rübenschlägen gearbeitet, hier im Westen hackte einer allein die kaum drei Morgen großen Felder, von Maximiliane als ›Beete‹ bezeichnet. Die einzige Gesellschaft bei der Feldarbeit war für sie die kleine Mirka, die am Feldrand lag, später saß. Das Alleinsein tat ihr wohl. Sie las Kartoffeln mit beiden Händen zugleich auf, verzog die Rüben mit beiden Händen und blickte dabei kaum einmal hoch. Sie lebte wie eine Halbblinde, hatte keinen Blick für fränkische Schönheit, verglich, was ihr vor die Augen kam, mit Hinterpommern.

Die Bewohner des Eyckel waren im Dorf wenig beliebt, galten noch immer als etwas Besonderes, mußten daher auch besonders hungern und, in den schwer beheizbaren Räumen, besonders frieren, zumal sie das nicht hatten, was das wichtigste war: Beziehungen. Vor allem keine Beziehungen zu Handwerkern. Und immer häufiger tropfte das Regenwasser durch die schadhaften Ziegeldächer, immer mehr Behälter wurden zum Auffangen des Wassers auf den Dachboden gestellt. Die Betten mußten von den feuchten Steinmauern abgerückt werden. Die Dielen wurden rissig, die Treppen brüchig. Nicht geschenkt hätte man die Burg haben wollen, darüber war man sich einig, als Flüchtlingslager war sie gerade noch gut genug.

Nach und nach verließen die tüchtigeren und jüngeren Quindts den Eyckel. Marie-Louise, die jüngste Tochter der Generalin, ging inzwischen in Hersbruck in eine Töpferlehre und wohnte dort provisorisch im Brennraum, wo der Brennofen zeitweise für Wärme sorgte. Der Diakon Quint hatte sich mit seiner Frau provisorisch in der Sakristei eingerichtet. In allen Briefen, die Maximiliane erhielt, tauchte das Wort ›provisorisch‹ auf. Martha Riepe und Frau Görke hatten sich ›provisorisch‹ in einem Leutehaus eingerichtet, aus dem die fliegergeschädigten Hamburger ausgezogen waren. »Was soll aus den Pferden werden?« fragte Martha Riepe an. »Auch die Wagen können nicht ewig in der Scheune stehenbleiben. Ich habe einen Handstrickapparat angeschafft und stricke, die Wolle muß von den Kunden geliefert werden. Frau Görke besorgt das Zusammennähen. Sie könnten hier auch provisorisch unterkommen, aber man braucht Zuzugsgenehmigung und Wohnungsgenehmigung und Lebensmittelmarkengenehmigung.«

Auch Frau Hieronimi war weggezogen, allerdings nur bis hinunter ins Dorf, wo durch Todesfall ein Altenteil im Haus des Schreinermeisters Kroll frei geworden war. Sie hatte sich eine provisorische Schuhmacherei eingerichtet; die Holzsohlen lieferte der Schreiner Kroll nach Maß, und sie benagelte die Sohlen mit Gurten und Lederstreifen, die sie aus alten Handtaschen und Schulranzen zuschnitt, gelegentlich auch aus einem Lederriemen, der zum Öffnen und Schließen von Eisenbahnfenstern gedient hatte. Noch immer war sie ohne Nachricht von ihrem Mann, aber immer häufiger hielt ein Auto in der Nähe ihrer Behausung und blieb immer länger dort stehen. Der Besitzer, ein gewisser Herr Geiger aus Nürnberg, brachte angeblich Material und Aufträge für Schuhe. Frau Hieronimi kam ins Gerede. Maximiliane ging manchmal abends auf dem Heimweg zu ihr, saß eine Weile bei ihr und reichte ihr beim Erzählen die Stifte zu. »Warum tust du das?« fragte sie.

Frau Hieronimi klopft auf das Holz ein. »Du weißt nichts!« sagt sie. »Du bist keine Frau, du bist nur eine Mutter. Treue! Die Leute wissen gar nicht, wovon sie reden. Zu Hause und im Krieg, da habe ich das Alleinsein auch ausgehalten. Aber hier nicht, hier bin ich fremd! Ich bin über vierzig!«

»Die Liebeskarte aus Nürnberg?« erkundigt sich Maximiliane in erzwungen heiterem Ton.

»Aber keine große, sondern eine kleine«, antwortet Frau Hieronimi. »Frauen wie mich müßte man einsperren, aber so kann man uns doch nicht leben lassen, als Überschuß!« Einen Augenblick scheint sie mit der Welt zerfallen, greift dann aber wieder zum Hammer und schlägt heftig auf die Stifte ein. »›Fest und blank mit Nägelchen beschlagen!‹ Ich erinnere mich noch genau, wie du auf dem Eyckel eingetroffen bist, im Schutz deiner Kinder.«

»Du hast doch ebenfalls Kinder!« wirft Maximiliane ein.

»Der eine ist gefallen, der andere zum Krüppel geschossen.«

»Du könntest ihn aus dem Lazarett holen.«

»Ich habe ihm schon einmal das Laufen beigebracht, ich kann das nicht noch einmal tun! Und meine Tochter hat mir erst zweimal geschrieben, zu Weihnachten und zum Muttertag. Ich habe mich ebenfalls nicht um meine Eltern gekümmert. Ich bin auf und davon gegangen, mit siebzehn Jahren. Ich will weg von hier und weiß nicht, wohin. Ich mache Schuhe, damit andere laufen können! Du machst mich nervös mit deiner Ruhe, Maximiliane!«

An einem Tag Ende Mai wurde Maximiliane, als sie abends von der Feldarbeit zurückkehrte, von einer jungen Frau erwartet. Sie erkannte sie von ferne, stellte Kanne und Korb ab, setzte Mirka ins Gras und öffnete die Arme. Es war Anja, das Polenkind, das während der Kriegsjahre Haus- und Kindermädchen auf Poenichen gewesen war und mit Claude, dem Gärtner, einem französischen Kriegsgefangenen, kurz vor Kriegsende geflohen war.

Sie strahlt und nimmt zwei der Kinder gleichzeitig auf die Arme. »Wie groß sie geworden sind«, sagt sie, »wie schön!« Sie spricht ein Gemisch aus Deutsch, Französisch und Polnisch. Als erstes erkundigt sie sich nach dem ›Herrn Officier‹.

»Nie ma?« fragt sie.

Als Maximiliane nicht antwortet, wiederholt sie die Frage auf deutsch: »Gibt nicht mehr?«

»Nein«, antwortet Maximiliane. »Gibt nicht mehr. Nie ma.«

Anja tauscht die Kinder aus, nimmt Mirka auf den Arm.

»Ein neues Kind«, sagt sie. »Noch schöner als die anderen! ›Stary niedwieć mocno śpie‹«, singt sie ihm vor, ein polnisches Kinderlied von dem schlafenden Bären, das sie auch den anderen Kindern vorgesungen hat, als sie alle noch in Poenichen waren. Den Kehrreim singen Joachim, Golo und Edda mit: »›Jak się zbudzi, to nas zje‹ – Wenn er aufwacht, frißt er uns!«

Sie bleibt einen Abend und eine Nacht lang bei Maximiliane. Sie erzählt, wie sie mit Claude nach Frankreich gegangen war, auf das Weingut seines Vaters, daß aber die Liebe zu Polen doch stärker sei als die zu Claude und sie jetzt nach Hause zurückkehren wolle. »Polen ist frei!« sagt sie. Sie sei im Besitz der nötigen Papiere. In Marburg habe sie Lenchen Priebe aus Poenichen getroffen und von ihr die Adresse des Eyckel erfahren. »Lenchen chic! Très chic!« sagt sie. Das Kleid, das sie trage, habe sie von ihr bekommen, auch Schokolade und Zigaretten.

Am nächsten Morgen bricht sie auf und nimmt Maximilianes Sehnsucht nach dem Osten mit. »Nach Lodz«, ruft Anja, »nach Lodz!« und läuft den Berg hinunter.

Anfang Juni, als der alte baltische Onkel Simon August einen Herzinfarkt erleidet, übernimmt Maximiliane seine Pflege. »Ich bin immer noch nicht ruhig genug. Ich habe meine Kündigung erhalten, aber das Datum steht noch aus!« Als Maximiliane sich zu einer Handreichung erheben will, drückt er sie sanft auf den Stuhl nieder. »Bleib!« sagt er. »Ich brauche nichts. Alle wollen immer etwas tun. Alle laufen herum.«

Maximiliane saß auch in seiner fünfstündigen Sterbestunde bei ihm. Ab und zu kam eines der Kinder und blieb eine Weile neben der Mutter stehen. »Fürchtet euch nicht!« sagte sie. »Er geht nun dorthin, wo schon der Großvater und die Urma sind. Dort gibt es noch viel mehr Quindts als hier.« Sie war allerdings nicht sicher, ob das ein Vorzug war.

Der Eyckel wurde immer mehr zu einem Altersheim für Flüchtlinge, und die Generalin teilte weiterhin das Maß an erlaubter Traurigkeit und erlaubter Fröhlichkeit zu. Maximilianes Kinder gingen ihr aus dem Wege, Spielplätze gab es genug. Was hätte sich bei fünf Kindern an Anschaffungen gelohnt, die sich für das Einzelkind Maximiliane nicht gelohnt hatten! Da es kein Spielzeug zu kaufen gab, blieb den Kindern nur das schöpferische Spiel. Sie fertigten aus Ästen Stelzen an, und natürlich war Golo der erste, der waghalsig darauf herumstelzte. Kein Ruf zur Vorsicht erreichte ihn je. Ein alter Strick, an den waagerechten Ast eines Apfelbaums gebunden, diente als Schaukel. Edda nähte und wickelte Puppen aus Lumpen und flocht ihnen rote Zöpfe aus Wollfäden, die ihr Martha Riepe geschickt hatte. Viktoria riß den Puppen die Zöpfe wieder aus und zerriß die Puppenkleider; ein Kind, das zerstörte, aber dann über das, was es zerstört hatte, weinte, ein Kind, das absichtlich zu Boden stürzte, sich absichtlich den Finger einklemmte, nur um bedauert und getröstet zu werden. Keines der Kinder wurde so oft gewaschen und gekämmt wie dieses, und keines sah so vernachlässigt aus wie sie, ein Kind, dem jeder etwas zusteckte.

In den heißen Sommermonaten gingen die kleinen Quints barfuß in die Schule und in den Kindergarten, um die Schuhe zu schonen. Sie wurden deshalb von den Dorfkindern ausgelacht, aber Edda trumpfte auf: »Wir haben in Pommern jeder zehn Paar Schuhe und ein großes Schloß und hundert Pferde!« rief sie, und die Dorfkinder riefen dagegen: »Pommerland ist abgebrannt! Pommerland ist abgebrannt!«

Edda war ehrgeizig und lernbegierig. Kein Schulheft wurde so sauber geführt wie das ihre. Während des Unterrichts röteten sich vor Anstrengung ihre Ohren wie bei ihrem Vater. Wenn sie eine Antwort nicht sofort wußte, ballte sie vor Ärger die Hände zu Fäusten. Sie rechnete sorgsam und langsam. Golo hingegen, mit dem sie auf derselben Schulbank saß, blieb ein zerstreutes Kind, das die Schule nicht ernst nahm. Ob man ein Wort mit ›i‹ oder ›ie‹ schrieb, mit ›t‹ oder ›th‹, hielt er für unwichtig. Rechtschreibung hat er nie gelernt. Nie sah man ihn ein Buch lesen; er behielt die Abneigung gegen Bücher, die er schon als Kleinkind bewiesen hatte. Er rechnete zwar schnell, rundete aber auf oder ab; schlimmer noch, er kam oft zu spät zum Unterricht oder machte sich nach der Pause davon, wenn er seine Schwarzmarktgeschäfte betrieb, und erschien oft tagelang nicht in der Schule. »Auf diese Weise wirst du es zu nichts bringen!« sagte Fräulein Schramm, fuhr ihm dabei aber mit der Hand durch den Lockenschopf, eine Versuchung, der kaum eine Frau widerstehen konnte.

»Wo du mal landest, das möchte ich wissen!« sagte Lehrer Fuß.

Joachim tat eher zuviel als zuwenig in der Schule. Unaufgefordert suchte er nach Worten, die sich reimten, oder schrieb Wörter mit bestimmten Anfangsbuchstaben untereinander, verbrauchte zuviel Papier und zu viele Stifte. Beim Diktat hörte er nicht aufmerksam zu, schrieb, allerdings fehlerfrei, andere Wörter, ja, verbesserte den Text des Diktats. In einem Aufsatz, ›Mein Schulweg‹, schrieb er: »Im Winter ist es noch dunkel, wenn wir zur Schule gehen, dann schnarchen in den Büschen noch die Bären.« Dieser Satz wurde von Lehrer Fuß vorgelesen, die Schulkinder tobten vor Lachen. Joachim errötete, Edda sprang ihm bei: »Das stimmt auch!« Golo erklärte ebenfalls, daß man im Dunkeln die Bären hören könne.

»Ihr Quints kommt wohl her, wo es noch Bären gibt?«

Erneut stürzte eine Woge von Gelächter über Joachim nieder.

In die schulische Erziehung ihrer Kinder mischte Maximiliane sich nicht ein. Sie sagte auch in deren entscheidenden Entwicklungsjahren nie: ›Hände auf den Tisch!‹ oder ›Wascht die Hände vor dem Essen!‹ Meist gab es ohnedies keine Wasserleitung, oft nicht einmal einen Tisch; Seife und Handtücher waren zu knapp, um an erzieherische Maßnahmen verschwendet zu werden. Lange Zeit sahen die Mahlzeiten der Quints so aus, daß Maximiliane die Kinder auf den Tisch oder eine Mauer setzte und ihnen, aufgereiht wie die Vögel auf einer Stange, das Essen löffelweise zuteilte, wobei – an beidem war ihr gelegen – ein hohes Maß an Gerechtigkeit und Vereinfachung erreicht wurde.

Im ganzen verbrachten die Kinder zwei glückliche Jahre auf dem Eyckel. Dank des Kartoffelwassers, der Stutenmilch und der Pilzgerichte waren sie besser ernährt als die einheimischen Kinder. Am Ende des langen und heißen Sommers 1947, in dem die Felder verdorrten, die Lebensmittelzuteilungen noch knapper wurden und nur Tomaten oder Tabak im warmen Burggarten zu südlicher Reife gediehen, waren die Quints gesund und braungebrannt; Maximiliane war durch Feldarbeit und Hitze schlank geworden, sie trug das Haar der Einfachheit halber mit einem Band im Nacken zusammengebunden, was von der Generalin als ›zu kindlich‹ getadelt wurde, ebenso wie der Besuch der Polin ihren anhaltenden Unwillen erregt hatte.

Jetzt, wo auch Mirka laufen gelernt hat, wird sie keinen weiteren Winter mit den Kindern in dem kalten und feuchten Gemäuer der Burg bleiben, sondern nach Holstein zu den Resten des Quintschen Trecks ziehen. In diesem Sinne schreibt sie an Martha Riepe. Als erstes Anzeichen für den nahenden Aufbruch schickt sie Golo mit dem gestohlenen Handwagen ins Dorf zu dem Bauern Wengel. »Bestell ihm, daß wir den Wagen nun nicht mehr brauchen!«

Was waren das für Leute, die Handwagen stahlen und Handwagen zurückbrachten und auch noch lachten, wo sie doch nichts zu lachen hatten!

»Kommt, wir machen ein großes Feuer!« verkündet sie Ende September den Kindern. Sie verbrennt, was sich in zwei Jahren angesammelt hat, und wirft dabei wohl mehr als die paar dürftigen Gegenstände in die Flammen; sie hatte ja schon immer eine Vorliebe für Sonnwendfeuer gehabt. Edda versucht, einiges zu retten, und zieht halb verkohltes Spielzeug wieder aus dem Feuer. Was sie noch brauchen und was sich verpacken läßt, schickt Maximiliane in einigen Paketen voraus nach Kirchbraken in Holstein.

Die Rollen mit dem Bettzeug werden wieder verschnürt, woran die Kinder merken, daß der Aufbruch unmittelbar bevorsteht. Joachim sitzt ängstlich und untätig neben den Bündeln und fragt, was denn nun aus den weißen Tanten werden solle und aus der alten Tante Maximiliane.

»Zähl jetzt nicht alle Tanten auf, Mosche!« mahnt die Mutter. »Darum können wir uns nicht kümmern. Unser Leben muß weitergehen.« Ein banaler, aber dennoch richtiger Satz.

Golo läuft begeistert durch die Gänge und verkündet: »Es geht wieder los!« Edda trägt immer neue Dinge herbei, die mitgenommen werden müssen, packt ihr Bündel ein und aus, und Viktoria fiebert wie immer vor großen Ereignissen. Mirka zieht sich eigenhändig den Beduinenkittel an, aus dem Viktoria herausgewachsen ist, der ihr aber bis zu den Füßen reicht; ein selbständiges Kind, aufmerksam, schweigsam, freundlich und fremdartig. Ihre Familienzugehörigkeit wird einzig durch die ›Kulleraugen‹ bewiesen, die allerdings heller ausgefallen sind als die Augen Golos und auch als die der Mutter.

»Kommt!« sagt Maximiliane dann, »dreht euch nicht um.«

Sie besaß keinen der erforderlichen Berechtigungsscheine für den Umzug nach Holstein. Auf welchen langwierigen Wegen hätte sie diese auch erlangen sollen? Sie vertraute auf die Wirksamkeit ihrer fünf kleinen Kinder. ›Kommt!‹ war über Jahre im Umgang mit den Kindern ihr meistgebrauchtes Wort; später wird sie dann ›Lauft!‹ sagen.

Auch der zweite Versuch der Quints, nach Holstein zu gelangen, mißriet. Diesmal kamen sie nur bis Marburg an der Lahn, und diesmal lag die Ursache nicht bei Golo, sondern bei Viktoria. Es stellte sich heraus, daß deren Fieber kein Reisefieber war, sondern auf 40 Grad anstieg und von Masern herrührte. Rote Flecken tauchten auf ihrem dünnhäutigen Gesicht und am Hals auf, und damit war es für alle Vorsichtsmaßnahmen zu spät. Alle Geschwister waren bereits angesteckt. Jedes der Kinder bekam jeweils die Sorte Masern, die zu ihm paßte. Joachim eine rücksichtsvolle und daher langwierige, Edda die übliche, Golo eine heftige, aber rasch vorübergehende, Mirka eine kaum wahrnehmbare. Fünf masernkranke Kinder in einer fremden Stadt und keine Antibiotika, kein Schutz vor Ansteckung! Joachim mit anhaltender Bindehautentzündung, so daß ihm jeden Morgen die von Eiter verklebten Augen mit Kamillenwasser ausgewaschen werden mußten, Viktoria mit einem laut bellenden Husten, den man diesem schwächlichen Kind nicht zugetraut hätte, mit Erbrechen und Krämpfen – und das alles in einem Barackenlager, dem Übernachtungsheim der Christlichen Nothilfe im Schülerpark, in dem die Quints wieder einmal Zuflucht gefunden hatten. Als die Kinder in die Universitätskinderklinik eingeliefert worden waren, machte Maximiliane sich auf die Suche nach Lenchen Priebe. Sie hat diesen Masern-Ausbruch als einen Eingriff des Schicksals hingenommen. Sie blieb in Marburg hängen. Die zahlreichen Pakete, die sie vorausgeschickt hatte, reisten ohne sie nach Holstein.

Einen dritten Versuch, zu ihrem restlichen Besitz in Holstein zu gelangen, hat sie nicht unternommen. Vermutlich hätte sie sich in der holsteinischen Landschaft mit ihren Seen und Laubwäldern, baumbestandenen Chausseen und sanft geschwungenen weiten Feldern wohler gefühlt als in einer Universitätsstadt mit steilen, engen Gassen und kleinen Plätzen.

Es ist noch nachzutragen, daß nach jener Mahnpredigt des Diakons Quint im Laufe der folgenden Tage und Wochen fünf Eheringe im Opferstock lagen, woraufhin der Diakon in seiner Sonntagspredigt das Gleichnis von den fünf Eheringen erzählte, das in keiner Bibel zu finden ist.

8

›Alle Haushaltungen, deren Haushaltungsvorstand Mitglied der Nationalsozialistischen Deutschen Arbeiterpartei war, müssen zwei Wolldecken, eine Matratze und eine Glühbirne mit mehr als 40 Watt abliefern.‹

    Amtliche Bekanntmachung in der ›Marburger Presse‹

Alle Schuld rächt sich auf Erden. Aber alle Güte doch auch. Der alte Quindt hatte seinerzeit schützend seine Hand über Dorchen Priebe, das sechzehnjährige Hausmädchen auf Poenichen, gehalten, nachdem der junge Franz von Jadow, ein Onkel Maximilianes, sie geschwängert hatte; er war nach seiner Entlassung aus dem Weltkriegsheer mehrfach zu Besuch nach Poenichen gekommen, hatte sich später um das Kind nicht gekümmert und war in Nordamerika verschollen. Quindt hatte das ›Dorchen‹ zwar entlassen, ihr aber eine Stellung als Dienstmädchen in Dramburg verschafft und war für ihr Kind aufgekommen. Es war auf den Namen Helene getauft worden, wurde aber ›Lenchen‹ genannt, war zwei Jahre jünger als Maximiliane und durfte, wie einige andere Dorfkinder, mit ihr spielen.

Sie war nicht wiederzuerkennen. Maximiliane ging folglich auch an ihr vorüber, obwohl sie sich auf der Suche nach ihr befand. Aber sie selbst wurde erkannt. Lenchen machte kehrt und packte sie beim Arm. »Maxe! Da staunst du, was?«

Maximiliane staunte. Vor ihr stand das Muster eines ›Deutschen Fräuleins‹, die glatten, düsterblonden pommerschen Haare gelockt und hellblond gefärbt, die Lippen ziegelrot wie die flauschige Jacke, dazu Nylonstrümpfe und hochhackige Schuhe. Aber unter dem Firnis saß noch das gutmütige Lenchen Priebe, auch jetzt bereit zu lachen und bereit zu helfen.

Lenchen Priebe hatte seit der Flucht aus Hinterpommern mehr gelernt als Maximiliane, verstand sich auf die Kunst des Durchkommens, kannte sich in Tauschgeschäften aus sowie im Umgang mit Wohnungsämtern und Bezugscheinstellen, wußte, wo nachts die Kohlenzüge so langsam fuhren, daß man aufspringen und sich die Einkaufstaschen mit Koks füllen konnte.

Sie wohnte am Rotenberg, auch heute noch eine gute Adresse, die meisten Villen für amerikanische Besatzungsoffiziere beschlagnahmt, aber das Haus, in dem Lenchen wohnte, trug das Schild ›Off limits!‹, weil es einem ›nicht betroffenen Kulturträger‹, einem Professor der Kunstgeschichte namens Heynold, gehörte, der eine bedeutende Sammlung moderner, bisher für ›entartet‹ erklärter Bilder besaß.

Lenchen nahm Maximiliane mit nach Hause. Sie bewohnte ein großes Zimmer zu ebener Erde mit einer Verbindungstür zum Salon des Hausbesitzers, dem einzigen Raum, der beheizt werden konnte.

»Nenn mich nicht Lenchen!« sagte sie, als sie die Tür hinter sich geschlossen hatte. »Sag ›Helene‹! Bei ›Lenchen‹ hört jeder gleich, woher ich stamme. Ich nenne mich jetzt auch nach meinem Vater, ›von Jadow‹.«

Sie zieht eine Schublade auf, in der sie ihre Schätze verwahrt, mehrere Dosen mit Bohnenkaffee, Kekse, Strümpfe, Chesterfield-Zigaretten.

»Sag mir, was du brauchst! Du kannst alles haben! Schließlich bist du meine Kusine!«

Zwischendurch ein ›okay‹, ein ›all right‹, dann schickt sie Maximiliane weg, weil ihr Freund kommt, sie sagt ›mein boy‹, füllt ihr aber vorher noch die Taschen mit Schokolade und Kaugummi für die Kinder.

»Ich hole dich da raus!« sagt sie beim Abschied. »Hier im Haus bestimme ich. Und wenn ich auch noch sage, daß du meine Kusine bist, eine richtige Baronin, das wirkt! Die sollen mal ruhig zusammenrücken hier, die haben im Krieg nichts verloren. Wir beide haben schließlich alles verloren!« Und meinte mit diesem ›alles‹ in gleicher Weise das Quindtsche Rittergut und die Kate des Melkers und späteren Ortsgruppenleiters Priebe, ihres Großvaters.

Maximiliane zeigt ein wenig verlegen auf die Verbindungstür. »Nehmen die Hausbesitzer denn keinen Anstoß?«

Lenchen Priebe lacht auf. »Die hören und sehen nichts! Aber essen tun sie alles! Der Professor ist ein starker Raucher, und der Frau Professor stopfe ich den Mund mit einer Dose Corned beef. Was sie über mich reden, ist mir gleichgültig. Okay? Ich hatte erst gedacht, Bob würde mich heiraten und mit rübernehmen, aber er hat nicht dran gedacht! Seine Einheit wurde versetzt. Am letzten Abend brachte er Jimmy mit, ›a friend of my friend‹. Erst habe ich geheult, aber Jimmy stammte ebenfalls aus Texas. Mein jetziger Freund heißt Abraham, richtig ›Ähbrähäm‹, wie in dem Schlager. Einer wird mich schon mit rübernehmen. Anderen Mädchen gerät es schließlich auch, und was die können, kann ich schon lange. Mit den amerikanischen Frauen scheint nicht viel los zu sein. Wenn du übrigens einen Freund brauchst, sag es nur, dann bringt Abraham einen mit, und wir machen hier eine Party.«

»Ich habe fünf Kinder!«

»Okay! Aber einen Mann hast du trotzdem nicht! Abraham ist übrigens black, nur damit du es weißt. Stell dich nicht an, wenn du ihn mal siehst! Er ist ein prima boy! Laß die Kinder erst mal, wo sie sind, die Amis haben vor allen ansteckenden Krankheiten furchtbare Angst!«

Mehr zufällig faßt sie, während sie spricht, an den Pergamentschirm der Stehlampe.

»Das sollen Häute von Menschen sein. In den Konzentrationslagern hergestellt. Hast du das gewußt? Die Amis finden so was kolossal interessant, zahlen bis zu zwei Stangen Zigaretten dafür.«

Maximiliane greift sich an den Hals. Keine weitere Reaktion, aber sie wird nie wieder einen Lampenschirm aus Pergament ohne Entsetzen ansehen können.

Zwei Tage später wurde sie von Frau Heynold zum Tee eingeladen, trank dünnen Hagebuttentee und bekam eine Tablette Süßstoff angeboten. Bevor sie noch einen Satz gesagt hatte, hob die Gastgeberin abwehrend beide Hände.

»Erzählen Sie mir bitte nichts von dieser schrecklichen Flucht! Das Elend macht mich ganz krank! Sie besaßen doch ein Rittergut im Osten, nicht wahr?«

Und Maximiliane erzählt, was zu hören gewünscht wird, Treibjagd und Schlittenpartie.

»Ihr Gatte ist vermißt?«

»Ja, seit den letzten Kriegstagen.«

»Sie haben ein krankes Töchterchen, hat mir Ihre Kusine berichtet?«

»Ja«, antwortet Maximiliane, »aber bald kann ich das Kind aus der Klinik holen.«

Lediglich Verwandten ersten Grades konnte, laut Bestimmungen des Kontrollrates, der Zuzug in Städte wie Marburg, unzerstört und überfüllt, gestattet werden. Aber Maximiliane gelang es, bis zum Resident Officer vorzudringen und in dem fehlerfreien Englisch, das sie bei Miss Gledhill gelernt hatte, ihren Wunsch nach Unterbringung im Wohnbereich Marburg vorzutragen. Ob nun der Offizier es um ihrer schönen Augen oder um ihrer nach den USA emigrierten Mutter willen tat, jedenfalls erhielten die Quints eine ›vorläufige Zuzugsgenehmigung ohne Anspruch auf Wohnraum‹.

Sie durften im Haus des Professors Heynold vorläufig unterkommen. »Ihrer Kusine zuliebe«, sagte dieser zu Maximiliane, und: »Bevor man uns wildfremde Menschen ins Haus setzt. So weiß man wenigstens, mit wem man unter einem Dach lebt.«

Man hatte vereinbart, daß sie, Maximiliane, drei Stunden pro Tag das Haus zu reinigen hatte und dafür mietfrei wohnen dürfe. Zum erstenmal im Leben wurde ihr ein Hausschlüssel ausgehändigt; in Poenichen hatten die Hunde für Sicherheit gesorgt, auf dem Eyckel war man durch offenkundige Not vor Einbruch sicher gewesen. Jetzt erhielt sie neben dem Hausschlüssel einen Zimmerschlüssel und einen Schlüssel für die Toilette, ein ganzes Schlüsselbund.

Nacheinander holte Maximiliane die Kinder aus der Klinik ab, in der Reihenfolge, in der sie gesund wurden. Als erstes die kleine Mirka. »Ein entzückendes Kind!« sagte Frau Heynold, und wie immer sagte Mirka ungefragt und ohne Zusammenhang: »Danke schön!« und machte einen tiefen Knicks. Ein Untermieterkind, wie man es sich nur wünschen konnte.

Als Maximiliane mit dem zweiten Kind eintrifft, zeigt sich die Hausbesitzerin schon weniger freundlich, und bei dem dritten sagt sie entrüstet: »Sie können uns doch nicht ein Kind nach dem anderen anbringen!«

»Ich habe die Kinder auch nicht alle auf einmal bekommen«, entgegnet Maximiliane.

Von nun an wird sie nicht mehr wie eine Baronin aus dem Osten angesehen und behandelt, sondern wie einer dieser Flüchtlinge mit ihren unverschämten Ansprüchen, die die Gutmütigkeit der Einheimischen schamlos ausnutzten. Man hatte ja auch nicht geahnt, daß sie die Frau eines ›Militaristen und Nazis‹ gewesen war. Aber alle paar Wochen war sie immerhin die Tochter einer Emigrantin und erhielt ein Care-Paket aus den Vereinigten Staaten. Und auch Maximiliane hatte ihren Renommierjuden, den Stiefvater, den sie nach Bedarf hervorholen konnte. Die Erziehung der Deutschen ging unter ungünstigen Umständen vor sich. ›Kartoffelpuffer und Apfelmus‹ hießen die nahen Lebensziele.

Alle paar Tage mußte Lenchen Priebe, alias Helene oder Helen von Jadow, die Stimmung im Haus mit Milchpulver oder Bohnenkaffee aufbessern.

Die Quints bewohnten ein Zimmer zum Berg hin, ein wenig dunkel, aber geräumig und vollständig möbliert, ›übermöbliert‹, wie Maximiliane es nannte. Plüsch und Mahagoni. Auf den zweiten Wasserring, der auf der Platte des Schreibsekretärs zu sehen war, reagierte die Hausbesitzerin bereits empfindlich.

»Ich hatte angenommen, daß Sie mit wertvollen Möbeln umzugehen wüßten und nicht nasse Gläser daraufstellen«, sagte sie in Anwesenheit der Kinder zu Maximiliane. Als sie das dritte Mal die ›Wasserringe‹ rügte, sagte Edda: »Wir könnten ja mal viereckige Gläser nehmen!«

Die Hausbesitzerin war über das dreiste Kind betroffen und anhaltend gekränkt. Maximiliane sah sich genötigt, die Kinder mit ›Paß auf!‹ und ›Laß das!‹ zu ermahnen, ›Seid still!‹. Aber sie konnte nicht auf fünf Kinder gleichzeitig aufpassen; Golo allein hätte schon zwei Aufpasser benötigt.

Maximiliane behielt nach diesen Erlebnissen am Rotenberg für ihr weiteres Leben eine Abneigung gegen polierte Möbel; jede spätere Unterkunft wird von ihr unter dem Gesichtspunkt ausgewählt werden, ob man die Möbel benutzen kann oder ob man sie ihr in Pflege gibt.

Wie vereinbart, putzt sie täglich drei Stunden lang das Haus. Sie tut es weder unwillig noch ungeschickt, bohnert, da es Bohnerwachs nicht gibt und Frau Heynold im letzten Kriegsjahr günstig an große Mengen davon gekommen war, die Treppen mit brauner Schuhcreme, andere putzen derweil ihre Schuhe mit Bohnerwachs; das Wirtschaftsgefüge war in Unordnung geraten.

Als letztes Kind holte Maximiliane die immer noch kränkelnde und leider auch noch hustende Viktoria aus der Kinderklinik. Dabei stellte sich heraus, daß das Kind keine Schuhe mehr besaß. Maximiliane nahm sich Golo vor, und der gestand, daß er die Schuhe gegen Zigaretten und die Zigaretten gegen Schmalz eingetauscht habe.

»Ich habe doch nicht gewußt, daß sie wieder gesund wird!«

Abends, wenn die Kinder schliefen, saß Maximiliane auf den gebohnerten Treppenstufen vor ihrem Zimmer und las im Schein der trüben Flurlampe; immer noch nicht Faulkner und Kafka, sondern, aus der Stadtbücherei, Cronin und Maugham. Sie verfügt nicht mehr über das reiche Angebot an Äpfeln und Gedichten wie in Poenichen; beides ist knapp, nach beidem hat sie Verlangen. Wählerisch kann sie nicht sein, aber eines Tages hält sie dann doch Gedichte von Stefan George auf dem Schoß; als sie bei dem ›Hymnus an einen jungen Führer aus dem Ersten Weltkrieg‹ angelangt ist, hat sie nicht einmal einen Fallapfel zur Hand. ›Du aber tu es nicht gleich unbedachtsamem schwarm/Der was er gestern bejauchzt heute zum kehricht bestimmt . . .‹

Eines Tages schlägt sie einen Roman der Daphne du Maurier auf: ›Rebecca‹, ebenfalls aus der Stadtbücherei entliehen, aber sie kommt über den ersten Satz nicht hinaus. ›Gestern nacht träumte mir, ich sei wieder in Manderley . . .‹ Sie schließt die Arme um die Knie, legt den Kopf darauf und klagt um Poenichen wie Iphigenie um Mykenä.

Abraham Shoe aus dem Staate Ohio findet sie in diesem Zustand und setzt sich neben sie. »What do you need?« Und er zählt ihr die Herrlichkeiten eines amerikanischen PX-Ladens auf. Maximiliane schüttelt den Kopf. Plötzlich leuchten seine Zähne in der Dunkelheit auf, er strahlt über seine Erkenntnis. »All you need is love!« und legt bereits den Arm um sie, aber da erscheint Helen auf der Bildfläche.

Das Spiel ›Wer fürchtet sich vorm schwarzen Mann‹ hatten die kleinen Quints mit Rücksicht auf Abraham in ›Wer fürchtet sich vor Frau Professor Heynold‹ umgewandelt. Maximiliane, von der Betreffenden, besser: der Betroffenen, zur Rede gestellt, verspricht, den Kindern dieses Spiel zu untersagen. Aber Edda hat bald eine neue Abwandlung des Spiels erfunden, mit einem gemilderten Verhältnis zur Bezugsperson. ›Wieviel Schritte darf ich, Frau Professor Heynold?‹

Wieder ist Frau Heynolds Mißfallen erregt. »Sie müßten Ihre Kinder zu Ehrfurcht vor den Erwachsenen anhalten!«

»Aber doch nicht zu Furcht!« antwortet diese.

»Ich möchte wissen, wer Sie erzogen hat, Frau Quint!«

»Eine ganze Reihe von Erzieherinnen!«

Die Stimmung der Hausbesitzerin mußte ein weiteres Mal durch eine große Dose Erdnußbutter aus Lenchen Priebes Besitz gebessert werden. In diesem Haus hat Maximiliane ihre Nägel bis auf den Grund abgebissen. Joachim und Viktoria ahmten es nach. Die mütterliche Prägekraft war ungewöhnlich groß.

Abends war alt und jung unterwegs, hungrig und frierend, um sich in Kirchen, Hörsälen und Vortragsräumen von neuen humanen Ideen überzeugen zu lassen. Konzerte im ›Philippinum‹, Bela Bartok und Strawinsky; um eine Eintrittskarte zu erhalten, mußte ein Brikett abgeliefert werden. Das Auditorium maximum der Universität füllt sich bis zum letzten Platz. Pflichtvorlesungen in Staatsbürgerkunde. ›Die Grundlagen deutscher Existenz in der Gegenwart.‹

Maximiliane hätte Gelegenheit gehabt, Martin Niemöller in der Universitätskirche über die ›Kollektivschuld der Deutschen‹ sprechen zu hören; Ortega y Gasset war in den drei westlichen Zonen Deutschlands unterwegs, um die Deutschen über ihre vergangene Schuld und ihre künftigen Aufgaben zu unterrichten, aber da waren die fünf Kinder, die sie nicht allein lassen konnte; an eine Kollektivschuld hat sie wohl auch, den alten Quindt oder ihre Mutter Vera vor Augen, nicht geglaubt, eher an eine Kollektivscham.

Wenn Maximiliane die Kinder dennoch einmal allein ließ, was regelmäßig einmal wöchentlich geschah, ging sie ins Kino, ohne vorher auch nur einen Blick auf den Titel des Films geworfen zu haben. Helen Priebe, die den Auftrag hatte, derweil auf die Kinder aufzupassen, nahm es damit nicht sehr genau. So konnte es nicht ausbleiben, daß an einem solchen Abend ein, wenn auch kleiner, Zimmerbrand entstand, den Golo beim Hantieren mit einem Feuerzeug verursacht hatte. Joachim hatte ihn zwar schnell mit dem Wasser eines Kochtopfs löschen können, aber die Aufregung Frau Heynolds über das Loch im Plüschbezug des Sofas war dennoch groß.

»Wohin gehen Sie denn abends immer?«

Maximiliane sieht die Fragerin an und sagt mit entwaffnender Offenheit: »Ich gehe weinen.«

Wo sonst als in dem dunklen Raum eines Kinos hätte die Mutter kleiner Kinder ungestört weinen können. Jedesmal kam sie mit tränennassem Gesicht aus dem Kino.

Die Kinder, allesamt kleine Ausbeuter, brauchten sie und ließen es sie ständig fühlen. Maximiliane war erschöpft und drohte zu erkalten, wenn sie nicht bald von irgendwoher Wärme beziehen konnte. Immerhin war aber zu diesem Zeitpunkt ein Wärmespender bereits in ihr Leben getreten.

Neben der seelischen und körperlichen Wärme ging es natürlich auch um die nackte Existenz der Quints, um die finanzielle Versorgung. Seit Anfang des Jahres erhielten die kriegshinterbliebenen Witwen und Waisen eine Einheitsrente von 27 Mark monatlich. Noch aber war nicht amtlich festgelegt, daß die Quints Kriegshinterbliebene waren. Maximiliane kannte sich im Dickicht der Gesetze und Bestimmungen, die in kurzen Abständen von den Besatzungsmächten erlassen und von deutschen Dienststellen ausgelegt wurden, nicht aus; es war ihr aber ein leichtes, jeden Beamten, der sich bis zu dem Augenblick, in dem sie vor seinem Schreibtisch Platz nahm, auszukennen wähnte, in dieses Dickicht zu führen.

»Aber –«, sagte sie, sobald der Beamte sich Klarheit über ihren Fall verschafft hatte, hob die Lider von ihren feuchtglänzenden kugligen Augen und sagte: »Aber mein Vater ist im Ersten Weltkrieg gefallen!« Oder: »Meine Mutter mußte 1935 aus politischen Gründen emigrieren.« War sie betroffen im Sinne des Gesetzes zur Befreiung vom Nationalsozialismus? Oder mußte sie im Sinne des Wiedergutmachungsgesetzes sogar entschädigt werden?

Der Fall Quint wurde zurückgestellt; der Beamte sah jedoch eine Möglichkeit, dieser jungen Frau und ihren kleinen Kindern kurzfristig zu helfen.

»Auf die Dauer geht das natürlich nicht, liebe Frau!«

Mit Dauer hatte sie auch nicht gerechnet.

Die Zeitungsnachrichten über Pläne, die die Siegermächte mit den Besiegten verfolgten, las sie nicht, der ›Morgenthauplan‹ wurde verworfen, noch ehe sie davon gehört hatte. Sie las nur die Aufrufe für Lebensmittelmarken und Sonderzuteilungen sowie jene Nachrichten, die sich mit Flüchtlingsfragen befaßten.

Joachim hatte wieder eine Liste angefertigt, dieses Mal eine, in die er neue, mit ›Flüchtling‹ beginnende Begriffe aufnahm und die er täglich vervollständigte. ›Flüchtlingsangelegenheiten‹, ›Flüchtlingselend‹, ›Flüchtlingsbehelfsheim‹. Er hatte es bereits auf vierundvierzig Wörter gebracht.

Die gegen die Flüchtlinge gerichtete Stimmung verschlechterte sich. ›Flüchtling müßte man sein!‹ hieß es. Die Flüchtlinge verfügten über mehr Zeit als die Einheimischen, sie konnten die Wälder nach Pilzen, Bucheckern und Tannenzapfen absuchen, sie erhielten mehr Bezugscheine und wurden bei der Wohnungsbeschaffung bevorzugt.

Zwar hieß der ›Adolf-Hitler-Platz‹ längst wieder ›Friedrichsplatz‹, verwitterten die Hakenkreuze an den Hauswänden, aber noch immer wiesen weiße Pfeile auf die Luftschutzräume hin. Neuerdings stand an den Hausecken der engen Altstadt ›Death is so permanent‹ und ›Be careful‹, weithin lesbar und den Fahrern der amerikanischen Straßenkreuzer zur Warnung. ›Dangerous corner!‹, die ersten englischen Worte und Sätze, die sich den kleinen Quints einprägten, vor allem Joachim, wie sich später herausstellen wird. Er besuchte inzwischen das Gymnasium Philippinum; jeden Tag ging er von 16 bis 18 Uhr zu einem kriegsblinden Jura-Studenten, um ihm vorzulesen.

Golo verwandte im Umgang mit den amerikanischen Besatzungssoldaten unbekümmert seine wenigen englischen Worte, brachte jene damit zum Lachen und kam rasch mit ihnen ins Geschäft. Nach Schulschluß holte er Viktoria ab, die zu dieser Zeit Nutznießerin der amerikanischen Kinderspeisung war und so viel Suppe essen durfte, wie sie wollte und konnte. Zwei Teller waren das Pflichtmaß, erst wenn diese leergegessen waren, bekam man auch noch den Nachtisch. Andere Kinder nahmen in diesen vier Wochen bis zu sechs Pfund an Gewicht zu, außer Viktoria, die weiterhin mangelhaft ernährt aussah. Golo nahm sie anschließend meist mit zu den ›Stadtsälen‹, in denen die Offizierskantine der Amerikaner untergebracht war. Dort stellten sie sich über den Entlüftungsschacht der Küche und schnupperten den warmen, süßen Duft von Doughnuts. Wenn es zu lange dauerte, jammerten sie vernehmbar; sobald ein schwarzes Gesicht unter der weißen Kochmütze auftauchte, verstummte ihr Jammer, und sie lächelten. Der Koch schob ein Stück warmes Schmalzgebackenes durchs Gitter, dann zogen die beiden

Hand in Hand weiter zum Bahnhof, wo sich in den Wartesälen der schwarze Markt abspielte, unter Strafe gestellt, von amerikanischer Militärpolizei und deutscher Polizei überwacht, aber nicht verhindert. Die Auffassung der Erwachsenen, daß Kinder am schlimmsten dran seien, machte Golo sich zunutze. Wenn man sie beim Kragen nahm und fragte, was sie hier trieben, sagte Viktoria weisungsgemäß mit ihrer dünnen Stimme: »Wir warten auf unseren Vater!«

»Diese armen Kinder!« Und man blickte auf das kleine bedauernswerte Mädchen mit ihrem Glasgesicht, den dünnen Haaren und dem aufgetriebenen Wasserbauch, der allerdings davon herrührte, daß Golo ihr mehrere Kaffeedosen in den Schlüpfer gesteckt hatte. In der Regel aber verbarg Golo sein Tauschgut unter einem Verband, den er sich vorher eigenhändig um den linken Arm gewickelt hatte.

Als er eines Tages den Verband nicht am Arm, sondern am Bein trägt, nimmt ein deutscher Polizist sich den Jungen vor, reißt ihm den Verband ab und reißt dabei eine frische Wunde auf, die Golo sich beim Sturz vom Fahrrad zugezogen hatte. Man nimmt die beiden Kinder mit zur Wache, wo die Wunde neu verbunden wird und wo beide zur Entschädigung einen Lutschbonbon erhalten. Zu Hause nimmt die Mutter die Wölbung in den Backen wahr, holt mit geübtem Griff die Bonbons aus den Backentaschen und schiebt sie Joachim und Edda in den Mund, die über den Schulaufgaben sitzen.

Zwei Bonbons müssen reichen für vier Kinder.

Als sich die Hauptgeschäftszeit des schwarzen Markts immer mehr in die Abend- und Nachtstunden verlagert, und als es immer mehr um Interzonenpässe und Personalausweise geht und die Zigaretten stangenweise und nicht mehr stückweise verkauft werden, verlegt Golo sich auf einen einzigen Artikel, mit dem man, wenn es gerade keine Käufer dafür gibt, notfalls auch spielen kann. Er gewinnt einen festen Kundenkreis, bläst diese ›Artikel‹ zu Hause manchmal wie Luftballons auf; sie sind nicht groß, auch nicht farbig, aber wenn man eine Schnur daran bindet, steigen sie ein wenig in die Luft.

Wäre Maximiliane Quint ein Jahr später geboren worden, wäre sie unter die sogenannte Jugendamnestie gefallen. So aber, 1918 geboren, mußte sie sich einem Spruchkammerverfahren unterziehen. Ein Fragebogen mit 100 Fragen klärte ihre Beziehungen zum Nationalsozialismus. Der Kontrollrat der Alliierten hatte fünf Kategorien festgesetzt, in die man eingestuft wurde, von den Angehörigen der Geheimen Staatspolizei bis zu den Angehörigen der Widerstandsgruppen; Strafmaßnahmen für die ersten vier Kategorien, Entschädigungen für die fünfte.

Ohne ein einziges Entlastungszeugnis machte sich Maximiliane auf den Weg zur Spruchkammerverhandlung, nahm statt dessen ihre Kinder mit, die sie in diesem Fall allerdings eher belasteten; eine Frau, die unter der nationalsozialistischen Herrschaft fünf Kinder in die Welt gesetzt hatte, machte sich von vornherein verdächtig. Sie stellte die unterschiedliche Vaterbeziehungsweise Mutterschaft nicht richtig. Sie hätte geltend machen können, daß ihre Mutter aus politischen Gründen emigriert war, daß ihr Stiefvater ein Jude und ihr Großvater, der Sachwalter ihres Erbes, ein erklärter Liberaler war, der bei ihrem Hochzeitsessen vor Zeugen von ihrem Mann als einem ›Narr in Hitler‹ gesprochen hatte. Nichts dergleichen tut sie. Statt dessen fragt der Vorsitzende: »Sie geben also zu, 1934 freiwillig in eine faschistische Organisation eingetreten zu sein?«

»Ja«, antwortet Maximiliane. »Mit fünfzehn Jahren.«

»Ihr Mann war Träger des goldenen Parteiabzeichens.«

Der Vorsitzende blickt nicht von seinen Akten auf.

Maximiliane antwortet: »Er ist 1929 aus Überzeugung in die Partei eingetreten. Es handelte sich damals um eine Partei unter anderen zugelassenen Parteien!«

Der Vorsitzende hebt den Blick und richtet ihn auf sie.

Sie erwidert ihn und fährt fort: »Ist er deshalb mehr belastet als jemand, der 1938 in Kenntnis der Pogrome und der Kriegsaufrüstung um seines beruflichen Vorteils willen in die Partei eingetreten ist?« Zum ersten und einzigen Mal bekennt sie sich zu ihrem Mann.

Sie habe zu antworten, nicht zu fragen, wird ihr bedeutet; sie verscherzt sich die Sympathie des öffentlichen Klägers durch diesen einen Satz. ›Eine Gesinnung muß man sich leisten können‹, pflegte der alte Quindt zu sagen. Seine Enkelin bewies Tapferkeit und Trotz an der falschen Stelle.

Einer der Beisitzer, ein Uhrmacher, Ernst Mann mit Namen, weist dann aber auf ihre schwierige Lage als Flüchtling und

Mutter von fünf Kindern hin. Ohne seine Fürsprache wäre sie vermutlich in die Gruppe III eingestuft worden, Minderbelastete mit Milderungsgründen. Ihm verdankte sie die Kategorie IV: ein Mitläufer. Und das entsprach genau den Tatsachen; sie hatte mitgesungen und war mitmarschiert, im Gleichschritt zuerst und schließlich mit dem Handkarren während der Flucht.

Pfarrer Merzin, der ehemalige Pfarrer von Poenichen, hätte ihr sicher gerne und mit Überzeugung eine Entlastungsbescheinigung für die Spruchkammer ausgestellt. Allerdings stellte er jedem, der ihn darum bat – ›Man hat es doch nicht anders gewußt‹, ›Sie kennen uns doch, Herr Pastor‹, ›Man hat es doch richtig machen wollen‹ –, eine solche Bescheinigung aus, oft gegen besseres Wissen und Gewissen, sogar dem ehemaligen Oberinspektor Kalinski, der Quindt viel Ärger gemacht hatte, und auch dem ehemaligen Ortsgruppenleiter Priebe.

Pfarrer Merzin hatte, achtzigjährig, eine Bleibe, kein Zuhause, bei seiner Tochter in Gießen gefunden. Er war verwitwet, seine Frau gehörte zu den Tausenden von Opfern des Luftangriffs auf Dresden. In seinem Lutherrock, den ihm ein Amtsbruder im Westen geschenkt hatte, machte er sich, so oft er konnte, auf die Reise und besuchte seine ehemaligen Gemeindemitglieder, ein treuer Hirte, der seine Schafe suchte. Seine pommersche Gemeinde war in alle Winde verstreut. Wenn er wieder jemanden aufgefunden hatte, wurde er mit »Ach, Herr Pastor!« begrüßt.

Auch bei den Quints in Marburg taucht er auf. Joachim, das einzige der Kinder, das ihn wiedererkennt, starrt auf die gestrickte Mütze, die er auf dem kahlen Kopf trägt, und stammelt: »Die Perücke! Ich habe Ihre Perücke nicht gerettet!«

»Ach, Jungchen!« sagt Pfarrer Merzin. »Ich hab ja kaum den eigenen Kopf gerettet!«

Er nimmt am Tisch Platz und legt die gefalteten Hände auf die Tischplatte. Maximiliane setzt sich ihm gegenüber, ebenfalls die Hände auf dem Tisch.

Er zählt die Kinder, nennt die Namen, die er ihnen bei der Taufe gegeben hat.

»Es ist ja noch eins dazugekommen«, stellt er erstaunt fest.

»Ja, eines ist noch dazugekommen. Es heißt Mirka«, sagt Maximiliane.

Dann schweigen sie wieder.

»Im Juni habe ich manchmal einen Hecht aus dem See geholt.« Pfarrer Merzin läßt einen seiner vielen Gedanken laut werden. »Blaskorken. Erinnerst du dich an Inspektor Blaskorken mit seinen Jagdsignalen? Mit ihm habe ich mal zusammen auf den Hecht gesessen.«

»Sind Sie hungrig?« fragt Maximiliane, öffnet, ohne die Antwort abzuwarten, eine Dose Corned beef und schneidet von einem Brotlaib eine dicke Scheibe ab. Die Kinder sehen dem alten Mann zu, wie er die Rinde vom Brot schneidet und sich kleine Stücke in den Mund schiebt.

»Wir Pommern«, sagt er beim Kauen, »haben immer miteinander gegessen, wenn wir uns besucht haben, und dabei nie viel geredet. Nur der alte Quindt, der sagte schon mal was. Sprichst du manchmal mit den Kindern über IHN?«

Inzwischen hat er weitergedacht und meint nicht mehr Quindt. Maximiliane war seinem Gedanken gefolgt. Sie schüttelt den Kopf, entschließt sich dann aber doch, einen Satz zu sagen.

»Ich spreche manchmal mit IHM über meine Kinder.«

Der alte Pfarrer blickt sie aufmerksam an, nickt dann und sagt: »Das ist auch eine Möglichkeit.«

Er hatte sie getauft, er hatte sie getraut, er hatte ihr ein paar Sprüche fürs Leben mit auf den Weg gegeben, und jetzt gibt sie ihm einen zurück.

Er erkundigt sich nach Lenchen Priebe, die an diesem Tage nicht zu Hause ist, erfährt, in Andeutungen, einiges über die gegenwärtigen Zustände. Er schüttelt den Kopf. »Da haben wir nun immer auf den Frieden gehofft! ›Allein den Betern kann es noch gelingen‹, das war so ein Spruch, man hat ihn sich heimlich zugesteckt im Krieg. Darüber habe ich auch einmal gepredigt. Daran haben ja viele geglaubt, aber es ist den Betern auch nicht gelungen. Wir Pommern waren immer schlechte Beter. ›Gehen Sie mit Gott, Merzin!‹ hat dein Großvater zu mir gesagt. Brauchst du einen Entlastungsschein für die Spruchkammer?«

»Man hat mich bereits eingestuft. Ich bin jetzt ein Mitläufer. Erst war ich nur ein Flüchtling. Mein Großvater hielt mich für einen Flüchter.«

»Mein Entlastungsschein hätte dir wohl auch nicht viel genutzt. Die Spruchkammern haben längst gemerkt, daß ich diese Scheine nur aus christlicher Barmherzigkeit ausstelle. Aber die meisten Betroffenen sind ja auch geschädigt und gestraft genug. Bei uns in Gießen – hier in Marburg wird es nicht anders gewesen sein – haben bis vor kurzem noch die Professoren, die zwölf Jahre lang Falsches lehrten, die Straßen gefegt, eine Säuberungsaktion, die gleichzeitig den Straßen wie den Straßenfegern galt.«

Inzwischen hatte er sich im Zimmer umgeblickt und festgestellt, daß es für ihn zum Schlafen keinen Platz gab.

Er reibt mit dem Taschentuch an einem Fleck auf seinem Lutherrock.

»Hast du mal was von Blaskorken gehört?«

Maximiliane schüttelt den Kopf.

»Du warst damals ja noch ein Kind.«

Er verabschiedet sich und sagt, was alle zu ihr sagen: »Du wirst es schon schaffen.«

An der Haustür, als er mit ihr allein ist, wendet er sich ihr noch einmal zu.

»Dein Großvater hat noch etwas anderes gesagt, als ich zum letzten Mal auf Poenichen war. ›Wenn ich einen Sohn hätte, Merzin‹, hat er gesagt, ›würde ich zu ihm sagen: Verlaß Poenichen nicht!‹ Vielleicht hat er recht gehabt. Vielleicht hätten wir alle bleiben müssen . . .«

Er bricht ab, Tränen treten ihm in die Augen. Maximiliane sieht ihm nach, wie er den Gartenweg hinuntergeht.

Als sie wieder ins Zimmer zurückkehrt, sieht sie zum erstenmal mit Bewußtsein, wie Golo und Viktoria mit den Luftballons spielen, und erkundigt sich nach deren Art und Herkunft.

Sie erfährt, daß es sich um Tauschartikel handle, und wird von ihrem achtjährigen Sohn darüber aufgeklärt, was Verhütungsmittel sind und wie man sich damit vor Ansteckung und Befruchtung schützen könne.

9

›Aller Anfang ist schwer, am schwersten der Anfang der Wirtschaft.‹
Johann Wolfgang Goethe

Maximiliane hatte ihre Kinder der Größe nach aufgereiht und sagte zu dem überraschten Besucher: »Das sind alles meine!« Dieser betrachtete die Kinder eingehend und stellte fest: »Besser hätte ich das auch nicht gekonnt!« Ein Satz, der bezeichnend für den Charme dieses Mannes war. Maximiliane nahm ihn, wie er gemeint war, als Lob. Sie sah blaß aus an diesem Tag; sie hatte am Vormittag in der Frauenklinik Blut gespendet, um den Gast bewirten zu können. 300 Kubikzentimeter Blut gegen 900 Gramm Fleisch-, 200 Gramm Nährmittelmarken und eine Flasche Wein.

Der Besucher zauberte aus seinen Taschen Murmeln hervor, farbig marmorierte Glaskugeln, große und kleine, hielt sie gegen das Licht und stellte fest, daß zwei der Kinder ebenfalls ›Klickeraugen‹ besaßen, wie ihre Mutter. Wenige Minuten später hockte er bereits zwischen den Kindern auf dem Fußboden und spielte Klicker mit ihnen, während Maximiliane die Heringe, die er mitgebracht hatte, ›in die Pfanne warf‹, eine Äußerung, die ihn hatte aufhorchen lassen.

Aber zu viele Tischbeine, Stuhlbeine, Kinderbeine auf 20 Quadratmeter Wohnraum, wie sollte man da spielen können! »Du mußt hier raus!« sagte der Besucher zu Maximiliane. »Laß mich machen!«

Er besaß Beziehungen, vor allem zu Heringen, fässerweise. In der Handelskette zwischen Heringen aus Travemünde – englische Besatzungszone – zu Koffern, Aktentaschen, Glühbirnen und Küchengeräten – amerikanische Besatzungszone – saß er am Anfang der Kette, an deren anderem Ende eine Strumpfwirkerei in Zwickau – russisch besetzte Zone – Strümpfe illegal in die westlichen Zonen lieferte. Er war sich darüber im klaren, daß die Schwarzmarktzeit bald ein Ende haben würde; die Wirtschaft produzierte, unbemerkt von der Öffentlichkeit, bereits für den Tag der Währungsreform, der noch geheimgehalten wurde. Man mußte an die Zukunft denken, und das tat er; seine Beziehung zu Heringen hielt er für die solideste seiner unsoliden Beziehungen. Am Ende eines siegreichen Krieges gedeihen die Helden, nach einem verlorenen Krieg gedeihen die Kriegsgewinnler. Er beobachtete Maximiliane, die mit raschen Griffen die Heringe beim Schwanz packte und wendete, das frisch gewaschene Haar im Nacken zusammengebunden, das Gesicht von der Hitze gerötet. Ein angenehmer, hoffnungsvoller Anblick.

Leichter, als er vermutet hatte, ließ sie sich von seinen Plänen überzeugen.

»Ich kann es versuchen«, sagte sie.

Eine Stunde später war der Gedanke an eine Fischbratküche bis in die Einzelheiten ausgereift, und zwei Wochen später stand Maximiliane bereits an einem Marktstand in der Ketzerbach und briet Heringe auf dem Rost eines Öfchens, das mit Holz beheizt werden mußte; frisch gebratene grüne Heringe und sauer eingelegte Bratheringe. Beim Verkauf halfen Golo und Edda, die auf Kisten hinter dem roh gezimmerten Tisch standen. Das Angebot war nicht groß, dafür markenfrei. Mutter und Kinder nahmen einen durchdringenden Fischgeruch an. Joachim und Viktoria machten bei gutem Wetter ihre Schulaufgaben am Fischstand, und Mirka saß geduldig auf einer Kiste daneben. Die Einnahmen blieben gering, aber sie würden in absehbarer Zeit in neuer, fester Währung erfolgen, versprach der Geschäftspartner.

»Laß mich machen!«

Dann verschwand er und kümmerte sich um Nachschub.

In Mecklenburg sagt man: ›Wer ein Glas Milch trinken will, braucht nicht die ganze Kuh zu kaufen.‹ Maximiliane stammte aus Pommern, war mit solchen Volksweisheiten nicht vertraut gemacht worden und dachte wohl auch, daß dieser neue Mann ihren Kindern ein Vater werden könnte; man hatte sie nach patriarchalischen Grundsätzen erzogen. Die Kinder faßten rasch Zuneigung zu ihm, er steckte voller Späße, war freigebig mit Geschenken und sagte nie: ›Laß das!‹, hob nie die Stimme, geschweige die Hand gegen eines der Kinder. Nur Joachim zog sich in eine Zimmerecke zurück, sobald er kam.

Daß er Viktor Quint so unähnlich war, wird ihm zustatten gekommen sein. Bei der ersten sich bietenden Gelegenheit, als sie gerade beide Arme frei und kein Kind an der Hand hatte, legte er seinen Arm um sie. Er war nur einen halben Kopf größer als sie, nicht überragend wie Viktor; sie konnte sich anlehnen, was sie bisher nie gekonnt hatte.

Er sah sie an und sagte: »Was sind das für Augen! Die springen ja wie Klicker!« Er war ein Rheinländer.

In der Folge erwies Maximiliane sich als erfinderisch. Wenn es keine Möglichkeit gab, mit ihm allein zu sein, mußte man eben jene Plätze aufsuchen, an denen man sich öffentlich nahekommen konnte: Sie ging mit ihm tanzen, eine Mutter von fünf Kindern! Was für ein Nachholbedarf war da zu stillen! In wenigen Stunden wurde ihr zuteil, was sie in Jahren hatte entbehren müssen: Jazzmusik, Tanzen, Verliebtheit. Sie tauchte von einer Lust in die andere ein. Be-bop, Swing und Lambeth-walk; sie zeigte sich jazzbesessen wie ihre Mutter Vera in den zwanziger Jahren.

»Und so was wächst in Pommern heran!« sagte der neue Partner, und sie sagte: »In Südpommern!«

»Und so was hat nun fünf Kinder und keines von mir!«

Dann sagte er noch: »Diese prachtvollen Zähne! Die brauchen etwas zum Beißen!« und brachte bei seinem nächsten Besuch einen Braten mit, der für sechs Personen ausreichte.

Joachim war der erste, der merkte, was vorging. »Du hast dir die Haare doch erst gestern gewaschen, Mama!« sagte er, und Maximiliane zog ihn in die Arme. Sie gab alle empfangene Zärtlichkeit an ihre Kinder weiter.

Sie verließ sich, was den neuen Mann anging, ganz auf ihren ersten Eindruck, und der nahm für ihn ein. Seine Garderobe stammte aus den Läden der Amerikaner: engsitzende Hosen, ein Lumberjack mit Strickbündchen, Halbschuhe aus Leder, kurze Nylonsocken, die seine nackten Beine sehen ließen. Er war gut gewachsen, gut genährt und gut gelaunt, und er besaß, was so selten ist: männlichen Charme.

Später hieß es dann: ›Du hättest doch etwas merken müssen‹, aber Maximiliane hatte eben nichts bemerkt, da sie ihr Stichwort, ›Klicker-Augen‹, nicht kannte. Viel Lebenserfahrung besaß sie immer noch nicht, und ihr Instinkt versagte im Umgang mit Männern immer wieder.

Auch diesmal wurde sie zum ausführenden Organ für die Pläne eines Mannes.

»Machen wir doch Nägel mit Köpfen!« sagte er.

Er sprach eine andere Sprache als sie. Sie hörte ihm verwundert zu. Es war tatsächlich als Heiratsantrag gemeint. Er wollte ihr die Vorzüge einer Eheschließung auseinandersetzen und stellte fest, daß er dabei nicht auf Widerstand stieß. Sie hielt es für selbstverständlich, daß sie ihn nun auch heiratete. Sie hörte gar nicht zu, als er von Existenzsicherung, von Wohnungsfragen und Wahrung ihrer Ansprüche auf den Besitz im Osten sprach.

Aber man muß auch diesem Mann Gerechtigkeit widerfahren lassen: Maximiliane hat es ihm leichtgemacht. Er hat ihr vieles aus seinem unruhigen Leben erzählt. Es gab Widersprüche in seinen Geschichten, vielleicht absichtliche, vielleicht hat er ihr die Möglichkeit zu Nachfragen geben wollen. Aber sie war nicht mißtrauisch. Außerdem schlief sie meist ein, während er erzählte. Sie war ständig übermüdet, wie alle Mütter von Kleinkindern; nachts mußte sie mehrmals aufstehen, eines der Kinder auf den Topf setzen, ein anderes trösten, weil es weinend aus einem Traum aufgewacht war.

»Wie heißt du?«

Mit ähnlichen Worten ist auch Lohengrin gefragt worden, und dieser Mann sagte nach kurzem Nachdenken: »Was hältst du von Martin?«

Maximiliane sah ihn aus vertrauensvollen Augen an und sagte: »Das ist ein guter Name. Martin! Einer, der seinen Mantel zerteilt.«

Er war überrascht und meinte, daß es sehr unpraktisch sei, einen Mantel zu zerteilen, dann hätten die beiden Leute jeweils nur einen halben Mantel und müßten frieren. Er öffnete seinen Trenchcoat, zog Maximiliane mit darunter und erklärte: »Das ist die beste Art, einen Mantel zu teilen. Er wird von nun an für zwei reichen.«

Er legte sogar die Heiligenlegenden in seinem Sinne aus. Maximiliane lachte und lehnte sich gegen den warmen, kräftigen Männerkörper.

Sie hörte gern zu, wenn er redete, aber sie nahm seine Geschichten wie angenehme Geräusche hin. War seine Mutter nun eine Stinnes-Tochter, die man verstoßen hatte, weil sie schwanger wurde? War sein Vater ein französischer Besatzungssoldat im Rheinland gewesen? Hatte er in Greifswald studiert und kannte daher Pommern?

»Ich bin ein abgebrochener Jurist!«

Das sagte er mehrfach. Sicher ist, daß er sich in den einschlägigen Paragraphen des Bürgerlichen Gesetzbuches ebenso gut auskannte wie in den Bestimmungen der Militärregierungen, und zwar aller Besatzungszonen. Weitgesteckte Ziele oder Ideale besaß er nicht; er war leichtlebig und immer darauf bedacht, sich den Augenblick angenehm zu machen. Wenn er Maximiliane und die Kinder verwöhnte, geschah es aus dem selbstsüchtigen Grund, daß ihr Wohlbefinden das seine vervielfachte. Maximiliane kannte nur wenig Männer, und diese Sorte hatte es jenseits von Oder und Neiße nicht gegeben. Nichts war preußisch an ihm. Er war ein Materialist, und das gehörte zu seinen Vorzügen, er opferte niemanden seinen Idealen.

Vermutlich hat auch er sich in das ferne Land von Poenichen verliebt, das noch immer große Anziehungskraft besaß und von dem Maximiliane oft erzählte. Zehntausend Morgen Grundbesitz, keiner Geldentwertung unterworfen, ein Herrenhaus samt Inventar. Was war da an Ansprüchen geltend zu machen!

»Du brauchst jemanden, der deine Interessen wahrnimmt! Laß mich machen!«

Schon war in den Zeitungen von ›Lastenausgleich‹ die Rede; Kredite wurden vornehmlich Flüchtlingen gewährt, Beihilfen für Flüchtlinge bewilligt. Aus diesem Grunde wurde auch die Fischbratküche auf Maximilianes Namen ins Handelsregister eingetragen. In der ›Marburger Presse‹ erschien ein Bericht über ›die Frau aus dem Osten‹, Tochter eines pommerschen Landjunkers, die sich und ihre Kinder so tapfer durchbrachte, ›beispielhaft‹, hieß es; auf dem Foto konnte man Edda und Golo hinter dem Tisch stehen sehen, Joachim saß lesend daneben, Mirka lehnte untätig am Tisch, von Viktoria war nur einer der mageren Arme zu erkennen. Der Zeitungsausschnitt wurde von Joachim in seinem Kästchen archiviert.

Valentin hieß der Mann mit Nachnamen; zumindest nannte er sich so, ein lateinisch-römischer Name.

»Paßt er nicht gut zu mir?« erkundigte er sich, und wirklich, er besaß ein römisch-schönes, klassisch geschnittenes Gesicht, der Haaransatz vielleicht ein wenig zu niedrig.

»Ich muß einen Römer unter meinen Ahnen gehabt haben«, sagte er. »Im Rheinland kommt das öfter vor, als man denkt, jahrhundertelange Besatzung, das bleibt nicht ohne Folgen.«

Seine Besuche glichen Auftritten. Eines Abends nahm er ein Messer zwischen die Zähne, schlich um eine Schrankecke und sang das Lied von Mackie Messer; nicht gerade ein passendes Kinderlied. Joachim verzog sich denn auch in eine Zimmerecke, mit verängstigtem, abweisendem Gesicht, Viktoria weinte sogar, aber Golo und Edda machte die Vorführung großen Spaß. Er sang Maximiliane ins Gesicht: »Und die minderjährige Witwe, deren Namen jeder weiß, wachte auf und war geschändet, Mackie, welches war dein Preis?«

Maximiliane, an Binding-Gedichte gewöhnt, allenfalls an Rilke, aber nicht an Bert Brecht, war verwundert darüber, daß es solche Lieder gab und daß man solche Stücke auf der Bühne aufführte, aber sie griff nicht ein; nie hat sie einen Unterschied zwischen dem gemacht, was Kinder hören und was sie nicht hören dürfen.

Allerdings schickte sie die Kinder ab und zu für eine Stunde nach draußen. »Geht spielen!«

Als einziger ihrer Verwandten gab sie ihrer Kusine Marie-Louise Nachricht von ihrer Absicht zu heiraten. »Ich heirate einzig aus Liebe!« Womit sie sagen wollte, daß der Mann weder vermögend noch ihres Standes sei. Marie-Louise schrieb in ihrer Antwort: »Meine Mutter würde jetzt sagen: ›In fünfhundert Jahren hat noch keine Quindt aus Liebe geheiratet.‹ Ich dagegen sage: Es wird höchste Zeit, daß wir damit anfangen.«

Es ging alles ein wenig schnell und provisorisch mit dieser Eheschließung, aber: »Andere heiraten überstürzt, nur weil ein einziges Kind unterwegs ist«, meinte Martin Valentin, »und wir haben bereits fünf.« Er sagte ›wir‹; ein Wort mit drei Buchstaben, unwiderstehlich für die meisten Frauen.

Er verstand sich sogar auf die rasche Beschaffung der Heiratspapiere.

»Wenn wir auf die amtliche Todeserklärung deines Erstgeheirateten warten wollen, werden wir alt und grau darüber, das wäre doch schade!« und fuhr sich mit beiden Händen durch sein dichtes, dunkles Haar. »Was wir brauchen, das sind zwei Zeugen, die beeiden, daß sie den Toten gesehen haben. Gefallen ist er, das weißt du. Es geschieht ihm also kein Unrecht, und uns nutzt es. Man muß sich nur auskennen. Wie soll sich denn auch eine pommersche Prinzessin im Dickicht der Gesetze auskennen? Laß mich machen!«

Maximiliane ließ ihn machen, und er erledigte alles zu beider Zufriedenheit. Das Aufgebot wurde bestellt, und gleichzeitig verschaffte Martin Valentin seiner neuen Familie eine Zuzugs-genehmigung mit Anspruch auf Wohnraum, gemäß den Richt-linien des Kontrollrates; er galt als ansässig in Marburg, da er bei Kriegsende mit Gelbsucht in einem Marburger Lazarett ge-legen hatte, aus dem Kriegsgefangenenlager Cappel entlassen worden war und anschließend eine Anstellung im Marburger Verpflegungslager der amerikanischen Streitkräfte erhalten hatte. Pro Kopf sechs Quadratmeter, zusammen 36 Quadrat-meter, wobei Badezimmer, Flure, Treppenhäuser und Küchen nicht angerechnet wurden, sofern sie einen Flächenraum von weniger als zehn Quadratmetern maßen. Ein Behelfsheim im Gefälle. Die Adresse war jedoch weniger angesehen.

Während des ersten Hochzeitsessens, das 1938 in Poenichen stattfand, hatte Onkel Max aus Königsberg sich über die dama-lige Braut geäußert: »Laß die mal dreißig werden! Das ist alles noch Babyspeck!« Als Maximiliane jetzt zum zweitenmal hei-ratet, ist sie fast dreißig Jahre und hat den Babyspeck verloren.

Frau Görke bekam schriftlich den Auftrag, ein zweites Hochzeitskleid zu nähen, wozu ein Bettuch handgefärbt und handbedruckt wurde. Noch immer hatte Frau Görke die Maße ihrer pommerschen Kundinnen im Kopf, rechnete allerdings jetzt bei Brust-, Taillen- und Hüftweite jeweils fünf Zentimeter ab. In diesem besonderen Falle fragte sie aber vorsorglich nach, ob wieder etwas unterwegs sei.

Die Frage konnte verneint werden. Ihre erste ›Begegnung‹ – in Maximilianes Worten ausgedrückt – war ihren immer noch mädchenhaft romantischen Vorstellungen sehr nahe gekom-men. Eine Buche ließ ihre Zweige mit dem dichten Blattwerk so tief herunterhängen, daß eine Art grünes Zimmer entstand. Kein Moosboden, aber doch auch kein Wurzelwerk. Maximi-liane tat einen tiefen Atemzug und sagte: »Ich bin sehr emp-fänglich.« Eine Äußerung, die den Mann in Heiterkeit versetz-te.

»Ich habe mir schon so etwas gedacht«, sagte er, »und meine Vorkehrungen getroffen.«

»Das verhüte der Himmel!« pflegte er später regelmäßig zu sagen, wenn er sich eines Verhütungsmittels bediente; ohne ein solches wäre Maximiliane vermutlich sehr bald wieder schwanger geworden. Sie hätte ihrem neuen Mann dankbar sein müssen, daß es verhindert wurde. Er war in dieses pommersche Naturkind verliebt, daran bestand kein Zweifel, in diese Mischung aus Keuschheit und Sinnlichkeit.

Stadtinspektor Baum nahm die standesamtliche Trauung vor. Maximiliane hatte den Bernsteinschmuck angelegt, den Viktor ihr geschenkt hatte, ›Gold der Ostseeküste‹, nicht zum Gedächtnis, sondern zur Feier des Tages. Lenchen Priebe und ihr Freund Samuel Wixton aus Ohio versahen das Amt der Trauzeugen. Maximiliane sagte ein zweitesmal ›ja‹, ebenso zuversichtlich wie beim erstenmal. Eine kirchliche Trauung wurde nicht in Erwägung gezogen; auch sollten die Kinder nicht adoptiert werden und ihren Namen beibehalten. »Auch du solltest den Namen ›Quint‹ als zweiten Namen weiter führen, schon wegen des Geschäftes«, sagte der Mann, »am besten mit dem verlorengegangenen ›d‹!«

Zum Zeitpunkt der Hochzeit war er, was zwischendurch vorkam, schlecht bei Kasse. Er kaufte auf dem Markt vorm Rathaus einen Strauß Levkojen; Maximiliane füllte die Curländische Taufterrine damit und stellte sie mitten auf den Tisch: eher ein Kindergeburtstag als eine Hochzeitsfeier, der Neger Samuel Wixton und Lenchen Priebe, nun wieder ›Helen von Jadow‹, als einzige Gäste, ohne Tischreden und Speisefolgen, aber es wurde bei dieser Hochzeit, im Gegensatz zur ersten, viel gelacht.

Maximiliane machte lediglich ihrer Mutter Mitteilung von der zweiten Eheschließung. Diese Ehe war ihre Privatangelegenheit, im Unterschied zur ersten, die um des Fortbestandes der Quindts willen geschlossen worden war.

»Heute ist deine Fischbraterei noch eine Bude«, sagte der neue Ehemann am Hochzeitstag, »aber in einem halben Jahr hast du ein festes Dach überm Kopf! Laß mich machen!« Zu gegebener Zeit würde man die Pferde und Wagen, die noch immer in Holstein untergestellt waren, verkaufen und den Erlös zum weiteren Ausbau der Existenz verwenden.

Er war in der folgenden Zeit viel unterwegs; das Schwarzmarktlager mußte klein gehalten werden, damit er nicht auf Waren sitzenblieb, die sich nach der Währungsreform nicht verkaufen ließen.

›Halt du dich da raus!‹ pflegte der alte Quindt zu seiner Frau zu sagen, Viktor hatte es dann zu Maximiliane gesagt, und deren zweiter Mann gab ihr auf die Frage: »Woher kommen eigentlich die Heringe?« zur Antwort: »Aus dem Wasser vermutlich.« Aber Martin Valentin lachte zu seinen Worten und fügte hinzu: »Ich kümmere mich um das ›woher‹, und du kümmerst dich um das ›wohin‹. Du speist die Hungrigen! In der Stadt der Heiligen Elisabeth! Heringe statt Rosen!«

Er steckte seine Nase in ihr Haar und schnupperte den Heringsduft. »Und später ißt du wieder gespickten Hecht aus deinem Poenicher See.«

Maximiliane hielt sich, ihrer pommerschen Wesensart gemäß, weiterhin heraus.

Nachts schreckte ihr Mann oft beim leisesten Geräusch aus dem Schlaf, schlug um sich oder tastete mit den Händen neben sich und bekam Maximiliane zu fassen; sie wurde wach und fragte: »Was suchst du?« Er ließ sich dann in die Kissen zurückfallen und sagte: »Mein Gewehr!« oder »Meine Handgranate!« und lachte auf. Noch immer schlief er wie ein Soldat, wachsam, von Angstträumen verfolgt. Seine Hände kamen auf dem friedlichen Gelände des Frauenkörpers zur Ruhe. Solange er anwesend war, durfte keines der Kinder zur Mutter ins Bett kriechen. »Jetzt gehört eure Mutter mal mir!« verkündete der neue Vater, und die Kinder fügten sich, zumal er nicht oft zu Hause war. Nur Joachim wandte, seit es den neuen Mann gab, den Kopf ab, wenn seine Mutter ihn auf den Mund küssen wollte. Diese unternahm keinen Versuch, es zu ändern, auch später nicht; sie küßte ihn auf die Wange.

Jedesmal bevor er wieder abreiste, stellte ihr Mann mit Hilfe eines geliehenen Staubsaugers die Gasuhr zurück; bei der geringen Gaszuteilung wäre Maximiliane mit dem Kontingent nicht ausgekommen, und jede Überschreitung hätte zur Plombierung der Gasuhr geführt. Dieser Mann war unentbehrlich für die Familie. Wenn er zurückkehrte, brachte er gewöhnlich Wärme in Form von Briketts mit, während Maximiliane ihm unmittelbar von ihrer Wärme abgab.

Zwei Tage vor Einführung der Währungsreform traf ein Brief von Martha Riepe ein, mit dem Einleitungssatz: »Ein Pferd braucht mehr als das Dreifache an Bodenfläche für sein Futter als der Mensch!« Ein Vorwurf, der Maximiliane zu Unrecht traf. Jedenfalls hatte Martha Riepe Pferde und Wagen zu einem stattlichen Preis in bar verkauft. Martin Valentin schlug sich erst mehrfach gegen die Stirn, brach aber gleich darauf in sein schallendes Gelächter aus, das die Kinder ansteckte.

»Auch recht!« sagte er.

Keine Verstimmung. Es hat in dieser Ehe niemals Verstimmungen gegeben. »Dann machen wir es eben anders«, sagte er. »Wer weiß, wofür es gut ist. Man muß sich immer mit den gegebenen Tatsachen abfinden und sich anpassen, für ein Dach über deinen Heringen wird es schon noch reichen.«

Auch weiterhin fragte Maximiliane, wenn er abreiste, nicht: »Wann kommst du wieder?«, und er schrieb von unterwegs keine Karte. Er stand einfach irgendwann wieder vor der Tür, die Taschen ausgebeult von Überraschungen für die Kinder und für Maximiliane die Zusicherung, daß der Heringsfang erfolgreich war.

Am Tag der Währungsreform, im Juni 1948, legt Maximiliane vor der Geldumtauschstelle bei strömendem Regen in einer Menschenschlange eine Strecke von zweihundert Metern – was der Poenicher Lindenallee entsprach, die sie immer noch als Längenmaß benutzte – in vier Stunden zurück: Kopfgeld in Höhe von 40 Deutschen Mark, jeweils für fünf Köpfe; ihr Mann ist gerade wieder unterwegs.

Wer 100 Reichsmark besitzt, erhält dafür 10 Deutsche Mark, wer 100 000 Reichsmark besitzt, erhält 10 000 Mark, zunächst auf Sperrkonten. Das Verhältnis von arm zu reich ändert sich im Verhältnis 10 zu 1, aber an diesem einen Tage war eine absolute Gleichheit hergestellt.

»Paß auf, wie es jetzt losgeht!« sagt ihr Mann nach seiner Rückkehr. »Freier Markt und freie Preise! Der neue freie Mensch braucht Wohnungen, Autos, Straßen, Krankenhäuser, Kleidung. Von der Wäscheklammer bis zum Schulheft fehlt ihm alles. Jetzt beginnt der große Wiederaufbau. Man müßte einen Produktionsbetrieb haben, nicht nur eine Verkaufsstelle. Selbst wenn es, beispielsweise, Schrauben wären. Die Welt wird sich über den Aufbauwillen der Deutschen wundern!«

Die Welt hat sich dann auch gewundert. Aus den Überlebenden des Krieges wurden Verbraucher. Die Geburtsstunde des neuen Kapitalismus und Materialismus war gekommen: Restauration, Herstellung alter Verhältnisse. Ein Volk entschied sich für den Konsum. Nur Maximiliane, das Einzelkind, das nie jemanden gehabt hatte, mit dem es Kaufen und Verkaufen spielen konnte, das in ein Haus hineingeboren worden war, in dem man nichts anschaffte, weil es alles bereits gab, blieb vom Glück des Kaufens, vom ›Wirtschaftswunder‹, weitgehend ausgeschlossen. Sie ging, das nötige Geld in der Tasche, durch die Geschäfte, in denen es schon bald wieder alles oder doch vieles zu kaufen gab, besah sich die Gegenstände, faßte sie sogar an, ließ sie dann aber stehen, konnte sich weder gegen noch für einen Gegenstand entscheiden und kehrte zumeist mit leeren Händen zurück.

»Ich wollte uns einen Tisch kaufen«, sagte sie.

»Wo ist er denn?« fragten die Kinder.

»Es gab so viele«, antwortete Maximiliane.

Manchmal sagte sie auch: »Das brauchen wir nicht«, ein Satz, den sie schon auf der Flucht benutzt hatte, etwa wenn Golo etwas entwendete, was sie für unnötig hielt. Eine Auffassung, die jeder Prosperität und jeder Expansion zuwiderlief.

Hin und wieder sah sie sich auch in der Wohnung um, als prüfe sie die Einrichtungsstücke daraufhin, ob man sie mit eigener Kraft würde tragen können, und dann griffen die Kinder instinktiv nach ihrem kleinen Besitz. ›Mama hat mal wieder ihren Fluchtblick‹, werden sie später sagen. Sie schafft kein Haustier an und keine Blattpflanze; wieder einmal lohnt sich die Anschaffung nicht. Sie lebt auf Abruf.

Als die ersten Fragebogen für das ›Soforthilfegesetz zum künftigen Lastenausgleich‹ eintreffen, füllt ihr Mann sie aus; Maximilianes Schrift wäre zu groß dafür gewesen.

Während er schreibt, berichtet sie ihm auch von jenen Quindtschen Werten – sie spricht sogar von ›Schätzen‹, immer noch verfiel sie gelegentlich in diesen Märchenton –, die man neben dem Gutshaus vergraben hatte, weil man sie nicht auf die Flucht mitnehmen konnte. Aus ihren unbestimmten Berichten macht er exakte Angaben. Er selbst tritt nie als Geschädigter auf, statt dessen sagt er wohl einmal: »Ich habe ja nur profitiert! Ich bin ein Kriegsgewinnler!« Und: »Du bist das Geschäft meines Lebens!«

Sie zeigt ihm auch den vergilbten Zeitungsausschnitt, auf dem eine Frau am Pranger steht, flankiert von zwei Juden, die Schilder mit Schmähungen tragen.

»Das ist meine Mutter.«

Sie verschweigt – oder hatte es für Augenblicke verdrängt –, daß die Frau nur aussah wie ihre Mutter.

»Das Dokument ist Gold wert!« sagt er. »Du hast Anspruch auf Wiedergutmachung, laß mich machen!«

Am nächsten Tag verschwindet er wieder, küßt seine ›pommersche Prinzessin‹ und begibt sich auf Heringsfang. ›Meine pommersche Prinzessin‹, so hat er sie oft genannt und so auch behandelt; ihr erster Mann hatte sie für ein ›pommersches Gänschen‹ gehalten und dementsprechend behandelt.

Inzwischen hatte er dafür gesorgt, daß sie mit ihrer Fischbratküche in einen Laden in der Ketzerbach hatte einziehen können.

Zwei Jahre hat diese Ehe gedauert.

Dann erhielt Maximiliane eine Vorladung; ein Begleitschreiben hatte sie bereits über den Sachverhalt unterrichtet. Sie nahm ihre sämtlichen Kinder mit. Als man diese aus dem Raum weisen wollte, sagte sie: »Sie werden doch nichts sagen wollen, was meine Kinder nicht hören dürften?«

Sie beantwortet danach alle Fragen, die man ihr stellt, mit ›nein‹.

»Kinder sind aus dieser Beziehung« – das Wort ›Ehe‹ wurde vermieden – »nicht hervorgegangen?«

»Nein.«

»Fühlen Sie sich geschädigt?«

»Nein.«

»Erheben Sie Anklage gegen diesen Mann?«

»Nein.«

Auf die Frage: »Haben Sie ihn denn bei den häufigen Abwesenheiten nicht vermißt?« antwortet sie mit Erröten.

Der Beamte blättert in der Akte.

»Hier steht, daß seine Frau Eva in Lemgo, englische Zone, regelmäßig seine Wäsche gewaschen habe. Es hätte Ihnen doch auffallen müssen, daß er nie schmutzige Wäsche mitbrachte.«

»Ich bin nicht gewohnt, auf die schmutzige Wäsche eines Mannes zu achten«, sagt Maximiliane und faßt in diesem Satz die jahrhundertelange Bevorzugung ihres Standes zusammen.

»Nachforschungen haben Sie nie angestellt?«

»Nein.«

Ein einziges Mal beantwortet sie eine Frage mit einem ganzen Satz: »Die Zeit wird es ausweisen.«

Der Beamte blickt sie prüfend an, aber Maximiliane hält die Lider gesenkt, der Sinn des Satzes bleibt unklar.

Die Ehe wurde für ungültig erklärt, sie wurde Maximiliane nicht angerechnet. Diese war und blieb eine Quindt, wie der Großvater es der Elfjährigen versprochen hatte, als auf Poenichen die Nachricht von der zweiten Eheschließung ihrer Mutter eintraf.

An der Echtheit der Todeserklärung Viktor Quints, ihres ersten Mannes, hat niemand je gezweifelt.

Nachdem Maximiliane diesen Gang hinter sich gebracht hatte, stellte sie die Kinder vor sich auf und sagte: »Jetzt wollen wir ihn ganz rasch vergessen«, eine Aufforderung, der die Kinder nachkamen, sie selber nicht.

Diesen Mann hat sie vermißt, mit jeder Faser ihres Körpers. Sie hat ihn nie wiedergesehen und hat nie Einzelheiten über seine Festnahme erfahren. Bei dem Versuch, Poenichen, jetzt Peniczyn, zu erreichen, war er bis Stettin, Szczecin, polnisch besetztes Gebiet, gekommen. Bei der Leibesvisitation hatte man mehrere Pässe bei ihm gefunden, in den vier Besatzungszonen Deutschlands ausgestellt, und ihn den amerikanischen Behörden ausgeliefert. Ein Heiratsschwindler, ein Bigamist. Er hat Maximiliane weder ein Foto noch Briefe hinterlassen.

Aber sie verdankt ihm eine eigene Wohnung, fast ein eigenes Haus, ein Behelfsheim in einer Behelfsheimat. Und die Fischbratküche unter einem festen Dach, wie es dieser unheilige Martin versprochen hatte. Sie kann auf eigenen Beinen stehen und ist kein Sozialfall geworden wie viele andere Flüchtlingsfrauen mit kleinen Kindern. Außerdem hat er sie, was er wohl nicht vorausgesehen hat, zu Viktor Quints Witwe mit, freilich noch ungeklärten, Pensionsansprüchen gemacht.

Sie holte die Tarnjacke wieder hervor und trug sie während der Wintermonate.

Die Zeit der grünen Heringe war vorbei, Maximiliane briet nun Bratwürste. Edda legte die Würste auf Pappteller, gab Senf und Brötchen dazu, Golo kassierte. Ein Familienbetrieb, nur an den schulfreien Nachmittagen geöffnet.

Maximiliane nahm die Gewohnheit, einmal wöchentlich ins Kino zu gehen, wieder auf.

10

Von der Schwiegermutter Quint aus Breslau, ebenfalls eine
Kriegswitwe, allerdings eine des Ersten Weltkriegs, ist der Satz
überliefert: ›Ich habe fünf Kinder aufgezogen, mir ist das Lachen vergangen.‹ Er war auch an Maximilianes Ohren gedrun-
gen und hatte seine Wirkung getan: bei den kriegshinterbliebenen Quints wurde weiterhin gelacht.

Zumindest für drei ihrer Kinder war Maximiliane die richtige
Mutter; den Anforderungen dagegen, die Joachim und Viktoria an eine Mutter stellten, wurde sie nicht gerecht, obwohl sie
sich mit diesen beiden Kindern mehr Mühe gab als mit den anderen. Beide waren als Einzelkinder angelegt, allenfalls für
Zweierbeziehungen geeignet. Sie hätten Aussprache und Aus-
einandersetzung nötig gehabt, doch Maximiliane glaubte weder an Notwendigkeit noch an Wirksamkeit von Aussprachen.

Als die elfjährige Edda in den Osterferien ein Poesie-Album
vor sie hinlegt, fragt sie mit eben jenen Worten, die die alte Baronin Quindt bereits benutzt hatte, als Maximiliane ihr ein Poesie-Album hingelegt hatte: »Macht ihr das immer noch?«

Sie wird belehrt, daß es kein Poesie-Album sei, sondern ein
Erinnerungs-Album.

Städte wurden zerstört, Länder gingen verloren, aber Poe-
sie-Alben überdauerten alle Katastrophen. Ähnliches muß sie
gedacht haben, während sie das Buch in der Hand hält und
darin blättert. Sie betrachtet Handgemaltes und Eingeklebtes
und liest die Eintragung der Freundin Cornelia Stier: ›Drei Engel mögen dich begleiten, auf deiner ganzen Lebenszeit, und
die drei Engel, die ich meine, sind Liebe, Glück, Zufriedenheit.‹ Es war nicht anzunehmen, daß diese Engel ihre Pflicht tun
würden, Eddas Engel waren für Tüchtigkeit und Erfolg und
Gesundheit zuständig. Drei handgemalte gelbe Engel um-
schwebten den Spruch. Maximiliane erinnerte sich an Arnswalde und die eigenen Schulnöte.

Auch diesmal eilt es. Edda drängt. »Schreib doch endlich was rein!« Maximiliane sieht das zugelaufene Kind ihres Mannes nachdenklich an.

»Was, zum Kuckuck, soll ich denn schreiben?« fragt sie und setzt dann mit ihrer großen Schrift auf die erste Seite: »Tu, was du sagst, und denk, was du sagst!« – eine Abwandlung des Goetheschen Albumblattes ›Denken und Thun‹, das ihr aber nicht bekannt war. Ein kleiner Satz, aber ein großer Gedanke, das Ergebnis langen eigenen Nachdenkens, eine Art Quindt-Essenz, aber für eine Elfjährige nicht zu erfassen. Und als Unterschrift benutzte sie die altmodische Formel, die sie im Königsberger Poesie-Album ihrer Großmutter gelesen hatte: »Deine Mutter Maximiliane Irene von Quindt auf Poenichen.«

Edda liest die Eintragung und ist unzufrieden. Sie grollt. »Warum schreibst du nicht ›Marburg‹?« fragt sie. »Alle schreiben ›Marburg‹!«

»Wir kommen aus Poenichen, und wir gehören nach Poenichen!« antwortet Maximiliane.

Edda, die den Jähzorn ihres Vaters geerbt hat, läuft rot an: »Ich will aber nicht aus Poenichen sein! Ich will nicht immer ein Flüchtling sein! Und ich will auch nicht immer in einem Behelfsheim wohnen!«

»Das ist nur provisorisch«, sagt die Mutter, stößt sich aber selber, indem sie es ausspricht, an dem Wort ›provisorisch‹. Eine provisorische Regierung in einer provisorischen Hauptstadt. Was für ein Provisorium für ihr ehrgeiziges Kind!

»Die anderen Kinder haben Eltern mit einem richtigen Beruf!« sagt Edda. »Und keine Würstchenbude!«

»Wir haben doch, was wir brauchen, Edda!«

Aber offensichtlich brauchte Edda eben mehr. Zwischen dem, was die Mutter benötigte, und dem, was ihre Kinder benötigten, wuchsen die Unterschiede. Für Maximiliane war alles nur vorläufig. ›Es is allens nur'n Öwergang.‹ Sie kaufte keine gebundenen Bücher, sondern ›Rotations-Romane‹ im Zeitungsformat, die sie weitergab, wenn sie sie gelesen hatte. Um sich richtige Bücher anzuschaffen, mußte man seßhaft sein. Später hält sie es mit Taschenbüchern ebenso; Taschenbücher gehörten in die Tasche, nicht in einen Bücherschrank. Sie will sich nie wieder von etwas trennen müssen, nicht von Büchern, nicht von Häusern.

Maximiliane vermeidet, so gut es auf engem Raum geht, ›Laß das!‹ zu sagen, oder ›Halt dich gerade, Tora!‹, aber sie nimmt im Vorübergehen kleine Korrekturen vor, hebt Joachims Kopf hoch, der sich zu tief über die Bücher beugt, nimmt Mirkas Hand weg, wo sie nicht hingehört, schiebt Toras Schulterblätter zurück. Eher zärtliche Gesten als Erziehungsmaßnahmen. Die gröberen Korrekturen nehmen die Kinder untereinander vor, gelegentlich auch lautstark.

Wer zu Besuch in ihr Behelfsheim im Gefälle kam, sah sich in der Küche um und erkundigte sich: »Hast du denn nicht einmal eine Waage?« – »Hast du keine Eieruhr?« Und beim nächsten Mal packten die Besucher eine Waage oder eine Eieruhr aus, ungeachtet, daß Maximiliane beides weder benötigte noch benutzte. Das Haus füllte sich mit ›Gegenständen‹, von denen sich Maximiliane eingeengt fühlte; schon ließ sie bisweilen ihren Blick schweifen, als wolle sie weggehen und alles stehen- und liegenlassen. Sie atmete dann tief auf, als ringe sie nach Luft, und öffnete die oberen Blusenknöpfe, was jedesmal Eddas Mißfallen erregte.

Mit jedem Zentimeter, den die Kinder wuchsen, und mit jedem Pfund, das sie an Gewicht zunahmen, wurde es enger im Haus. Das ständige ›Rück doch!‹, ›Mach Platz!‹ hatte zur Folge, daß Maximiliane das Behelfsheim behelfsmäßig und ohne die erforderliche Genehmigung einzuholen, vergrößern ließ: Ein weiterer Raum nach hinten, und nach vorn eine Art überdachter Vorhalle, zu der eine Stufe hinaufführte, das Dach von zwei Holzpfosten getragen; sie bot Platz für eine lange Bank und einen langen Tisch, an dem alle Platz hatten. Als Muster mochte die Vorhalle des Poenicher Herrenhauses mit den fünf weißen Säulen gedient haben. Das Ergebnis erinnerte einesteils an Poenichen, machte aber gleichzeitig die Unterschiede zwischen damals und heute noch deutlicher. Die rohen Holzdielen waren durch die Poenicher Teppiche verdeckt, die man allerdings an allen Seiten hatte einschlagen müssen. Die Futterkisten, in denen die 160 Servietten aufbewahrt wurden, dienten als Sitzgelegenheiten; für Maximiliane hatten sie darüber hinaus sinnbildlichen Wert. Sichtbarer Ballast. Unnötiges.

Als der restliche Besitz der Quints auf einem Lastwagen aus Holstein eintraf und sich vorm Haus die Kisten stapelten, hatte Joachim gesagt: »Da können wir ja froh sein, daß wir noch haben, was wir noch haben!« Ein Satz, den Maximiliane sich merkte.

Da die niedrigen Wände des Behelfsheims sich nicht zum Aufhängen der großformatigen Ahnenbilder eigneten, ließ Maximiliane sie zusammengerollt in den Kisten liegen. Bis eines Tages ihre Königsberger Kusine Marie-Louise, die ihre Töpferlehre beendet hatte und seit zwei Jahren an der Düsseldorfer Akademie mit dem Geld der Mutter, aber nicht mit deren Billigung, ›Design‹ studierte, schrieb: »Du hast doch noch Ahnenbilder. Die stehen hier jetzt hoch im Kurs. Die Leute wollen zwar reich, aber nicht neureich sein. Folglich brauchen sie unsere Ahnen. Wir haben die unseren leider nicht gerettet. Ich kann Dir einen sicheren Interessenten vermitteln.«

Maximiliane antwortet, daß sie an diesem Vorschlag interessiert sei, daß die Bilder nur totes Kapital darstellten und sie andererseits das Geld gut gebrauchen könne. Marie-Louise lud sie daraufhin ein, bei nächster Gelegenheit nach Düsseldorf zu kommen. »Wohnen kannst du allerdings nicht bei mir«, schrieb sie, »ich lebe mit einem Bekannten zusammen, ein hoher Staatsbeamter. He is married.«

Als langer Nachsatz stand unter dem Brief: »Du wirst es nicht für möglich halten: meine Schwester Roswitha! Vor einigen Jahren ist sie zum katholischen Glauben übergetreten. Und nun ist sie auch noch ins Kloster gegangen! Zu den Benediktinerinnen. Irgendwas hat sie völlig durcheinandergebracht. Es muß mit den Konzentrationslager-Prozessen zusammenhängen, bei denen sie als Dolmetscherin anwesend war. Meine Mutter hält es natürlich für ein Zeichen von Feigheit und Schwäche. Roswitha hat uns mitgeteilt, daß sie fortan nach den Regeln des Heiligen Benedikt leben wolle, in dem ›ihr wohltuenden Wechsel von Gebet und Arbeit‹, wie sie es ausdrückt. Irgendein früher Quindt soll mal einen polnischen Bischof erschlagen haben. Wußtest du das?«

Maximiliane wußte es nicht; ihr Großvater hatte dieses Kapitel der Quindtschen Familiengeschichte wohl weder für rühmens- noch erwähnenswert gehalten. Sie dachte lange über ihre Kusine Roswitha nach und kam zu dem Ergebnis, daß diese Wandlung nicht nur möglich, sondern auch nötig war, in einem stellvertretenden Sinne: ein Quindt mußte es für alle anderen auf sich nehmen. Sie teilte diese Erkenntnis aber ihrer Kusine

Marie-Louise nicht mit. Vorerst kam es auch nicht zu der geplanten Reise nach Düsseldorf, da sich niemand fand, der während ihrer Abwesenheit die Fischbratküche geführt und die Kinder betreut hätte.

Der Plan zu der Düsseldorf-Reise geriet eine Weile in Vergessenheit, zumal weitere Briefe eintrafen, die ihre Aufmerksamkeit noch mehr in Anspruch nahmen. Aus Berlin kam die Nachricht, daß ihre Großmutter Jadow mit einer Harnvergiftung in das private Alterspflegeheim Dr. Merz eingewiesen worden war. Maximiliane hatte sich kaum noch um sie gekümmert, wenn man von den Lebensmittelmarken absieht, die sie ihr jahrelang geschickt hatte, mehr aus schlechtem Gewissen als aus Zuneigung. Und von der Mutter Vera kam ein Brief, in dem zum erstenmal die Möglichkeit einer Einladung nach Kalifornien erwähnt wurde. Eine Zukunftsaussicht, die keinen so sehr in Begeisterung versetzte wie Golo.

An einem warmen Junitag machte sich Maximiliane dann aber doch mit ihren Ahnenbildern auf die Reise nach Düsseldorf. Dort wurde sie zunächst von ihrer eleganten Kusine begutachtet. »So wie du angezogen bist, läuft hier kein Mensch herum. Aber bleib ruhig so, irgendwie paßt es zu dir. Sogar der Geruch nach Geräuchertem und Gebratenem, der in deinen Kleidern und Haaren steckt, wirkt irgendwie echt. Du kannst dir das leisten.«

Es handelte sich bei dem an den Quindtschen Ahnen Interessierten um einen Herrn Wasser – ›wie Wasser‹ –, Buntmetall, dessen Betrieb in Hilden lag.

Bei der Begrüßung zieht er Maximilianes Hand an den Mund; sie holt mit sanftem Zug ihre Hand samt seinem Kopf nach unten in die angemessene Höhe. Herr Wasser hebt den Blick, sieht sie fragend an, und sie nickt ihm lachend zu.

Dann sitzt man in einem Café an der Königsallee, Herr Wasser hat seine Wahl bereits getroffen und wird von Marie-Louise von Quindt zu seinem Geschmack beglückwünscht. Sie erklärt ihm, daß beide Bilder von demselben Maler stammen, und zwar von Leo Freiherr von König, 1871 in Brandenburg geboren, 1944 gestorben.

»Ein später Impressionist! Das Elternbildnis des Künstlers hängt übrigens hier in der Kunsthalle.«

»Der Maler brauchte ja nun nicht auch noch adlig zu sein, gnädige Frau!« sagt Herr Wasser launig. Die Bilder gefallen ihm. Von dem zwölfjährigen Vater Maximilianes, Achim von Quindt, im hellblauen Samtwams mit dem hellbraunen Jagdhund neben sich, spricht er bereits als von ›de Jong‹. Die falsche Beinstellung des Trabers, auf dessen Rücken Maximilianes Großvater, Joachim von Quindt, als junger Mann sitzt, bemerkt er nicht, dagegen fällt ihm auf, daß beide Bilder nicht signiert sind.

»Sind sie überhaupt echt?« fragt er.

»Sie können die Echtheit Ihrer neuerworbenen Ahnen doch auch nicht nachweisen!« antwortet Maximiliane, die sich zum erstenmal in die Verhandlung einmischt.

Herr Wasser lacht auf. Die Antwort gefällt ihm wie die ganze Frau. Geradeheraus, freimütig, gar nicht hochgestochen. In diesem Sinne, ›frisch von der Leber weg‹, fährt er dann fort: Er habe sich die Hände noch schmutzig gemacht, aber seine Frau wolle davon nichts mehr wissen. »Als Schrotthändler habe ich angefangen, aber jetzt nennen wir das ›Buntmetall‹. Mir liegt nicht viel an ›Ahnen‹, ich bin mit meinen Großvätern ganz zufrieden, aber meine Frau nicht. Sie geniert sich! Nur nicht, wenn sie das Geld ausgibt.«

Ob er die beiden Damen zum Essen einladen dürfe? fragt er dann. »In den Breidenbacher Hof? Der gute Abschluß muß doch in einem guten Restaurant gefeiert werden. Kleine Familienfestlichkeit! Ich habe heute meine Spendierhosen an!«

Als er sich dann im ›Breidenbacher Hof‹ in einen Sessel fallen läßt, sagt er: »Ich passe gerade noch rein! Im Sitzungssaal des Landtags muß man jetzt die Sessel der Herren Abgeordneten erneuern, weil sie in die alten nicht mehr reinpassen. So gut sind in der sozialen Marktwirtschaft die Diäten! Man müßte die Herren mal auf halbe Diät setzen!«

Herr Wasser breitet die Serviette über dem Schoß aus, greift zum Besteck, sagt: »Wer gern gut ißt, hat eine Freude mehr im Leben!« Man sieht ihm im neunten Nachkriegsjahr an, daß es sich um eine anhaltende Freude handelt.

Man war so lange in guter Stimmung, bis Herr Wasser sich erkundigte, wo seine neuerworbenen Ahnen denn nun eigentlich herstammten. »Blutsmäßig, meine ich.« Und er erfährt, daß es sich um Pommern handelt.

Der Nachtisch war bereits gegessen, Birne Hélène, Herr Wasser wischte sich gerade umständlich die Hände an der Serviette ab, sagte: »Ich mache mir nur noch beim Essen die Hände schmutzig!« und legte dann seine grundsätzliche Meinung zu Flüchtlingsfragen ›ganz offen‹ dar.

»Pommern! Ostgebiete! Oder-Neiße-Grenze! Vertreibung und das alles, das geht einem doch allmählich auf die Nerven! Tatsache ist doch nun mal, daß wir den Krieg verloren haben!«

»Sie doch nicht!« verbesserte Maximiliane. »Wir haben ihn verloren, samt der Heimat.«

»Ihr Flüchtlinge tut, als hättet ihr die ›Heimat‹ für euch gepachtet!« gibt Herr Wasser zurück.

»Nicht gepachtet! Besessen.« Wieder berichtigt Maximiliane ihn. Doch Herr Wasser bleibt, seinem Aussehen entsprechend, steifnackig und dickschädelig.

»Immer die Heimat auf den Lippen!«

»Meinen Sie nicht«, antwortet Maximiliane unbeirrt, »daß wir die Heimat lieber unter den Füßen hätten?«

Zum ersten Mal tritt Maximiliane derart beherzt in die Arena, zwar mit dem Charme einer Pommerin, aber auch dem Temperament ihrer Berliner Mutter und jenes geheimnisvollen polnischen Vorfahren. Und als Herr Wasser gönnerhaft sagt: »Heimat, so was trägt man doch in seinem Herzen, da braucht man doch nicht täglich drin rumzulaufen«, antwortet sie laut und herausfordernd: »Wenn nun die Rheinländer vertrieben worden wären, hätten Sie dann genauso bereitwillig auf das Rheinland verzichtet wie auf Pommern?«

Herr Wasser versucht einzulenken. »Bleiben wir doch gemütlich, gnädige Frau! Wir müssen uns doch an die Realitäten halten. Jetzt geht's uns doch schon wieder ganz gut, und mit dem Geld für Ihre Bilder kriegen Sie den Karren ja auch wieder flott. Der verkaufte Großvater! Kennen Sie das?«

Auch Marie-Louise versucht einzulenken und greift zum Glas. »Trink etwas, Maximiliane! Ändern können wir es ja doch nicht mehr!«

»Ich schlucke ja!« sagt Maximiliane. »Seht Ihr denn nicht, wie ich alles runterschlucke?« Herr Wasser bestellt eine Flasche Sekt. Er läßt sich das Trösten etwas kosten.

»Mit Ihren Augen könnte man einen Waggon voll Buntmetall zum Schmelzen bringen, gnädige Frau!«

»So jung kommen wir nicht wieder zusammen«, hatte er anschließend gesagt und die beiden Damen ins Theater eingeladen. ›Mutter Courage‹ mit Elisabeth Flickenschildt in der Titelrolle. Als sie das Schauspielhaus verließen, faßte Maximiliane ihr Urteil in dem Satz ›Am besten war der Karren‹ zusammen. Herr Wasser stimmte dem bei, er hatte sich an den Schrottkarren seines Vaters erinnert; Maximiliane an den Handkarren bei der Flucht. Er lachte ausgiebig und schlug dann einen Bummel durch die Altstadt vor. Marie-Louise übernahm die Führung, Herr Wasser die Bezahlung. Sie saßen im ›Csikós‹, aßen Gulaschsuppe und löschten den Durst mit Slibowitz. Der Besitzer, den grün-weiß-roten Schal um den Hals gelegt, kam mehrfach an ihren Tisch, machte beim zweitenmal vor den Damen eine Verbeugung und versicherte ihnen, daß sie bereits ›viel wohler‹ aussähen. Maximiliane, die an Alkohol nicht gewöhnt war, geriet in Stimmung, verlangte einen ›zweietagigen‹ Slibowitz, weil man in Pommern den Schnaps zweietagig tränke, zumindest die Männer.

Man ging noch auf einen Sprung in ›Vatis Atelier‹, dann begleitete Herr Wasser die beiden Damen zum Karlsplatz, wo Marie-Louise ihren Wagen geparkt hatte, und erbot sich, Maximiliane zu ihrem Hotel zu bringen. Auf dem Weg dorthin schob er seinen Arm unter den ihren – ›wir sind ja jetzt quasi verwandt‹ – und erzählte, als Maximiliane keinen Widerspruch erhob, daß er in seiner Ehe nicht glücklich sei; seine Frau habe den Boden unter den Füßen verloren, der Aufstieg sei ihr zu Kopf gestiegen.

Wieder einmal hört Maximiliane nicht zu, sondern hört nur die Stimme, und die erinnert sie an Martin Valentin; irgendwo in der Nähe steht außerdem ein Akazienbaum in Blüte, der Duft dringt zu ihr und tut das Seine. Man muß befürchten, daß Maximiliane, an Vergnügungsviertel nicht gewöhnt und nach langer Zeit zum erstenmal ohne den Schutz der Kinder, dem unmißverständlichen Drängen des Herrn Wasser nachgegeben hätte – auch Geld macht sinnlich –, wenn sie nicht in die Bolkerstraße eingebogen wären und ihr Blick in ein dürftig erhelltes Schaufenster gefallen wäre. Einen Augenblick stutzt sie, blickt nochmals hin. Was sie sieht, trifft sie wie ein Signal. Auf einem Tisch im Schaufenster des Antiquariats steht ein Schachspiel, und sie erkennt darin sofort jenes Schachspiel, mit dem ihr Großvater und Christian Blaskorken im Schein der Fackeln ihre Partien gespielt haben. Kein Zweifel, sie hatte das Brett und die Figuren, während die beiden Männer spielten, als Kind stundenlang betrachtet. Und alles ersteht in Bruchteilen von Sekunden vor ihren Augen: die Sommerabende am Poenicher See; Friedrich der Große in Halbfigur, mit Dreispitz, die 159 Zentimeter Lebensgröße auf 6 Zentimeter in Elfenbein verkleinert; Christian Blaskorken, der aus dem Krieg gekommen war und in Poenichen das einfache Leben gesucht und gefunden hatte: Schafe, die Lämmer warfen, Fische, die laichten, und Maximilianes ›Fräuleins‹; Schäferspiele am Rande des Parks; auf seinen blondbehaarten Armen schimmernde Fischschuppen, der Fischgeruch, die Fischbratküche. Mit zwölf Jahren hatte sie sich ›unsterblich‹ in ihn verliebt und eine Woche heimlich, aber unbeschadet, unter seinem Dach gelebt. Und als der alte Quindt die Idylle entdeckte, hatte er seinen Inspektor mit dem Zehn-Uhr-Zug weggeschickt.

Maximiliane fährt sich mit beiden Händen durchs Haar, drückt, den Erinnerungen ausgeliefert, die Stirn an die Schaufensterscheibe.

»Was ist? Ist Ihnen schlecht?« fragt Herr Wasser.

»Ja!« antwortet Maximiliane. »Gehen Sie jetzt!« und schiebt ihn mit dem Arm so entschieden beiseite, daß er gehorcht.

Ein weiteres Mal bewahrt Christian Blaskorken ihre Unschuld, in diesem zweiten Fall: ihre Tugend.

Am folgenden Morgen wartet Maximiliane bereits vor Geschäftsöffnung auf den Antiquar. Sie zeigt auf das Schachspiel und erkundigt sich, von wem er es erworben habe. An Hand der Unterlagen ist der Verkäufer rasch ermittelt, ein Herr Blaskorken aus Bonn.

Der Antiquar betrachtet die Interessentin, vermögend scheint sie nicht zu sein. »Liegt Ihnen sehr viel an dem Schachspiel? Es ist nicht ganz billig!«

»Es ist für mich von hohem Wert«, antwortet Maximiliane.

»Ein Behältnis für die Figuren gibt es leider nicht.«

»Ich weiß.«

Antiquariate sind Umschlagplätze für Schicksale, ihre Inhaber sind abgehärtet, erfragen die Geschichten, aber hören sie sich nicht an. Maximiliane zieht den Scheck des Schrotthändlers Wasser aus der Tasche. Der Antiquar ruft die Bank an und erkundigt sich vorsichtshalber, ob der Scheck gedeckt sei. Den Differenzbetrag erhält sie zurück.

Drei Stunden später sitzt sie in einem Zug, der nach Bonn fährt, den Karton mit Friedrich dem Großen und seinem Hofstaat nebst Bauern auf dem Schoß.

Fünfundzwanzig Jahre sind wie weggewischt, als er dann, in der Wohnungstür, vor ihr steht. Kein Zeichen von Überraschung in seinen hellen Augen, kein Zeichen von Erkennen. Er sieht die Frau, die ihm gegenübersteht, fragend an. Sie nennt ihre Zauber- und Schlüsselworte. Eines nach dem anderen: Poenichen! Quindt! Jagdhorn! Schachspiel!

Jetzt erst, als er das Wort ›Schachspiel‹ hört, wird Herr Blaskorken aufmerksam. Er habe sich davon trennen müssen, sagt er, aus Geldschwierigkeiten, er sei zudem kein Schachspieler; so, wie er hier lebe – er macht eine Handbewegung in das bescheiden ausgestattete Innere der Wohnung –, Kostbarkeiten, Erinnerungsstücke, das sei vorbei.

Maximilianes Kopf weigert sich zu denken, was ihre Augen sehen. Dieser Mann, der vor ihr steht, ist nicht Christian Blaskorken, er sieht nur aus wie er. Dies ist kein Mann, der im Stehen rudert, aber wieder ein Blaskorken nach einem verlorenen Krieg.

»Ich kannte Ihren Vater«, sagt sie schließlich und fügt erklärend hinzu: »Ich war damals noch ein Kind.«

Sein Sohn erteilt die nötigste Auskunft: gefallen bei Kriegsende, wo genau, das wisse er nicht, auf alle Fälle bei den Rückzugsgefechten im Osten, zuletzt sei er Bataillonskommandeur gewesen. »Ich habe ihn nicht gekannt. Er hat meine Mutter und mich im Stich gelassen. Ich habe also nicht viel an ihm verloren.«

Zu Hause packte Maximiliane den Karton aus.

»Seht euch das an!« sagt sie.

»Was sollen wir denn damit?« fragt Edda und beantwortet die Frage selbst mit einem Satz der Mutter: »Das brauchen wir doch gar nicht! Was hast du denn dafür bezahlt?«

»Viel Geld«, antwortet Maximiliane. »Und es ist mir viel wert, es ist ein Stück aus Poenichen. Ich weiß, wir haben nicht einmal ordentliche Betten, aber wir wollen ja auch nicht hierbleiben, also genügen uns Behelfsbetten. Das Schachspiel können wir überallhin mitnehmen. Damit hat euer Großvater gespielt, zusammen mit Inspektor Blaskorken, der . . .«

» . . . im Stehen rudern konnte!« ergänzt Viktoria.

»Jetzt sind sie beide tot«, sagt Maximiliane. »Aber diese Elfenbeinfiguren . . .«

Sie bricht ab, sieht Joachim an, der die Königin in der Hand hält.

»Du meinst den Symbolcharakter dieser Figuren, Mama?«

»Mosche!« sagt sie laut. »Mosche! Ich meine keine Symbole, ich rede von Poenichen!«

Aber an dem ungewohnten Wort, das ihr Sohn gebraucht hat, wird sie gewahr, welchen Sprung er in seiner Entwicklung gemacht hat, an ihr vorbei: ›Symbolcharakter‹.

Die Kinder beweisen viel Geduld mit ihrer Mutter, außer Edda, aber auch sie ist besänftigt, als sie eines Tages mit einem Auto von der Schule abgeholt wird. Als die Mutter allerdings barfuß aus dem Auto steigt, sagt sie im Tonfall ihres Vaters: »Zieh doch Schuhe an, Mama!«

Es handelte sich nicht etwa um einen Kleinstwagen, sondern um ein großes Auto für eine große Familie, das Maximiliane ohne Wissen der Kinder vom Erlös eines Brillantcolliers der Großmutter angeschafft hatte, um die Kinder zu überraschen. Sie nennt es nie anders als ›die Karre‹, in der man notfalls viel verstauen konnte; aber das Auto war doch auch geeignet, das Ansehen der Quints zu heben und ihren langsamen sozialen Aufstieg zu zeigen. Behelfsheim und Auto standen in schlechtem Größenverhältnis zueinander, daher gab es leider auch Marburger Bürger, die sagten: »Wie die Zigeuner, die haben sich von der Entschädigung auch gleich einen Mercedes angeschafft.«

In Düsseldorf-Benrath, in der Halle des Wasserschen Bungalows, hingen seither, neu in Gold gerahmt, die Bilder der Freiherrn Joachim und Achim von Quindt aus Poenichen in Pommern.

11

›Ballonfahrt heißt, sich leichter als die Luft machen. Will man also in
die Höhe, dann Ballast heraus, und der Ballon steigt.‹
›Über den Ballon-Sport‹ (Prospekt)

*›Nun laßt im Namen Gottes den braven Kondor fliegen – löst die
Taue!‹ Es geschah, und von den tausend unsichtbaren Armen
der Luft gefaßt und gedrängt, erzitterte der Riesenbau der Kugel
und schwankte eine Sekunde, dann sachte aufsteigend zog er das
Schiffchen los vom mütterlichen Grunde der Erde, und mit jedem Atemzuge an Schnelligkeit gewinnend, schoß er endlich
pfeilschnell, senkrecht in den Morgenstrom des Lichts empor,
und im Momente flogen auch auf seine Wölbung und in das
Tauwerk die Flammen der Morgensonne, daß Cornelia erschrak
und meinte, der ganze Ballon brenne; denn wie glühende Stäbe
schnitten sich die Linien der Schnüre aus dem indigoblauen
Himmel, und seine Rundung flammte wie eine riesenhafte Sonne. Die zurücktretende Erde war noch ganz schwarz und unent-
wirrbar, in Finsternis verrinnend.*

Maximiliane las den ›Kondor‹ aus Adalbert Stifters ›Studien‹.
Der Satz ›*Das Weib erträgt den Himmel nicht*‹ war am Rande
von fremder Hand mit zwei kräftigen Ausrufungszeichen versehen worden; der alte Coloman sagt ihn, bricht gleich darauf
den gewaltig schönen Ballonflug ab und bringt die ohnmächtige
Lady zurück auf die Erde. Dieser eine Satz: ›Das Weib erträgt
den Himmel nicht‹, von Stifter und dem unbekannten Leser
verallgemeinert, war die Ursache dafür, daß Maximiliane ihre
Kinder eines Tages aufforderte, mit ihr zu einem Ballonflugtag
zu fahren.

Sie sitzen auf der Wiese, zwischen anderen Zuschauern, und
sehen den Vorbereitungen in der vorgeschriebenen Entfernung
von 30 Metern zu. Fünf Ballons sollen gleichzeitig starten. Die
Anwesenheit von Feuerwehr und Krankenwagen läßt auf die
Gefährlichkeit des Unternehmens schließen. Sandsäcke werden mit feinkörnigem Sand gefüllt und an die Innenseite des
Weidenkorbs gehängt; die Ballons werden mit Gas gefüllt, bis

sie prall und sonnengelb auf den Wiesen stehen, von Tauen gebändigt. Die Ventile werden noch einmal geprüft, und der Ballonkorb wird angeknebelt. Dann werden die Passagiere, die ein Flugbillett besitzen, aufgefordert, die Körbe zu besteigen.

»Du doch nicht!« sagt Viktoria, als Maximiliane sich aus den Reihen der Zuschauer löst. Doch diese zieht ihr Billett aus der Tasche, hält es hoch und sagt: »Ich kann euch nicht immer um Erlaubnis fragen!«

Zusammen mit drei weiteren Personen besteigt sie den Korb des ›Zephir‹, gibt ihr Gewicht an, 64 Kilo; im ganzen 300 Kilogramm menschlicher Ballast, der Rest ist Sand.

»Löst die Taue!« Es wird versäumt, ›im Namen Gottes‹ dazuzusetzen. Der schwere Korb hebt sich zögernd vom Boden, steigt dann stetig mehrere Meter pro Sekunde. Die Zuschauer stehen auf dem Rasen, winken, aber Maximiliane winkt nicht zurück, sucht auch nicht die Köpfe ihrer Kinder zwischen all den anderen Köpfen ausfindig zu machen. Sie sieht drei Pferde auf einer Koppel, die immer kleiner werden, hält sich am Korbrand fest, beugt sich darüber wie über ein Balkongeländer; sie hat bisher immer ebenerdig gewohnt. Ein Zug fährt über eine Brücke, man hört ihn nicht mehr. Der Schatten des Ballons zieht als dunkler Fleck über ein Kornfeld. Weder die ängstlichen noch die begeisterten Aufschreie der Mitfahrenden dringen an ihr Ohr. Sie erlebt ihre Himmelfahrt. Als der Ballon in den Schatten einer Haufenwolke gerät, kühlt das Gas ab, der Ballon verliert an Höhe. »Festhalten!« befiehlt der Ballonführer und leert einen Sandsack. Und wieder steigt der Ballon, wird von leichtem Wind westwärts getragen.

In diesem Augenblick begreift Maximiliane – wegen dieser Erfahrung wird so ausführlich von dem Ballonflug berichtet –: Man muß Ballast abwerfen, um an Höhe zu gewinnen. Sie vermag Bilder und Gleichnisse auf sich selbst anzuwenden.

Als der Ballon die 2000 Meter Höhengrenze durchstößt, werden die beiden Passagiere, die zum erstenmal mitfahren, mit Sand und Sekt getauft. Maximiliane läßt sich beides übers Gesicht rinnen; sie ist beseligt, sagt während der Dauer des Flugs kein Wort. Die Welt wird kleiner, überschaubarer, unwichtiger. Montblanc-Höhe wie der ›Kondor‹ erreicht der ›Zephir‹ nicht.

Nach zweistündiger Fahrt, in der man eine Strecke von nicht

ganz 80 Kilometern zurücklegte, wurde die Landung vorbereitet. Die Ventile wurden geöffnet, *und wie ein Riesenfalke stieß der Kondor hundert Klafter senkrecht nieder in der Luft und sank dann langsam immer mehr.*

Nach der Landung wird die Reißleine des Ballons aufgerissen, die leere Hülle sackt auf die Wiese, Helfer laufen herbei. Stimmen. Gelächter. Maximiliane läßt sich auf die Erde fallen, schwer wie nie zuvor. Sie sieht blaß und erschöpft aus, fährt dann in einem der bereitstehenden Autos zum Startplatz zurück, wo ihre Kinder auf sie warten, ungeduldig und voller Vorwürfe.

»Hundertfünfzig Mark kostet ein Flug! Wir haben uns erkundigt!« sagt Edda.

»Warst du überhaupt versichert?«

»Wir haben drei Stunden hier herumhocken müssen!«

Maximiliane sieht von einem Kind zum anderen und sagt: »Seid still! Sonst steige ich wieder auf!«

Eine Drohung, auf die die Kinder mit Gelächter antworten.

Als vier Wochen nach diesem Ballonflug, im Oktober, die Nachricht eintraf, daß die Freifrau Maximiliane Hedwig von Quindt, Maximilianes Patentante, auf der Treppe gestürzt und drei Tage später im Alter von 90 Jahren gestorben sei, beschloß Maximiliane, zur Beerdigung Mirka mitzunehmen und ihr, die keine Erinnerung an ihren Geburtsort hatte, den Eyckel zu zeigen.

Nach langer Zeit trafen sich die Quindtschen Verwandten wieder, darunter die Generalin, die, wie sie es ausdrückte, ›aus Pflichtgefühl‹ gekommen war, auch Herr Brandes, Bierbrauereibesitzer aus dem nahe gelegenen Bamberg, und seine Frau, die Eltern des im Krieg gefallenen Ingo Brandes. Anna Hieronimi war, wie Maximiliane bedauernd und die Generalin mißbilligend feststellte, nicht erschienen. Die weißen Tanten waren im letzten Winter beide verstorben, kurz nacheinander; sie hatten einen großen Karton mit handgestickten Leinendecken hinterlassen, aber noch war die Zeit für ›Frivolitäten‹ nicht reif.

Die kleine Mirka, inzwischen siebenjährig, fand die meiste Beachtung.

»Sieben Jahre ist das Kind bereits alt?«

»Wie schnell doch die Zeit vergeht!«

»Damals, zu Weihnachten fünfundvierzig! Aber reden wir nicht davon!«

Keiner erinnerte sich gern, noch waren die Erlebnisse nicht zu Anekdoten geschrumpft. Das Leben ging weiter, rascher als früher. Wer sich umblickte, verpaßte den Anschluß. Also sprach man über Mirka.

»Ein hübsches Kind, irgendwie fremdländisch, woher hat es das?«

»Von seinem Vater vermutlich.« Maximilianes Antwort kam der Wahrheit sehr nahe.

»Alle diese Kriegswaisen, die ohne Vater aufwachsen müssen!«

Keiner erinnerte sich mehr so recht daran, wie dieser Viktor Quint ausgesehen hatte.

»Aber du wirst schon durchkommen, Maximiliane! Die Kinder sind ja nun aus dem Gröbsten heraus!«

Die Trauerfeier fand in der kleinen Kapelle statt. Man mußte stehen, da das Gestühl anderweitig, zumeist als Heizmaterial, verwendet worden war. Zwitschernd und schilpend flogen Spatzen durch den kühlen Raum. Während der Trauerfeier, die der altgewordene Eckard Quint hielt, inzwischen ordiniert und Pfarrer der bayrischen Landeskirche, ließ Herr Brandes seine Augen prüfend durch den Raum schweifen; seine Frau stieß ihn mehrfach an und ermahnte ihn, aufmerksam zu sein. Pfarrer Quint gab einen Lebensabriß der Verstorbenen, faßte neun Jahrzehnte, zwei Weltkriege und zwei Inflationen, in wenigen Sätzen zusammen, erwähnte kurz jenen Familientag der Quindts, den man im Jahre 1936 hier miteinander gefeiert hatte, gedachte etwas ausführlicher jener ersten Nachkriegsjahre, in denen eine Reihe von Quints aus dem Osten hier auf dem Eyckel Zuflucht gefunden hatten und ein Kind das Licht der Welt erblickt habe.

Die Aufmerksamkeit der Trauergäste richtete sich erneut auf Mirka.

Bevor Pfarrer Quint den Choral ›Jesu, geh voran‹ singen ließ, sagte er noch einige Worte über den Textdichter Graf Zinzendorf, der mit den Quindts verschwägert gewesen sein solle, und wandelte die erste Liedzeile um: »Jesu, geh voran auf der Todesbahn.« Sein Sohn Anselm, nun nicht mehr Jazztrompeter in amerikanischen Kasinos, sondern Medizinstudent im letzten Semester, begleitete den Choral auf der Trompete.

Nach der Beisetzung wurden, in Anwesenheit des Notars, die Erbschaftsfragen erörtert. Die Verstorbene hatte bereits im Jahre 1918 ihre Patentochter Maximiliane testamentarisch als Universalerbin eingesetzt; ein anderes, später ausgefertigtes Testament war nicht vorhanden; das vorliegende wurde von niemandem angefochten. Keiner neidete der Erbin dieses fragwürdige Erbe. Noch während der Unterredungen beschloß Maximiliane, die Erbansprüche ihrer Tochter Mirka zu übertragen. In den ehemals als Jugendherberge ausgebauten Räumen befand sich noch immer ein Altersheim für Flüchtlinge, aber mit dem Ableben der letzten elf Insassen war in den nächsten Jahren zu rechnen; Neuzugänge gab es nicht.

Anschließend bittet Herr Brandes Maximiliane um eine kurze Unterredung unter vier Augen. Er habe sich das Gemäuer angesehen, sagt er, als Lagerraum für Bier sei es noch zu gebrauchen, die Kellerräume befänden sich in leidlichem Zustand. Eine Pacht könne er allerdings nicht zahlen, würde aber dafür Sorge tragen, daß sich ›weder Ratten noch Gesindel in dem alten Gemäuer einnisteten‹.

»Wenn ich Ihnen raten darf, als Verwandter und als Geschäftsmann, dann gehen Sie auf mein Angebot ein. Das Gebäude bleibt weiterhin in der Familie. Ich mache diesen Vorschlag mit Rücksicht auf meine Frau oder besser: wegen unseres einzigen Sohnes Ingo, der eine Vorliebe für den Eyckel gehabt hat. Ein Vorkaufsrecht muß ich mir allerdings ausbedingen. Aber ein anderer Käufer wird sich ohnedies schwerlich finden lassen.«

»Es ist mir recht so, Herr Brandes!« entgegnet Maximiliane. »Auf Ihre Beweggründe kommt es mir nicht an. Über das Weitere müssen Sie sich mit meiner Tochter Mirka verständigen.«

»Das hat ja wohl noch Zeit!« sagt Herr Brandes und wirft einen flüchtigen Blick auf das Kind, das auf dem linken Bein steht, den rechten Fuß aufs linke Knie gesetzt: eine Haltung, die es einnahm, wenn es sich langweilte.

Die Quindtschen Verwandten, mit dem Wiederaufbau und dem weiteren Ausbau ihrer Existenz beschäftigt, reisten eilig und erleichtert wieder ab, die Generalin aus ›Pflichtgefühl‹.

Maximiliane machte noch einige Besuche im Dorf. Als sie am

Hof des Bauern Wengel vorüberfuhr, stand er gerade vor dem Scheunentor, den Handwagen an der Hand. Sie hielt an, winkte ihm zu; er betrachtete das Auto und sagte: »Da sieht man, wo unser Geld bleibt!« Daraufhin verzichtete sie auf ein Wiedersehen mit dem Bauern Seifried, bei dem sie damals gearbeitet hatte.

Auf der Rückfahrt machte Maximiliane einen Umweg über Stuttgart, um dort Friederike von Kalck, genannt Mitzeka, zu besuchen, die in der Nähe des Schloßplatzes eine Vegetarische Gaststätte aufgemacht hatte. Der Zeitpunkt für den lange geplanten Besuch war schlecht gewählt: der Betrieb befand sich im Umbau, weitere Küchenräume und ein weiterer großer Speiseraum wurden angebaut; trotzdem lief der Betrieb behelfsmäßig weiter, da man sich einen Ausfall nicht leisten konnte.

Es fand sich dann doch eine halbe Stunde, in der sich Friederike Mitzeka, die sich nun wieder ›von Kalck auf Perchen‹ nannte, zu ihrer ehemaligen pommerschen Nachbarin setzte: inzwischen eine Fünfzigerin, hastig und hager, aber nun nicht mehr von Vater und Bruder abhängig.

»Hier habe ich die Zügel in der Hand!« sagt sie, und Maximiliane glaubt es ihr.

»Auf Perchen galt es ja schon als Vergünstigung, wenn ich mal kutschieren oder das Auto fahren durfte. Wenn Vater nicht seinen Arm im Krieg verloren hätte, hätte man mich nie auf den Kutschbock gelassen! Deiner Erzieherin, Fräulein Gering, verdanke ich dies hier! Sie hat mich zur überzeugten Vegetarierin gemacht. Zwei Seiten ist meine Speisekarte jetzt lang. ›Pommersche Kliebensuppe‹, ›Rote Grütze‹, wie man sie in Pommern kochte. Zweimal in der Woche gibt es ›Tollatschen‹, aber ohne Schweineblut! Und ›Flädle‹ und ›Spätzle‹! Man muß sich anpassen. Naturgedüngte Rohkost. Obst und Gemüse beziehe ich aus dem Remstal. Dreimal wöchentlich fahre ich selbst mit dem Lastwagen zum Einkaufen hin.«

Plötzlich steht sie auf, kehrt ebenso eilig zurück und stellt einen Karton auf den Tisch. Sie packt einen Kasten, die Vorderseite aus Glas, aus und öffnet ihn.

»Die Schlüssel von Perchen! Siebenunddreißig Stück. Jede Tür habe ich vor der Flucht eigenhändig abgeschlossen, Keller und Speicher und Schränke und Truhen. Diesen Kasten habe ich eigens anfertigen lassen. Ich werde ihn in dem neuen Speiseraum aufhängen, rechts und links Blumen. Und eines Tages fahre ich mit meinem Schlüsselbund nach Perchen!«

Sie hebt das Kinn, der lange Hals wird noch länger. Als verschafften ihr die Schlüssel alle Gewalt auf Perchen zurück.

»Das Ideelle!« fügt sie hinzu. Das Ideelle spielte in ihrem Restaurant eine große Rolle; bei den Gehältern der Angestellten, bei jedem Hirsebällchen, jedem Rote-Bete-Salat wurde eine Portion Weltanschauung mitserviert, die sie einst von Fräulein Gering bezogen hatte.

»Bist du hier denn überhaupt abkömmlich?« erkundigt sich Maximiliane.

»Im Augenblick nicht, aber das ist nur wegen des Umbaus. Sonst läuft der Betrieb auch mal ein paar Tage ohne mich.«

»Willst du nicht wieder zurück nach Perchen?«

»Ich habe das hier aufgebaut! Das kann ich doch nicht stehen- und liegenlassen! Hundertfünfzig Essen, jeden Mittag. Einen Ruhetag gibt's nicht. Was meinst du, wie schwer es ist, jetzt, wo es wieder Fleisch ohne Rationierung zu kaufen gibt, die Leute bei der Stange zu halten!«

»Bei der Porreestange?« fragt Maximiliane und lacht.

Aber Friederike von Kalck ist es viel zu ernst mit der vegetarischen Ernährung; sie setzt biologisch mit moralisch gleich.

»Du mit deiner Fischbratküche!« sagt sie in gereiztem Ton.

»Bratwürste!« verbessert Maximiliane.

»Willst du denn gar nicht weiterkommen? Eine Quindt hinter einem Bratwurststand! Was würde dein Großvater sagen?«

»Vielleicht würde er sagen, daß jetzt mal andere dran sind und nicht immer wir.«

»Bist du etwa eine Sozialistin?«

»Ich glaube nicht.«

»Aber du hast Ansichten wie eine Rosa Luxemburg!«

Sie schweigen. Friederike von Kalck betrachtet Mirka, die still und unaufmerksam dabeisitzt.

»Dieses Kind hattest du doch noch nicht in Poenichen?«

»Es ist ein nacheheliches Kind.«

»Jemand hat behauptet, du wärest wieder verheiratet.«

»Das war ein Irrtum.«

Auch diese Antwort konnte den Anspruch erheben, der Wahrheit zu entsprechen.

»Ich bin froh, daß ich keine fünf Kinder durchbringen muß.«

Maximiliane hatte auf diese Feststellung nichts zu entgegnen, konnte aber kein Anzeichen von Frohsein in dem hageren Gesicht erkennen. Die beiden Frauen saßen sich noch eine Weile schweigend gegenüber. Worüber hatte man sich denn früher unterhalten? überlegte Maximiliane. Über das Personal? Über die Ernteaussichten! ›Wir haben immer nur zusammen gegessen‹, vielleicht hatte Pfarrer Merzin mit dieser Behauptung recht gehabt?

»Hätte ich euch etwas anbieten sollen?« erkundigt sich schließlich Friederike von Kalck. »Es ist keine Essenszeit, die Küche arbeitet nicht.«

Aber die Frage kommt ohnedies zu spät. Maximiliane hat sich bereits erhoben, um sich zu verabschieden.

Die Frauen wünschen einander ›alles Gute‹; Mirka knickst und bedankt sich.

Auf dem Weg zum Parkplatz kommen Maximiliane und Mirka an dem Schaukasten einer Tanzschule vorüber. Mirka bleibt stehen und betrachtet die Fotografien. Mit dem Blick auf das Schild ›Tanzschule‹ fragt sie: »Muß man da nicht in einer Bank sitzen und schreiben? Darf man da immer tanzen?«

»Möchtest du das denn tun?« fragt Maximiliane.

Mirka nickt und wendet keinen Blick von dem Schaukasten. Dieses Kind, das immer tat, was man ihm auftrug, das sich nicht schmutzig machte, das man nie ermahnen mußte: zum erstenmal äußerte es einen selbständigen Gedanken!

Als sie weitergehen, wird Maximiliane gewahr, daß sich Mirka nicht wie bisher fortbewegt, sondern einen Fuß dicht vor den anderen setzt, sich dabei in den Hüften dreht und ihre Schritte in den spiegelnden Schaufensterscheiben beobachtet. Mitten auf dem Bürgersteig bleibt Mirka stehen, bückt sich, faßt mit der linken Hand nach der rechten Fußspitze, hebt sie mühelos in Schulterhöhe und macht ein paar kleine Sprünge vorwärts. Sie ahmt eine der Tanzposen nach, die sie vor wenigen Minuten in dem Schaukasten der Tanzschule gesehen hat.

Die Vorübergehenden beobachten belustigt und erstaunt das Kind. Der Mutter gehen erstmals die Augen für Mirka auf, und sie wird die Anzeichen künftiger Schönheit gewahr. Jeder Wirbel des schmalen, langgestreckten Rückens zeichnet sich unter dem blau-weiß karierten, verwaschenen Kleid ab, das Frau

Görke im letzten Kriegsjahr für Edda auf Zuwachs genäht hatte. Für die Ausstattung dieses Kindes hatten die legitimen und illegitimen Ahnen ihr Bestes hergegeben: die Augen des polnischen Leutnants aus Zoppot, die langen, schöngeschwungenen Wimpern der Großmutter Vera, die flachen Backenknochen und die fahle Hautfarbe des Kirgisen, die kräftigen Haare in pommerschem Blond und dazu die Schweigsamkeit der Urgroßmutter Sophie Charlotte, die vom alten Quindt – vermutlich in Zusammenhang mit den Zoppoter Geschehnissen – als eine ›leidenschaftliche Verschwiegenheit‹ bezeichnet worden war; eine Schweigsamkeit, die sich bei Mirka vorerst nur als Maulfaulheit äußert, aber später als ›geheimnisumwittert‹ gelten wird. Die Lehrerin der ersten Grundschulklasse, ein Fräulein von Kloden, hatte Maximiliane schon bald nach Mirkas Einschulung in ihre Sprechstunde kommen lassen. »Was ist los mit dem Kind?« hatte sie gefragt. »Es macht den Mund nicht auf!« Und Maximiliane hatte die Vermutung geäußert, daß das Kind, was ihr die naheliegendste Erklärung für Schweigen zu sein schien, nichts zu sagen habe.

Der Umweg über Stuttgart führte fast unmittelbar zu Mirkas künftiger Karriere. Sie wurde in der Marburger Tanzschule Gideon angemeldet und bekam bereits nach wenigen Wochen Einzelunterricht. Ihre Leistungen in der Grundschule verschlechterten sich dementsprechend. »Du hast es eben in den Beinen«, sagte Fräulein von Kloden, worauf Mirka lächelte, ihre schönen Zähne zeigte und schwieg.

Inzwischen hatte Maximiliane das Erbe an der ›Burganlage Eyckel‹ notariell auf Mirka übertragen und mit dem Brauereibesitzer Brandes aus Bamberg einen Pachtvertrag mit Vorkaufsrecht abgeschlossen. Aber es blieb nicht bei dieser einen Erbschaft. Einige weitere Verwandte gedachten im Laufe der folgenden Jahre der jungen Witwe aus Pommern, die für fünf schulpflichtige Kinder zu sorgen hatte, und bedachten sie testamentarisch. So wurde Maximiliane, die ihr großes Erbe in Poenichen verloren hatte – worüber sie sich zu diesem Zeitpunkt aber noch nicht im klaren war-, nach und nach Erbin kleiner und kleinster Nachlässe, wobei sie jedesmal sorgfältig abwog, welches ihrer Kinder für das jeweilige Erbe geeignet sein könnte.

Als Louisa Larsson, eine weitere Schwester des alten Quindt, in Uppsala gestorben war, teilte eine Enkelin, Britta Lundquist, Maximiliane mit, daß ihr ein kleiner Besitz in der Nähe von ›Omäs Strand‹ in Dalarna zugefallen sei; vier Hektar Wald, ein Anteil an einem kleinen See und drei mehr oder weniger baufällige Holzhäuser; in den letzten fünf Jahren sei niemand mehr dort gewesen. In diesem Falle fiel Maximilianes Wahl auf Joachim, aus keinem anderen Grunde als dem, daß er ›irgendwie schwedisch‹ aussähe: lang, schmal, blond und blauäugig.

Es erwies sich, daß die hohe Erbschaftssteuer von insgesamt 11 000 Kronen von Maximiliane nicht aufgebracht werden konnte. Die Erbsache ruhte zunächst, die Verhandlungen zogen sich über mehrere Jahre hin, wurden dann aber doch noch, als Joachim bereits mündig war, zu einem glücklichen Ende für den Erben gebracht.

Im Herbst 1954 teilte das Amtsgericht Pankow, russisch besetzter Sektor Berlins, Maximiliane in einem eingeschriebenen Brief mit, daß ein gewisser Karl Preißing, Rentner, ihr seinen Nachlaß testamentarisch vermacht habe. Die Feststellung ihrer derzeitigen Anschrift habe mehrere Monate in Anspruch genommen, das Ableben des Erblassers sei bereits im November vergangenen Jahres erfolgt. Man forderte Maximiliane Quint auf, zur Klärung der Erbansprüche nach Berlin zu kommen.

»Ich fahre erben!« sagte Maximiliane, nahm Edda mit auf die Reise und überließ Lenchen Priebe, die gerade Urlaub hatte, den Bratwurststand. Edda mußte auf der Flucht die letzten Erinnerungen an ihre richtige Mutter, Hilde Preißing, verloren haben, auch keines der anderen Kinder schien sich daran zu erinnern, daß Edda im Alter von vier Jahren von ihrer Mutter in Poenichen abgeliefert worden war, ein ›Kuckucksei‹, wie der alte Quindt meinte. Das einzige ihrer Kinder übrigens, das immer wieder auf seine adlige Herkunft pochte.

Auf dem Amtsgericht erkundigt sich der Nachlaßbeamte, ein Herr Kuhn, als erstes nach ihrem Verwandtschaftsverhältnis zu dem verstorbenen Karl Preißing.

Maximiliane blickt Edda an und zögert: war dies der geeignete Augenblick, dem Kind zu sagen, daß Preißing ihr Großvater gewesen war und dessen einzige frühverstorbene Tochter ihre Mutter? Sie entschließt sich zu der ebenfalls wahrheitsgemäßen Angabe, daß Herr Preißing sie und ihre vier Kinder nach Kriegsende für mehrere Monate in seiner Wohnung aufgenommen habe. Sie vermeidet die Worte ›Flucht‹, ›Vertreibung‹, ›Russen‹.

»Und daraufhin vermacht er Ihnen alles, was er besaß? Seine gesamten Ersparnisse?« fragt Herr Kuhn.

Maximiliane sieht ihn mit einem Lächeln an, das sowohl den Erblasser als auch sie selbst entschuldigen soll, und sagt, daß Herr Preißing die Kinder in sein Herz geschlossen habe und daß sie ihm eine eigene Familie ersetzt hätten, nachdem seine Frau und seine Tochter gestorben seien.

»Im Grunde also wildfremde Leute!« sagt Herr Kuhn.

»Wir haben aber alle ›Opa‹ zu ihm gesagt«, stellt Edda richtig. »Opa Preißing mit dem Stöpsel im Ohr!«

Diese letzte Bemerkung erweckt das sichtbare Mißfallen des Beamten, weshalb Maximiliane sich gezwungen sieht, das Kind zu verteidigen.

»Herr Preißing war etwas schwerhörig. Im übrigen gedenke ich, das Erbe nicht anzutreten!«

Edda zeigt Anzeichen von Entrüstung, schweigt aber.

»Ich möchte es meiner Tochter Edda überschreiben lassen«, fährt Maximiliane fort, »deshalb habe ich das Kind mitgebracht.«

Edda gibt einen Freudenruf von sich.

Sie erbte ein Sparbuch mit 12 504 Ostmark, die auf einem Festkonto lagen; noch war der innerdeutsche Bankverkehr nicht geregelt.

Außerdem galt es, sich mit den jetzigen Bewohnern der Preißingschen Wohnung auseinanderzusetzen; diese erklärten sich schließlich bereit, die Möbel für einen geringen Betrag, allerdings in Westgeld, zu behalten und weiter zu benutzen.

Noch reiste man nahezu ungehindert von einem Sektor in den anderen Sektor der Stadt Berlin.

Die Lektion, daß Besitz eine Last sei, war an Edda spurlos vorübergegangen. Bei den Quindts war das Bedürfnis nach Besitz in Jahrhunderten befriedigt worden, hatte sich auch durch ein Zuviel an Verantwortung abgenutzt, hatte sich auf Maximiliane jedenfalls nicht vererbt; aber bei ihren Kindern, vor allem bei Edda, tauchte es wieder auf.

Als drei Monate später die Großmutter Jadow in dem Charlottenburger Altenpflegeheim starb und Viktoria zur Beisetzung mitfahren sollte, schloß Edda daraus, daß diese die Großmutter beerben würde. Sie ließ der Mutter gegenüber ihrem Zorn freien Lauf.

»Das ist nicht gerecht! Oma Jadow hat eine große Wohnung gehabt und Schmuck und was noch alles, und ich habe nur bekommen, was Opa Preißing hatte!«

»Niemand hat gesagt, daß es gerecht wäre, Edda!« antwortete Maximiliane. »Es war auch nicht gerecht, daß Großmutter Jadow mehr als dreißig Jahre lang eine hohe Pension bezogen hat und Opa Preißing nur eine kleine Rente. Es geht nicht gerecht zu auf der Welt. Trotzdem versuche ich, es möglichst gerecht zu machen. Siehst du nicht, daß Tora mehr benötigt als du? Sie schafft es nicht allein.«

Es ist unwahrscheinlich, daß Edda das Lob in den Worten der Mutter gehört hat.

In einem Wandschrank der Großmutter Jadow fanden sich Tüten mit Bratlingspulver aus dem Jahre 1947, getrocknete rote Rüben und Trockenkartoffeln aus der Zeit der Berliner Luftbrücke. Als sie starb, wog sie kaum noch vierzig Kilo; sie hatte von Monat zu Monat weniger gegessen und die Lebensmittel aufgespart, aus Angst zu verhungern. Da ihre Tochter Vera Berlin nie wiederzusehen wünschte und sich nie um sie gekümmert hatte, hatte sie das gesamte Erbe auf Maximiliane übertragen. Es reichte aus, Viktorias lange währendes Studium zu finanzieren.

Maximiliane fuhr am Tag der Beisetzung morgens mit der S-Bahn nach Pankow; sie hatte die Trauerkleidung bereits angelegt. Sie ging zur Sparkasse und hob vom Konto ihrer Tochter Edda den höchstmöglichen Betrag ab, suchte dann eine Blumenhandlung auf und bestellte einen Kranz, auf den sie geraume Zeit warten mußte. Tannenzweige, mit ein paar Chrysanthemen besteckt. Es gelang ihr, die Geldscheine in einem Hauseingang unbemerkt zwischen Zweige und Blumen zu schieben.

In tiefer Trauer, den Kranz auf dem Schoß, saß sie wenig später wieder in der S-Bahn. Am Bahnhof Friedrichstraße wurden die Taschen der Reisenden einer Kontrolle unterzogen. Die Volkspolizistin, die für jenen Waggon zuständig war, in dem Maximiliane saß, respektierte deren Trauer und wünschte keinen Blick in ihre Handtasche oder ihr Portemonnaie zu tun.

Die Trauerfeier hatte bereits begonnen, als sie auf dem Friedhof eintraf. Aber sie war zugegen, als der Sarg hinabgelassen wurde, sie konnte sich um die verstörte Viktoria kümmern, den wenigen Trauergästen, die erschienen waren, danken und ihren Kranz zu den paar anderen schon vorhandenen Kränzen legen.

Viktoria jammerte. »Laß uns doch hier weggehen!«

»Gleich!« sagte Maximiliane und wartete, bis sie ungesehen die Geldscheine aus dem Kranz hervorziehen konnte. In der Wechselstube am Bahnhof Zoo tauschte sie dann das Ostgeld gegen Westgeld, im Verhältnis 4 : 1.

Der Plan zu dieser Art von Geldtransport stammte von Lenchen Priebe.

Im letzten der Nachlaßfälle erbte Maximiliane dann einen in Straßburg stehenden eichenen Ausziehtisch, aber nur als Miterbin.

Es fehlte jetzt nur noch ein geeignetes Erbe für Golo.

12

›Kinder und Uhren dürfen nicht ständig aufgezogen werden; man muß sie auch gehen lassen.‹

Jean Paul

Nicht weit von Marburg entfernt, bei Allendorf, befand sich während des Krieges eine in Wäldern verborgene Munitionsfabrik. Bei Kriegsende waren die großen Munitionsbunker von amerikanischen Pionieren gesprengt worden; anschließend diente der abgelegene Platz den Amerikanern als Sammelstelle für erbeutete Munition, die von Deutschen entschärft und gesprengt werden mußte. Auf dunklen Wegen gelangte von dort, der hochwertigen messingnen Kartuschen und Patronenhülsen wegen, zentnerweise Munition als Schrott auf den schwarzen Markt. Der illegale Handel war ebenso gefahrvoll wie einträglich.

Alle paar Wochen wurden die Eltern heranwachsender Kinder in der ›Marburger Presse‹ unter genauer Ortsangabe darauf hingewiesen, daß sich zwischen Cölbe und Allendorf noch immer Munition befände und eine Gefahr für Leben und Gesundheit der Kinder darstelle. Golo, mit seinem sicheren Instinkt für Gefahren, fühlte sich von diesem Hinweis unmittelbar angesprochen. Schon während der Flucht hatte er sich, fünfjährig, mehrfach in den Besitz von Handgranaten und Panzerfäusten gebracht und hatte von seiner Mutter entwaffnet werden müssen. Jetzt war er wiederholt im Uferschlamm der Lahn, unweit der Schilder, die auf Munitionsgefahr hinwiesen, fündig geworden.

In der Schule – er besuchte inzwischen die zweite Oberschulklasse der Nordschule – hatte man ihn nach zwei Unfällen vom Geräteturnen, schließlich vom gesamten Turnunterricht befreit, um ihn und seine Mitschüler vor weiteren Gefahren zu schützen. Während der Turnstunden sollte er auf Anordnung des Turnlehrers Spies am Rand der Turnhalle sitzen, was er in der Regel nicht tat, sondern sich herumtrieb. Dazu benutzte er das Ödland neben dem Landgrafenhaus, auf dem bis zu ihrer Zerstörung die Synagoge gestanden hatte; der Platz wurde von der Bevölkerung gemieden. Golo hatte sich dort ein kleines unterirdisches Waffenarsenal angelegt.

Er erwies sich als ein für die Schule wenig geeignetes Kind. Auch sein Verhältnis zu Recht und Unrecht blieb ebenso unterentwickelt wie das für Rechtschreibung. Bei einer Klassenfahrt nach Nürnberg, ins Germanische Museum, hatte er dem Mitschüler Peter Westphal fünfzig Mark entwendet und damit für sich und alle anderen Schüler Speiseeis gekauft. Zunächst war seinem Klassenlehrer, Dr. Spohr, die Freigebigkeit des Flüchtlingsjungen aufgefallen, dann erst vermißte der bestohlene Schüler sein Taschengeld. Zur Rede gestellt, erklärte Golo: »Ich erziehe den Peter Westphal doch nur zum Gemeinschaftssinn. Freiheit! Gleichheit! Brüderlichkeit! Die Ideale der Menschheit!«

»Es handelt sich dabei lediglich um erstrebenswerte Menschheitsideale, Golo!« antwortete Dr. Spohr. »Die Umsetzung in die Wirklichkeit überlasse bitte anderen!« Die Strafrede fiel angesichts der strahlenden Kulleraugen milde aus.

Da Dr. Spohr seinen Einfluß auf Golo nicht überschätzte, bestellte er die Mutter in seine Sprechstunde; doch diese ergriff, wie alle Mütter, die Partei ihres Sohnes.

»Es wäre besser gewesen, wenn dieser Mitschüler selbst das Eis gekauft hätte. Schuldig haben sich die Eltern des Jungen gemacht, die einem Quintaner fünfzig Mark Taschengeld auf eine Klassenfahrt mitgaben. Mein Sohn handelt aus einem angeborenen Bedürfnis nach Gerechtigkeit. Schulisch hat er dumm gehandelt, aber wir wissen beide, daß er nicht klug ist.«

Maximiliane lächelt und blickt den Lehrer zuversichtlich an. Dr. Spohr erkennt die Anlagen seines Schülers in der Mutter wieder und zuckt die Achseln.

»Ich habe Sie darauf hingewiesen. Eine Strafanzeige erfolgt nicht.«

Golo wurde nie bestraft, er bestrafte sich selbst. Mehr als den Abschluß an einer Realschule würde er ohnehin nicht erreichen und auch diesen nur mit Joachims Hilfe. Seine geringen schulischen Aussichten bekümmerten ihn wenig.

»Ich werde sowieso in Amerika bleiben!« erklärte er zu Hause und in der Schule.

»Dorthin paßt du auch besser!« sagten seine Lehrer, wohl wissend, daß sie den ungezügelten, lustigen Jungen vermissen würden.

»Wann geht es denn endlich los?« fragte er bei jedem Brief, der aus Kalifornien eintraf. Und in jedem Brief war von der Amerika-Reise die Rede. Bereits vor eineinhalb Jahren hatte Dr. Green sich bereit erklärt, die Kosten der Reise zu übernehmen. Auch er habe etwas wiedergutzumachen, hatte er auf den Rand eines Briefes geschrieben. »Vergleichsweise habe ich jene zwölf Jahre unbeschadet überstanden.« Er bezog seit geraumer Zeit regelmäßige Einkünfte aus den Wiedergutmachungsfonds.

Aber Maximiliane schiebt die Reise immer wieder hinaus. Ihre beiden Wesensarten lagen dabei miteinander im Streit: die pommersche Ruhe und die Unruhe der Berliner Mutter, die ihre Schwangerschaft reitend und im Schaukelstuhl heftig wippend verbracht hatte, was nicht ohne Folge für das derart im Mutterleib geschaukelte Ungeborene hatte bleiben können.

Golo beschleunigte dann schließlich auf seine Weise den Aufbruch.

Er hatte vor längerer Zeit zwei Panzerfäuste aus seinem Versteck nach Hause gebracht und in einer der Kisten unter den Damastservietten verwahrt. Jetzt wartete er nur noch auf eine

Gelegenheit, in der er sie in Ruhe auseinandernehmen konnte. Sie ergab sich an einem Nachmittag im Mai, als seine Mutter, wie jeden Tag, in der Bratwurststube weilte, ebenso Edda, die dort stundenweise – neuerdings gegen Bezahlung – aushalf. Joachim erteilte einem Mitschüler Nachhilfeunterricht in Griechisch. Mirka nahm an einer Trainingsstunde in der Tanzschule teil. Lediglich Viktoria befand sich in der Nähe des Hauses, allerdings mehrere Meter davon entfernt, wo sie sich in ihrem Hula-Reifen drehte, ihn mit Hüften, Knien und Schultern in Bewegung hielt, auf Touren brachte, sich verlangsamen ließ; wobei sie zusehends dünner wurde. Wie eine Süchtige drehte sie sich, selbstvergessen, in ihrem Käfig. Auch von ihr war also keine Störung zu erwarten; am Tag vorher hatte sie einen Rekord von zweieinhalb Stunden erreicht, in denen der Reifen den Boden nicht berührte.

Golo zerlegte ungestört am Küchentisch seinen hochexplosiven Fund.

Kurz nach 17 Uhr erfolgte die Detonation. Diese Uhrzeit wurde von der Polizei registriert und in den Zeitungsberichten wiedergegeben. Teile der Inneneinrichtung wurden zerstört, die Fenster aus den Rahmen gerissen; auf einer Breite von einem Meter klaffte in dem Bretterdach ein Loch. Wie durch ein Wunder blieb Golo fast unverletzt. Lediglich zwei Finger der linken Hand, die beiden kleinsten, wurden so verstümmelt, daß sie in der Unfallchirurgie amputiert werden mußten. Viktoria blieb unbeschädigt, erlitt aber einen Schock; sie schrie noch, als Maximiliane mit dem Polizeiauto in der Klinik bei den beiden Kindern eintraf. In der darauffolgenden Nacht schlief Maximiliane, wie nach allen ereignisreichen und aufregenden Tagen, besonders lange und fest.

Wie hatte Joachim gesagt: ›Da können wir ja froh sein, daß wir noch haben, was wir noch haben.‹ Das Foto, das am nächsten Tag in der ›Marburger Presse‹ erschien, sollte, samt dem ausführlichen Begleittext, ein weiteres Mal den Eltern heranwachsender Jugendlicher zur Warnung dienen: das zerstörte Behelfsheim einer adligen kinderreichen Flüchtlingswitwe aus dem Osten, die, so hieß es, um ihre bescheidene Habe gebracht worden war. Auch eine Bemerkung über das ›beklagenswerte Los von unbeaufsichtigten Schlüsselkindern‹ unterblieb nicht.

Die Folge dieser Veröffentlichung war, daß mehrere Marburger Bürger auf ihren Dachböden nach entbehrlichem Hausrat suchten, ihn zu dem Behelfsheim im Gefälle brachten und abluden; ein Vorgang, dem Maximiliane machtlos zusehen mußte. Was anderen entbehrlich war, war auch ihr entbehrlich. Ein weiteres Mal erschien ein Fotograf und machte, um den Lesern die Opferbereitschaft der Mitbürger zu zeigen, eine Aufnahme von den Quints, zwischen Stehlampen, Nähtischen und Kaffeemühlen. Maximiliane hielt sich auf dem Bild mit der Hand die Bluse am Hals zu, in Wahrheit war sie dabei, sie aufzureißen, eine nun schon bekannte Geste: es wurde ihr zu eng. Sie nahm diese Explosion als einen Wink des Schicksals. Wieder einmal war sie zu schwer geworden, wieder mußte Ballast abgeworfen werden. ›Wer weiß, wofür's gut ist‹, pflegte Anna Riepe zu sagen.

Innerhalb kurzer Zeit stellte sie die nötigen Anträge für Reisepaß und Visum, fuhr nach Frankfurt und unterstrich auf dem amerikanischen Konsulat mit den Zeitungsfotos und der Einladung des jüdischen Stiefvaters und der emigrierten Mutter die Dringlichkeit dieser Reise. Dann setzte sie sich mit Reedereien in Verbindung und schickte schließlich ein Telegramm nach San Diego: »Wir kommen!« Alle Familienmitglieder mußten amtsärztlich nach ansteckenden Krankheiten untersucht und dann geimpft werden. Daraufhin trat bei Viktoria sofort das übliche Fieber auf, was auf eine Infektionskrankheit schließen ließ und die pünktliche Abreise beinahe gefährdet hätte.

Die Bratwurststube in der Ketzerbach, von den Quints immer noch ›Fischbratküche‹ genannt, sollte derweil von Lenchen Priebe weitergeführt werden. Diese war inzwischen zu ihrem pommerschen Namen zurückgekehrt und sah auch wieder wie ein – nun schon älteres – Mädchen aus Pommern aus. Sie hatte Kummerspeck angesetzt, färbte das Haar nicht mehr blond und trug ihre amerikanische Garderobe auf. Da die Besatzungssoldaten durchschnittlich nicht länger als dreieinhalb Monate in Marburg blieben, war die Zeit zu kurz für dauerhafte Beziehungen. Und als die Truppen 1953 endgültig abzogen, war Helen von Jadows amerikanischer Traum vorüber. Da sie keinen Beruf erlernt hatte, mußte sie als Aushilfe arbeiten, in Gaststätten, in der Mensa und am Büffet des Bahnhofsrestaurants. Sie schien vom Leben als Aushilfe gedacht zu sein und sollte nun für die nächsten Wochen aushilfsweise die Quintsche Bratwurststube in der Ketzerbach übernehmen.

Wieder einmal sagte Maximiliane ›Kommt!‹ zu den Kindern.
Noch hat sie sie fest am Bändel, fester, als sie weiß, und fester,
als es ihnen guttut. Am zweiten Tag der großen Ferien schiffen
sie sich auf dem kombinierten Passagier-Frachtdampfer ›La
Colombe‹ in Rotterdam ein.

Das Behelfsheim im Gefälle hatte Maximiliane zuvor behelfsmäßig ausbessern lassen.

13

›In Havanna darf der Teufel auf dem Theater, des Negerpublikums
wegen, nicht schwarz genannt werden, man nennt ihn grün.‹
                                                    Friedrich Hebbel

Wenn man Maximilianes Reiseberichten Glauben schenken
darf, standen bereits mehrere Amerikaner am Pier, die allesamt riefen: ›Can I help you?‹

Den Rat ihrer Mutter, den Kontinent in Greyhound-Bussen
zu durchqueren, redete ihr bereits auf dem Schiff ein Mitreisender, ein Mr. Jack Freedom aus Texas, aus. ›Take a car!‹ riet
er ihr. Bei sechs Personen lohne sich die Anschaffung eines Autos. Mr. Freedom besaß einen Freund, der einen Freund hatte,
dessen Freund, Mr. Smith, in Brooklyn mit Gebrauchtwagen
handelte. Das Auto, das Maximiliane mit Hilfe dieser drei
Amerikaner dann für 100 Dollar erwarb, war bereits 180 000
Meilen gefahren, ein geräumiger Rambler, robust, kanariengelb. Alle drei Männer versicherten ihr, daß sie sie beneideten;
auch ihr Wunsch sei es, einmal ›from coast to coast‹ zu reisen.

Maximiliane hatte weder Steinbeck noch Faulkner, noch
Hemingway gelesen; ihr Amerikabild war auch nicht durch
Karl May vorgeprägt. Der Kontinent traf sie unvorbereitet: ein
weiblicher Columbus.

Aber sie besaß natürlich eine Straßenkarte; auch dafür hatte
Joachim, der sich um alle Reise- und Autopapiere kümmerte,
gewissenhaft gesorgt. Morgens im Drugstore, während ihre
Kinder noch frühstückten, breitete Maximiliane ihre Karte auf

dem Tisch aus, und sofort beugten sich mehrere Fernfahrer darüber, um mit ihr die Tagesroute zu besprechen. Sie zeichneten die schönsten, besten oder schnellsten Strecken in die Karte ein, gerieten dabei zuweilen miteinander in Streit und schrieben Adressen von Freunden an den Kartenrand, die sich über den Besuch sämtlicher Quints freuen würden, weil sie bei der Army in Deutschland gewesen seien.

Maximiliane ließ sich dann noch von ihnen einwinken, ›have a good trip!‹, und fuhr davon, Richtung Westen. Morgens fuhr sie wirklich immer nach Westen, geriet aber meist bald auf Highways, wo zwei Lastzüge den gelben Rambler in die Mitte nahmen und die Durchführung der eben gefaßten Pläne verhinderten.

Wenn der Benzintank leer war, ging sie an Land und erkundigte sich, wo man sich befand, ließ den Tank füllen, kaufte Popcorn, Coca-Cola und Pommes frites mit Catchup. Ham-and-egg-Geruch mischte sich mit dem Geruch nach Öl und Benzin und erinnerte die Quints an die Fischbratküche in der Ketzerbach. Der Wasserkanister wurde gefüllt, Mirka und Viktoria suchten in den Papierkörben nach Comics, mit deren Hilfe Viktoria Englisch lernte; wenn sie gelegentlich den Blick von den Heften hob, tat sie es nur, um »Fahr doch rechts, Mama!« zu sagen. Mirka betrachtete in den Comics ausschließlich die Bilder.

Hin und wieder hielt Maximiliane ohne erkenntlichen Grund am Straßenrand an und hieß die Kinder aussteigen.

»Seht euch um! Hier kommen wir nie wieder hin!«

Waren dann alle aus dem Wageninneren aufgetaucht, hielt auch schon ein Auto neben ihnen an, das Fenster wurde heruntergedreht, und ein Kopf erschien. »Can I help you?«

Wurde die Frage verneint, fuhr der Betreffende weiter. Häufig fragte er aber auch noch: »Where are you coming from?« Maximiliane mußte sich dann besinnen, wollte die Frage wahrheitsgemäß und von Grund auf beantworten, hätte vielleicht nicht den Kreis Dramburg erwähnt, wäre aber gewiß bis jenseits von Oder und Neiße zurückgegangen, aber der fremde Fahrer zeigte unmißverständlich auf das Nummernschild ihres Ramblers mit der New Yorker Kennziffer; er selber sei in Bronx geboren oder in Long Island, sagte er dann und fuhr mit einem »Hi« weiter. Und Maximiliane umarmte einen Ahornbaum in den Appalachen, verriet Pommern an den Staat Virginia.

Mit jedem Tag wird es heißer. Sie kommen tiefer in den Süden. In Tennessee muß es gewesen sein, wo sie sich erstmals entschlossen, in aller Frühe aufzubrechen und die Frische des aufziehenden Tages zu nutzen. Wenn sie dann mittags ein Motel mieteten, hängten sie das Schild ›Day-sleeper‹ an die Tür und schliefen unter surrenden Propellern. Die Motelvermieter erklärten sich jedesmal bereit, zusätzliche Schlafgelegenheiten für die ›Juniors‹ in den Raum zu schieben. Heißes Dämmerlicht, die Jalousien geschlossen, Fliegenfenster. Viktoria ist die einzige, die unter der Hitze leidet.

Edda verwaltet die Reisekasse; inzwischen ein Teenager von fünfzehn Jahren, mit Pferdeschwanz; Stirn und Nase voller kräftiger Sommersprossen, auf die sie stolz ist, seit eine Miss in einem Café sie mit der Filmschauspielerin Doris Day verglichen hat. Edda ist die einzige, die bereit und fähig ist, Gallonen in Liter, Fahrenheit in Celsius und Meilen in Kilometer umzurechnen; vor allem aber die Dollarbeträge mit den deutschen Geldbeträgen zu vergleichen. Tagsüber schreibt sie neue Wörter in ihr Vokabelheft, die Golo sie abends abfragen muß. Wenn sie Ersparnisse gemacht hat, kauft sie Eiscreme für alle. Mehrmals täglich bietet Golo sich an, die Mutter auf den geraden Strecken am Steuer abzulösen, und bekommt von ihr »Später!« zur Antwort. Sie ist kein Nein-sager. Sie wirft einen Blick auf seine verstümmelte Hand. Wird er ein Steuerrad überhaupt halten können?

Vor der Brückenauffahrt in Memphis gerät Maximiliane wieder zwischen zwei Lastzüge und überquert, ohne ihn zu sehen, den Mississippi. Joachim macht sie anhand der Straßenkarte darauf aufmerksam. Sie benutzt die nächste Ausfahrt nach rechts, um in die Stadt zurückzukehren, und gerät dabei auf eine Straße, die unmittelbar in die Slums der Neger führt. Hauptverkehrszeit, die Straße von Autos, Karren und Menschen verstopft. Sie bleiben stecken. Viktoria klagt über Durst, Edda mäkelt, daß man wegen eines Flusses nicht hätte zurückzufahren brauchen, Joachim und Golo stimmen ein, und sogar Mirka läßt sich vernehmen: »Ich muß mal raus!«

»Gut!« sagt Maximiliane in einem Anfall von Verärgerung. »Wir steigen aus! Wir suchen nach einem Café!« und fährt das

Auto auf einen Bürgersteig zwischen ein paar überquellende Mülleimer.

»Aber doch nicht hier!« sagt Viktoria. »In den slums!«

»Schließ wenigstens das Auto diesmal ab! Immer vergißt du es!« mahnt Edda.

»Wenn ich es immer vergesse, werde ich es hier auch tun!« sagt Maximiliane, wirft die Wagentür zu und setzt sich in Bewegung.

Sie sind die einzigen Gäste in dem Café. Zwei weißhaarige Negerinnen bedienen sie. Sie polieren lange die Gläser, bevor sie den lauwarmen Saft hineingießen, dann wischen sie die Tischplatte nochmals sauber. Der Propeller surrt, es ist heiß und stickig in dem halbdunklen Raum. Golo mustert interessiert die Musikbox und will sich schon erheben, aber Maximiliane mahnt zur Eile. Bevor sie noch gezahlt haben, wird im Hintergrund des Raumes ein Perlenvorhang zur Seite geschoben, ein Neger tritt heraus, zeigt offen sein Mißfallen über die Weißen und scheucht sie, ohne sich ihnen allerdings vorerst zu nähern, aus dem Raum.

Maximiliane rührt sich nicht, sagt: »Bleibt sitzen!«

Ein weiterer Neger erscheint, ein dritter; alle drei bleiben drohend stehen. »Ich habe Angst!« sagt Mirka.

In demselben Augenblick, in dem die drei Schwarzen sich in Bewegung setzen und auf sie zukommen, erhebt sich Joachim zu seiner vollen Größe, noch hellhäutiger und blonder als sonst. Er tritt den Männern schweigend und mit geballten Fäusten entgegen, hält sie in Schach und winkt der Familie zu, sich zu entfernen. Inzwischen achtzehn Jahre alt und 1 Meter 85 groß, das ›Härrchen‹ von einst, furchtsam und tapfer und hinter ihm die weiße Rasse und das Herrengeschlecht der Quindts und auch sein rassenbewußter Vater Viktor Quint.

Wieder auf der Straße, sagt Maximiliane: »Das wollen wir nun ganz schnell vergessen.« Hinter ihnen öffnet sich die Tür noch einmal, das Geld, das Edda auf den Tisch gelegt hat, wird hinter ihnen hergeworfen. Es rollt übers Pflaster. Die Kinder sammeln es eilig wieder ein.

Alle vier Reifen des Autos sind aufgeschnitten, vom Gepäck fehlt nichts.

»Setz dich ans Steuer, Mama!« sagt Joachim. »Wir schieben.«

Sie mußten den Wagen in der Nachmittagshitze mehrere hundert Meter weit mit eigener Kraft durch das Verkehrsgewühl fortbewegen. Der Besitzer der Werkstatt, ein Weißer, warf einen Blick auf die Reifen und einen auf die Touristen und sagte: »Forget it!«

Während die Reifen ausgewechselt oder, soweit dies noch möglich war, geflickt wurden, fuhren die Quints mit der ›Memphis Queen‹, einem Raddampfer, auf dem Mississippi. Im Saloon spielte eine Band. Joachim und Viktoria redeten noch erregt über den Vorfall mit den drei Negern; Golo und Edda standen vor einem Spielautomaten und erlegten Elephanten und Löwen; Mirka benutzte das Treppengeländer als Ballettstange und erweckte die Aufmerksamkeit einiger Mitfahrender.

Maximiliane lehnt, allein, an der Reling. Die Ufer verschwimmen in der Dämmerung, die Lampen des Saloons werfen schimmernde Lichtflecken auf das schwarze Wasser. Die Jazztrompete hebt sich hell aus der Band hervor. Jagdsignale und Choräle. ›Let me stay in your eyes!‹ Und nun: ›Old man river‹. Erinnerungen überschwemmen sie, sie erzittert und friert vor Einsamkeit.

»Have a drink!« sagt eine Männerstimme neben ihr.

Maximiliane blickt zur Seite und sieht in das hellhäutige Gesicht eines Mannes. »Lovesick?« fragt er.

Maximiliane schüttelt den Kopf.

»Seasick?« Er zeigt auf das Wasser, durch das der Dampfer stampft.

Wieder schüttelt Maximiliane den Kopf.

»Homesick?«

Maximiliane antwortet nicht, und schon fragt er weiter: »Where are you coming from?«

»Germany?!« Er war bei der Army, berichtet er, in Frankfurt, er spricht noch ein wenig Deutsch. Ein kleines Gespräch an der Reling kommt zustande, er heißt Pit Simpson und besitzt eine Ranch in Montana. Maximiliane betrachtet ihn eingehender; er hat ein schönes, regelmäßiges Gesicht, ist groß und kräftig gebaut. Er wirkt anziehend auf sie, aber: er heißt Peter, und Maximiliane hat, seit ihrer Kindheit, eine Abneigung gegen den Namen Peter.

Mr. Simpson berichtet von seiner Ranch, läßt sie greifbar vor ihren Augen erstehen: die Weite der Prärie, die im Westen von den schneebedeckten Bergen der Rocky Mountains begrenzt wird. In seinen Ställen stehen jeweils 80 Rinder. Die einander gegenüberliegenden Stallwände kann er beiseite schieben und mit dem Trecker hindurchfahren, und auf dem Hinweg schiebt der den Dung in die Grube, auf dem Rückweg nimmt er Spreu mit und verteilt sie maschinell; er braucht nicht einmal abzusteigen. Er macht alles allein, ohne Knecht. »Once over and all is done!« Wenn er Ferien hat, so wie jetzt, kommt sein Nachbar herüber, der nur 70 Meilen entfernt wohnt, und erledigt die Arbeit.

Maximiliane denkt an Poenichen, wo es Melker und Schweizer und Stallknechte gab, und ist von der Vereinfachung beeindruckt. Es ist, als röche sie nach langer Zeit wieder einmal Jauche.

Sie bedauert, daß Joachim bei dem Gespräch nicht zugegen ist. Sie hofft noch immer, daß er sich eines Tages für Landwirtschaft interessieren wird; bisher gilt seine Aufmerksamkeit nur der Landschaft. Horizontlinien und Kolibris statt Rinder und Kornfelder. Er füllt seinen Notizblock mit Gedichtzeilen. Sie beobachtet es mit einem Gefühl der enttäuschten Erwartung. Wieviel hätte er in den Vereinigten Staaten von Amerika für seine spätere Tätigkeit als Erbe und Verwalter von Poenichen lernen können! – Ihre Hoffnungen auf eine Rückkehr, durch die Aufrufe des Vertriebenenministers und der Heimatverbände immer wieder genährt, hat sie längst noch nicht aufgegeben. Noch bestand die Aussicht, daß Joachims Neigungen sich änderten; ›das verwächst sich auch wieder‹, pflegte Quindt zu sagen, der seine Neigung, ein Reiseschriftsteller wie Alexander von Humboldt zu werden, ebenfalls zugunsten von Poenichen hatte aufgeben müssen.

Eine Frau nähert sich. Mr. Simpson rückt ein wenig von Maximiliane ab, ruft »Hallo«. Dann sieht Maximiliane, wie Mr. und Mrs. Simpson Arm in Arm davongehen. Die Ranch in Montana entfernt sich wieder von ihr. Golo kommt, greift nach ihrer Hand: »Komm, wir tanzen!«

Die Zeit des Rock and Roll hat begonnen: neue Töne. Man tanzt Twist. Einen Augenblick lang sieht Maximiliane vom Rand der Tanzfläche aus zu, dann nimmt sie Golos Arm: »Komm, das können wir auch!« Sie hat gelernt, sich zu bücken und zu drehen; bei der Feldarbeit und in der Bratwurststube.

Oklahoma! Maisfelder, Baumwollfelder. Schwarzhäutige Männer und Frauen, die die weißen Baumwollblüten pflücken. Weiden, auf denen Kühe neben dem Stahlgestänge von Öl-pumpen grasen. Dann Texas! Auf den endlosen ausgedörrten Steppen in der Ferne hie und da eine Rinderherde und am Sta-cheldrahtzaun Blechschilder mit der Aufforderung an die Au-tofahrer: ›Enjoy beef every day!‹ In Amarillo kauft Maximi-liane für jeden ein handtellergroßes Steak, das sie auf dem nächsten Rastplatz grillen. Viktoria weigert sich, ihr Stück Fleisch zu essen. Sie denkt an: ›Enjoy beef every day!‹ und kämpft mit den Tränen. Anschließend lassen sie sich in den Schatten eines großen Baumes fallen. Maximiliane prüft dessen saftiggrüne Blätter und die Borke des Stammes.

»Was könnte das für ein Baum sein?« fragt sie. Und dann, als keines der Kinder antwortet: »Wo hat es denn so gerochen?«

»Bei der Großmutter Jadow in Charlottenburg!« ruft Golo.

»Ja. Es muß ein Kampferbaum sein«, sagt Maximiliane. »Es riecht nach Mottenkugeln.« Sie streckt sich ebenfalls aus und wirft die Arme über den Kopf. Sekunden später schläft sie fest ein und muß von den Kindern wachgerüttelt werden.

Unterwegs begleitet sie meilenweit ein großer schwarzer Vo-gel, ein ›blackbird‹, wie sie erfahren; ein ebenso großer blauer Vogel löst ihn später ab, ein ›bluebird‹. Als, in New Mexico, ein hochbeiniger Vogel eilig vor ihrem Auto die Straße kreuzt, nennen sie ihn den ›road-runner‹; sie entdecken und benennen Amerika.

In Albuquerque erreichen die Quints die ›Sixtysix‹, die Fernstraße 66. Wegweiser ohne Städtenamen, mit nichts als Zahlen darauf.

Maximiliane hält an und wendet sich an Joachim, der den be-treffenden Punkt auf der Karte sucht.

»Hier sind wir«, sagt er, »am Rande der Wüste!«

Maximiliane erinnert sich plötzlich, angesichts der endlosen Weite und der Richtungsschilder, eines Fotos, das ihr Mann aus Rußland geschickt hatte und worauf nichts weiter zu sehen war als Wegweiser mit Zahlen von Truppenteilen, kein Ortsname, aber alle Schilder nach Osten weisend, tiefer in die Schneewü-ste hinein.

Im Inneren Amerikas berichtet sie ihrem ältesten Sohn von Rußland und von Hitlers Ostpolitik.

»Was hat Vater von Judenverfolgungen und Konzentrationslagern gewußt?« fragt Joachim.

»Was er gewußt hat, weiß ich nicht. Ich weiß nur, woran er geglaubt hat. Er wollte mit seinen Kindern den Ostraum besiedeln. Er glaubte an die Auserwähltheit der germanischen Rasse.«

»Ist was los?« erkundigt sich nach einer Weile Golo. »Warum geht es denn nicht weiter? Wir schmoren hier hinten im Wagen.«

Und Maximiliane fährt weiter westwärts, auf den schnurgeraden Straßen, die erst am Horizont enden.

Sie durchqueren die Wüste, geraten am zweiten Tag in einen kleinen Sandsturm, der Golo in Begeisterung versetzt, kaum daß er im Auto zu halten ist. Sein Amerika setzt sich aus Tornados, Blizzards, Hurrikans und Canyons zusammen; die Wasserfälle Tennessees schwellen in seinen Erzählungen zu Niagarafällen an. Eddas Amerika besteht aus Automatenrestaurants, Rolltreppen, Kofferradios und Kühlschränken; Viktorias aus Neger-Slums und Indianer-Reservationen. Und Mirka, was nimmt Mirka wahr? Sich selbst vermutlich, wenn sie sich in Schaufensterscheiben und Bergseen spiegelt.

In den Rocky Mountains gerät Maximiliane noch einmal, was ihr auf der Flucht aus Pommern geraten war: sie läßt die Sonne dreimal untergehen. Diesmal braucht sie lediglich Gas zu geben, um die nächste Anhöhe rechtzeitig zu gewinnen; bei jedem neuen Sonnenuntergang hält sie an, wartet ihn im Gefühl ihres Triumphes ab und fährt, Gas gebend, weiter nach Westen. Damals, 1945, hatten sie ihren Handkarren schiebend und ziehend die kleinen Anhöhen der Mark Brandenburg hinaufschaffen müssen.

Seit mehr als zehn Jahren zieht sie nun schon westwärts, jetzt mit erhöhter, zeitweise mit überhöhter Geschwindigkeit, Meile um Meile durch den dünnbesiedelten mittleren Westen Nordamerikas. Auf den Ortsschildern ist die Anzahl der Einwohner vermerkt.

»Be careful!« mahnt Golo. »Hier gibt es nur siebenundvierzig Leute!«

In diesem Land mußte doch auch Platz für ein paar heimatlose Pommern sein!

Sie gehen zu Fuß durch die verlassenen Goldgräberstädte.

›High noon‹ und ›Großer Bluff‹. Ghost town, wilder Westen.

Arizona: im Inneren der baumhohen Kandelaber-Kakteen Nistplätze; Vögel fliegen zwischen den fingerlangen Stacheln ein und aus.

Zedern. Immergrüne Eichen. ›On the road‹.

Und dann Kalifornien, Oasen in der Wüste, Traumland. Sie erreichen den Salton-Sea, weit unter dem Meeresspiegel liegend.

»Hier kommen wir nie wieder hin!« sagt Maximiliane.

Sie tauchen in die salzige warme Lake.

Am Rande einer Palmenplantage machen sie Rast. Golo ist der erste, der die Strickleitern entdeckt, die von den Palmen hängen. Er springt, bekommt die unterste Sprosse zu fassen, hangelt sich trotz der beiden fehlenden Finger behende hoch bis zu den dicken Bündeln der Datteln. Joachim hilft seinen Schwestern, die Leitern zu erreichen, setzt sich aber selber unter einer Palme auf die Erde und macht Notizen; aus den Wipfeln tönt das Lachen und Rufen der anderen. Maximiliane steht und blickt hoch. Sie muß wohl in diesem Augenblick an die Kübelpalmen in Poenichen gedacht haben, die im Sommer in der Vorhalle standen und im Saal überwinterten, aber auch an den Poenicher Kiefernwald, den ihr Großvater hatte anpflanzen lassen. Sie steht breitbeinig da, die Hände auf dem Rücken zusammengelegt, ein Spiegelbild des alten Quindt. Wann hatte sie zum letztenmal einen Baum erklettert? War das alles für sie schon vorbei? Sie fährt sich mit beiden Händen durchs Haar, nimmt einen Anlauf, springt und erreicht die unterste Sprosse einer Strickleiter. Dann stemmt sie die Füße gegen den Stamm, zieht sich hoch und klettert auf der schwankenden Leiter nach oben. Die Rufe ihrer Kinder, vorsichtig zu sein, erreichen nicht ihr Ohr.

Der heiße Wüstenwind faucht ins Auto, sobald die Türen geöffnet werden. Das Thermometer an der Tankstelle zeigt 125 Grad Fahrenheit. In einer Orangenplantage sammeln sie Apfelsinen wie Fallobst ein; aus dem dunklen Blattgrün leuchten die hellen Strohhüte der mexikanischen Erntearbeiter.

Sie nähern sich ihrem Ziel. Maximiliane hat die Ankunft bereits telefonisch mitgeteilt. Es ist schon später Nachmittag, als sie den Stadtrand von San Diego erreichen. Aber Maximiliane umfährt die Stadt, macht trotz Eddas Einspruch einen großen

Umweg. Sie wünscht das Ende des Kontinents zu erreichen und
den Pazifik zu sehen. From coast to coast. Sie treffen noch
rechtzeitig zum Sonnenuntergang ein. »Wir wollen warten, bis
sie untergegangen ist!« sagt sie zu den Kindern. »»ER redet und
ruft der Welt vom Aufgang der Sonne bis hin zu ihrem Untergang.‹« Wieder so ein biblisches Samenkorn, von dem man
nicht weiß, in welchem Herzen es aufgehen wird.

Der Sonnenball nähert sich dem Horizont und rollt eine
Weile darüber hin. Die Kinder haben sich entfernt. Maximiliane erinnert sich, daß sie schon einmal zu jemandem gesagt
hat: ›Laß uns das abwarten‹, damals in Kolberg, am Tag ihrer
Hochzeit, ihr erster Sonnenuntergang am Meer. Bevor die
Sonne endgültig versinkt, fällt Traurigkeit über sie her. Einsamkeit, wie damals. Dem Rausch der Fahrt folgt die Ernüchte-
rung. Nie wieder wird sie so mit ihren Kindern reisen.

Sie bleibt ein Landkind, das die Seen liebt, die schilfigen
Ufer; Begrenzungen, nicht dieses Ineinander von Himmel und
Meer. Sie braucht Land unter den Füßen und vor den Augen.
Sie wendet sich um, blickt nach Osten, wo die Berge im letzten
violetten Sonnenlicht liegen, und sagt zu sich oder den Kindern
oder der Welt: »Was soll ich hier? Ich bin doch aus Poenichen!«

Sie umfahren die Canyons, die die Stadt durchziehen, umfahren die Bays, die sich hineinschieben, verlieren mehrfach die
Richtung. Die letzten Kilometer sind wieder einmal die schwersten.

14

›Man wird vom Schicksal hart oder weich geklopft, es kommt auf das
Material an.‹

Marie von Ebner-Eschenbach

Dr. Green hatte das Haus der Nachbarn, dessen Bewohner sich
auf einer Weltreise befanden, für die Quints gemietet; sie verfügten, neben den üblichen Wohn- und Schlafräumen, über
Badezimmer und Dusche, Fernsehapparat, Telefon und Kühl-
schrank.

Am Vormittag des zweiten Tages ergab sich die Gelegenheit,

daß Mutter und Tochter miteinander allein waren. Dr. Green war mit den ›Juniors‹, wie er Maximilianes Kinder zusammenfassend nannte, an eine Badebucht in La Jolla gefahren. Seine Sprechstunden lagen nachmittags.

Die beiden Frauen saßen auf der ›Porch‹, einer Art Vorhalle, wo es um diese Stunde kühler war als im Garten; Maximiliane hatte sich in die Hollywoodschaukel gesetzt, Vera in den Schaukelstuhl. »Nehme ich dir deinen Platz weg?« hatte Maximiliane gefragt und die nackten Füße unter den Rock gezogen, aber Vera hatte mit dem Anflug eines Lächelns gesagt: »Ich werde nicht gern von anderen geschaukelt, ich bevorzuge den Einsitzer.«

»Wie ist es dir in der Zwischenzeit ergangen?« Maximiliane machte den Anfang. »Ich sehe nur das Ergebnis.« Mit einer Handbewegung umfaßte sie den Garten und jenes Stück des Pazifik, das man von ihrem Platz aus sehen konnte, einschließlich der hohen Palmen, die am Straßenrand standen. »Von dem Weg, auf dem ihr es erreicht habt, weiß ich nichts. Quindt sagte immer – nein, er sagte es nur wenige Male, es wurde selten von dir gesprochen: ›Sie ist in Sicherheit‹, und ich versuchte mir ein Land vorzustellen, das ›Sicherheit‹ heißt.«

Mrs. Green beantwortete diese umfangreiche Frage mit einem einzigen Satz.

»Ich hatte meine gute Zeit in Berlin, jetzt hat Green seine gute Zeit, dazwischen hatten wir schlechte Zeiten.«

Mehr an Auskunft schien sie ihrer Tochter zunächst nicht geben zu wollen. Das übrige folgte, stückweise, an den nächsten Vormittagen.

Nach ihrer Flucht aus Deutschland im Jahre 1935 hatten die Greens, damals noch unter dem Namen ›Grün‹ reisend, nach mehrmonatigen Zwischenaufenthalten in den Niederlanden, in Paris und London schließlich die Vereinigten Staaten von Amerika erreicht. Das Geld, mit dem der alte Quindt seiner ehemaligen Schwiegertochter die Flucht ermöglicht hatte, war mit der Überfahrt verbraucht. Dr. Grüns Sprachkenntnisse reichten andererseits nicht aus, das für die Vereinigten Staaten erforderliche medizinische Examen sofort abzulegen. So mähte er zunächst, im Staate New Jersey, die Rasenflächen der wohlhabenden Villenbesitzer oder schnitt die Hecken, und seine Frau verdiente als Putzfrau – cleaning lady genannt – bei denselben Familien Geld, bis Dr. Grün eine Stelle als Krankenpfleger im jüdischen Hospital von Brooklyn fand und seine Frau wieder anfangen konnte zu fotografieren. Aber eine Möglichkeit, ihre Bilder bei den großen Magazinen unterzubringen, bestand nicht. Der amerikanische Fotostil der dreißiger und vierziger Jahre unterschied sich wesentlich von dem Berliner Stil der zwanziger Jahre; auch ihre Fotoausrüstung genügte den Anforderungen nicht mehr, und an eine Neuanschaffung war nicht zu denken. Also fotografierte sie für die örtlichen Zeitungen lächelnde Bräute, frischgraduierte Collegegirls. Unter solch schwierigen Verhältnissen verbrachten sie mehrere Jahre, bis Dr. Green während des Krieges in Sacramento, California, sein medizinisches Staatsexamen ein zweitesmal ablegen konnte. Anschließend hatte er in Los Angeles eine Praxis als Psychoanalytiker eröffnet; die Behandlungsstunde zu fünf Dollar. Die Wohnung war so klein, daß Vera sie während der Dauer der Sprechstunden, die in den Nachmittags- und Abendstunden lagen, verlassen mußte. Da die Greens zu diesem Zeitpunkt noch kein Auto besaßen, war Vera gezwungen spazierenzugehen, zwischen den Highways und Freeways von Los Angeles. Inzwischen hatten beide, nach ihrer Einbürgerung, den Namen Grün in Green geändert. Die Schwierigkeiten, die sich aus der deutschen Herkunft und der jüdischen Abstammung ergaben, hielten sich in erträglichen Grenzen. Dr. Green hatte seine in Berlin begonnenen Aufzeichnungen über ›das körpersprachliche Verhalten und die nichtsprachliche Kommunikation der Massen‹ in Sicherheit bringen können. Er behielt sein Forschungsgebiet bei und galt als einer der Entdecker der ›Kinesik‹, die sich mit der Deutung der menschlichen Gestik befaßte, eine von der klassischen Psychologie noch immer nicht anerkannte Wissenschaft. Seine erste Publikation über ›Nonverbal Communication‹ war vor Jahresfrist erschienen und hatte einiges Aufsehen erregt. Zur Zeit arbeitete er über ›die Dialekte der Körpersprache‹. Inzwischen kostete eine Behandlungsstunde bei ihm nicht mehr fünf, sondern zwanzig Dollar, und man zählte die Greens bei einem Jahreseinkommen von 30 000 Dollar zur ›upper middle class‹. Ein Haus in San Diego, drei Blocks vom Pazifik entfernt, zwei Autos, zwei Fernsehapparate.

Im Behandlungszimmer Dr. Greens hing die Vergrößerung

einer Fotografie, die bereits in seiner Praxis in Berlin-Steglitz gehangen hatte: Sigmund Freud, flankiert von seinen Schülern Alfred Adler und Daniel Grün, 1921 in Bad Gastein entstanden. ›Wiener Schule‹. Die Fotografie hob sein Ansehen in den Vereinigten Staaten mehr als sein Diplom. Green hatte sich im Laufe der Jahre innerlich weit von seinem Lehrer Freud entfernt. Verdrängte Sexualität und sexuelles Fehlverhalten interessierten ihn kaum noch. Äußerlich hatte er sich ihm dafür um so mehr genähert: Er trug einen graumelierten Bart, ähnlich gestutzt wie jener Sigmund Freuds, eine allgemeine semitische Ähnlichkeit kam hinzu. Der Blick seiner Augen war allerdings nicht gütig, eher skeptisch.

In dem kleinen Vorzimmer, in welchem die Patienten warteten und das er, von ihnen unbemerkt, beobachten konnte, hingen zwei für seine Lebensauffassung bezeichnende Sprüche an der Wand. Der eine, ›Why live, if you can be buried for ten dollars?‹ (›Warum leben, wenn man für 10 Dollars begraben werden kann?‹), von Sigmund Freud, der andere, ohne Angabe des Verfassers, möglicherweise also von ihm selbst stammend: ›Don't try to live forever, you will not succeed!‹ (›Versuch nicht, ewig zu leben, du wirst keinen Erfolg haben!‹). Sonst kein weiterer Wandschmuck. Beide Sätze waren für das Wartezimmer eines Arztes, zumal in Kalifornien, schockierend. Dr. Green pflegte die Wirkung, die sie auf seine Patienten ausübten, zu beobachten, ein Test.

In seinem Behandlungszimmer fielen zwei Bilder auf. Das eine stellte seinen jüdischen Vater dar, der im Alter von 87 Jahren im Konzentrationslager Auschwitz umgekommen war, das andere Adolf Hitler in Uniform. Dr. Green umgab sich nicht mit seinen Freunden oder Vorbildern, sondern mit seinen Gegnern, jenen, an denen er gewachsen war und die er nicht zu vergessen wünschte.

An einem der nächsten Vormittage saßen Mutter und Tochter wieder zusammen auf der ›Porch‹. Mrs. Daniel Green, wie man Vera Jadow nannte, hatte mit der langen Ebenholzspitze, in der sie ihre Orientzigaretten zu rauchen pflegte, alle übrigen Allüren ihrer Berliner goldenen Jahre ebenfalls abgelegt. Trotzdem hatte sie sich nicht dem landläufigen Bild der Amerikanerin der fünfziger Jahre angepaßt. Sie trug meist Schwarz, eine nicht einmal in Trauerfällen für Kalifornien zugelassene Modefarbe;

trug noch immer den kurzgeschnittenen Bubikopf, das inzwischen allerdings ergraute Haar eng an den Kopf gebürstet, eine Frau von Anfang Sechzig. Der Blick der Augen war weniger hell, weniger rasch, das ehemals leidenschaftlich belebte Gesicht besänftigt. Sie rauchte nicht mehr, trank keinen Bourbon mehr und hörte keinen Jazz mehr; die Redensart ›Das hatte ich schon‹ hatte sie sich ebenfalls abgewöhnt. Sie fotografierte auch nicht mehr.

Aber: »I do my own things«, sagt sie, mischt häufig amerikanische Einheitssätze in ihre Unterhaltung ein.

»Ich beschäftige mich täglich einige Stunden im Treibhaus. Ich ziehe Orchideen. Sie sind geruchlos und reglos; mehr Gegenstände als Lebewesen. Sie stören nicht. Sie verhalten sich nicht einmal.«

Letzteres eine Anspielung auf das Forschungsgebiet ihres Mannes.

Keinen ihrer Sätze unterstreicht sie mit einer Handbewegung; ihre Hände liegen reglos auf den Knien. Ohne zu schaukeln, sitzt sie im Schaukelstuhl.

»Everything is just fine! Alles ist in Ordnung. Darauf kommt es hier an. Ich bin am Ziel aller amerikanischen Wünsche angelangt. Relax and enjoy, entspannen und genießen.«

Sie erhebt sich, geht ins Haus und kehrt nach kurzer Zeit mit einem Bildband zurück.

»Der Ullstein Verlag hat einige meiner Foto-Serien, die ich damals für die ›Berliner Illustrirte‹ hergestellt habe, in einer Faksimile-Ausgabe herausgebracht. ›Untern Linden um halb fünf‹. Damals waren die Aufnahmen künstlerisch interessant, heute sind sie historisch interessant, auch für die Geschichte der Fotografie. Vielleicht aber auch nur ein Akt der Wiedergutmachung an einer politisch Verfolgten.«

Maximiliane schlägt das Buch auf und sieht als erstes jene Serie von Fotografien, die ihre Mutter unbemerkt in Poenichen angefertigt hatte: ›Bilder aus Hinterpommern‹. Kartoffelernte; Quindt in Gutsherrenhaltung, im ›Gig‹ sitzend, Riepe hinter ihm auf dem Kutschertritt stehend; Inspektor Palcke, die kleine Erika Beske. Alle inzwischen tot.

»Hat ER die Bilder gekannt?«

Maximiliane spricht von ihrem Großvater so, wie Viktor Quint von Hitler gesprochen hatte; als handle es sich um Gott, mit erhobener Stimme. Aber ihre Mutter muß nicht nachfragen, wer da gemeint sei, betont das ›ER‹ ebenfalls, jemand, der in ihr Schicksal zweimal eingegriffen hatte.

»Nachdem ER die Bilder in der Illustrierten gesehen hatte, hat er mich ersucht, Poenichen zu verlassen. Er hat mich auf den Weg geschickt. Hier bin ich gelandet.«

Mutter und Tochter nähern sich behutsam dem Thema ›Poenichen‹.

»Ich habe damals dort ein Pferd geritten, das ›Mistral‹ hieß«, sagt die Mutter, und die Tochter: »Mein Pferd hieß Falada, aber meine Beine waren zu kurz geraten. Bis dann jemand« – sie erinnert sich, tief atmend, an den Reiter am Poenicher See – »herausfand, daß meine Beine nicht mehr zu kurz waren. Ich bin nach Joachims Geburt noch einmal fünf Zentimeter gewachsen.«

»Weißt du, daß Joachim deinem Vater ähnlich sieht?«

Maximiliane verneint die Frage, und Mrs. Green fährt fort:

»Er hat, als ich ihn geheiratet habe, wie Joachim ausgesehen, mein Freiherr Achim von Quindt aus Hinterpommern, ein Knabe, den man in eine Leutnantsuniform gesteckt hatte, feldgrau. Und ich war bereits eine Frau. Ich war einige Jahre älter als er. Eine Witwe, eine Mutter. Es ging alles so schnell. Green hätte vermutlich gern einen Sohn gehabt, von mir konnte er ihn nicht haben. Unter anderen Umständen hätten wir uns getrennt. Aber ich konnte einen Juden nicht im Stich lassen, er war abhängig von mir. Später konnte er mich nicht im Stich lassen, weil ich seinetwegen alles aufgegeben hatte und von ihm abhängig war. Wir haben einander zu viel zu danken.«

»Mir geht es mit Viktor, meinem ersten Mann, ähnlich. Quindt sagte immer: ›Er hält sein Parteibuch über Poenichen.‹ Und nach dem Zusammenbruch meinte ich, mich schützend vor ihn stellen zu müssen.«

»Weißt du eigentlich, wo er begraben liegt?«

»Nein, er gilt als vermißt.«

»Aber dein Vater müßte doch ein Grab haben«, sagt Mrs. Green nach kurzem Nachdenken. »Zeit und Ort seines Heldentodes, wie man das 1918 noch nannte, waren ja bekannt. Oder hat Quindt ihn später noch überführen lassen?«

»Nein. Es lag ein Stein für ihn auf dem Innicher Berg, aber es wurde selten von ihm gesprochen.«

»Mir kam es damals schon so vor, als würde er zusätzlich noch totgeschwiegen.« Mrs. Green macht eine kleine Pause und fährt dann fort: »An eurem See hauste seinerzeit ein merkwürdiger Mensch, fast ein Wilder.«

»Christian Blaskorken!«

»Seinen Namen habe ich vermutlich nie gewußt. Aber an Anna Riepe erinnere ich mich, an ihre rote Grütze!«

»Ich soll ›Mamma‹ zu ihr gesagt haben, und später habe ich sie ›Amma‹ genannt.«

Dieses Gespräch zwischen Mutter und Tochter trug viel zur Annäherung bei, obwohl dazu eine Generation und ein Ozean überquert werden mußten.

Bald nach ihrer Ankunft hatte Dr. Green nach Maximilianes Hand gegriffen und sich die Fingernägel angesehen.

»Das paßt nicht ins Bild. Ich wüßte gern, warum du Nägel kaust. Wenn du es ebenfalls wissen möchtest: Ich habe morgen nachmittag noch eine Stunde frei. Komm in mein Behandlungszimmer! Zu einer Analyse reicht die Zeit deines Aufenthaltes nicht aus. Dafür bist du auch schon ein wenig zu alt. Die meisten meiner Patienten sind übrigens zu alt.«

»Du nicht?« erkundigt sich Maximiliane. »Spielt das Alter des Analytikers keine Rolle?«

Green gibt zu, darüber bisher nicht nachgedacht zu haben. Maximilianes Offenheit belebt ihn. Er kommt auf seine Patienten zu sprechen. »Die meisten treibt ein Schuldgefühl zu mir«, sagt er. »Es ist ihnen zutiefst unheimlich, daß es ihnen so gut geht. Alle Dinge verlieren dadurch, daß sie mit ihnen umgehen, an Wert, müssen weggeworfen und durch neue ersetzt werden. Sie haben daher den Drang, sich ebenfalls zu erneuern, damit nicht auch sie weggeworfen werden. Sie warten auf Strafe für etwas, das sie nicht zu benennen wissen. Sie brauchen jemanden, der sie freispricht, und das bin ich. Das Honorar ist der Ablaß, den sie zahlen. Ich vertrete ihren Gott, den sie verloren haben.«

»Und was ist mit deiner eigenen Schuld und deiner Strafe? Und deinem Gott?« fragt Maximiliane.

»Danach fragt keiner«, antwortet Dr. Green.

»Fragst du nicht selber danach?«

»Ich vermeide es.«

Dr. Green hat sich erhoben, nimmt im Vorübergehen Maximiliane bei den bloßen Armen und sagt: »Ausgerechnet die Tochter meiner Frau! Du hast, was ihr fehlt: Freimut. Hat sie den nun an dich abgegeben?«

»Wäre es nicht besser, nach dem zu suchen, was dir fehlt?«

»Mir scheint, ich halte es in den Händen!« sagt Dr. Green, läßt ihre Arme los und begibt sich in seine Praxisräume.

Am nächsten Tag bat er sie, sich auf seine Couch zu legen, um zunächst ein paar einfache Entspannungsübungen mit ihr zu machen. Er erteilt ihr die üblichen Anweisungen. Maximiliane dehnt, streckt, rekelt sich. Green ist überrascht über die Ungezwungenheit und Leichtigkeit, mit der sie seinen Hinweisen folgt. Als aber dann eine Reaktion ausbleibt, wird er gewahr, daß sie eingeschlafen ist, der Helligkeit wegen den angewinkelten Arm über die Augen gelegt.

Die Ursache des Nägelkauens blieb unentdeckt.

Die Quints, inzwischen von den Nachbarn und den Greenschen Freunden ›die Quintupples‹ genannt, fanden es weiterhin ›himmlisch‹ und ›paradiesisch‹ in Kalifornien. Niemand verlangt, daß sie den Plattenspieler leiser stellen – sie hören Rock and Roll – oder den Wasserverbrauch einschränken, und Maximiliane brät Steaks statt Würstchen. Sie leben im Überfluß.

›Einmal lebt ich wie Götter‹, zitiert Joachim und schreibt in sein Notizbuch: »Nur der Morgen gerät hier nicht. Er ist dunstig, die nasse Luft lastet auf der Stadt. Nebel schiebt sich in breiten Schwaden zwischen Meer und Wüste, bis dann die Sonne machtvoll durch den Dunst bricht, den Mittag und Nachmittag erleuchtet und erhitzt, um dann strahlend und bewundert im Pazifik unterzugehen und die Hitze mit sich zu nehmen.«

Maximiliane ist eine Morgenfrau. Der Rhythmus ihres Körpers paßt nicht zum Rhythmus eines kalifornischen Tages. Sie steht früh auf, ausgeruht und heiter, hat morgens ihre besten Stunden. Verliert dann aber im Laufe des Tages ihre Frische, verbraucht sich, altert, ist daher abends, bei Parties etwa, ›nicht mehr ergiebig‹, wie sie sich ausdrückt. Sie verbringt fast den ganzen Tag im Garten, bewässert Hibiskus, Gardenien, Avocados und Unbekanntes, richtet den Wasserstrahl des Gartenschlauchs auf ihre bloßen Beine, zieht sich für einige Stunden in den Nachbargarten zurück, um sich zu sonnen, ›ganz barfuß‹, wie sie ihre Nacktheit bezeichnet. Nachmittags setzt sie sich mit einem Buch, ohne allerdings darin zu lesen, unter den blühenden und gleichzeitig früchtetragenden Zitronenbaum. Sie war nach Amerika gefahren mit der Sorge, ob man nicht auf Deutsche mit den Fingern zeigen, sich vor ihnen fürchten und ›deutsch‹ als Schimpfwort gebrauchen würde. Diese Scheu hat sie noch nicht ganz verloren.

Wenn Joachim seine Großmutter Vera nicht darauf aufmerksam gemacht hätte, daß der 8. August der Geburtstag der Mutter sei, hätte sie wohl nicht daran gedacht. Der Tag hatte sich ihrem Gedächtnis als Datum nicht eingeprägt.

Die Kinder hatten am Vorabend bereits einen Geschenktisch hergerichtet, auf den Joachim am Morgen noch ein Heft legte, handgeschrieben: seine ersten Gedichte, unter dem Titel ›Death is so permanent‹. Nach dem Frühstück zieht Maximiliane sich mit dem Heft unter den Zitronenbaum zurück. Joachims Handschrift ist bereits fertig entwickelt, eckig, dabei leicht und ohne Druck, nach links geneigt. Maximiliane schlägt die erste Seite auf, greift mit der Hand neben sich und vermißt die Äpfel. Sie steht noch einmal auf, holt sich aus dem Gemüsefach der Kühlbox ein paar Golden delicious und kehrt zurück, um beides, Äpfel und Gedichte, zu sich zu nehmen. Die Äpfel sind schön anzusehen und anzufühlen, haben keine Maden und wenig Aroma. An ein festes Versmaß gewöhnt und an gereimte Gedichtzeilen, erschienen ihr Joachims Gedichte blutarm wie diese makellosen Äpfel.

> ›Fährtensuche auf Highways,
> Haarspray und Öl,
> Benzin und
> Pommes frites . . .‹

Sie versucht, zwischen den Zeilen zu lesen und Fehlendes zu ergänzen. ›Ich richte den Lauf meiner Waffe auf in jeder Nacht . . .‹ Diese Zeilen liest sie gerade, als Joachim hinzutritt. Sie deutet darauf und blickt ihn fragend an. Er sagt nichts. Sie versteht und errötet. Und nun errötet auch der achtzehnjährige Sohn unter den Blicken seiner überraschten Mutter. Aber dann bricht diese gleich darauf in Lachen aus, in ein anhaltendes und ansteckendes Lachen.

»Mosche!« sagt sie, lehnt ihr Gesicht an seinen Körper, und er tut, was sie erwartet: er schließt die Arme um sie.

»Sag nicht, daß man von Gedichten nicht leben könnte, Mama!«

»Das sage ich nicht, Mosche. Man kann ohne Gedichte nicht leben. Ich habe immer von Gedichten leben müssen. Nein, nicht immer, aber oft. Ich habe dich, mit der Muttermilch, schon mit Gedichten genährt. Ich bin selbst schuld.«

Maximiliane war mit den Vorbereitungen der abendlichen Geburtstagsparty noch nicht fertig, als bereits die ersten Gäste eintrafen. Sie versuchte, unbemerkt ins Nachbarhaus zu gelangen, um sich Schuhe und ein anderes Kleid anzuziehen, aber Dr. Green bestand darauf, daß sie so blieb, wie sie war, ›ein Naturkind‹.

Mit diesen Worten stellte er sie den Partygästen auch vor. Diejenigen, die nicht deutscher Herkunft waren oder kein Deutsch verstanden, ließen sich das Wort ›Naturkind‹ übersetzen, das nach ›Wunderkind‹ klang.

»Child of nature«, sagt Dr. Green, verwirft aber diese Übersetzung sofort wieder. Er zeigt auf Maximilianes Haar, ihre gebräunten Arme, ihre lässige Kleidung, die nackten Füße.

»Polyanna«, schlägt eine ältere Amerikanerin, eine Miss Schouler, vor, stößt aber auf den Widerspruch des Hausherrn.

»Simplicity?« fragt ein deutschsprachiger Gast, ein Dr. Severin, der aus Los Angeles herübergekommen war. »Ein Wort mit ›Einfachheit‹?«

Dr. Green stimmt zu, wendet sich an Maximiliane und wandelt das Wort ab: »Simplizia Simplizissima! Wie gefällt dir das? Paßt es zu deinem abenteuerlichen Leben nicht gut? Im Ersten Weltkrieg geboren, im Zweiten Weltkrieg mit fünf kleinen Kindern geflüchtet, den Vater verloren, den Mann verloren!«

Währenddessen zelebriert er mit leichter Hand einen seiner berühmten ›Drinks‹, diesmal einen ›Marguerita‹. Er befeuchtet sorgsam die Ränder der hohen Gläser, stülpt sie in Salz, wirft dann gestoßene Eiswürfel hinein, mißt Agavenschnaps ab, Taquila, den er in Mexiko besorgt, gießt mit ›Lime and triple sec‹ auf. Er ist für seine ›Sundowners‹ berühmt, jene Getränke, von denen man den ersten Schluck trinkt, wenn die Sonne den Pazifik berührt, ein Ereignis, das mit einem allgemeinen ›Ah‹ begrüßt wird. Man wünscht, auf das Wohl des Geburtstagskindes zu trinken, auf die ›Simplizia Simplizissima‹, aber Maximiliane ist nirgendwo zu sehen. Sie hat sich aus dem Mittelpunkt der Party in den Hintergrund des Gartens zurückgezogen. Man trinkt statt dessen auf das Wohl ihrer Mutter, Mrs. Green. Diese schneidet gerade eine Trüffelpastete, die sie eigenhändig zubereitet hat, in Scheiben, legt sie auf Teller und reicht sie herum. Dabei erzählt sie heiter, wie ihr an jenem 8. August 1918 ihr Schwiegervater eine Scheibe ›Poenicher Wildpastete‹ ans Bett – ans Wochenbett! – gebracht habe.

»Die Hebamme aus dem Dorf war nicht einmal in der Lage, das Geschlecht des Kindes zu bestimmen! Erst der Landarzt, der viel zu spät eintraf, stellte fest, daß es sich nicht um den männlichen Erben handle, sondern nur um ein Mädchen!«

Sie erzählt in beiden Sprachen, Englisch und Deutsch, belebt sich dabei und gleicht noch einmal jener Vera von Jadow, die im Berliner Westen ihren ›jour fix‹ gehalten hatte, geistreich, sprühend, elegant, im Gegensatz zu ihrer Tochter, die an Party-gespräche nicht gewöhnt und daher ›unergiebig‹ war.

»Das Taufessen fand im Saal des Herrenhauses statt, mit Silberdiener«, fährt Mrs. Green fort. »Ahnenbilder an den Wänden! Petroleumlampen! Es gab weder Wasserleitung noch elektrisches Licht! Als die Suppenterrine geleert war, habe ich das Kindchen hineingelegt: der Mittelpunkt!«

Die Gäste lachen. Bei diesem Geburtstag ist Mrs. Green der Mittelpunkt.

»Man trank einen selbstgebrannten Hagebuttenlikör. Man machte alles selbst. Sogar das Eis wurde im eigenen See geschnitten und im Eiskeller aufbewahrt. Im Winter fuhr man in Pferdeschlitten!«

»Wo liegt dieses ›Pommern‹ eigentlich?« erkundigt sich ein Mr. Bryce. »In Rußland?«

Dr. Green belehrt ihn, daß es im polnischen Teil Deutschlands liege.

»Eine Polin also!«

Die Gäste sind ebenso überrascht wie entzückt. Man ruft ihren Namen in den Garten hinaus. Maximiliane kehrt zurück.

»So also sieht eine Polin aus!«

»Es sollen schöne und leidenschaftliche Frauen sein!«

Dr. Severin wendet sich an Maximiliane. »Wie hieß dieser Ort?«

»Poenichen«, antwortet Maximiliane.

»Wie groß war er? Vielleicht kenne ich ihn?«

»Man mußte die Hauptstraße mehrmals im Jahr jäten«, sagt unter dem Lachen der deutschsprechenden Gäste Maximiliane und setzt hinzu: »Poenichen ist meine Speisekammer.«

Diese Bemerkung versteht niemand, und so sieht Mrs. Green sich veranlaßt, sie zu erläutern.

»Meine Tochter meint damit wohl, daß sie, geistig, von dorther noch immer ihre Nahrung bezieht.« Sie blickt Maximiliane an. »So wie mein Schwiegervater, der alte Quindt genannt, seinerzeit Quindt-Essenzen von sich gab, so scheint seine Enkelin Maximiliane zuzeiten ›Maximen‹ von sich zu geben.«

Die Gäste lachen, soweit sie die Anspielung verstehen, und Mrs. Green berichtet weiter, daß dieser alte Quindt den letzten deutschen Kaiser persönlich gekannt und daß sich ein Bismarckbrief im Besitz der Quindts befunden habe.

»Und ich habe Hitler die Hand gegeben«, sagt Maximiliane.

Alle Augen richten sich auf sie wie auf ein Naturwunder, und Miss Schouler sagt bewundernd, daß dieses kleine Land nun schon wieder einen so großen starken Herrscher hervorgebracht habe: Adenauer.

Auch bei dieser Geburtstagsfeier kommt das Gespräch auf Maximilianes Augen. Man vergleicht sie mit den Augen Golos. Mrs. Green gibt, nahezu wörtlich, den ersten Trinkspruch wieder, der auf Maximilianes Wohl ausgebracht worden war: »Vor Gott und dem Gesetz sind alle gleich! Wir taufen hier keine Prinzessin!«

Auch in Kalifornien war man nicht unempfänglich für Prinzessinnen, und man kommt auf die Hochzeit des Jahres zu sprechen: die Vermählung des Fürsten von Monaco mit der amerikanischen Filmschauspielerin Grace Kelly. ›Ein Mädchen vom Lande‹.

Alle erinnern sich an diesen Film, in dem sie die Hauptrolle gespielt hat.

Niemandem war bisher aufgefallen, daß Mirka fehlte. Sie hatte sich im Nachbarhaus eine indianische Diwandecke umgeschlungen und erschien jetzt auf dem Rasen, von einer Kerze, die sie mit beiden Händen hielt, beleuchtet. Man bewunderte und beklatschte ihren Auftritt.

»Eine Prinzessin!«

Das Kind machte eine tiefe Verbeugung, stolperte dabei über die Decke und stürzte zu Boden. Enttäuscht über ihren mißratenen Auftritt, brach sie in Tränen aus. Maximiliane sah keine Veranlassung, ihre eitle kleine Tochter zu trösten. Alle anderen Frauen aber eilten hinzu, um das entzückende Kind aufzuheben und in den Arm zu nehmen.

Edda hatte sich bei der Bewirtung der Gäste nützlich gemacht, und Viktoria stand bei alledem – was die Besucher teils unsicher machte, teils aber auch reizte – schweigend und mit gelangweiltem Gesicht dabei, als ob es sich nicht lohne, den belanglosen Gesprächen auch nur zuzuhören.

Es wurde Zeit, zu der geplanten Beach-Party an den Strand zu fahren. Man verteilte sich auf mehrere Autos. Dr. Green nahm, wie üblich, die Juniors in seinem Wagen mit, Dr. Severin forderte Maximiliane auf, mit ihm zu fahren, was sie auch tat. Unterwegs berichtete er, daß er bereits seit dem Sommer 1945 in den Staaten lebe, die Amerikaner hätten ihn importiert, zusammen mit anderen Wissenschaftlern. Er habe an den Hitlerschen Vergeltungswaffen mitgearbeitet, die dann allerdings zu spät gekommen sind.

»Wofür zu spät?« erkundigte sich Maximiliane.

»Für den Kampf gegen den Kommunismus!« sagte Dr. Severin, verblüfft über die einfältige Frage, und lenkte ab. »Lassen wir die Politik! Reden wir lieber von Pommern! Ich habe zwei Jahre in Peenemünde gearbeitet, allerdings meist unterirdisch.«

In diesem Augenblick wurden sie von einem Auto überholt. Die Quintupples steckten lachend die Köpfe aus den Fenstern. Eine der Wagentüren stand halb offen, dahinter saß Golo. Maximiliane schloß die Augen. Als sie sie wieder öffnete, wurde die Tür gerade zugeschlagen.

Die Juniors steckten die mitgebrachten Fackeln in den Sand und entzündeten sie. Dr. Severin übernahm es, den Grill in Gang zu bringen, während Maximiliane sich bereit erklärte, die Steaks zu braten. Die Leichtigkeit, mit der sie, im Sand hokkend, die Fleischstücke wendete, würzte und auf Partyteller legte, trug ihr allgemeine Bewunderung ein. Sie hantiert mit beiden Händen! hieß es auch diesmal. Dr. Severin legte ihr nahe, ein Steakhaus aufzumachen.

»Ich kann es ja versuchen!« sagt Maximiliane und denkt an

ihre Bratwurststube in der Ketzerbach, aber auch an Martin Valentin.

Später gehen Mrs. Green und Maximiliane miteinander den Strand entlang. Die Partygesellschaft hat sich zerstreut. Dr. Severin baut mit den Quintupples aus Sand eine Abschußrampe für Raketenwaffen, Richtung Westen, übers Meer.

Maximiliane und Mrs. Green bleiben einen Augenblick an der Rampe stehen. Der Osten befindet sich im Westen, stellt Maximiliane fest, eine Erkenntnis, die außer ihr niemanden sonst überrascht.

Ihre Mutter berichtet Einzelheiten über die Lebensumstände von Dr. Severin.

»Er ist seit einem Jahr geschieden, die beiden Söhne leben bei der Mutter, die nach Deutschland zurückgekehrt ist. Er bewohnt ein Haus in Beverly Hills, beste Gegend, mit einem großen Pool im Garten, Blick zum Pazifik. Deine Kinder gehen allmählich aus dem Haus. Du scheinst ihm zu gefallen.«

»Meine Steaks gefallen ihm!« stellt Maximiliane richtig und denkt zum zweitenmal an diesem Abend an Martin Valentin.

Vom Süden her zieht ein Gewitter auf, erleuchtet die Kulisse der Berge. Die beiden Frauen treten den Rückweg an.

»Hast du Angst vor Gewittern?« fragt Mrs. Green ihre Tochter, und diese zitiert ihren Großvater: »Wir Pommern fürchten Gott und sonst nichts auf der Welt, ausgenommen schwere Gewitter, durchgehende Pferde, Maul- und Klauenseuche, den Kiefernspanner und den Zweifrontenkrieg – aber sonst nichts auf der Welt.«

Den erwünschten Regen würde es zwar wieder nicht geben, aber vorsorglich brach man des rasch näher kommenden Gewitters wegen eilig auf.

An den meisten Tagen fuhr Dr. Green die Juniors morgens an den Strand, aber hin und wieder unternahm er mit ihnen auch Ausflüge ins Landesinnere, wobei er auf wenig belebten Straßen Golo zuweilen das Steuer überließ. Er zeigte ihnen spanische Missionshäuser, Indianer-Siedlungen, historische Leuchttürme und moderne Sternwarten. In Kaufhäusern ließ er sie einkaufen, um ihr Kaufgehaben zu beobachten, einmal lud er sie zu einem Stierkampf im nahen Tijuana/Mexiko ein. Er hatte sich im Umgang mit ihnen nicht nur verjüngt und erholt, er

hatte auch für seine Arbeit über ›die Dialekte der Körpersprache‹ wichtige Beobachtungen angestellt.

Er legte deshalb Maximiliane nahe, den Aufenthalt in Kalifornien zu verlängern, erwähnte, wie sehr er sich an sie und die
Juniors gewöhnt habe, aber auch, daß seine Beobachtungen,
gerade was die Veränderung im Verhalten Jugendlicher unter
amerikanischen Lebensumständen anlangte, noch nicht abgeschlossen seien.

»Ich mache kein Hehl daraus, daß meine Einladung zunächst
auch eigensüchtige Beweggründe hatte. Ich beabsichtigte von
vornherein, einen Teil meiner privaten Forschungen an deinen
Kindern vorzunehmen. An meinen Patienten kann ich es nicht
tun, da sie psychisch krank und zumeist auch zu alt sind. Ich benötige aber zu meiner Arbeit weitgehend normale, gesunde,
jugendliche Versuchspersonen.«

»Die Schulferien gehen zu Ende, und wir müssen rechtzeitig
wieder in Marburg sein«, gibt Maximiliane zu bedenken.

»Ich bin Arzt! Ich werde deinen Kindern bescheinigen, daß
sie sich, bedingt durch die Anstrengung der weiten Reise und
den Klimawechsel, in einem schlechten Gesundheitszustand
befinden, so daß die Flugreise ihnen Schaden zufügen würde.«
Er zeigt dabei mit der Hand auf die Juniors, die unterm Zitronenbaum lagern, lachend und gesund, für jedes Reklamefoto
geeignet. »Ich schlage nämlich vor, daß ihr nach New York
fliegt, dadurch gewinnen wir nahezu eine weitere Woche miteinander. Natürlich werde ich das finanzieren.«

Man einigte sich auf eine Verlängerung der Ferien um drei
Wochen. Die einzige, die Einspruch erhob, war Edda; sie be-
fürchtete, daß ihr auf diese Weise ein Jahr verlorengehen könnte. Maximiliane schrieb per Luftpost an die vier Direktoren der
Marburger Schulen, in denen ihre Kinder unterrichtet wurden,
und legte den Briefen die ärztlichen Atteste bei. Golo verkaufte
den alten Rambler und schlug dabei, dank der neuen Berei-
fung, 180 Dollar heraus.

Als Ausgleich für den verlorenen Schulunterricht sollten die
Juniors wenigstens ihre Englischkenntnisse erweitern. Diese
hatten sich inzwischen bei allen verbessert, außer bei Golo; sein
Deutsch hatte sich statt dessen verschlechtert. »Ich habe ge-
schauert«, verkündete er, wenn er geduscht hatte. Drei weitere Wochen lebten die Quints ungestraft unter Palmen.

Am Vorabend der Abreise saßen die Erwachsenen noch einmal auf der Terrasse beieinander. Die Juniors streiften unruhig durch den Garten. Das Gepäck stand bereits in der Garage, fünf Orchideen aus Mrs. Greens Gewächshaus, in Cellophanschachteln verpackt, lagen obenauf.

Zum letztenmal bereitete die Sonne ihren großartigen Untergang im Pazifik vor. Dr. Green füllte die Gläser mit einem ›Sundowner‹ und lud die Juniors dazu ein. Sie entfernten sich aber, mit ihren Gläsern, bald wieder.

Weißhaarig und weise lehnte Dr. Green in seinem Korbstuhl. Ein letztesmal beobachtete er die Juniors und machte Maximiliane in kurzen Abständen auf Einzelheiten im Verhalten ihrer Kinder aufmerksam. Er hob dabei deutend die Hand, so daß seine Beobachtungen wie Weissagungen eines alttestamentarischen Propheten wirkten.

Joachim ging gerade den Gartenweg entlang, griff nach einem Stuhl, rückte ihn in die Nähe einer Palme und setzte sich. Dann stand er wieder auf, gab dem Stuhl eine andere Richtung, setzte sich erneut, stemmte die Füße gegen den Stamm, lehnte sich zurück und blickte in die Ferne. Er änderte die Stellung noch zweimal.

»Er ist ein Sitzer!« sagte Dr. Green. »Er geht, um sich zu setzen. Er wird seßhaft werden, wird vermutlich frühzeitig zu Stuhle kommen. Die deutsche Sprache hat dafür einen sehr passenden Ausdruck. Die Körpersprache hingegen ist international, kennt allerdings auch ihre Dialekte. Joachim macht sich schmal, um nicht anzuecken. Er versucht, an den Rand des Geschehens zu kommen. Du wirst ihn nie im Mittelpunkt sehen. Er beansprucht wenig Raum, sein Aktionsradius ist gering. Er gibt nur selten Signale. Sieh dir Vera an: Auch sie nimmt sich zusammen, seit Jahren. Sie wird immer schmaler, um mir keine Anhaltspunkte zu geben. Selbst ihr Körper macht mir keine Mitteilungen mehr. Sie wird in Zukunft . . .«

»Muß das jetzt sein, Green?« unterbrach ihn Vera.

»Es muß nicht sein. Du warst nie freigebig, Vera. Deine Tochter ist es. Sie lebt nach allen Seiten hin offen. Sie gibt sich ständig Blößen. Trotzdem halte ich sie für unverletzbar. Lebte ich noch in meiner eigenen, der deutschen Sprache, hätte ich meine Forschungen ausgedehnt und mich nicht auf die Körpersprache beschränkt. Für einen Emigranten muß es genügen.«

In diesem Augenblick fällt sein Blick auf Golo, der in einiger Entfernung dasteht, lässig gegen einen Baum gelehnt, in der einen Hand das Glas, die andere Hand in die Gesäßtasche geschoben.

»Sieh dir deinen Sohn Golo an, wie er dasteht«, sagt er zu Maximiliane und hebt wieder, weissagend, die Hand. »Er hat die gleiche starke sexuelle Ausstrahlung wie seine Mutter!«

»Er ist erst sechzehn Jahre alt!« wendet diese, errötend, ein.

»Er ist schon sechzehn Jahre alt!« sagt Dr. Green, indem er das ›schon‹ betont. »Er paßt in dieses Land. Er braucht Raum. Alle Gegenstände werden ihm zu Widerständen, an denen er aneckt. Er weicht nicht aus, stößt sich ständig.«

»Er hat sich bereits bei seiner Geburt das Schlüsselbein gebrochen«, ergänzt Maximiliane.

»Tatsächlich? Das bekräftigt meine Beobachtungen! Er geht achtlos mit sich um. Es kommt ihm auf zwei Finger mehr oder weniger nicht an. Er riskiert etwas!«

»Er ist leichtsinnig! Und du hast ihn mehrere Male den Wagen fahren lassen!«

»Du kannst ihn nicht in einen Glaskasten setzen!«

»Aber zwischen einem Glaskasten und einem sechsspurigen Highway wird es doch einen Platz geben, auf dem er sich weniger in Gefahr bringt. Sein Charakter hält dem Motor nicht stand! Er überschätzt beide.«

»Ich halte ihn tatsächlich für gefährdeter als seine Geschwister. Aber zum Glück besitzt er außer Leichtsinn auch Geschicklichkeit, eine spielerische Aufmerksamkeit. Zudem hat er technischen Instinkt. Er steuert das Auto fast künstlerisch. Ein Naturtalent. Ihm fällt alles zu. Er braucht nur die Hände zu öffnen. Was ihm nicht zufällt, lernt er auch nicht, daran verliert er schnell das Interesse. Ich würde seine weitere Entwicklung gern beobachten. Allerdings möchte ich sie dann auch beeinflussen.«

»Kann man das überhaupt?« fragt Maximiliane.

»Eine sehr weibliche Frage! Ein Mann will eingreifen und verhindern, eine Frau beschränkt sich darauf, zu helfen und zu heilen, wenn es passiert ist.«

Mrs. Green mischt sich in das Gespräch ein.

»Ist das nicht sehr vereinfacht, Green?« fragt sie.

»Man muß diese geschlechtsspezifischen Eigenheiten vereinfachen, um sie zunächst einmal zu klären. Ich werde euch ein Beispiel dafür geben, daß es diese Eigenheiten wirklich gibt. Ein Test!«

Er ruft die Juniors einzeln beim Namen. Als sie sich unverzüglich nähern, sagt er zu Maximiliane: »Erstaunlich! Sie kommen auf Anruf!«

»Das tun sie nicht immer. Du bist ein Zauberer.«

Dr. Green fordert alle, außer seiner Frau, aber einschließlich Maximilianes, auf, ihre Pullover auszuziehen.

»Aber ich habe nichts drunter«, wendet Viktoria ein.

»Du brauchst ihn nicht ganz auszuziehen, Tora! Tu nur, als ob du ihn ausziehen wolltest.«

Alle kommen der Aufforderung nach und fassen nach ihren Pullovern, um sie über den Kopf zu ziehen.

»Halt!« befiehlt Dr. Green. »Bleibt in dieser Haltung und seht euch an!«

Golo und Joachim haben den Pullover im Nacken gefaßt, während die Mädchen, einschließlich ihrer Mutter, ihn mit gekreuzten Armen beim Saum gefaßt halten.

»Personen männlichen Geschlechts«, erläutert Dr. Green, »fassen den Pullover hinten am Halsausschnitt und ziehen ihn über den Kopf, Personen weiblichen Geschlechts fassen ihn beim Saum.«

Verwunderung und Gelächter.

Nachdem die Juniors sich wieder entfernt haben, wendet Green sich erneut an Maximiliane.

»Willst du mir Golo überlassen? Für einige Jahre. Für länger?« Und dann, an seine Frau gewandt: »Vorausgesetzt, du hast nichts dagegen einzuwenden?«

»Du wirst deine Absichten haben, Green.«

»Und du hast deine Orchideen!«

»Redet ihr öfters in dieser Sprache miteinander?« fragt Maximiliane.

»Nur öfters«, sagt Vera lächelnd.

»Überleg es dir, Maximiliane!« fährt Dr. Green fort. »Ich könnte Golo adoptieren, und du hättest eine Sorge weniger.«

»Ich würde ihn nicht daran hindern. Seit Jahren sagt er: ›Ich bleibe in Amerika!‹«

»Jetzt kann er nicht hierbleiben. Das lassen die Einwanderungsbestimmungen nicht zu. Ihr habt nur ein Besuchervisum.

Aber wiederkommen könnte er, ich würde für die Formalitäten sorgen.«

»Frag ihn! Er ist schon sechzehn Jahre alt!«

Dr. Green ruft laut durch den Garten: »Golo! Würdest du bei uns in Amerika bleiben wollen?«

Ein Freudenruf kommt als Antwort, Golo nähert sich in großen Sprüngen. Maximiliane hat das erste ihrer Kinder verloren. Sie spürt es, so wie sie die Empfängnis gespürt hat.

Wenig später zeigt Dr. Green auf Edda.

»Wie sie sich brüstet! Die Körpersprache ändert sich von einer Generation zur anderen. Vor zehn Jahren wäre es undenkbar gewesen, daß ein fünfzehnjähriges Mädchen seine Brüste derart zur Schau stellt. Es fehlt ihr eine Dimension: die der Phantasie. Kein Handgriff zuviel, keiner zuwenig. Sie wird es zu etwas bringen. Zu kurz kommen wird sie jedenfalls nie. Vermutlich wird sie einmal zu dick werden.«

»Weil sie immer das Fett ißt, das du vom Fleisch abschneidest?« fragt Maximiliane. »Vergiß nicht; es ist ein Nachkriegskind. Sie hat jahrelang gehungert.«

»Das haben ihre Geschwister auch. Trotzdem tut es keines von ihnen. Edda nimmt alles zu sich und verleibt es sich ein.«

Dr. Green spricht genießerisch, wie jemand, der seine Muttersprache wiedergefunden hat; seine Mutter hatte deutsch mit ihm gesprochen, sein Vater polnisch, miteinander hatten die Eltern jiddisch gesprochen.

Schwerer Flügelschlag nähert sich den dunklen Baumkronen. Dr. Green zeigt ins Geäst der Zeder, wo sich ein alter Cormoran niederläßt und hocken bleibt.

Der Schein der Windlichter fällt in den Garten. Auf dem Rasen entsteht eine Art erleuchteter Bühne, auf der Viktoria auftaucht. Mit gesenktem Kopf, anscheinend etwas suchend, überquert sie mehrmals den Rasen.

»Wie ein Hund, der nach Fährten sucht«, kommentiert Dr. Green. »Sie wird immer auf der Suche sein. Man muß ihr viel Zeit lassen. Sie probiert aus, nimmt nichts als gegeben hin. Sie verleugnet ihre Weiblichkeit, darum geht sie mit gekrümmtem Rücken, sie haßt ihr Geschlecht. Niemand soll sehen, daß sich ihre Brüste entwickeln. Sie ist in allem das genaue Gegenteil ihrer Schwester Edda. Sie besitzt eher zuviel Phantasie, darum wirkt sie ängstlich. Sie ist eine Versuchsperson. Du weißt, was ich darunter verstehe?«

Maximiliane bejaht seine Frage und setzt dann, halb im Scherz, halb im Ernst hinzu: »Du hast jetzt allen meinen Kindern eine Art Horoskop gestellt. Nur Mirka steht noch aus!«

»Vorerst ein hübscher kleiner Gegenstand«, sagt Dr. Green. »Ob mehr daraus wird, ist die Frage. Sie scheint mir wenig entwicklungsfähig zu sein.«

»Aber sie ist schön!« wirft Mrs. Green ein. »Seht ihr nicht, daß sie eine Schönheit werden wird?«

»Sie übt ausdauernd!« sagt Maximiliane.

»Wenn man sie beobachtet«, antwortet Dr. Green. »Sie nimmt ständig Positionen ein. Früher spielten die Kinder in Deutschland ein Spiel, das sie ›Figurenwerfen‹ nannten: Ein Kind nahm ein anderes bei der Hand und schleuderte es herum, ließ es plötzlich los, und dieses mußte in der Stellung verharren, in der es hinfiel. Mirka erinnert mich daran. Sie braucht ihr Publikum, sie agiert nicht, sie reagiert. Eine eigenständige künstlerische Begabung sehe ich nicht. Ruf sie an! Sie wird sich sofort verändern.«

Maximiliane steht auf, geht die Stufen zum Garten hinunter, schwankt einen Augenblick. Sie sucht die Kinder auf, faßt nach jedem, um sich ihrer zu vergewissern, stellt den Kontakt wieder her, der ihr unterbrochen schien, und geht in den letzten Winkel des Gartens, hinter dem Gewächshaus. Dort legt sie die Arme um den Stamm der Zeder und preßt ihr Gesicht an die Baumrinde.

Die Voraussagen des Dr. Green wurden zur Ursache für das Vorausgesagte.

15

›»Eure Gerechtigkeit! Bei uns geht es nicht gerecht zu! Hier bekommen nicht alle dasselbe! Wer es am nötigsten hat, bekommt am
meisten. Das ist unsere Gerechtigkeit.«‹

Der alte Quindt

Bei der Rückkehr aus Amerika fand Maximiliane eine ›letzt-
malige Aufforderung‹ des Lastenausgleichsamtes vor, die Fragebogen für die Hauptentschädigung spätestens bis zum 1. Oktober abzuliefern.

›Und auch in den schwersten Tagen niemals über Lasten kla-
gen‹, war sowohl bei ihrer Taufe als auch bei ihrer Hochzeit gesungen worden, und es hieß damals, daß es ›Quindtsche Art‹
sei; gewiß aber war es nicht Quindtsche Art, Ansprüche an den
Staat zu stellen. Worte wie ›Wiedergutmachung‹ und ›Lastenausgleich‹ wehten ungehört an Maximilianes Ohren vorbei. Sie
glaubte nicht an die Möglichkeit einer Wiedergutmachung und
bezweifelte sogar die Wahrheit jener urchristlichen Forderung,
daß einer des anderen Last zu tragen habe, glaubte allenfalls an
eine höhere, wenn auch späte ausgleichende Gerechtigkeit. ›Er
wird abwischen alle Tränen.‹

Nachdem ihr zweiter, ›ungültiger‹ Ehemann einige Fragebogen für sie ausgefüllt hatte, waren die weiteren von ihr achtlos
in eine Schublade gelegt worden. Für die Einhaltung von Stich-
tagen war sie ebenso wenig tauglich wie zur ständigen Wiederholung derselben Angaben auf den verschiedensten Fragebogen.

Zweimal hatte sie eine Hausratsentschädigung erhalten; gemessen an dem Poenicher Haushalt geringfügig, aber gemessen
an dem derzeitigen Behelfsheim doch beachtlich; zumal die
Höhe der Entschädigung sich nach der Kopfzahl der Familie
gerichtet hatte. Monatlich erhielt sie bisher eine Kriegsscha-
denrente für Witwen in Höhe von 40 Mark, zusätzlich 10 Mark
für jedes Kind. Jetzt aber ging es um die tatsächlichen und
nachweisbaren Vertreibungs- und Kriegssachschäden, um den
großen Lastenausgleich, wofür das entsprechende Gesetz be-

reits vor einigen Jahren in Kraft getreten war. Seit Maximiliane das Nötigste – oder, wie sie sagte, ›was wir brauchen‹ – in der Bratwurststube verdiente, hatte sie sich um keine weitere staatliche Hilfe bemüht.

Edda, die geschäftstüchtigste der Quints, bekam jene Aufforderung des Lastenausgleichsamtes zu sehen und drängte die Mutter, sich endlich darum zu kümmern, zumal sie in der Zeitung davon gelesen hatte, daß auf die festgesetzten Entschädigungssummen hohe Aufbaudarlehen bewilligt worden waren.

»Bei einer Schadenssumme von einer Million Mark beträgt die Entschädigung 65 000 Mark!« verkündete sie.

»Ich will zurückkehren, Edda, ich will nicht entschädigt werden!« sagte Maximiliane, machte sich aber dann doch an das Studium der Fragebogen. Bereits die Frage nach dem Verlust der Sparguthaben wußte sie nicht zu beantworten. Aktien hatte es auf Poenichen, wie sie vermutete, ebensowenig gegeben wie Sparbücher; ihr Großvater hatte das im Sommer erwirtschaftete Geld im Winter in Saatgut und Kunstdünger angelegt. Auch die Frage, wie hoch das Jahreseinkommen auf Poenichen gewesen sei, wußte sie nicht zu beantworten. Ratlos nahm sie den unausgefüllten Fragebogen und begab sich zu dem für den Buchstaben Q zuständigen Beamten des Lastenausgleichsamtes. Dort wartete sie zunächst zwei Stunden lang mit anderen Vertriebenen und Kriegsgeschädigten auf dem Flur und saß schließlich dem Beamten, Herrn Jeschek, gegenüber. Sie sah ihn vertrauensvoll an und ließ sich, nachdem sie ihm von ihren Schwierigkeiten berichtet hatte, grundsätzlich über den Sinn des Lastenausgleichs orientieren.

»Die Anerkennung der Ansprüche der durch den Krieg und seine Folgen besonders betroffenen Bevölkerungsteile auf einen die Grundsätze der sozialen Gerechtigkeit und volkswirtschaftlichen Möglichkeiten berücksichtigenden Ausgleich von Lasten und auf die zur Eingliederung der Geschädigten notwendige Hilfe!«

Herr Jeschek blickt von der Broschüre hoch, und Maximiliane, die bei dieser Gelegenheit das schöne und unerfüllbare Wort von der ›sozialen Gerechtigkeit‹ zum erstenmal hört, sieht ihn weiterhin vertrauensvoll an.

Herr Jeschek nimmt seine Aufgabe sehr ernst, nennt die Nummern einiger Paragraphen des Lastenausgleichsgesetzes, spricht von ›Schadensausgleich‹ sowie ›Einkommensausgleich‹ und erwähnt eine Novelle zu dem diesbezüglichen Gesetz.

Bei dem Wort ›Novelle‹, dem einzigen, das ihr geläufig ist, schweifen Maximilianes Gedanken ab zu Bindings ›Opfergang‹ und von da zur Inselspitze in Hermannswerder, wo sie mit ihren Freundinnen lesend im Schilf gesessen hatte.

»Hören Sie mir überhaupt zu?« fragt Herr Jeschek.

»Nein«, sagt Maximiliane wahrheitsgemäß, mit feucht-glänzenden Augen.

»Mit Tränen kommen Sie auch nicht weiter!«

Darin irrt sich Herr Jeschek allerdings, was er sogleich selbst beweist, indem er erwähnt, daß er ebenfalls Flüchtling sei, allerdings aus Böhmen.

»Leitmeritz!« Aufmunternd fügt er hinzu: »Es wird doch jemanden geben, der über Ihr Gut besser Bescheid weiß. Angestellte zum Beispiel!«

Maximiliane denkt nach.

»Martha Riepe!« sagt sie dann erleichtert. »Unsere Gutssekretärin! Sie lebt jetzt in Holstein!«

»Na also!« sagt Herr Jeschek. Dann fragt er: »Was war denn Ihr verstorbener Mann von Beruf?«

»Zuletzt war er Oberleutnant!«

»Aktiv oder Reserve?«

Maximiliane denkt wieder nach und sagt: »Für einen Reservisten war er zu aktiv!«

Herr Jeschek lächelt nachsichtig.

»Und bevor er eingezogen wurde?«

»Referent im Reichssippenamt.«

»Dann muß er entweder Berufsoffizier oder Staatsbeamter gewesen sein. In beiden Fällen müßten Sie pensionsberechtigt sein!«

Maximiliane sieht den Beamten ungläubig an.

»Eine Witwe mit Pensionsansprüchen?«

»Eine Vermutung! Am besten, Sie fahren nach Kassel, zum Regierungspräsidenten, Abteilung Pensionskasse. Sie müssen um Ihre Versorgungsansprüche kämpfen, Frau Quint! Wir Flüchtlinge müssen uns in den Wirtschaftsprozeß eingliedern!«

Herr Jeschek händigt ihr die Fragebogen wieder aus und verlängert die Abgabefrist.

Noch am selben Abend schreibt Maximiliane an Martha

Riepe und teilt ihr mit, daß sie ihre Hilfe beim Ausfüllen der Fragebogen zum Lastenausgleich benötige; sie lädt sie für ein paar Tage nach Marburg ein.

Der Fragebogen lag noch auf dem Tisch, als Lenchen Priebe einen kurzen Besuch machte; fast drei Monate lang hatte sie die Bratwurststube in der Ketzerbach selbständig geführt.

Sie ließ sich am Tisch nieder und kam angesichts der Fragebogen auf den Lastenausgleich zu sprechen.

»Schade, daß Pastor Merzin nicht mehr lebt«, sagte sie. »Mir hat er eine Bescheinigung ausgestellt. Ein Pastor kommt doch in alle Häuser und weiß Bescheid. Und einem Pfarrer wird doch immer geglaubt. In unserer Kate war er allerdings zehn Jahre lang nicht mehr gewesen. Aus den drei Ziegen hat er zwei Kühe gemacht und hat bezeugt, ich hätte im elterlichen Haushalt ein eigenes Zimmer besessen, dabei habe ich in der Küche geschlafen. Mein erstes eigenes Zimmer hatte ich hier in Marburg, bei Professor Heynold. Bei dir bleibt ja genug übrig, auch wenn du dich an die Wirklichkeit hältst.«

Maximiliane bedachte die eigenen Ansprüche, verglich sie mit denen von Lenchen Priebe, erinnerte sich an die ›soziale Gerechtigkeit‹ und faßte einen Entschluß. Sie legte ihre Hand auf Lenchen Priebes Arm und fragte rasch und herzlich: »Willst du Teilhaberin werden?«

Einer der ersten Fälle von Mitbestimmung und Mitbeteiligung fand an diesem Abend in einem Behelfsheim in Marburg statt und hat sich in der Folge bewährt. Lenchen Priebe brachte, wie sie sich ausdrückte, ›den Laden in Schwung‹. Sie beantragte für sich ein Aufbaudarlehen, das dank der raschen Bearbeitung durch Herrn Jeschek – er war auch für die Namen mit dem Anfangsbuchstaben P zuständig – innerhalb weniger Wochen bewilligt wurde. Sie führte belgische Pommes frites und serbischen Schaschlik ein; beides ließ sich so gut verkaufen wie die thüringische Rostbratwurst. Heimatgefühle und internationale Bedürfnisse wurden zu gleichen Teilen befriedigt. Maximiliane erinnerte sich an die Vorliebe der Amerikaner für Tomatenketchup, sie irrte sich auch nicht in ihrer Vermutung, daß sich diese Vorliebe wie alles, was aus den Vereinigten Staaten kam, auf Westdeutschland ausdehnen würde: für weitere zehn Pfennige also Tomatenketchup auf die Pommes frites! Eine bessere Entlüftungsanlage wurde eingebaut und der Raum mit abwaschbaren Kunststofftischen und den dazugehörigen Hokkern ausgestattet.

Lenchen Priebe hatte ihre Lebensaufgabe gefunden. Ihr nächstes Ziel galt einem Grill, an dem sich Hähnchen in Zweierreihen drehen würden. Henri Quatres berühmtes Versprechen an sein französisches Volk: ›Jeden Sonntag ein Huhn im Topf‹ wandelt sich zum Werbeslogan eines Wiener-Wald-Königs: ›Ein Hähnchen vom Grill für jeden Deutschen.‹ Tausende von Hähnchen reifen in Fabriken ihrem raschen Tod am Grill entgegen. Jahrhunderte scheinen vergangen, seit Maximiliane in Poenichen naßgeregnete Küken mit ihrem Atem wieder zum Leben erweckte. Sie teilte Lenchen Priebes Traum von Hähnchen am Grill im übrigen nicht. Als sie ihr die Teilhaberschaft anbot, war der Entschluß wohl auch dem Verlangen entsprungen, Ballast abzuwerfen.

Es war bereits Winter geworden, als Martha Riepe eintraf. Die Frauen hatten sich seit dem gemeinsamen Aufbruch in Poenichen nicht mehr gesehen und offensichtlich auch kein Verlangen danach verspürt. Maximilianes Kinder erinnerten sich nicht mehr an die ehemalige Gutssekretärin. Als deren Kundinnen bald nach der Währungsreform nicht mehr bei ihr stricken ließen, sondern Konfektionsware kauften, hatte sie eine Stelle als Sekretärin beim Bauernverband in Rendsburg/Holstein angenommen, ohne aber mit dem Stricken aufzuhören. Sie trug sich handgestrickt von Kopf bis Fuß, sah mehr ihrem rundlichen Vater Otto Riepe als der stattlichen Mutter Anna Riepe ähnlich; sie glich, wie Edda es bezeichnete, einem Wollknäuel. Sie hatte nichts von der warmherzigen Rechtschaffenheit der Eltern geerbt, deren Zuneigung sich auf das elternlose Kind Maximiliane gerichtet hatte, das Enkelkind der Herrschaft: Privilegien wurden in ihrer Umkehrung sichtbar.

»Da wohne ich aber besser!« stellte sie beim Eintritt in das Behelfsheim nicht ohne Befriedigung fest. Und dann sagte sie: »Wir wollen es begraben, Frau Quint!« und faßte alle Probleme, die es zwischen ihnen je gegeben hatte, in diesem ›es‹ zusammen.

Aber Maximiliane stimmte dem Vorschlag nicht zu.

»Das wollen wir nicht tun, Martha! Was man im Herbst untergräbt, das geht im Frühjahr wieder auf! Es waren die Zeiten, da geriet alles in Unordnung, und jetzt bringen wir es in Ordnung. Unsere Ordnung heißt Poenichen. Du kennst mich von klein auf, also rede mich mit dem Vornamen und mit du an. Es geht nicht, daß ich ›Martha‹ sage, und du sagst ›Frau Quint‹. Die Unterschiede müssen aufhören. Und nun erzähl! Hast du Nachrichten aus Poenichen?«

Mit der Fabulierfreude einer Buchhalterin berichtet Martha Riepe und zieht zugleich Bilanz. Soll und Haben, tot und lebend, Ost und West. Schicksale werden auf das Äußerste an Sachlichkeit eingeschränkt.

Vom Tod des alten Riepe hatte Maximiliane bereits erfahren, aber daß Marthas Bruder Willem inzwischen in Ost-Berlin als Gewerkschaftssekretär tätig war, wußte sie nicht; seine Familie lebte im Westen. Stellmacher Finke war zu guter Letzt auch noch ausgewiesen worden, nur die alten Jäckels lebten noch immer in Poenichen.

»Ein paar Leutehäuser sollen wieder aufgebaut sein, auch der Wirtschaftshof. Eine Kolchose! Und überall sitzen die Polaken.«

»Es handelt sich um umgesiedelte Polen aus der Ukraine«, sagt Maximiliane, aber Martha Riepe überhört den Einwurf und fährt fort: »Im Schloß wollen die Polen ein Erholungsheim für Kinder aus Posen einrichten, wenn man es noch restaurieren kann, es soll ja völlig ausgebrannt sein.«

In den nächsten Tagen beugten sich die beiden Frauen oft über die langen Fragebogen und kamen dabei einige Male nur knapp an einem Streit vorbei.

»Dreiundsechzig Pferde!«

Martha Riepe bleibt dabei, kein Stück weniger.

Aber Maximiliane ist anderer Ansicht. »Im Krieg waren die meisten Pferde eingezogen. Es waren um die dreißig Stück!«

Eine Richtigstellung, mit der sie Martha Riepes Stolz, von einem Rittergut zu stammen, empfindlich traf.

»Die Mitzekas auf Perchen hatten ja schon dreißig Pferde«, entgegnete sie. »Und Perchen war eine Klitsche im Vergleich zu Poenichen.«

Maximiliane setzte sich mit dreißig Pferden durch. Ein unnötiger Sieg, da die Viehbestandsbücher des Kreises Dramburg erhalten geblieben waren; die zu niedrig angesetzte Zahl erhöhte bei der späteren Überprüfung der Angaben durch die Heimatauskunftstelle in Lübeck die Glaubwürdigkeit aller übrigen Angaben, ebenso wie die Tatsache, daß Martha Riepe, die den Fragebogen in ihrer Eigenschaft als jahrzehntelange Gutssekretärin mit unterschrieben hatte, weder der Nationalsozialistischen Partei noch einer ihrer Gliederungen angehört hatte. Über ihre Gesinnung besagte diese Tatsache jedoch nichts; sie blieb bis an ihr Lebensende davon überzeugt, daß es den Deutschen nie so gut gegangen sei wie im Dritten Reich.

Jetzt also machte sie zum letztenmal Bilanz für Poenichen.

Die Jahresbilanz, die sie früher, wenn das Jahr des Landwirts beendet war, also nach dem 30. Juni, aufzustellen hatte, war immer der große und befriedigende Augenblick in ihrem Berufsleben gewesen. Sie hatte einen Strich unter das Jahr gezogen, und wie auch die Soll- und Habenseite ausgesehen haben mochte, ihr war es einzig um die Bilanz gegangen, und die hatte bei ihr immer gestimmt. Auch jetzt stimmte sie. Martha Riepe konnte sich, was Hektarangaben, Erträge und Bankverbindungen anlangte, auf ihr Gedächtnis verlassen.

Edda saß während der vielstündigen Besprechungen dabei und bat sich aus, die Angaben in Maschinenschrift auf das Doppel der Fragebogen übertragen zu dürfen; sie hatte sich von ihrem selbstverdienten Geld eine gebrauchte Schreibmaschine gekauft und störte seither, wenn sie übte, die Familie mit dem Geklapper.

Bevor Martha Riepe ihren Namen unter die Erstausfertigung setzte, warf sie einen Blick auf die Angaben zur Person, die bereits von Maximiliane gemacht worden waren. Sie las die Namen und Geburtsdaten von fünf Kindern und glaubte, dies nicht wahrheitsgemäß unterschreiben zu können.

»Edda hat mit Poenichen überhaupt nichts zu tun!« erklärte sie.

Damit war die Stunde der Wahrheit, von Maximiliane immer wieder hinausgeschoben und mit Mühe vermieden, gekommen. Edda schien sofort zu wissen, worum es ging, und saß schweigend da. Folglich mußte Martha Riepe nun auch die Pause füllen und sagen: »Was wahr ist, muß wahr bleiben!«

»Warum muß es das, Martha?« fragt Maximiliane. »Der Wert der Wahrheit wird immer überschätzt.«

»Edda hat keinerlei Ansprüche am Erbe von Poenichen!« erklärt Martha Riepe nach einer weiteren Pause mit aller Entschiedenheit, fügt dann aber gleich hinzu: »Dafür spare ich aber schon seit zehn Jahren für sie.« Ein Satz, für den sich weder Mutter noch Tochter interessieren.

»Wer war mein Vater?«

Edda stellt die schicksalsschwere Frage, und Maximiliane fängt an zu lachen, was bei der Tochter Mißfallen hervorruft.

»Da siehst du es, Martha!« sagt Maximiliane und faßt dann in wenigen Sätzen die Geschichte von Hilde Preißing und deren unehelichem Kind zusammen.

Edda rührt sich nicht, denkt angestrengt nach und bringt die Dinge rasch in einen Zusammenhang: Opa Preißing, den sie beerbt hat, und die Bedeutung ihres Spitznamens ›Kuckuck‹.

Maximiliane beendet ihre Ausführungen mit dem Satz: »Das wollen wir ganz rasch vergessen! Du auch, Martha! Wir wollen nicht zu guter Letzt aus Edda noch ein juristisches Problemkind machen!« Und zu Edda gewandt: »Du bist eine Quint, wenn auch ohne ›d‹! Auf den Namen kommt's an!«

Letzteres klang so wenig überzeugend wie jener Satz des alten Quindt ›Aufs Blut kommt's an‹, den er nach Maximilianes Geburt zu Otto Riepe gesagt hatte.

Martha Riepe hatte Edda einen schlechten Dienst erwiesen; denn Edda wäre gern eine Quindt mit ›d‹ gewesen. Gerade sie hatte immer die adlige Abkunft betont. Aber sie vergaß oder verdrängte, was auf dasselbe hinauskommt, jene Enthüllung tatsächlich rasch; ihr Ehrgeiz und ihr Fleiß wurden jedoch genährt.

Maximilianes Schicksal wurde mit der Abgabe des ›Fragebogens zur Erlangung des Lastenausgleichs‹ ein weiteres Mal aktenkundig und wird eines Tages samt den Akten in Kellern verschwinden und – später – durch den Reißwolf gehen. Sie wird dann wieder eine Privatperson werden und keine Kriegshinterbliebene mehr sein, kein Flüchtling mit dem Flüchtlingsausweis der Kategorie A, worin ihr der ständige Aufenthalt im Bundesgebiet seit dem Oktober 1945 bescheinigt wurde; statt dessen ein Flüchter mit einem Reisepaß, der die rasch erworbenen Heimaten und Wohnsitze häufig wechselt. Nur der Geburtsort bleibt derselbe: Poenichen, Kreis Dramburg, und niemand verlangt, daß sie diese Angaben in polnischer Sprache macht; eines der wenigen Zugeständnisse an das verletzliche Gefühl ihrer Bindung an Pommern.

16

›Es hilft nichts, sich die Vergangenheit zurückzurufen, wenn sie nicht einigen Einfluß auf die Gegenwart ausübt.‹

Charles Dickens

Die Amerikareise war nicht ohne Auswirkungen geblieben. Die jungen Quints sagten noch monatelang ›Hi!‹ zur Begrüßung und ›See you!‹ statt ›Auf Wiedersehen!‹. Sie hatten an Weltläufigkeit und Sprachgewandtheit gewonnen. Im Februar legte Joachim, mit einem leidlichen Notendurchschnitt, sein Abitur ab. Im Sommersemester wollte er mit der finanziellen Unterstützung des sogenannten ›Honnefer Modells‹ ein Philologiestudium beginnen; vorerst arbeitete er aushilfsweise in der Buchhandlung Elwert. Edda verließ mit der mittleren Reife die Schule, besuchte Kurse in einer privaten Handelsschule und arbeitete in der Bratwurststube mit, deren Umsatz ständig stieg.

Golo erreichte das Klassenziel nicht. Im Hinblick auf die geplante Übersiedlung in die Vereinigten Staaten war die ›Ehrenrunde‹, wie er unbekümmert und beschönigend seine Nichtversetzung bezeichnete, doppelt bedauerlich. Den Abschluß der Realschulbildung hielt Maximiliane für unerläßlich. Zunächst fiel keinem auf, wie bereitwillig Golo die Verzögerung seiner Auswanderung hinnahm.

Während des Rückflugs war es ihm über dem Atlantik mehrfach gelungen, in die Flugzeugkanzel vorzudringen; sein Charme wirkte nicht nur auf Stewardessen, sondern auch auf Piloten. Die Geschwindigkeit des Flugs hatte ihn berauscht. Eine Möglichkeit zu fliegen bestand für ihn nicht, wohl aber die, Motorrad oder Auto zu fahren. Zweimal hatte er sich schon unrechtmäßig in den Besitz eines Motorrollers gebracht; beim drittenmal wurde er überrascht, jedoch nicht des Diebstahls bezichtigt, weil er, wie auch in den beiden früheren Fällen, das Fahrzeug an die Stelle zurückgebracht hatte, wo er es entwendet hatte. Der Tatbestand der ›dauernden Zueignung‹ war nicht gegeben; die Polizei beschränkte sich auf eine Verwarnung, benachrichtigte aber seine Mutter.

Von ihr zur Rede gestellt, versprach er, daß er sich in Zukunft keine Motorroller mehr ›ausleihen‹ würde, gab aber als Grund an: »Aus den müden Dingern ist ja doch nichts herauszuholen!«

Im März wurde der Kreis der Quints, in den sich seinerzeit Martin Valentin verhältnismäßig leicht und immer nur tage- und nächteweise eingefügt hatte, aufgebrochen. Zunächst entstand eine Lücke: Golo erschien nur noch unregelmäßig zu den Mahlzeiten oder kam abends spät nach Hause; er erklärte dann in der Regel, daß er Englisch gelernt hätte. Bis er eines Tages ein Mädchen mitbrachte.

»Hier ist sie!« sagte er und beanspruchte für sie einen Platz am Tisch. Tora und Edda rückten unwillig näher zusammen.

»Sie heißt Maleen!«

Der Plan des Auswanderns war damit vergessen; Golo überließ es seiner Mutter, einen erklärenden, um Aufschub bittenden Brief an Dr. Green zu schreiben. Sie war der Ansicht, daß sich das – wie der alte Quindt sich ausgedrückt hatte – wieder verwachsen würde, und erinnerte sich zudem daran, wie leicht sie selbst sich verliebt hatte. Gleichzeitig erinnerte sie sich aber auch an die warnenden Worte Dr. Greens und ging, im Vertrauen auf die Wirksamkeit von Büchern, in eine Buchhandlung. Sie erfuhr, daß die mehrbändigen Lexika noch nicht abgeschlossen seien; noch keines reichte bis zum einschlägigen Buchstaben ›S‹, Sexualität, und mit einem nur zwei- oder dreibändigen Nachschlagewerk wollte sie sich nicht zufriedengeben. So suchte sie einen Antiquar, Herrn Roser, auf und bat ihn, ihr ein ›großes Lexikon‹ zu beschaffen. Wenn die Kinder schon keinen Vater hatten, mußten sie wenigstens ein Lexikon haben. In diesem Sinne äußerte sie sich auch gegenüber dem von diesen Zusammenhängen überraschten Herrn Roser. Sie gab, mit Ausnahme der Taufterrine, das gesamte Curländer Service in Zahlung. Allerdings befand sich das Lexikon nicht auf dem neuesten Stand, war in den zwanziger und frühen dreißiger Jahren erschienen, aber ›die alten Menschheitsfragen‹ wurden darin, wie Herr Roser sich ausdrückte, ›hinreichend beantwortet‹. Der zwanzigbändige Große Brockhaus hatte gegenüber dem Service auch den Vorzug der Unzerbrechlichkeit; er ließ sich zudem leichter verpacken.

Maximiliane stellte die Bände griffbereit ins Regal, und die

Kinder verschafften sich tatsächlich daraus an Aufklärung, was die Mutter ihnen schuldig geblieben war, außer Golo, der jene frühkindliche Abneigung gegen Bücher behalten hatte. Er war ein Praktiker, kein Theoretiker, er erprobte alles selber, nahm Panzerfäuste und alte Radiogeräte auseinander. Man konnte also annehmen, daß er sich auch auf geschlechtlichem Gebiet nicht mit Theorie begnügte.

Maleen Graf war zwei Jahre älter als er, hatte gerade das Abitur an der Elisabethschule abgelegt und sollte im Mai als Au-pair-Mädchen für ein Jahr nach England fahren. Unter dem Vorwand, dem Schüler Golo Quint Nachhilfeunterricht in Englisch zu geben, hatte sie ihm Zugang in die elterliche Wohnung am Pilgrimsteig verschafft. Der Vater, Dr. Graf, Oberarzt an der Orthopädischen Universitätsklinik, baute zu jener Zeit ein Haus am Ortenberg und mußte sich um Baupläne, Handwerker und Innenausstattung kümmern; die Mutter war im überparteilichen Frauenausschuß und, ehrenamtlich, beim Roten Kreuz tätig.

So konnten beide in jenen Monaten ihrer einzigen Tochter wenig Aufmerksamkeit zuwenden.

Daß es sich nicht um Nachhilfestunden im üblichen Sinne handelte, blieb Maleens Eltern trotzdem nicht verborgen, und sie verboten ihrer Tochter den Umgang mit dem Schüler Golo Quint. Daraufhin brachte dieser Maleen mit nach Hause. Am Tisch der Quints blieb sie ein Fremdkörper.

Herr und Frau Graf erfuhren schon bald, daß Maleen im Haus dieses ›Rowdys‹, wie sie es ausdrückten, ein und aus ging. Im Gegensatz zu ihnen glaubte Maximiliane nicht an die Wirksamkeit von Verboten, hielt es daher für besser, wenn die Grafs wußten, mit wem ihre Tochter umging, und lud sie ein. Außer dem Vorwurf, daß er zu jung war, schien ihr nichts gegen ihren Sohn zu sprechen. Sie lebte noch immer im Vertrauen darauf, ›eine Quindt‹ zu sein.

Sie hatte eine Prinz-Friedrich-Gedächtnis-Torte gebacken, wie Anna Riepe sie nur zu hohen Festtagen auf den Tisch gebracht hatte, ohne Rezept zwar, aus dem Gedächtnis, aber dem Original in nichts nachstehend. Sie holte die großen Damastservietten mit dem Quindtschen Wappen hervor und füllte die Tauferterrine mit Primeln, die sie am Tag zuvor mit Mirka auf dem Spazierweg zwischen dem Friedhof und der Damm-Mühle gepflückt hatte. Sie zeigte vor, was es von der alten Poenicher Herrlichkeit noch gab.

Aber die verbliebenen Stücke machten die Mängel des Quintschen Behelfsheims nur noch augenfälliger. Auch entsprachen die unbekümmerten Tischmanieren der jungen Quints nicht den Vorstellungen, die Frau Graf vom Verhalten Heranwachsender hatte. Als Edda verspätet und erhitzt, in den Kleidern noch den Geruch der Bratwurststube, eintraf, ohne Entschuldigung am Tisch Platz nahm und zugriff, wurde das soziale Gefälle zwischen den Grafs und den Quints noch deutlicher.

Nachdem die Gäste sich bereits verabschiedet hatten und zwischen den Jacken und Mützen der jungen Quints nach ihrer Garderobe suchten, nahm Frau Graf Maximiliane beiseite und sagte leise, aber eindringlich: »Sie werden doch das Schlimmste zu verhindern wissen, Frau Quint!«

Maximiliane schien über die Frage nachzudenken. Frau Graf setzte deshalb hinzu: »Können Sie dafür garantieren? Noch deutlicher möchte ich nicht werden!«

»Nein«, sagte Maximiliane. »Ich kann nicht für meinen Sohn garantieren. Ich war immer der Ansicht, daß man auf Töchter aufpassen muß, nicht auf die Söhne; die gehorchen der Natur!«

Diese Antwort war wenig geeignet, Herrn und Frau Graf zu beruhigen. Sie befremdete sie, im Gegenteil, noch mehr.

Der Frühling war naßkalt und kam spät. Die Magnolien in der Universitätsstraße, deren Aufblühen für jeden Marburger den Frühlingsanfang bedeutet, waren verregnet und schließlich auch noch erfroren. Den jungen Liebenden blieb als Unterschlupf nichts außer dem Auto. Im Haus gab es keinen Platz, an dem sie ungestört gewesen wären. Da man andererseits das Auto von allen Seiten einsehen konnte, mußte man es an einen verschwiegenen Platz fahren.

Maximiliane hatte ihren Kindern nur selten etwas verboten; da sie räumlich beengt aufwachsen mußten, wollte sie ihre Entwicklung nicht zusätzlich durch Verbote einengen.

So hatte sie auch bisher ›die Karre‹ nie abgeschlossen. Die Autoschlüssel hatten griffbereit an einem Haken der Flurgarderobe gehangen. Eingedenk der Worte Greens versuchte sie nun aber doch zu verhindern, was sie allerdings nie als ›das

Schlimmste‹ angesehen hatte: Sie schloß fortan das Auto ab und versteckte die Schlüssel. Daraufhin brach Golo die Wagentür auf, sachgemäß und ohne den Versuch, es zu verheimlichen.

Maximiliane stellt ihn zur Rede.

»Du hast keinen Führerschein! In einem halben Jahr kannst du die Fahrprüfung ablegen. Warte solange! Vorher händige ich dir die Wagenpapiere nicht aus.«

»Zum Autofahren braucht man keine Papiere!« wirft Golo ein.

»Dann muß ich die Karre verkaufen!« sagt Maximiliane ratlos. Eine Drohung, deren Verwirklichung vor allem sie selbst getroffen hätte; nur im Auto überkam sie manchmal noch ein Gefühl von Freiheit und Ungebundenheit.

»Dann muß ich ein anderes Auto aufbrechen!« antwortet Golo, setzt sich hinters Steuer und fährt davon.

Diese Unterredung zwischen Mutter und Sohn wurde in sachlichem, fast freundschaftlichem Ton geführt; der Tatbestand war bedauerlich, aber unvermeidlich, das empfanden beide.

Maximiliane hielt es für besser, wenn Golo ihr Auto benutzte, als wenn er ein fremdes aufbrach. Also ließ sie künftig die Schlüssel am gewohnten Platz. Auch strahlten Golo und Maleen ein solches Glück aus, daß es unwiderstehlich auf sie wirkte: ein Naturereignis, das man achten mußte. Die beiden ließen sich, wenn sie beisammen waren, nie los; falls mit den Händen, dann gewiß nicht mit den Augen, saßen Hand in Hand bei Tisch, indem der eine rechts-, der andere linkshändig aß. Joachim vermied es, die beiden anzusehen, Edda grinste, Viktoria machte sich darüber lustig, und Mirka kümmerte sich nicht darum. Den Vorwurf der Begünstigung dieser Jugendliebe wird man Maximiliane nicht ersparen können. Golo und Maleen waren einander sehr ähnlich, braunlockig, heiter, unbekümmert, aber auch: verwildert.

Man muß sich Golos Lebensweg, auch wenn dies alles fast ins Mythische, vom Verstand kaum Faßbare reicht, vom Augenblick der Zeugung an vor Augen halten, um das Unabänderliche des Geschehens zu begreifen. Zunächst jenen zweiten Weihnachtstag, als Maximiliane und ihr Mann sich mit dem Auto in einem pommerschen Schneesturm verirrten und dieses Kind unmittelbar darauf im Zorn gegenüber einer Frau, die sich dem Mann überlegen gezeigt hatte, gezeugt wurde. Dann die überstürzte Geburt am zweiten Tag des Zweiten Weltkriegs, bei der sich das Kind bereits das Schlüsselbein brach. Hinzu kam, daß man es auf Wunsch seines Vaters auf den düsteren, unheilkündenden Namen Golo taufte. Beim Taufessen hatte sich der alte Quindt, damals schon einsilbig geworden, über die Furchtlosigkeit der Deutschen geäußert und einige Einschränkungen bezüglich der Pommern gemacht, aber Golo fürchtete nicht einmal Gewitter, und in Gottesfurcht war er von seiner Mutter nicht erzogen worden. In der Folge dann Arm- und Beinbrüche. Jedes neue Röntgenbild ließ alte Bruchstellen sichtbar werden. Schließlich die Detonation der Panzerfaust. An Warnungen hatte es nicht gefehlt.

Inzwischen war es Mitte Mai geworden. Im Gefälle blühten die Japanischen Kirschen. Die rosafarbenen Blütendolden hingen schwer herab, duftlos und unfruchtbar wie eh und je, aber mehr als in anderen Jahren lösten sie bei Maximiliane ein untergründiges Unbehagen aus. Seit sie am Ortenberg wohnte, hatte sie zur Ausgestaltung ihres 85 Quadratmeter großen Gartens nicht mehr getan, als zur rechten Zeit längs des Drahtzauns Sonnenblumenkerne in die Erde zu stecken. Im Sommer verschwand das einstöckige Holzhaus hinter den Spalieren der Sonnenblumenstauden, aber jetzt, im Mai, war das kleine Gelände noch völlig kahl. Eine Handvoll Sonnenblumenkerne, die Maximiliane im Vorjahr geerntet hatte, lag in einem Topf und wurde diesmal nicht in die Erde gebracht.

Am Nachmittag des 17. Mai – dieses Datum prägte sich den Quints für ihr ganzes ferneres Leben ein – kamen Golo und Maleen Hand in Hand über den Ortenbergsteg und das Gefälle herauf. Am nächsten Tag sollte Maleen nach England reisen. Von Abschiedsstimmung war den beiden nichts anzumerken. Lachend kamen sie ins Haus, lachend griff Golo nach den Autoschlüsseln. Er rief seiner Mutter, die auf der Bank der Vorhalle saß – neuerdings von allen Quints ›die Porch‹ genannt –, »See you!« zu, und Maximiliane antwortete mit »Take care!«. Der Ruf zur Vorsicht kam der Aufforderung: ›Nimm den Wagen!‹ bedenklich nahe.

Maleen drehte das Wagenfenster herunter, winkte und lachte. Als der Motor nicht sofort ansprang, sagte Golo: »Lerge!« – das einzige Wort, das noch an den schlesischen Vater erinnerte, es wird das letzte sein, das Maximiliane von Golo hört. Golo ließ den Motor aufheulen, bog geschickt durch die enge Ausfahrt, gab Gas und brauste in Richtung Schützenstraße davon, vervielfachte seine jugendliche Kraft mit der des Motors.

Maximiliane läßt sich an diesem Nachmittag in der Bratwurststube nicht sehen. Von Müdigkeit überfallen, legt sie sich auf ihr Bett und schläft ein. Joachim muß sie an der Schulter rütteln, und auch dann weigert sie sich noch, wach zu werden.

Sie scheint bereits zu wissen, was sie doch nicht wissen kann: Auf der geraden, baumbestandenen Straße zwischen Gisselberg und Wolfshausen, acht Kilometer südlich von Marburg, auf der Bundesstraße 3, muß Golo die Kontrolle über den Wagen verloren haben. Infolge überhöhter Geschwindigkeit scheint der Wagen ins Schleudern geraten zu sein. Bremsspuren wurden nicht entdeckt. Ein Apfelbaum als Todesursache.

Golo war bereits tot, als man ihn aus den Trümmern des Autos befreite. Zunächst war nicht bemerkt worden, daß eine weitere Person darin gesessen hatte, bis man dann einen einzelnen Schuh fand. Maleen war aus dem Auto geschleudert worden und, von einigen Prellungen abgesehen, unverletzt geblieben, aber so verstört, daß sie über die Felder bis nach Gisselberg gelaufen war.

Maximiliane fragte sich später – und das fragte sich und die Leser auch der Lokalredakteur der ›Marburger Presse‹ –, ob es diesen Jugendlichen in den entscheidenden Jahren ihrer Entwicklung an der nötigen Aufsicht und Lenkung gefehlt habe. Daß sie die Autoschlüssel am gewohnten Platz hatte hängen lassen, obwohl sie wußte, daß Golo sich ihrer unrechtmäßig bedienen würde, trug ihr den Vorwurf der Begünstigung ein. Sie verzichtete darauf, ihre Erwägungen darzulegen: daß sie es für besser gehalten hatte, wenn Golo ihr Auto benutzte, als wenn er ein fremdes aufbrach und entwendete. Sie hielt ohnedies nichts von nachträglichen Erklärungen für Ereignisse, die geschehen waren.

Die Bedeutung des Begriffs ›Motivation‹ ist ihr nie aufgegangen, konnte ihr später auch nicht von Viktoria beigebracht werden. Sie besaß keinen logischen Verstand und folglich auch nur einen schwach entwickelten Sinn für ursächliche Zusammenhänge; sie verließ sich mehr auf ihre Ahnungen.

Es wurde auch, von seiten des Unfallarztes, die Vermutung

laut, die fehlenden Finger an der Hand des Verunglückten hätten in der Kausalkette, die zu dem Unfall führte, eine nicht unwesentliche Rolle gespielt, insofern, als die Fahrtüchtigkeit bei der hohen Geschwindigkeit gemindert gewesen sei. Die Beifahrerin, Maleen Graf, konnte keine näheren Angaben machen, sie erinnerte sich an nichts mehr.

Gegenüber Pfarrer Bethge von der Elisabethkirche, der ihr einen Beileidsbesuch machte, äußerte Maximiliane sich in dem Sinne, daß man die Erfindung des Kolbenverbrennungsmotors hätte rückgängig machen müssen, um ihren Sohn Golo am Autofahren zu hindern. Sie hätte ihn lediglich daran hindern können, auch noch ein Dieb zu werden. Sie schien erleichtert darüber zu sein, daß er nicht zum Mörder geworden war, daß er sich selbst und nicht einen anderen getötet hatte. Sie wirkte gefaßt und tapfer auf Pfarrer Bethge, der die Familie Quint seit Jahren kannte, da er die drei ältesten Kinder konfirmiert hatte.

»In den alten Adelsfamilien gibt es bei Todesfällen oft Traditionen. Haben Sie einen besonderen Wunsch für die Trauerfeier, Frau von Quindt?« fragte er.

»Bisher ist kein Quindt eines natürlichen Todes gestorben«, antwortete Maximiliane. »Immer war es der Heldentod oder der Jagdunfall. Mein Großvater wollte der erste Quindt sein, der in seinem Bett starb, aber er hat sich und seine Frau erschossen, als ich mit den Kindern auf die Flucht gegangen bin. Der Verkehrsunfall hat heute wohl die Stelle des Jagdunfalls eingenommen.«

Dann fragt sie unvermittelt, worüber sie schon längere Zeit nachgedacht hat: »Wie nennt man eine Mutter, die ihr Kind verloren hat? Gibt es dafür denn kein Wort? Entsprechend den Worten Witwe und Waise?«

Pfarrer Bethge denkt nach, kommt aber ebenfalls auf kein geeignetes Wort. Statt dessen sucht er nach Trostworten.

»Sie haben in Marburg ja nie so recht Wurzeln geschlagen, Frau von Quindt. Solch ein Toter, den man der Erde zurückgibt, verschafft ein Heimatgefühl! Sie werden es zu spüren bekommen, wenn Sie an dem Grabhügel stehen. Sehen Sie dieses Kind als eine Wurzel in fremder Erde an!«

»Ich bin kein Baum, Herr Pastor!« antwortet Maximiliane. Eine Erkenntnis, die ihr in diesem Augenblick zum erstenmal kommt und die ihr später nützen wird.

»Haben Sie einen Lieblingschoral, den ich bei der Trauerfeier singen lassen könnte?« fragt Pfarrer Bethge weiter.

Maximiliane erteilt die nötigen Auskünfte über die Verwandtschaft der Quindts zum Grafen Zinzendorf und berichtet, daß Golos Vater unter den Trümmern von Berlin liege und kein Grab besitze, daß ihr eigener Vater 1918, zwanzigjährig, in Frankreich gefallen sei; wo sein Grab sich befinde, wisse sie ebenfalls nicht. Der andere Großvater Golos habe sein Grab in Breslau, also an einem unerreichbaren Ort.

Golo wurde auf dem alten Teil des Friedhofs an der Ockershäuser Allee, dem Marburger Hauptfriedhof, beigesetzt; unweit der Gräber von Anton und Katharina Kippenberg, auf deren Grabstein der Spruch stand – Joachim hatte seine Mutter darauf aufmerksam gemacht –, ›Sie liebte die ihrigen, die Vögel und die Dichter‹. Dieser Teil des Friedhofs war von Lebensbäumen, aber auch Linden, Eichen und Birken bestanden, hohe alte Bäume, denen Maximiliane ihren Sohn anvertraute und die jetzt, während der Beerdigung, der Trauergesellschaft Schutz vor dem Regen boten. Pfarrer Bethge sprach über ein Wort Laotses statt über einen Text aus der Bibel. ›Der Weg ist wichtiger als das Ziel.‹ Unter diesen Leitgedanken wollte er seine Ansprache gestellt wissen; das ziellose Unterwegssein der Jugend in dieser unserer Zeit. Hier habe es einen solchen jungen Menschen wegen überhöhter Geschwindigkeit aus der Lebensbahn geworfen. Dann griff er auf, was die Mutter des Frühverstorbenen, die ihre vater- und heimatlosen Kinder nach besten Kräften erzogen habe, ihm mitgeteilt hatte, und schloß: »Jesu, geh voran, nun nicht mehr auf der Lebens-, sondern auf der Todesbahn!« Er stellte in eindringlichen Worten der kurzen Lebensbahn des Jungen die lange Todesbahn gegenüber, dem Weg das Ziel.

Zum Abschluß der Trauerfeier sang man den entsprechenden Choral, den die meisten auswendig singen konnten.

Herr und Frau Graf waren nicht zur Beerdigung erschienen. Sie waren mit ihrer Tochter Maleen bereits nach England abgereist, was man teils begreiflich, teils unbegreiflich fand. Die Meinung, daß es besser sei, wenn eines von fünf Kindern tödlich verunglückte, als wenn es das einzige Kind einer Familie traf, war hingegen einhellig.

Zwei Klassen der Nordschule, Golos vorhergehende und seine letzte Klasse, waren geschlossen zur Beerdigung gekommen. Sein Klassenlehrer, Herr Spohr, sprach ein paar mahnende Worte am Grab und ließ im Namen der Schulleitung einen Kranz niederlegen.

Maximiliane stand, von ihren vier verbliebenen Kindern umgeben, abseits, als ob sie nicht dazugehöre. Joachim hatte, Halt suchend und Halt gebend, den Arm um sie gelegt. Sie trug die alte Tarnjacke, die ihr an jenem Grenzbach bei Friedland der fremde deutsche Soldat gegeben hatte. Lenchen Priebe, die sich von Kopf bis Fuß schwarz und daher neu eingekleidet hatte und infolgedessen von vielen für die Mutter des Verstorbenen angesehen wurde, trat auf sie zu und fragte befremdet: »Trägst du denn keine Trauer?«

»Wohin sollte ich sie tragen?« fragte Maximiliane zurück, geistesabwesend, ein Fremdling noch immer. Am liebsten hätte sie sich in Lumpen gehüllt; Trauerkleidung hatte sie weder für sich noch für ihre Kinder angeschafft. Die meisten der Trauergäste machten einen Bogen um die Quints, als sei ihr Unglück ansteckend. Kaum einer trat an sie heran, um ihnen die Hand zu drücken. Frau Heynold überwand ihre Scheu, ging auf sie zu und wiederholte sinngemäß, was Pfarrer Bethge bereits gesagt hatte: daß man erst dann heimisch werde, wenn man jemanden auf dem Friedhof liegen habe.

Als die Quints sich, zu Fuß, auf dem Heimweg befanden und den Wilhelmsplatz überquerten, hielt ein Auto neben ihnen an. Es war Herr v. Lettkow, ein Versicherungsvertreter, der, ebenfalls aus dem Osten stammend, Maximiliane in Versicherungsfragen mehrfach beraten hatte. Er bot sich an, sie nach Hause zu fahren, und benutzte die Fahrt dazu, ihr den Vorschlag zu unterbreiten, für das nächste Auto eine Vollkaskoversicherung abzuschließen.

Maximilianes Blick fiel im Vorüberfahren auf eine alte, verwaschene, aber noch lesbare Mauerinschrift: ›Death is so permanent‹. Sie war abgelenkt. Nach geraumer Weile erst antwortete sie Herrn v. Lettkow: »Ich halte jede Art von Versicherung, mit Ausnahme der Hagelversicherung, für unmoralisch. Man muß persönlich für alle Schäden, die man an sich und anderen anrichtet, haften. Nur dann fürchtet man sich und gibt acht.«

Mit Rücksicht auf ihren augenblicklichen Zustand verzichtete Herr v. Lettkow auf eine Stellungnahme zu dieser hochmütigen Ansicht, gab lediglich zu bedenken, daß ihr die Anschaffung eines neuen Wagens vermutlich erhebliche finanzielle Schwierigkeiten bereiten würde.

»Das Ersetzliche ersetzen, das Unersetzliche – da sind wir machtlos!« Zu diesem Satz faßte er seine Teilnahme abschließend zusammen, der Kernsatz aller seiner Versicherungsgespräche, und hielt vor dem Quintschen Behelfsheim.

»Sie sollten zusehen, daß Sie hier herauskommen, Frau von Quindt! Dieses Haus ist doch keine angemessene Unterkunft für eine Familie Ihres Standes!«

Maximiliane sah sich daraufhin in ihrem Haus um. Ihr Blick ging von den Teppichen, die im Herrenhaus von Poenichen gelegen hatten, über die Lexikonbände auf dem Regal zu dem Platz am Eßtisch, der fortan leer bleiben würde. Sie starrte lange aus dem Fenster auf den leeren Platz, wo bisher immer ›die Karre‹ gestanden hatte.

Der Fluchtblick.

17

›Was ist aus uns geworden, wir sind wie Sand am Meer.‹
Schlager der Nachkriegszeit

Maximiliane Quints politisches Interesse war in den zwölf Jahren des Hitler-Regimes mißbraucht und verbraucht worden; sie hielt sich jetzt, wie viele andere, an die Ohne-mich-Parole. Der ›Block der Heimatvertriebenen und Entrechteten‹, eine Partei, die Anfang der fünfziger Jahre in Marburg gegründet worden war, hatte vor den Bundes- und Landtagswahlen um ihre Stimme geworben, aber sie gab sie der liberal-demokratischen Partei, die das Privateigentum und die Privatinitiative als die Triebfeder menschlichen Fortschritts ansah; sie wählte also im Sinne ihres Großvaters. Aber der politische Eros, der jenen, zumindest bis zum Ausbruch der Hitler-Diktatur, beseelt und beflügelt hatte, hatte sich auf sie nicht vererbt, kam erst bei ihrer Tochter Viktoria wieder zutage, die sich bereits als Fünfzehnjährige leidenschaftlich mit politischen Fragen wie der Wiederbewaffnung beschäftigte und in Schülerdiskussionen einen der Militärdienstpflicht gleichwertigen Dienst für Mädchen forderte.

Entsprechend ihrem mangelnden Interesse an öffentlichen Fragen war Maximiliane der Vereinigung der in Westdeutschland lebenden Pommern nicht beigetreten; aber Lenchen Priebe war, nachdem Martha Riepe ihr eindringlich zugeredet hatte, Mitglied des Verbandes geworden.

Der Pommerntag, der alle zwei Jahre zu Pfingsten in einer westdeutschen Stadt begangen wurde, sollte 1958 in Kassel stattfinden, günstig gelegen für alle.

Lenchen Priebe stellte eine Liste jener Bewohner aus Poenichen auf, deren Anschrift bekannt war, und schrieb jeden einzeln an, wobei Edda ihr half. »Treffpunkt in Kassel zum Pommerntag 1958!«

»Ohne dich geht es nicht!« sagte Lenchen Priebe zu Maximiliane. »Poenichen ohne die Quindts, das gibt es nicht! Das hat es noch nie gegeben!«

Inzwischen sah man es Lenchen Priebe an, daß sie am sogenannten Wirtschaftswunder teilhatte; sie ging mit der Zeit und ging mit der Mode. Sie hatte Fahrstunden genommen, den Führerschein erworben und einen fabrikneuen Volkswagen gekauft. In diesem Zusammenhang sollte man sich an gewisse Worte des alten Quindt erinnern. Damals war es allerdings noch um einen Handwagen gegangen, in dem die kleine Maximiliane saß und sich ziehen ließ, an der Deichsel Walter Beske, inzwischen Holzarbeiter in Kanada, und Klaus Klukas, gefallen bei Minsk. Im Galopp durch die Poenicher Lindenallee, ›Wie siet de Peer!‹, Lenchen Priebe hinten am Wagen mit den nackten Füßen bremsend. Quindt, der zusammen mit Fräulein Eberle, der Erzieherin, die Szene beobachtete, hatte sich dahingehend geäußert, daß immer einer im Wagen säße und sich ziehen ließe. ›Hauptsache, der Wagen läuft.‹ Auf den Einwand der Erzieherin, daß er die Sache doch wohl zu philosophisch betrachte und sich noch wundern würde, hatte Quindt, den damals schon so leicht nichts mehr verwunderte, die Vermutung ausgesprochen, daß eines Tages andere im Wagen sitzen und andere ihn ziehen würden.

Jetzt also saß Lenchen Priebe, noch etwas aufgeregt, hinter

dem Steuer und nahm die Quints in ihrem Wagen mit nach Kassel. »Hunderttausend Pommern werden kommen!« sagte sie.

Es kamen dann nicht 100000 Pommern, aber doch 80000; einige schätzten die Zahl auch nur auf 60000. Schon machte sich das Sterben der Alten bemerkbar; aber auch viele von denen, die es zu etwas gebracht hatten, und jenen, die es noch zu nichts gebracht hatten, blieben fern; ebenso die meisten der ehemaligen Großgrundbesitzer, zumal der adligen, trotz des Vorbilds eines Mannes aus dem Bismarckschen Geschlecht, der sich zum Sprecher der heimatvertriebenen Pommern gemacht hatte. Dreihundert Omnibusse wurden gezählt. Aber schon standen auch tausend private Kraftfahrzeuge auf den Parkplätzen, darunter der schwarze Volkswagen von Lenchen Priebe; vor dreizehn Jahren waren sie mit Pferdefuhrwerken und Handwagen aus Pommern geflüchtet.

Frauen trugen Schilder mit Fotografien, Feldpostnummern und Lebensdaten ihrer noch immer vermißten Männer und Söhne an Stangen durch die Straßen. Flugzeuge zogen große Buchstaben, die im Sommerwind schwankten, hinter sich her, bis sie sich zu der Verheißung ordneten, die es allen verkündete: »POMMERN LEBT«.

Pfingstwetter, auch pfingstlicher Geist bei dem Festgottesdienst in der Karlskirche, gehalten von einem heimatvertriebenen Pfarrer, der sich glücklich schätzte, wieder zu pommerschen Landsleuten sprechen zu dürfen, wie früher, als er Pfarrer an der altehrwürdigen Nicolaikirche in Greifswald gewesen war, jetzt in einer wiederaufgebauten Kirche, die vor annähernd zwei Jahrhunderten von den um ihres Glaubens willen vertriebenen Hugenotten erbaut worden sei, in dieser vom Krieg schwer heimgesuchten Stadt . . .

Als er das Wort ›Heimaterde‹ mit ›Heilerde‹ in Verbindung bringt, äußerlich und innerlich anzuwenden, muß Maximiliane an die Kneippschen Güsse und Prißnitzumschläge denken, die Fräulein Gering den Quindts verabreicht hatte. ›Mens sana in corpore sano!‹ Ihre Gedanken schweifen ab zu der vegetarischen Kost und weiter zu der vegetarischen Gaststätte, in der Friederike von Kalck noch immer die Schlüssel von Perchen hinter Glas hielt und auch diesmal nicht abkommen konnte, wie ihr Bruder, Jürgen von Kalck, berichtete, den Maximiliane auf dem Parkplatz getroffen hatte. Von sich selbst hatte er berichtet, daß er nach seiner Entlassung aus amerikanischer Kriegsgefangenschaft, in der er den Wert von Tabakwaren am eigenen Leibe erfahren hatte, mit einem Bauchladen im zerstörten Frankfurt das Leben eines Geschäftsmannes begonnen hätte. Inzwischen sei er Inhaber einer Ladenkette für Tabakwaren. Er hatte Maximiliane an ihren ›Kulleraugen‹ erkannt und sie jovial mit ›Die kleine Quindt von Poenichen!‹ begrüßt. Dann hatte er sich die jungen Quints angesehen und lachend bemerkt: »Vier Stück! Ich erinnere mich, daß meine Schwester mir in entsprechenden Abständen die Kopfzahl an die Front mitgeteilt hat. Kinderreichtum ist auch was!« Mit dieser Bemerkung spielte er offensichtlich auf den Unterschied zwischen ihrem und seinem Lebensstandard an.

»Wir haben uns auf einen Sohn beschränkt. Er leitet bereits eine Zweigstelle. Friederike rackert sich im Dienste der Gesundheit ab.« Er legte seine Hände dorthin, wo vormals eine Taille gewesen war, und fuhr fort: »Für den Genuß gibt der Mensch, wie man sieht, leichter sein Geld aus! Meine Frau ist für eine Woche nach Sylt gefahren. Über die Feiertage will ich ebenfalls hin. Ich habe mir gedacht: Ich schaue bei der Gelegenheit hier mal rein, vielleicht sieht man den einen oder anderen. Die eine habe ich ja nun schon gesehen!«

Er legte seine Hand gönnerhaft auf Maximilianes Schulter und warf einen Blick auf die Uhr. »Zwei Stunden! Dann muß ich weiter. Ich muß vor Einbruch der Dunkelheit auf Sylt sein.«

»Hat Ihnen das Ihre Frau befohlen?« fragte Maximiliane und setzte, als Herr von Kalck sie verblüfft ansah, erklärend hinzu: ». . . daß Sie vor Einbruch der Dunkelheit zu Hause sein sollen?«

Herr von Kalck lachte auf. »Solche Bemerkungen machte Ihr Großvater auch! Stimmt es eigentlich, daß er sich eigenhändig erschossen hat?«

»Ja«, antwortete Maximiliane, und Herr von Kalck fuhr fort: »Vermutlich das Beste, was er tun konnte. Im Westen hätte er es doch zu nichts mehr gebracht.«

»Vielleicht hätten wir alle bleiben sollen, Herr von Kalck! Tausende konnten vertrieben werden, aber Millionen von Menschen hätte man nicht vertreiben können.«

»Trauern Sie etwa immer noch der Heimat nach?«

»Ja.«

»Dann machen Sie es Ihren Kindern aber schwer!«

Maximiliane sah sich nach ihnen um. Sie gingen mit Lenchen Priebe die Reihen der geparkten Kraftfahrzeuge entlang, betrachteten die Kennzeichen und Autotypen, darunter auch kleine Lieferwagen, behelfsmäßig für diese Pfingstreise mit Schlafgelegenheiten ausgestattet. Sie deutete auf Lenchen Priebe. »Das ist Lenchen Priebe, sie hat uns in ihrem Auto mit hierher genommen.«

»Priebe? Hieß so nicht der Ortsbauernführer von Poenichen, der soviel Scherereien machte?«

»Das war ihr Großvater.«

»Und Sie sind jetzt so vertraut mit ihr?«

»Warum nicht?«

»Wie der alte Quindt! Keine Unterschiede. Den Kutscher als Freund!«

Wieder sah er auf die Uhr.

»Ich habe mich mit dem jungen Picht von Gut Juchenow verabredet. ›Jung?‹ Der muß mittlerweile auch schon seine Fünfzig haben. Wäschevertretung! Er reist zweimal im Jahr von einem Gut zum anderen, Holstein und Münsterland, wo der Adel sitzt, der nicht getreckt ist. Sie bestellen ihre gesamte Wäscheaussteuer bei ihm. Es soll ihm gar nicht mal schlecht gehen. Er wird durchaus standesgemäß behandelt. Er spart die Miete für Geschäfts- und Lagerräume, das hat seine Vorteile. Für meinen Laden an der Zeil zahle ich monatlich siebenkommafünf. Trotzdem, meine Sache wäre das nicht. Vielleicht sieht man sich mal wieder!«

Er streckte Maximiliane die Hand hin. »Diesseits oder jenseits von Oder und Neiße!«

Er lachte, drehte sich noch zweimal um, winkte und verschwand in Richtung Stadthalle.

Maximiliane fand den Anschluß an die Predigt nicht wieder, betrachtete den kahlen Kirchenraum, den großen Strauß Maiengrün, das Kruzifix. Blicke und Gedanken ließen sich nicht mehr einsammeln; Joachim, der neben ihr saß, mußte ihr einen sanften Stoß geben, damit sie sich, wie die anderen, zum Schlußlied erhob.

»Ich weiß, woran ich glaube / Ich weiß, was fest besteht / Wenn alles hier im Staube / Wie Sand und Staub verweht.«

Der Pfarrer las die erste Strophe des Chorals vor und fügte hinzu: »An Liederdichtern war unser Pommern nicht reich, aber einige Choräle zu dem neuen Gesangbuch hat Ernst Moritz Arndt beigetragen. Dieses Lied, das wir nun gemeinsam singen wollen, wurde von Heinrich Schütz vertont, dessen Name eng verbunden ist mit der Stadt Kassel, die uns für unser Heimattreffen Gastrecht gewährt. Der eine die Worte, der andere die Noten, zusammen erst ergibt es ein Lied, ein Zeichen für das Zusammenleben von Ost und West!«

»Wir legen uns ein wenig enger«, hatte Maximilianes ehemalige Schulfreundin Isabella am Telefon gesagt. »Dann könnt ihr alle bei uns wohnen!«

Mehrere Jahre lang hatte Maximiliane mit ›Bella‹, wie sie genannt wurde, das Zimmer im Internat geteilt, gesehen hatten sie sich seit damals nicht mehr, und geschrieben hatten sie sich selten. Bellas Mann, ein Herr v. Fredell, war vor einigen Jahren als leitender Angestellter beim Volksbund Deutsche Kriegsgräberfürsorge mit seiner Dienststelle von Nienburg nach Kassel versetzt worden. Beim Eintreffen der Quints war er nicht anwesend und hatte sich entschuldigen lassen; zum Kennenlernen würde sich gewiß noch ausreichend Gelegenheit bieten.

Die beiden ›alten Kinder‹ aus dem Hermannswerder Internat fielen sich beim Wiedersehen um den Hals und sagten gleichzeitig mit verstellter, tiefer Stimme: »Mein liebes Kind!«

Die erste halbe Stunde verging mit Zurufen.

»Unsere Hausmutter, der alte Fritz!«

»Unser Sonnwendfeuer an der Inselspitze!«

»Unsere heimlichen Bootsfahrten bei Mondschein!«

»Unsere Lena von Ribbeck auf Ribbeck im Havelland . . .«

»›. . . ein Birnbaum auf seinem Grabe stand!‹«

Bella wölbte ihren schmalen Brustkorb, so weit es nur ging, und sagte in nachgeahmtem Ostpreußisch: »Wir von Borke kennen keine Forcht!«

»Unsere Fähnriche, die auf Holzpferden in den Saal ritten!«

»›Ich tanze mit dir in den Himmel hinein . . .‹«

»Unsere Ausflüge zu Kempinski, wenn dein Großvater zur ›Grünen Woche‹ nach Berlin kam!«

Beide Frauen verjüngten sich, bekamen wieder ihre Mädchengesichter. Zwischen den Ausrufen anhaltendes Gelächter.

In eine kurze Pause hinein fragt Joachim, der mit den beiden Fredell-Söhnen in der Nähe steht: »Habt ihr denn immer nur gelacht?«

Die Frauen sehen ihn überrascht an. Maximiliane übernimmt die Antwort. »Ja, ich glaube, wir haben immer gelacht!«

»Der Jute-Graben! Den wir den Juden-Graben genannt haben!« Wieder läßt Bella eine Erinnerung wach werden.

»Mitten im Dritten Reich?« Joachim fragt mehr interessiert als vorwurfsvoll, aber schon legt sich ein breiter Schatten über die Heiterkeit.

»Nicht immer, Mosche.«

Frau v. Fredell hat sich erhoben.

»Ich kümmere mich ums Essen. Entschuldigt mich!« Sie wendet sich noch einmal an Maximiliane. »Hast du mal wieder etwas von unserer Insel gehört? Das Glockenspiel der Garnisonkirche soll jetzt in Nikolskoe, in der Waldkirche, hängen. ›Üb immer Treu und Redlichkeit bis an dein kühles Grab!‹ Wir üben schon ziemlich lange, nicht wahr? Die preußischen Tugenden! Wir waren auf die Notzeiten gut vorbereitet. Aus der Not eine Tugend machen!«

Sie unterbricht sich und geht zur Tür.

»Ich sehe kommen, daß unsere Söhne und Töchter von unseren Erinnerungen satt werden müssen.«

Sie steht da, gegen den Türrahmen gelehnt, schmal und schwarzhaarig, aus einer Hugenottenfamilie stammend, Tochter eines Beamten, Frau eines Beamten. Sie betrachtet Maximiliane.

»Du hast dich entfalten können. Ich war immer eingeengt. Du hast etwas Großzügiges. Oder auch Nachlässiges. Das kommt fast auf dasselbe hinaus. Ich bin so ordentlich, bei uns ist alles ordentlich.«

Ihr Blick schweift von Maximiliane zu den jungen Quints, die auf dem Balkon stehen.

»Edda kommt dir am nächsten!«

»Meinst du?« fragt Maximiliane.

»In ihrer Art, in ihren Bewegungen«, sagt Frau v. Fredell und begibt sich in die Küche.

Maximiliane tritt ebenfalls auf den Balkon.

»Man kann den Herkules sehen!« sagt Viktoria.

Maximiliane läßt den Blick über die Höhenzüge schweifen.

»Hat der 1945 auch schon dort gestanden?« fragt sie den ältesten der Fredell-Söhne.

»Da bin ich ganz sicher!«

»Ich habe nur Notunterkünfte und Notbetten, Notärzte und Notschalter in Erinnerung«, sagt Maximiliane.

Die Quints beschließen, am Nachmittag, bevor sie zu der großen Kundgebung im Auestadion gehen, all jene Plätze aufzusuchen, an die sie sich erinnern.

Der Bahnhof war wieder aufgebaut, der Eingang zum ehemaligen Luftschutzbunker nicht mehr aufzufinden, aber immer noch ein Kopfbahnhof, auch jene Stelle an der Bahnsteigsperre war auszumachen, wo der farbige Soldat mit der Maschinenpistole über die Köpfe der Flüchtlinge geschossen und ›zurück‹ geschrien hatte.

»Hier muß Golo sich das Bein gebrochen haben!«

Noch immer geht der Blick vom Bahnhofsplatz weit über die Stadt hinaus, aber schon erheben sich neue Häuser und Hochhäuser über dem einstigen Ruinenfeld. Das Notaufnahmelager auf dem Ständeplatz besteht ebenfalls nicht mehr.

»Hier hat Golo die Dose mit dem Hundefleisch eingehandelt!« sagt Joachim. »Only for army dogs!«

Edda erinnert sich nur noch an den Kakao. Viktoria weiß von nichts mehr, will aber mehr von dem hören, was Edda ›die alten Geschichten‹ nennt.

An den Namen des Arztes, der Golos gebrochenes Bein eingerenkt und eingegipst hat, erinnert sich Maximiliane nicht mehr, wohl aber an jene Lehre, die sie aus der Begegnung mit ihm gezogen hatte: daß man, um zu überleben, den Mantel nach dem Wind hängen muß, eine Lehre, die sie nicht an ihre Kinder weitergibt.

Sie durchqueren die Stadt, überall Fahnenschmuck, Menschengruppen. Sie gehen durch den blühenden ›Rosengarten‹ hinunter zur Karlsaue, über Parkwege zum See.

»Damals war der Park durchlöchert von Bombentrichtern, in denen Wasser stand, wißt ihr noch? Ihr habt Stöcke darin schwimmen lassen.«

Sie setzen sich auf eine Bank. Die Zweige der Weiden hängen tief ins Wasser, die Wolken spiegeln sich darin. Wildenten und Schwäne. Edda wirft ihnen Brotbrocken zu.

»Damals waren wir auch fünf. Aber wir sprachen schon von ›Mirko‹.«

Maximiliane greift nach dem Arm ihrer jüngsten Tochter, zieht sie näher an sich.

»Und jetzt sprechen wir von Golo.«

»Sonst sagst du doch immer: ›Das wollen wir ganz schnell vergessen‹«, wirft Edda ein.

Maximiliane antwortet nicht, blickt diese Tochter, die nicht ihre Tochter ist, nachdenklich an.

Edda weicht, errötend, dem Blick aus.

Immer mehr Menschen strömen in Richtung Auestadion an ihnen vorüber. Maximiliane erhebt sich.

»Es wird Zeit! Kommt!«

Selten ist von den Kindern diesem mütterlichen ›Kommt!‹ widersprochen worden; dieses Mal sagt Edda: »Müssen wir dahin? Wir können ja hier auf dich warten!«

»Du brauchst nicht mitzukommen!« antwortet Maximiliane und betont das ›Du‹.

»Wir gehen alle! Deshalb sind wir schließlich nach Kassel gefahren«, sagt Joachim.

Edda dreht sich zornig und eigensinnig um.

»Ich bin ja überhaupt nicht . . .«

Der Satz bleibt unvollendet.

Mirka ist bereits ein paar Schritte vorausgegangen und wartet auf die anderen. Ein älterer Herr bleibt vor ihr stehen und sieht sie aufmerksam an, wobei er sich auf seinen Stock stützt, dann mit der freien Hand in ihr Gesicht deutet und sagt: »Die Augen kenne ich doch! Woher stammst du?«

»Aus Marburg«, sagt Mirka und tritt zur Seite, um ihn vorbeigehen zu lassen.

Maximiliane kommt dazu, ein Blick genügt.

»Rektor Kreßmann aus Arnswalde!«

»Die kleine Quint! Wie war doch dein Vorname?«

»Maximiliane!«

»Richtig, Maximiliane! Oder muß ich ›Sie‹ sagen?«

»Sie müssen es nicht!«

»An deiner Tochter habe ich dich wiedererkannt, du mußt damals im gleichen Alter gewesen sein. Bei allem Verständnis für einen jungen heranwachsenden Menschen: aber du warst schulisch nicht geeignet. Ich habe deinem Großvater angeraten, dich in ein Internat zu stecken. Du hast dich übrigens gar nicht verändert!«

»Das wäre schlimm«, sagt Maximiliane und weiß nicht, daß sie eine ähnliche Antwort gibt wie jener Herr Keuner bei Bert Brecht.

»Immerhin habe ich mich vermehrt«, fügt sie hinzu und zeigt auf ihre Kinder.

»Alle diese entwurzelten Menschen!« stellt Herr Kreßmann fest.

»Wir sind keine Bäume, Herr Kreßmann!« widerspricht Maximiliane. »Wenn wir am selben Platz bleiben sollten, hätten wir Wurzeln und keine Beine!«

Dann fällt ihr Blick auf seine Beinprothese und den Stock. Ein Lächeln bittet um Entschuldigung.

»Alles in der Natur, was gedeihen soll, pflanzt man um. ›Pikieren‹ nennt man das. Ich habe bei Ihnen Biologieunterricht gehabt.«

»Alte Bäume nicht! Das hättest du auch lernen müssen!« sagt Herr Kreßmann, stößt sich mit der Prothese ab und setzt sich in Bewegung.

»Die Arnswalder treffen sich im Gasthof ›Neue Mühle‹. Wenn du hinkommst, sprich nicht von deinen Bäumen, sonst sind die Leute pikiert!«

Er lacht über den Witz, der ihm gelungen ist, schwenkt den Stock und geht davon.

»Was hast du plötzlich für Ansichten?« sagt Joachim, als sie wieder alleine sind, zu seiner Mutter.

»Zwei! Eine für mich und eine für die anderen!«

Maximiliane lacht, hat Tränen in den Augen.

»Ich konnte ihn noch nie leiden! Vielleicht habt ihr wirklich Beine und keine Wurzeln wie ich!«

»Du wurzelst in Poenichen, wir in dir«, sagt Joachim, als sei es eine Verszeile.

Maximiliane sieht ihren Sohn, dann ihre Töchter der Reihe nach an, sagt ein zweites Mal: »Kommt!«, faßt nach Eddas Arm, die ihren Satz noch immer nicht vollendet hat, und sagt: »Schluck es runter!«, fügt den alten Kinder- und Kosenamen »Kuckuck« hinzu, den sie fortan in der Bedeutung von ›Ich denke dran‹ benutzt. Sie zieht ihr Taschentuch hervor und wischt, in angewandter Zärtlichkeit, einen Teil der künstlichen

Farbe von Eddas Lippen, was jene sich widerspruchslos gefallen läßt.

Die Quints gehörten zu den letzten, die zu der Großkundgebung im Auestadion eintrafen. Sie fanden auf den oberen Rängen nur noch schattenlose Stehplätze, wurden von der Sonne geblendet, sahen wenig und hörten schlecht.

Dreißigtausend Pommern waren versammelt. Fahnen und Wimpel und Trachtengruppen. Mehrere Musikkapellen spielten zur Einstimmung und Unterhaltung Volksweisen. Über den Köpfen schwankten wieder die Schilder mit den Suchanzeigen; am Pfingsthimmel zog das Flugzeug noch immer die Verkündigung hinter sich her, daß Pommern lebt.

Worte zur Begrüßung und Grußworte, die verlesen wurden, auch Grußworte des Bundeskanzlers, in welchen von der ›erstrebten‹ Wiedervereinigung die Rede war. Die Menge dankte mit kräftigem Beifall. Kaum einer wurde gewahr, daß aus der vor kurzem ›geforderten‹ inzwischen nur noch eine ›erstrebte‹ Wiedervereinigung geworden war. Statt Ansprüchen nur noch Bestrebungen.

»Der Pommer ist im Winter genauso treu wie im Sommer!« Ein altes ärgerliches Sprichwort wird vom Bundesvertriebenenminister launig abgewandelt. Er lehnt die Oder-Neiße-Linie als Grenze ab und verkündet über Lautsprecher und Rundfunksender die Einheit aller Vertriebenen in ihrem Willen auf Rückkehr in die Heimat. »Alle Hilfe für die Vertriebenen bleibt Stückwerk, solange nicht die Ursache der Not beseitigt und ihnen und ihren Kindern die Rückkehr in die alte angestammte Heimat ermöglicht wird. Jener Satz eines großen amerikanischen Präsidenten gilt auch für uns: ›Nichts ist endgültig geregelt, was nicht gerecht geregelt wurde!‹«

Viele der Teilnehmer nahmen diese Worte mehr als Trost denn als Zusicherung, und der Minister eilte zum Großtreffen der Schlesier, um ihnen mit anderen Worten dasselbe zu sagen.

Der Hauptredner ergriff nun das Wort und gab wieder, was eine alte Frau zu ihm gesagt hatte, als er gerade die Tribüne besteigen wollte: »Ich kann jümmer nur seggen: warüm!« Eine Frage, die von der Menge mit lang anhaltendem Beifall beantwortet wurde. Der Redner hebt im Anschluß daran lobend die pommerschen Tugenden der Treue und Geduld, die sprichwörtlich seien, hervor und beschwört die großen Namen, sagt entschuldigend, daß die Berühmtheiten in Pommern nicht dicht gesät gewesen seien, aber die Menschen seien in Pommern nie dicht gesät gewesen, so viele Pommern auf einmal gebe es nur auf dem Pommerntag. Aber von Ernst Moritz Arndt, ihrem großen Landsmann, wenn nicht dem größten überhaupt, stamme das Wort, in einer dunklen Stunde des Vaterlandes gesagt: ›Das ganze Deutschland soll es sein!‹ Dann spricht er davon, daß am Wirtschaftswunder der Bundesrepublik Deutschland, von dem die Welt mit Hochachtung und auch mit Neid spreche, die Vertriebenen ihren großen Anteil hätten. »Wie ein gewaltiger Strom haben wir Menschen aus dem Osten uns in den Westen ergossen. Und hier sei mir ein Gleichnis gestattet: Die alten Ägypter haben den Nil gestaut, um mit seinen Wassern die Wüste fruchtbar zu machen. Wir Vertriebenen fanden ein durch die Kriegsereignisse verwüstetes Land vor. Wir haben es gedüngt und fruchtbar gemacht mit unserem Schweiß!«

Er beendete seine Rede mit der Ermahnung, am Willen zur friedlichen Rückkehr in die Heimat festzuhalten.

Ein weiterer Bundesminister, ebenfalls unterwegs zwischen Schlesiertag und Pommerntag und daher eilig, stellt die kurze, aber mahnende Frage an die Menge: »Lebt das gesamtdeutsche Vaterland und mit ihm die verlorene Heimat noch in dir wie seit eh und je?«

Eine Frage, die sich mit Klatschen nicht beantworten läßt. Die Menge schweigt.

Es wurde von den Pommern an diesem Tag nicht weniger erwartet als der Glaube an ein Wunder. Aber an Wunder zu glauben, war nie die Art der Pommern gewesen. Sie hörten zu, gaben sich mit Worten zufrieden, klatschten Beifall und hatten nur den einen Willen, aus ihren vorläufigen Existenzen dauerhafte Existenzen zu machen. Sie wurden nicht zum ›Dynamit‹, dessen Sprengkraft die junge ungefestigte Bundesrepublik hätte gefährden können, sondern zum Treibstoff, zum ›Dünger‹. Eine Tatsache, die in künftigen Zeiten die Historiker noch verwundern wird. Die Heimatvertriebenen hatten bei Kriegsende im falschen Teil Deutschlands gewohnt, das war ihr Unglück und wurde mehr und mehr auch noch zu ihrer Schuld in den Augen der Westdeutschen.

Zum Abschluß der Kundgebung sang eine Trachtengruppe das Pommernlied: ›Wenn in stiller Stunde . . .‹, dann sang man

gemeinsam, begleitet von einem Musikzug des Bundesgrenzschutzes, die dritte Strophe des Deutschlandliedes. »Einigkeit
und Recht und Freiheit . . .«

Maximiliane, die früher dieses Lied immer mit erhobenem
Arm und nur dessen erste Strophe gesungen hatte, hielt die
Hände auf dem Rücken zusammen; mitsingen konnte sie nicht,
da sie den Text so wenig kannte wie ihre Kinder.

Viktoria hatte sich einen heftigen Sonnenbrand zugezogen.

Den Poenichern blieb für ihr Wiedersehenstreffen in der
Gaststätte ›Auekrug‹ nicht viel Zeit; die meisten von ihnen
wollten noch am ›Bunten Abend‹ in der Stadthalle teilnehmen.

Lenchen Priebes Meinung, daß es ohne die Quindts nicht
gehe, hatte sich als Irrtum erwiesen. In die Wiedersehensfreude
mischte sich Verlegenheit. Das freundlich-patriarchalische
Verhältnis zwischen Herrenhaus und Dorfleuten war aufgeho-
ben, ein neues noch nicht gefunden. Hin und wieder streifte ein
prüfender Blick den ältesten Quint, der hochaufgeschossen,
freundlich und unbeteiligt dabeisaß. Wäre das ihr ›Herr‹ geworden? Wird das am Ende doch noch ihr Herr werden? Man
blickte rasch weg und dachte an anderes. Die Poenicher hätten
wohl gern gesehen, wenn die Quints es wieder zu etwas gebracht hätten, ohne recht zu wissen, wie dieses ›etwas‹ hätte
aussehen sollen.

Martha Riepe hatte dafür gesorgt, daß es Lungwurst mit
Sauerkraut und Erbspüree zu essen gab, ein Gericht, das man in
Pommern zur Winterszeit gegessen hatte. Selbstgekocht
schmeckt es besser, sagte man hinter vorgehaltener Hand. Die
Frau des Wirts stammte aus Dramburg, setzte sich zu den Gästen; man schwärmte von eingelegten Salzgurken, von
Schwarzsauer und Spickgans. Auch die Heimatliebe ging durch
den Magen. Es solle ja nun im Westen wieder die ›echte Rü-
genwalder‹ geben, berichtete der Bahnhofsvorsteher Pech, der
in Neumünster im Schalterdienst beschäftigt war, keinem
Bahnhof mehr vorstand, aber besser bezahlt wurde als früher.

Die Wirtin läßt für alle Gäste einen ›Mampe halb und halb‹,
früher Stargard, ausschenken. Bruno Slewenka, der letzte Kutscher der Quindts, damals sechzehnjährig und inzwischen
Pächter einer Tankstelle in Wiesbaden-Biebrich, läßt einen
Klaren folgen, ›zweitägig‹.

Die Stimmung lockert sich. Man will wissen, was aus dem alten Priebe geworden ist. Lenchen Priebe berichtet, daß ihr Großvater im Altersheim lebt und nicht mehr reisen wollte. »Nur, wenn't taurügge geiht.« Sie fallen ins Plattdeutsche. »Uns Baronin«, sagt die Witwe Griesemann. Wenn das Pökelfleisch verbraucht gewesen sei, hätte man sich ja auch mal einen Hecht aus dem See geholt. Konnte man darüber reden, wenn jemand von der ›Herrschaft‹ dabeisaß? Die Blicke streifen die jungen Quints, die kein Plattdeutsch verstehen und sich langweilen, bleiben an Maximiliane hängen, die freundlich zurückblickt. Jemand sagt halblaut, daß ›uns Baron‹ sich früher im Gasthof nicht hätte blicken lassen, nur bei der Wahl. Hermann Reumecke steht auf und wirft ein Geldstück in den Musikautomaten; früher hatte ihm der einzige Gasthof in Poenichen gehört, und jetzt arbeiteten er und seine Frau in einer Wäscherei in Hagen; ihr Chef hatte ihnen für die Fahrt nach Kassel den Kombiwagen ausgeliehen, mit dem Hermann Reumecke sonst die Wäsche auslieferte.

›Glocken der Heimat, tragt ihr mir Grüße zu‹, dringt es aus dem Musikautomaten, ein Lied, das man früher oft im ›Wunschkonzert‹ gehört hatte und das Wilhelm Strienz nun wieder in Grömitz beim Kurkonzert sang, wie Martha Riepe zu berichten weiß. Jemand erzählt, daß die Kirche in Poenichen bis auf die Grundmauern zerstört sei, und man erinnert sich, daß eine der beiden Glocken im Krieg eingeschmolzen war . . .

Nachrichten und Gerüchte. Walter Beske sollte seit einem Unfall beim Holzfällen Invalide sein. Seit vier Jahren! Und im fremden Land! Erika Beske war Krankenschwester geworden, hatte sich über eine isländische Agentur in Lübeck anwerben lassen und war jetzt in der isländischen Hauptstadt verheiratet, erzählt Lehrer Finke und: Hermann Meier, der zweite Sohn des Brenners, arbeite jetzt bei den Klein-Malchowern als einziger gelernter Brenner, sie stellen ›Klaren‹ her, auf dem Etikett sei der alte Graf zu sehen, der den ›Klein-Malchower‹ als einen ›Schnaps von Adel‹ anpries; im ›Pommernblatt‹ sei sogar mal eine Anzeige erschienen, seine Witwe habe den Betrieb aufgezogen, in Soest, der Graf selbst habe die Flucht ja nicht lange überlebt. Lehrer Finke, nun auch schon ein Sechziger, verfügte über die meisten Nachrichten.

Geburt, Hochzeit, Tod. An manche der Namen erinnerte

sich Maximiliane nicht mehr. Die Mauer zwischen Park und Dorf mußte höher gewesen sein, als sie gemerkt hatte. Sie kannte das Dorf nur vom Pferderücken und vom Kutschbock aus, allenfalls vom Fahrradsattel, immer aber ein wenig erhöht.

In diesen beiden Stunden in der Kasseler Gaststätte ›Auekrug‹ sitzend, sah sie, was ihre Mutter Vera vier Jahrzehnte früher bereits wahrgenommen hatte: den Höhenunterschied. Vera hatte damals schon Poenichen und die Quindts mit ihrer Kamera objektiv und kritisch gesehen. Maximiliane sah die Fotos vor sich: der alte Quindt in der Kutsche sitzend, der Inspektor auf dem Acker stehend, die Landarbeiterinnen kniend. Sie erkannte die Optik ihrer Mutter und das, was der alte Quindt ›die Unterschiede‹ genannt hatte.

Um eine Erkenntnis reicher, brach sie, früher als die anderen, auf. Außerdem trug sie den Keim eines Planes in sich, der noch ausreifen mußte; er betraf sowohl das spätere Leben von Edda als auch das von Lenchen Priebe, beide hatte Maximiliane aufmerksam beobachtet. Im Hinausgehen erkundigte sie sich bei Herrn Pech, ob er noch einmal etwas von seiner Schwester gehört hätte, und erfuhr, daß die Mamsell Pech sich in Mecklenburg aufhalte, zur Zeit sei sie Köchin in der Werksküche eines Kombinats. Er gab ihr die Anschrift.

Das Gefühl der Zugehörigkeit und Geborgenheit unter Menschen des gleichen Schicksals kam in Maximiliane nicht auf. Sie hatte ›auf‹ Poenichen gelebt und nicht ›in‹ Poenichen. Das wohlige Eintauchen in der Menge, der schöne seelische Rausch blieben ihr versagt. Sie wäre enttäuscht nach Hause gefahren, hätte sie sich nicht entschlossen, an der nächtlichen Treuekundgebung vorm Rathaus teilzunehmen, ohne ihre Familie, aber von ihrer Freundin Bella begleitet.

Hunderte von jungen Pommern zogen im Schweigemarsch durch die Stadt. Diesmal stand Maximiliane in der vordersten Reihe, ließ Fahnen und Fackeln an sich vorüberziehen und erinnerte sich an jene Jahre, als sie durch Potsdams Straßen gezogen war, hinter der Hakenkreuzfahne her. ›Siehst du im Osten das Morgenrot, ein Zeichen für Freiheit, für Sonne . . .‹, erkannte Zusammenhänge, erlebte eine der großen Nachhilfestunden in der Schule des Lebens.

Pünktlich um 22 Uhr spielte das Musikkorps des Bundesgrenzschutzes den großen Zapfenstreich. Ein Schauder überlief

Maximiliane, übertrug sich auf Bella, die ihren Arm drückte. Sie wandte ihr tränennasses Gesicht der Freundin zu, »mein Spülklosett!«, und weinte bis zum Lachen.

Arm in Arm gingen die Frauen nach Hause, saßen noch geraume Zeit mit Bellas Mann zusammen in der Küche; die jungen Quints hatten im Wohnzimmer schon ihr Matratzenlager aufgeschlagen. »Ich will aus Marburg fort!« sagte Maximiliane. »Wir können nicht zu dritt in der Bratwurststube stehen. Für Joachim ist es auch nicht gut, mit fünf Frauen zusammen zu leben. Aber wohin? Ich habe nichts gelernt.«

Herr v. Fredell faßte ihre Hand und küßte sie.

»So viel geleistet und so wenig gelernt?« fragte er liebenswürdig. »Sie haben Abitur?«

»Puddingabitur!« stellten beide Frauen gleichzeitig, lachend, fest.

Wieder greift Herr v. Fredell nach Maximilianes Hand und beugt sich darüber, überholte Umgangsformen in einer Küche des sozialen Wohnungsbaus.

»Sie sind Kriegswaise des Ersten Weltkriegs, Kriegswitwe des Zweiten Weltkriegs, stammen aus dem Deutschen Osten, sind von adliger Herkunft. Sie scheinen mir prädestiniert für eine Anstellung im Volksbund Deutsche Kriegsgräberfürsorge!«

18

›Der Mensch dieser Zeit hat ein hartes Herz und ein empfindliches Gedärm. Wie nach der Sintflut wird die Erde morgen vielleicht den Weichtieren gehören.‹

Georges Bernanos

Als der Abteilungsleiter, Herr Schröder, dem Generalsekretär des ›Volksbundes Deutsche Kriegsgräberfürsorge‹ die neue Mitarbeiterin vorstellte, bezeichnete dieser Maximiliane nach einem Blick auf die Personalkarte als ›eine Sendbotin des deutschen Ostens‹ und richtete einige persönliche und ermunternde Worte an sie, sowohl die in verschiedenen Geschäftshäusern der Stadt behelfsmäßig untergebrachten Diensträume betreffend als auch die, vergleichsweise, bescheidene, wenn auch im Rahmen der Tarife der Besoldungsordnung erfolgende Bezahlung. Er kam auf den Idealismus zu sprechen, der die Mitarbeiter des Volksbundes beseelen müsse, sprach von dessen Zielen und Aufgaben und sagte abschließend heiter und wohlwollend: »Sie haben nun hoffentlich nicht mehr die Vorstellung, daß man bei uns Heldengräber mit Heidekraut bepflanzt! Die Birkenkreuze am Wegrand, auf denen Helme unbekannter Krieger schaukeln, müssen Sie aus Ihrer Vorstellung verbannen, liebe gnädige Frau!«

Maximiliane wurde bei dieser Gelegenheit zum letzten Mal mit ›liebe gnädige Frau‹ angeredet; fortan war sie nur noch eine unter 150 Mitarbeitern. Der Generalsekretär hatte zum Abschluß noch jenen Satz nahezu wörtlich wiederholt, den Herr v. Fredell bereits zu ihr gesagt hatte: Der Umgang mit Toten sei gerade für eine Frau, eine Kriegswaise und Kriegswitwe zumal, eine befriedigende und erfüllte Tätigkeit: den Gefallenen beider Kriege, die zum großen Teil noch in Einzelgräbern verstreut lägen und von denen eine Vielzahl noch nicht identifiziert sei, ein würdiges Grab auf einem der Sammelfriedhöfe zu verschaffen, wo sie ein dauerndes Ruherecht genössen.

Wieder einmal war Maximiliane überrascht, daß sogar ihr Vorgesetzter genau wußte, was für sie richtig war; sie selbst wußte es keineswegs immer.

Die Auswahl an geeigneten Wohnungen, für die man nicht mehr als 3 000 Mark an Mietvorauszahlung leisten mußte – ein Betrag, den Maximiliane durch den Verkauf eines Schmuckstücks der Großmutter Sophie Charlotte aufbringen konnte –, war nicht groß. Sie entschied sich für eine Wohnung im Stadtteil Helleböhn, wo in jenen Jahren eine Reihe von Hochhäusern gebaut wurde. Den Ausschlag für diese Entscheidung gab der Blick aus den Fenstern. Wie ihr ging es allen späteren Besuchern: Man betrat die Wohnung, durchquerte sie und sagte, am Fenster angekommen: »Wie schön!« Die einen meinten die Stadt, die anderen die bewaldeten Höhenzüge von Söhre und Kaufunger Wald.

Auch diesen Wohnsitz hat Maximiliane als einen vorläufigen angesehen, als einen, dessen Ausgestaltung sich nicht lohnte. Die Wände blieben, da die Ahnenbilder verkauft waren, kahl. Wie in Marburg, so füllte sich aber auch diese Wohnung gegen ihren Willen mit Gegenständen, von Verwandten und Kolleginnen mitgebracht. Sie verglich das, was sie wieder besaß, noch immer mit dem, was sie vor 15 Jahren auf ihrem Handkarren mit sich geführt hatte; die anderen hatten den Blick inzwischen auf das gerichtet, was zur Vervollkommnung noch fehlte. Die wenigen Anschaffungen, die sie machte, waren nicht einmal zweckvoll. Schon an einem der ersten Tage kam sie mit einer Schallplatte nach Hause, zeigte sie den Töchtern. ›Wer die Heimat liebt, so wie du und ich, braucht die Heimat, um glücklich zu sein.‹ Sie sang ihnen die Melodie vor, erzählte, daß sie nach diesem Schlager in einer Kellerbar Berlins mit dem Vater getanzt habe, als sie sich zum letztenmal gesehen hätten. Derweil drehte sie die Platte zwischen den Händen, sah auf der schwarzen Kautschukplatte den alten Mann vor sich, der Klavier gespielt hatte, sah das Radiogerät, vor dem der Kellner stand und die Luftlageberichte verfolgte, sah das zerstörte Hotel, den Bunker, die fluchtgleiche Rückkehr nach Poenichen…

»Wir haben doch keinen Plattenspieler!« sagte Edda.

Von jener Begegnung mit dem Generalsekretär hatte Maximiliane nur den Begriff des ›dauernden Ruherechts der Toten‹ im Gedächtnis behalten; dieser Begriff beeindruckte sie so sehr, daß er in allen Briefen auftauchte, in denen sie ihre Verwandten und Freundinnen von ihrer neuen Tätigkeit unterrichtete. Bei ihrer ständigen inneren Unruhe erschien ihr ein dauerndes Ruherecht als etwas Verlockendes. Ihre Mitarbeiter, fast alles ›Ehemalige‹ – ehemalige Journalisten, ehemalige Schauspieler, ehemalige Offiziere, ehemalige Bankangestellte –, schienen von ihrer hohen Aufgabe überzeugt zu sein, was ihr gefiel; daß sie ständig darüber sprachen, gefiel ihr weniger.

Als Herr Schröder Maximiliane mit ihrem künftigen Aufgabengebiet, die Zentralgräberkartei für Frankreich, vertraut machte, sagte er bedauernd, daß man ihr trotz der Empfehlung Herrn v. Fredells vorerst keine hohe Position anbieten könne. Es handele sich eher um einen Posten als um eine Position, aber dieser Posten sei ausbaufähig. Es bedürfe einer Zeit der Einarbeitung, in der sie sich vor allem mit den Zielen des Volksbundes vertraut machen müsse. Auch die Arbeit an der Kriegsgräberkartei sei von hoher Wichtigkeit, verlange Genauigkeit und Kombinationsfähigkeit, ja sogar Hingabe. Bei jeder noch so geringfügig erscheinenden Eintragung, bei jedem Datum, jedem Ortsnamen, handle es sich um ein menschliches Schicksal. Eines Tages würde das Frauenreferat neu zu besetzen sein; im Hinblick auf eine künftige Friedenspolitik warte dort vielleicht ein großes Aufgabengebiet auf sie.

Aber Maximiliane gehörte nicht zu jenen Frauen, die einen Posten zu einer Position ausbauen. Sie füllte den derzeitigen nicht einmal aus; er füllte sie allerdings ebenfalls nicht aus. Sie hatte aber unter der Anleitung des Großvaters schon als kleines Kind Selbstbeherrschung gelernt, und diese bewahrte sie jetzt davor, von anderen beherrscht zu werden. Pünktlich um 7 Uhr 30 erschien sie zum Dienst, führte auf dem Dienstapparat keine privaten Telefongespräche, überschritt die halbstündige Mittagszeit nie, gab keinen Anlaß zu Ermahnungen, tat aber auch nicht mehr, als ihr aufgetragen war.

Sie hat Arbeit nie als Tugend angesehen.

Ihr Arbeitsplatz befand sich in einem Geschäftshaus der Oberen Königstraße, in dem der Volksbund zwei Stockwerke gemietet hatte. Ein langer Flur, zu dessen beiden Seiten kleine quadratische Räume lagen. ›Wie im Kuhstall‹, berichtete Maximiliane ihren Kindern, eher anerkennend als mißbilligend gemeint. In dem Raum, in dem sie arbeitete, standen vier Schreibtische, zu einem Block zusammengeschoben, von drei Seiten begehbar. Durch die beiden nebeneinanderliegenden Fenster sah man auf die Brandmauer einer noch nicht wiederaufgebauten Ruine. Maximiliane beanspruchte auf der von Blumentöpfen bereits übersetzten Fensterbank keinen weiteren Platz für eigene Blattpflanzen, kochte sich zum Frühstück nicht mit Hilfe des büroeigenen Tauchsieders Kaffee und bot sich daher auch nicht an, das Kaffeekochen für Herrn Schröder wochenweise zu übernehmen. Bereitwillig erkannte sie die älteren Rechte der größtenteils jüngeren Kolleginnen an. Wenn sie den Kopf hob, fiel ihr Blick auf die gegenüberliegende Zimmerwand, an der Feriengrüße von Kollegen hingen: Ansichtskarten aus Ruhpolding, Grömitz, Alassio und Mallorca.

Manchmal begegnete ihr Blick dem von Frau Hoffmann, die ihr dann ermunternd zulächelte, woraufhin Maximiliane ebenfalls lächelte. Sie gab sich Mühe, ihre Schrift auf die Zeilenhöhe und Zeilenbreite der Formulare zu verkleinern, gab sich ebenfalls Mühe, die Bewegungen ihrer Arme und Beine den Ausmaßen des Büroraums anzupassen; größere Schwierigkeiten bereitete es ihr, mit der ihr zustehenden Luft auszukommen. Frau Hoffmann, die Älteste im Raum, litt unter Neuralgien, das Fenster durfte daher nicht geöffnet werden, allenfalls die Tür.

Die Arbeitsgebiete für die an der Zentralgräberkartei Beschäftigten waren nach Todesräumen aufgeteilt. Maximiliane war zuständig für die im Raum des Sammelfriedhofs Dagneux im Departement Ain gefallenen Soldaten. Sie füllte Formblätter aus, mit denen die Angehörigen von der Umbettung des Mannes, Vaters, Sohnes oder Bruders auf diesen Friedhof verständigt wurden. Sie übertrug Namen, Vornamen, Geburtsdatum und Dienstgrad, gab Grabnummer, Grabreihe und Gräberblock an und fügte der Benachrichtigung einen bebilderten Prospekt bei, mit einer genauen Lageskizze des Friedhofs, auf dem nach Abschluß der Umbettungen und Zubettungen 19 000 Gefallene aus 21 Departements gemäß den Abmachungen zwischen der französischen und deutschen Regierung ihr dauerndes Ruherecht finden würden. Noch enthielt der Prospekt Prophezeiungen, die sich in den folgenden Jahren erfüllen mußten. Wenn die Ausgestaltungsarbeiten beendet seien, hieß es, könne man erkennen, was den Gestaltern dieser Kriegsgräberstätte vorschwebte, nämlich, den hier Ruhenden ein dauerhaftes Grab in einem Fleckchen Heimat zu bereiten, den Friedhof in die ihn umgebende Landschaft einzugliedern, den Angehörigen der Toten das Gefühl der Befriedigung und des Trostes zu vermitteln sowie allen Besuchern die eindringliche Mahnung zum Frieden mit auf den Weg zu geben.

Auf dem Friedhof Dagneux lagen vornehmlich die Gefallenen jener Kämpfe, die nach der Invasion der Alliierten an der französischen Riviera, Mitte August 1944, stattgefunden hatten. Diese Invasion war Maximiliane bisher unbekannt gewesen. Für sie hatte die Invasion im Juni 1944 in der Normandie stattgefunden, jene, bei der unter so seltsamen Umständen ihr Mann schwer verwundet wurde. Diese beiden Invasionen der Alliierten wurden ihr zum Verhängnis, da sie nicht in der Lage war, sie zu unterscheiden. Es fehlte ihr an logischem Denkvermögen. Einen Sinn für das Objektive, Unwiderlegliche der Geschichte hatte sie nie besessen. Wenn sie auf einem Aktenstück ›Neufville, Juni 1944‹ las, erkannte sie nicht, daß es sich um ein Neufville in der Normandie und bei der Angabe ›Neufville,

September 1944‹ um einen gleichnamigen Ort in Südfrankreich handelte. Es wurden ihr Ordnungsarbeiten übertragen, und sie schaffte Unordnung. Es dauerte verhältnismäßig lange, bis man auf die Verwirrung, die die neue Mitarbeiterin anrichtete, aufmerksam wurde.

Kurze Zeit beschäftigte man sie dann an der Umbettungskartei, wo sie lediglich mit der Schreibmaschine die handgeschriebenen Protokolle über die Ausbettungsbefunde auf Karteikarten zu übertragen hatte. Ein anderer Büroraum, andere Gesichter, aber die gleichen Blumentöpfe und Tauchsieder. »1/2 EM«, schrieb sie, was ›halbe Erkennungsmarke‹ bedeutete. »Ohne Kleider«, »Li.Ob.Schenkel schlecht verh. Bruch«. Sie trug die Körpergröße ein, die Maße von Oberschenkel und Elle, das ungefähre Alter, die Abnutzung der Zähne. Sie ertappte sich dabei, wie sie zwischendurch gedankenversunken und an den Fingernägeln kauend die schematischen Darstellungen betrachtete, auf denen mit notwendiger und bewundernswürdiger Genauigkeit der Befund von Ober- und Unterkiefer, Schädel und Rückgrat eingetragen war.

»Man gewöhnt sich!« sagte Frau Wolf, ebenfalls verwitwet.

Maximiliane gewöhnte sich nicht. Im Haus der Fredells mußte sie immer wieder Rat suchen. Auch für ihre Versorgungsangelegenheiten fand sie in Herrn v. Fredell einen willigen und sachkundigen Berater. Er hatte, als er bei Kriegsbeginn zur Wehrmacht eingezogen wurde, sein Jura-Studium abbrechen müssen und hatte es, da er Ende des Krieges geheiratet hatte, nach seiner Entlassung aus der Kriegsgefangenschaft nicht wiederaufnehmen können. Er nannte sich aber dennoch einen Juristen, wenn auch einen ›abgebrochenen‹. Sobald der Ausdruck ›abgebrochener Jurist‹ fiel, gedachte sie ihres Rheinländers. Es war Herrn v. Fredell ein Bedürfnis, der Freundin seiner Frau in juristischen Fragen beizustehen. Was ihre Versorgungsansprüche anlangte, konnte sie, seiner Ansicht nach, den Artikel 131, die früheren Angehörigen des öffentlichen Dienstes betreffend, für sich in Anspruch nehmen, da er auch die Flüchtlinge und Vertriebenen einschloß.

Maximiliane, Opfer zweier Weltkriege, stellte also endlich einen entsprechenden Antrag.

Wenige Tage später erschien eine ihrer Kolleginnen, ein Fräulein Vogel, betraut mit der Kriegsgräberkartei des Friedhofs Sailly-sur-la-Lys, vornehmlich für Gefallene des Ersten Weltkriegs, legte eine zweisprachige Gräberliste vor sie hin, zeigte auf die Listennummer 3412 und fragte, ob es sich dabei um einen Verwandten handeln könnte. ›Freiherr Achim von Quindt, Leutnant.‹

Maximiliane las die Eintragung eingehender und stellte fest, daß es sich um ihren Vater handeln mußte.

»Der Friedhof liegt nicht weit von Lille!« sagte Fräulein Vogel. »Lauter Einzelgräber! Kein einziges Kameradengrab!«

»Hat sich denn von Ihrer Familie nie jemand um sein Grab gekümmert?« fragte Frau Wolf, wobei sich in der Frage das menschliche mit dem beruflichen Interesse mischte.

»Nein«, antwortete Maximiliane. »Soviel ich weiß, wollte mein Großvater ihn überführen lassen. Nachdem wir den Weltkrieg verloren hatten, war es unmöglich. Er hat ihm einen Stein auf dem . . .«

Sie bricht ab, die Eichen des Innicher Berges vor Augen, unter denen mehrere Generationen der Quindts beigesetzt worden waren, Findlinge der Eiszeit als Grabsteine.

»Vielleicht wird die Leiche Ihres Mannes auch noch gefunden!« sagt Frau Wolf und hält diese Worte für Trostworte. »Hier erfährt man das am ehesten. Geben Sie nur nicht die Hoffnung auf! Bei den Aufbauarbeiten in Berlin werden immer noch unbekannte Tote freigelegt, und meist können sie dann auch identifiziert werden. Hauptsache, Ihr Mann hatte irgendwelche besonderen Merkmale, Knochenbrüche oder dergleichen.«

Maximiliane hebt den Blick von der Gräberliste und erteilt die gewünschte Auskunft. »Er war einarmig, er hatte den rechten Arm bei der Invasion der Alliierten in der Normandie . . .«

Auch dieser Satz bleibt unvollendet.

»Das ist doch großartig! Sie müssen das mal Herrn Degenhardt sagen, der bearbeitet die Berliner Toten.«

Maximiliane rückt mit dem Stuhl zurück, erhebt sich, hält sich an der Schreibtischkante fest. Was sie bisher erfolgreich vermieden hat, ist geschehen; ihre Phantasie macht sich selbständig, Erdlöcher und Bagger, Skelett und Kieferknochen ihres Mannes. Das Blut weicht aus ihrem Kopf, sie schwankt.

In einem gut geführten Büro ist auch dieser Fall vorgesehen. Frau Wolf eilt mit Kölnisch Wasser herbei, Frau Menzel holt die Flasche mit dem Weinbrand. Die Blumentöpfe werden beiseite geschoben, das Fenster geöffnet. Herr Schröder wird verständigt und kommt persönlich, um nach der Mitarbeiterin zu sehen. Er erkundigt sich, ob sie lieber nach Hause gehen und sich hinlegen möchte, fügt verständnisvoll hinzu, daß erfahrungsgemäß die erste Erschütterung immer groß sei, wenn ein Angehöriger endlich Gewißheit erhalte, aber der Trost stelle sich recht bald ein, wenn er dann erfahre, wo sich das Grab des Toten befinde.

Nachdem Maximilianes Versorgungsfall in erster Instanz abschlägig beschieden worden war und sie ihn auf Anraten Herrn v. Fredells bis vor die oberste Instanz, das Hessische Ministerium des Inneren, gebracht hatte, kam von dort der Bescheid: Viktor Quint gelte infolge seiner Tätigkeit beim Reichssippenamt als Angehöriger der SS, deren nachgelassenen Witwen keine Versorgungsansprüche zustanden. Wieder mußte Maximiliane von einem Sachbearbeiter getröstet werden.

Herr König, der für den Fall Quint zuständige Beamte beim Regierungspräsidenten, teilte ihr die endgültige Absage nicht nur schonend, sondern auch mit Anzeichen der Erbitterung mit. »Die Witwe des Reichsmarschalls Göring erhält eine Pension! Das geht einem doch nicht in den Kopf, daß Sie keine bekommen sollen!«

»Ich will mich nicht mit der Witwe Görings vergleichen!«

»Diese Herren haben ein tausendjähriges Reich gegründet, und ihren Witwen und Waisen hinterlassen sie nicht einmal eine kleine Rente.«

»Es paßt zu diesen Herren«, sagt Maximiliane, »sie hatten immer Größeres im Sinn.« Wo sie Ansprüche stellen könnte, verzichtet sie, wo sie verzichten müßte, stellt sie Ansprüche. Sie lernt nicht, sich wie jedermann zu verhalten.

Herr König klappt die Akte Quint endgültig zu und bringt Maximiliane zur Tür, reicht ihr die Hand. »Sie sind über die ersten schweren Jahre gekommen, Sie werden auch weiter durchkommen! Die Auszahlungen der Hauptentschädigung des Lastenausgleichs sind ja nun im Gange, da werden Sie schon nicht leer ausgehen!«

Auch um die Beschleunigung dieser Ansprüche hatte Herr v. Fredell sich gekümmert.

Jetzt stieß sich Maximiliane nicht mehr an Türklinken und Schubladen ihres Büros, sie paßte sich an, auch an den engen Raum. Anläßlich ihres Geburtstages backte sie eine Prinz-Friedrich-Gedächtnis-Torte, nahm sie mit ins Büro und erntete die Anerkennung der männlichen und weiblichen Kollegen, bei denen sie immer beliebter wurde, da ihre offenkundige Untüchtigkeit ihnen die Furcht vor einer Konkurrentin nahm; zusätzlich verschaffte sie ihnen das Gefühl der Überlegenheit. Trotz ihrer Herkunft und ihrer Freundschaft zu einem der Abteilungsleiter schloß sie sich nie aus. Sie nahm am Betriebsausflug, einer Dampferfahrt auf der Fulda nach Hannoversch-Münden, teil, sammelte für die Kriegsgräber, ließ sich dabei die wenig beliebten und wenig ergiebigen Straßen zuweisen, stand in der Novembernässe, hielt die weiße Sammelbüchse mit den fünf schwarzen Kreuzen in der Hand, aber nicht auffordernd, sondern abwartend; sie hatte nur geringe Beträge vorzuweisen. Zur Ausgestaltung der Weihnachtsfeier trug sie mit der Herstellung von Strohsternen und Papierrosen bei.

Ende der fünfziger Jahre: Maximiliane zog Sackkleider an, wie die Mode es verlangte, die besten Partien ihres Körpers wurden lieblos verdeckt, dafür wurden ihre rachitisch verdickten Knie sichtbar. Ihre Versuche, spitze Schuhe mit bleistiftdünnen Absätzen zu tragen, endeten damit, daß sie die Schuhe in der Hand trug und barfuß ging. Ihr Körper widersetzte sich standhaft allen modischen Vergewaltigungen. Als bei jener Weihnachtsfeier ein Mitarbeiter mit ihr tanzen wollte, zog sie mitten im Tanz die Schuhe aus. Es handelte sich um einen Herrn Le Bois, Nachfahre einer Kasseler Hugenottenfamilie, einer der ›Umbetter‹, der nach mehrjähriger Tätigkeit in Südfrankreich nun in der Bundesgeschäftsstelle arbeitete, allerdings in einem Büro am Ständeplatz. Trotz der Neugier der Kolleginnen blieb diese Beziehung unbemerkt. Maximiliane hatte das Talent zur Geheimhaltung von ihrer Großmutter Sophie Charlotte geerbt, der es immerhin gelungen war, jene Zoppoter Affäre mit einem polnischen Leutnant, der Maximilianes Vater sein Leben verdankte, in Vergessenheit geraten zu lassen. Dieses Verhältnis Maximilianes zu Herrn Le Bois entsprach auch so wenig den üblichen Vorstellungen vom Verhalten einer Kriegswitwe, zumal einer Mutter von erwachsenen und heranwachsenden Kindern, daß Argwohn nicht aufkam.

Ausgedehnte Abendspaziergänge, wesentlich mehr wäre nicht zu beobachten gewesen. Lediglich Viktoria, mit dem Wahrnehmungsvermögen eines Spürhundes begabt, wurde etwas gewahr.

»Mutter hat mal wieder einen Freund!« verkündete sie, als alle Geschwister zugegen waren, was oft geschah, sie blieben Nesthocker, trotz des wenig behaglichen Nestes, trotz der mütterlichen Aufforderung: ›Lauft!‹

Viktorias Beobachtung wurde von Maximiliane weder bestätigt noch bestritten, fand bei den Geschwistern wenig Interesse.

Diese, nennen wir es ›kleinere Affäre‹, ging nicht unter die Haut, tat der Haut aber sichtlich wohl, blieb ohne weitere Folgen, so daß ihr hier kein weiterer Platz eingeräumt zu werden braucht.

Das einzige, was davon übrigblieb, waren die Abendspaziergänge, die Maximiliane nun allein unternahm. Ein Auto hatte sie sich bisher aus anhaltender Trauer um Golo nicht wieder angeschafft.

Ein Jahrzehnt lang hatte sie, wenn sie durch den Wald ging, auf den Waldboden geblickt, immer auf der Suche nach Brennbarem und Eßbarem, Bucheckern, Pilzen, Kleinholz, jetzt hob sie den Blick, entdeckte den Himmel neu. Als die erste Rate der Hauptentschädigung des Lastenausgleichs angewiesen und auch ausgezahlt wurde, mit der Auflage, diese Summe zur Existenzsicherung in der Bundesrepublik anzulegen, riet Herr v. Fredell ihr zum Bau eines Hauses; ein Vorschlag, gegen den Maximiliane sich heftig wehrte. Sie wollte nicht für Poenichen entschädigt werden, sie wollte Poenichen haben! Einer ihrer seltenen Ausbrüche. Sie verschließt sich dann aber den Ratschlägen des Freundes nicht, zumal Bella ihr zuredet. »Es gibt nicht nur eine einzige Heimat! Es gibt mehrere, auch kleinere. Unsere Söhne fühlen sich hier beheimatet.«

Außerdem traf zu dieser Zeit ein Brief ihres Onkels ein, jenes ehemaligen Generals Erwin Max von Quindt, dessen Frau Elisabeth sich auf dem Eyckel ausdauernd um die Erziehung der Quints aus Poenichen bemüht hatte. Dieser Onkel Max hatte inzwischen eine einflußreiche Stelle beim Bundesausgleichsamt in Bad Homburg inne und riet ihr dringend zur bedachtsamen und vermögenswirksamen Geldanlage. Auf dem Briefkopf stand unter der jetzigen Anschrift: ehemals Königsberg, Regentenstraße 12. Die Generalin hatte handschriftlich unter den Brief die Frage gesetzt: »Hast Du einmal in Erwägung gezogen, Deinen Sohn Joachim eine diplomatische Laufbahn einschlagen zu lassen, damit er später eine seiner Herkunft und seinem Stand angemessene Stellung erhält?«

Da Joachim sich zu diesem Zeitpunkt gerade in Schweden aufhielt und sich dort um seine Erbschaft kümmerte, versäumte Maximiliane es, ihm die Erwägung seiner Großtante Elisabeth mitzuteilen. Aber er hätte sie ohnedies nicht einmal in Gedanken nachvollziehen können, so fern lag sie ihm. Statt der geplanten zwei Wochen verbrachte er die ganzen Semesterferien in Schweden, und statt eines Briefes schickte er seiner Mutter ein Gedicht, zum erstenmal ein Liebesgedicht, eines, das sich zugleich an Schweden und an ein schwedisches Mädchen richtete. Maximiliane nahm es als Zeichen dafür, daß er endgültig für Poenichen verloren war. Warum also kein Grundstück erwerben, warum nicht in Kassel? Sie stimmte den Vorschlägen, die Herr v. Fredell machte, zu und unterschrieb den Kaufvertrag über ein Ruinengrundstück in der Innenstadt Kassels.

Seit sie im Büro die Übertragung der Umbettungsprotokolle auf Karteikarten vornahm, träumte sie nachts häufig von Zahnplatten aus Kautschuk, von Oberschenkeln mit verheilten Brüchen und von verkohlten Knochen. Das Schreibmaschineschreiben machte ihr, da sie es nie richtig gelernt hatte, große Mühe. So richtete sie ihre Aufmerksamkeit mehr auf die Tastatur der Schreibmaschine als auf Namen und Zahlen, vertat sich dabei mehrfach, etwa bei den zahlreich vorkommenden gleichen Namen wie ›Meier‹ oder ›Müller‹, ging großzügig und daher fahrlässig mit Todesräumen und Grabnummern um, so daß Herr Schröder sich zu seinem Bedauern schließlich genötigt sah, sie mit noch einfacheren Aufgaben zu beschäftigen. Weder von ihm noch von dem Leiter des Personalbüros wurde erkannt, daß man sie nicht mit kleineren, sondern mit größeren Aufgaben hätte betrauen müssen. Für die selbständige Erledigung der Angehörigen-Korrespondenz wäre sie gut geeignet gewesen. So wie sie als Zwanzigjährige in Poenichen die Nachricht vom Kriegstod der Männer in die Häuser gebracht hatte, hätte sie auch jetzt sicher die richtigen Worte gefunden.

Ihre Acht- und Arglosigkeit hatte in einem anderen Fall, dem ihres Besitzes, unerwartet gegenteilige Folgen. Der Wert ihres Grundstücks, das sie gleichgültig und lustlos erworben hatte, war in kurzer Zeit durch die erhöhte Bautätigkeit und entsprechende Grundstücksspekulation um ein Vielfaches gestiegen.

Gegen ihren Willen ist sie wieder vermögend geworden. Als sich ein Käufer für das Grundstück findet, der bereit ist, das Dreifache des ursprünglichen Kaufpreises zu zahlen, greift Herr v. Fredell nach Maximilianes Hand, beugt sich darüber und sagt: »Ein Goldhändchen!« Er empfiehlt ihr, zumindest einen Teil des Betrages in bleibenden Werten anzulegen, Orientteppiche, Silber, Antiquitäten, falls es, womit er zu rechnen schien, wieder Notzeiten und Geldentwertung geben sollte. Im Gedenken an die Silbersachen, die im Park von Poenichen vergraben lagen, und an die Teppiche, mit denen die Wagen des Trecks behängt gewesen waren, fiel es Maximiliane schwer zu glauben, daß in künftigen Notzeiten Teppiche helfen könnten; einen Treck mit Pferdefuhrwerken würde es nie wieder geben. Inzwischen hatte sie auch einen anderen, bereits beim Pommerntag gefaßten Plan insgeheim weiterverfolgt. Dieser Plan wuchs im gleichen Maße, wie vor den Fenstern ihrer Wohnung ein neues Hochhaus emporwuchs, das den Blick versperrte und sie immer mehr beengte.

Die Ansicht, daß sich eine verwaiste und verwitwete adlige Flüchtlingsfrau für die Tätigkeit beim Volksbund Deutsche Kriegsgräberfürsorge besonders gut eigne, wurde von Maximiliane weiterhin nahezu täglich widerlegt. Sie genoß jedoch Kündigungsschutz, da alle Bundesdienststellen die Auflage hatten, einen gewissen Prozentsatz an Kriegsgeschädigten zu beschäftigen. Nach vertraulicher Rücksprache mit Herrn v. Fredell, den man noch immer für Maximiliane zuständig hielt, sah man sich schließlich genötigt, Maximiliane mit noch einfacherer Büroarbeit zu beschäftigen, was darauf hinauslief, daß sie in den letzten Monaten ihrer Tätigkeit Adressen für Briefe zu schreiben hatte, in denen die gewissenhafte Erledigung von Grabschmuck- und Fotowünschen bestätigt wurde. Die Kolleginnen sahen ihrem unaufhaltsamen Abstieg nicht ohne Mitgefühl zu. Auch diesmal wußte Frau Wolf Trost!

»Sie wissen wenigstens, daß jemand auf Sie wartet, wenn Sie nach Hause kommen.«

Zumeist wartete Maximiliane allerdings darauf, daß ihre

Töchter nach Hause kamen; nur selten wurde sie von ihnen erwartet.

Viktoria hatte inzwischen ihre Schulzeit mit der Hochschulreife und Mirka mit der mittleren Reife abgeschlossen. Viktoria studierte nun in Göttingen, und zwar jene beiden Fächer, zu denen sie die schlechteste Voraussetzung mitbrachte: Psychologie, Soziologie. Mirka dagegen wählte das einzige Fach, für das sie begabt war, den Tanz. Sie bekam ihr erstes Engagement als Elevin beim Ballett des Kasseler Staatstheaters, nähte sich in ihrer Freizeit mit viel Phantasie und Geschmack ihre Kleider selbst, besserte – als Mannequin für die kleinen Größen – bei Modeschauen der Konfektionshäuser ihr Taschengeld auf und beteiligte sich heimlich an Schönheitswettbewerben.

Als Anfang September – die Vorlesungen an den Universitäten hatten noch nicht begonnen – alle Quints wieder einmal vollzählig beisammen waren, nahm Maximiliane die Gelegenheit wahr und lud die Fredells zum Abendessen ein.

Poenicher Tafeltuch und Poenicher Damastservietten, die Taufterrine mit Fruchtdolden der Eberesche gefüllt. Es gab, auf einer flachen Schüssel angerichtet, zu Toast und Rotwein, zum erstenmal eine Poenicher Wildpastete, von Maximiliane eigenhändig zubereitet.

Da sie kein Rezept besaß, hatte sie sich auf ihr Gedächtnis verlassen müssen, wo es versagte, verließ sie sich auf ihre Eingebung. Sie hatte wie Anna Riepe die alten Küchenmaße benutzt: eine Handvoll, eine Prise, ein Schuß . . .

Die Pastete wurde allgemein gelobt. Herr v. Fredell erlaubte sich eine Einschränkung, indem er darauf hinwies, daß ein trockener Weißwein, ein Chablis möglicherweise, besser passen würde als ein Rotwein.

»So etwas kannst du vorzüglich!« sagte Frau v. Fredell zu Maximiliane. »Für Karteikästen voller unbekannter Toter bist du einfach nicht geeignet. Ich würde gerne mit dir tauschen. Mein Mann hätte sicher nichts dagegen.«

Maximiliane sieht die Freundin an, diese ihren Mann, der seinerseits Maximiliane ansieht. Ein rechtwinkliges Dreieck der Blicke, Begegnungen fanden dabei nicht statt, wurden wohl auch vermieden.

»Du bist keine berufstätige Frau, du bist begabter für die Ehe!« fuhr Frau v. Fredell fort.

»Begabter«, antwortete Maximiliane, »aber ohne Erfahrungen! Ich bin eigentlich nie verheiratet gewesen. Ich war immer nur verwitwet. ›Eine geborene Witwe‹ hat mich einmal jemand genannt. Es war mir immer peinlich. Jahr für Jahr lebt man weiter, und der andere ist tot. Manchmal bin ich mir wie eine Mörderin vorgekommen. Neben mir befand sich immer eine leere Stelle, andere Witwen füllen sie mit Worten, reden von ihrem ›Verstorbenen‹, ihrem ›gefallenen Mann‹. Ich habe das nie gekonnt. Ich war ihm keine gute Witwe.«

Joachim hebt das Glas und blickt sie an: »Eine gute Mutter bist du bestimmt.«

Maximiliane hat die Fähigkeit, bei einem Lob zu erröten, noch immer nicht verloren; sie sieht die Kinder der Reihe nach an und sagt zusammenfassend: »Ich bin wohl ein Muttertier.«

Als die Pastete aufgegessen und ausreichend gelobt ist, nimmt Maximiliane die leere Glasplatte in beide Hände und eröffnet den Anwesenden, daß sie zu dem Entschluß gekommen sei, dieses Gericht als ›Poenicher Wildpastete‹ in den Handel zu bringen.

»Man wird die Zusammensetzung ändern müssen, ein Drittel Wild, zwei Drittel Schwein, im übrigen das Originalrezept. Die Pastete in kleine irdene Töpfe gefüllt, ein Etikett darauf mit jenem Satz Bismarcks, den er in einem Brief an meinen Urgroßvater geschrieben hat.« Sie hält den Brief hoch und liest vor: »»Meine Frau bittet die Ihrige um das Rezept für die Poenicher Wildpastete. Ganz der Ihrige. Bk.‹ In Faksimile und daneben ein Bild des alten Quindt!«

»Willst du etwa eine Fleischwarenfabrik gründen?«

Jedes Wort kommt aus einem anderen Mund; die Fredells sind ebenso befremdet wie die jungen Quints.

»Ich nicht, sondern Edda«, sagt Maximiliane und reicht dieser den Bismarckbrief über den Tisch. »Sie hat mehr Familiensinn bewiesen als alle anderen, außerdem hat sie Geschäftssinn. Sie hat jahrelang in unserer Bratküche gearbeitet. Außerdem ist sie die einzige von uns, die ein ausgeprägtes Verhältnis zum Geld hat. An der Einstellung zum Geld erkennt man einen Menschen besser als an seiner Einstellung zu Gott. Joachim hat seine eigenen Pläne, die sich mit Pastetenproduktion nicht vereinen lassen; Viktoria hat vor, die Besitzverhältnisse der Welt neu zu ordnen, und Mirka ist nie auf Poenichen gewesen.«

Der Reihe nach blickt sie ihre Kinder an. Ihre Begründungen waren willkürlich gewählt, die Anwesenden waren jedoch zu überrascht, um es wahrzunehmen.

Maximiliane umriß nun in wenigen Sätzen ihre Pläne.

»In Holstein soll es am meisten Wild geben, also müßte der Betrieb in Holstein gegründet werden. Hasen werden nur in wenigen Monaten geschossen, in den übrigen Monaten muß man auf Rotwild ausweichen. Zwei unterschiedlich große Töpfe mit Wildpastete. 200 Gramm und 500 Gramm. Die Heimatliebe der Vertriebenen geht durch den Magen. Wohlhabend sind die Pommern noch nicht wieder, die meisten waren es auch früher nicht, also keine Pistazien und keine Trüffel, sondern Nüsse und Zuchtchampignons. Man muß den richtigen Kundenkreis ansprechen, am besten im ›Pommernblatt‹. Ein Nachkomme der Lübecker von Quinten soll sich auf Schweinemast spezialisiert haben, er kann uns beliefern. In seiner Nähe muß man einen stillgelegten Bauernhof erwerben; Herr Picht, unser Nachbar aus Poenichen, von Gut Juchenow, übernimmt die Vertretung beim Adel, der nicht getreckt ist; auf den Gütern kann heute keine Wildpastete mehr hergestellt werden, weil es an Personal fehlt. Martha Riepe kann die Buchführung übernehmen. Und vergeßt nicht, daß Edda vor Hunger geweint hat!«

Sie richtet den Blick auf Edda, erinnert sich an die Worte Greens, sagt: »Du mußt nur aufpassen, daß du nicht dick wirst!«

Sie lehnt sich zurück. Sie hat die längste Rede ihres Lebens gehalten.

19

›Das Huhn, das ein Ei gelegt hat, gackert, die Ente nicht. Der Erfolg
ist, daß alle Welt nur Hühnereier ißt – Enteneier sind kaum gefragt.‹
Henry Ford

Jener Nachkomme der Lübecker von Quinten hieß Marten mit
Vornamen, war Anfang Dreißig, rotblond, unverheiratet und
besaß einen landwirtschaftlichen Betrieb, wenige Kilometer
von Eutin entfernt, holsteinische Schweiz, 20 Kilometer Luftlinie zur Ostsee, 80 Kilometer Luftlinie zur Nordsee. Der Hof
hieß Erikshof, nach einem früheren dänischen Besitzer, und
war im Jahr 1921 von Martens Großvater, August von Quinten, zum Zweck der Geldanlage erworben worden. Als nach
den für die Landwirtschaft zunächst günstigen Kriegs- und
Nachkriegsjahren die Lage schwieriger wurde, hatte Albert
von Quinten, Martens Vater, diesem den Hof überlassen;
rechtzeitig, wie er selber meinte, vorzeitig, wie seine Nachbarn
meinten.

Marten von Quinten verbrachte täglich mehrere Stunden mit
Rentabilitätsberechnungen am Schreibtisch, was seinen Hof
noch unrentabler machte. Seine letzten Berechnungen hatten
ergeben, daß sein Betrieb nicht mehr als zweieinhalb Arbeits-
kräfte trug, wobei er sich selbst als volle Arbeitskraft einschätz-
te; eine Selbsttäuschung. Er war ein heiterer und großzügiger
Mann, zuweilen allerdings auch ein wenig großspurig.

Martha Riepe hätte den Erikshof mit seinen 200 Hektar
Grund und Boden als eine ›Klitsche‹ bezeichnet, aber für holsteinische Verhältnisse war es doch ein ansehnlicher Besitz, den
Marten von Quinten, wenn er Alkohol getrunken hatte, also
häufig, als ›Versuchsgut‹ bezeichnete. Im Zuge der staatlich
empfohlenen Spezialisierung hatte er sich zunächst auf Milch-
wirtschaft verlegt; als dann aber der stetige Regen der staatli-
chen Milchpfennige dünner wurde, hatte er die Milchkühe ab-
geschafft und von den Schlachtprämien junge Rinder gekauft
und sich auf Rindermast umgestellt. Auch diese, aus öffentlichen Mitteln unterstützte Umstellung hatte die Rentabilität des

Hofes nicht verbessern können, da Marten von Quinten zwar unternehmungsfreudig, aber nicht ausdauernd war, folglich die Entwicklung nicht lange genug abwartete. Kurze Zeit trug er sich mit dem Gedanken, einige Hektar Land als Baugelände abzutreten oder an dem kleinen See, der zum Hof gehörte, ein Campinggelände einzurichten. Bei der Geschäftsstelle des Bauernverbandes in Lübeck lästerte man bereits, Quinten würde wohl auch Rebstöcke anpflanzen, wenn der Weinbau in Holstein subventioniert würde. Vor nunmehr einem Jahr war er zu dem Entschluß gekommen, sich mit Hilfe günstiger Darlehen auf Schweinemast zu verlegen.

Er hatte sich – und war damit wieder einem Rat des Bauernverbandes gefolgt – mit zwei seiner Nachbarn zu einem Interessenverband zusammengetan. Der eine der Nachbarn, der Landwirt Fenz, übernahm die Zucht, ließ die Sauen statt zweimal, dreimal jährlich ferkeln, verkaufte die Ferkel an den Nachbarn Harmsen, der die Aufzucht übernahm und die Tiere mit einem Gewicht von etwa 20 Kilo an Marten von Quinten verkaufte, bei dem sie auf ungefähr 100 Kilo heranreifen sollten.

Diesen Entschluß der drei Landwirte hatten zur selben Zeit auch andere Landwirte gefaßt, so daß Marten von Quinten, dessen erster Blick morgens den Schlachtviehnotierungen in den ›Lübecker Nachrichten‹ galt, bereits Absatzschwierigkeiten hatte, bevor die ersten 100 Schweine schlachtreif waren. Der Preis für Schweine war gesunken, die Rentabilitätsberechnung stimmte bereits nicht mehr. Der Hof war zu diesem Zeitpunkt bis an die Grenze des Möglichen belastet. Herr von Quinten hätte sich im Grunde noch mehr Sorgen machen müssen, als er es bereits tat.

Seine Eltern, Albert und Eva-Marie von Quinten, hatten sich frühzeitig eines der ehemaligen Leutehäuser als Alterssitz ausbauen lassen, nachdem die Flüchtlinge, die darin gewohnt hatten, abgezogen waren. Ihre Absicht war, dem Sohn freie Hand zu lassen, ihm aber doch mit Rat, weniger mit Tat, zur Seite zu stehen.

Als der Brief eintraf, mit dem Maximiliane ihren Besuch ankündigte, ging Marten von Quinten damit zu seiner Mutter, um sich zu erkundigen, um wen es sich handelte. Nach einigem Nachdenken kam sie zu dem Ergebnis, daß es jemand aus der pommerschen oder der ostpreußischen Linie der von Quindts sein müsse.

»In jedem Falle müssen sie getreckt sein. Aber von den Flüchtlingen hat man jetzt nichts mehr zu befürchten.«

Da an dem angegebenen Vormittag 80 Ferkel angeliefert werden sollten, herrschte auf dem Hof entsprechende Aufregung, zumal das Thermometer des Aggregats, das die Temperatur im Stall regelte, unverändert auf minus 2 Grad Celsius stand, bei einer Außentemperatur von plus 26 Grad. Herr von Quinten war persönlich mit der Instandsetzung beschäftigt. Die Trinkwasserversorgung war ebenfalls nicht in Ordnung.

Maximilianes Eintreffen blieb folglich unbemerkt. Sie parkte ihren neuerworbenen kleinen Citroën zwischen einem Mercedes-Diesel und einem Jauchewagen auf dem Hof, stieg aus und atmete tief den Mischgeruch von Schweinedung, Lindenblüten und Dieselöl ein. Zwei Rauhhaarteckel kläfften sie an, zogen sich dann aber wieder auf ihren Sonnenplatz neben der Haustür zurück, zu der eine breite Treppe hinaufführte. Ein geräumiger, behaglicher Klinkerbau, die weiße Farbe an den Fensterrahmen und an der Tür allerdings abgeblättert.

Die Hände auf den Rücken gelegt, stand Maximiliane lange da und sah sich prüfend um. Weder auf ihr Klingeln noch auf ihr Rufen meldete sich jemand. Sie ging um das Gutshaus herum, warf einen Blick über die hinterm Haus liegende Rasenfläche, die sich anschickte, zur Wiese auszuwachsen. Ein paar alte Rhododendronbüsche täuschten einen Park vor, der in einen verwilderten Obstgarten überging. Sie überquerte den geräumigen Hof, meinte, Stimmen zu hören, und ging ihnen nach. An einem Stallgebäude, das einer Fabrikhalle ähnlich sah, öffnete sie die nächste Tür, trat ein und ließ, um im Halbdunkel besser sehen zu können, die Tür offenstehen. Im selben Augenblick brechen die hundert Schweine in hysterisches Quietschen aus. Maximiliane merkt nicht, daß sie selbst diesen Aufruhr verursacht hat, ruft dem Mann, der auf der anderen Seite der Boxen beschwörend die Arme hebt, zu, was sie auf Poenichen gelernt hat: »Ihre Schweine haben Hunger!« Aber der Satz geht im Gequietsche unter. Die Gebärden des Mannes scheinen zu bedeuten, daß er ihr etwas mitzuteilen wünsche. Sie verläßt den Stall, schließt die Tür hinter sich, geht um das Gebäude herum und sucht jene Tür, hinter der sich ihrer Meinung nach der aufgeregte Mann befinden muß. Zum zweitenmal bringt sie einen kräftigen Luftzug, dazu Helligkeit und Geräusch mit in den Stall, so daß wieder ohrenbetäubendes Schweinequietschen einsetzt.

Sie wird beim Arm gepackt und unsanft aus dem Schweinestall hinausbefördert.

Die erste Kontaktaufnahme mit dem Gutsherrn Marten von Quinten ist erfolgt.

Maximiliane erfährt, daß Schweine überaus nervöse und empfindliche Tiere seien, anfällig gegenüber jeder Temperaturschwankung, jedem Geräusch und jedem Lufthauch. Der Gutsherr bleibt noch einen Augenblick horchend vor der Stalltür stehen, bis die Tiere sich wieder beruhigt haben, dann erst kümmert er sich um die Besucherin. Er nimmt sie mit ins Haus, wischt sich die kräftigen roten Hände an den Manchesterhosen ab, holt die Schnapsflasche aus dem Gewehrschrank, füllt zwei Gläser und heißt die pommersche Verwandte willkommen. Bis der Lastwagen mit den Ferkeln eintreffe, könne es noch eine Weile dauern, sagt er, am besten, man setze sich vors Haus. Und als sie dort sitzen, hat Maximiliane alles beieinander, was sie so lange entbehrt hat, vom Duft der blühenden Linden und dem Stallgeruch bis zu den Rauhhaarteckeln und den Gesprächen über Landwirtschaft.

»Wußten Sie«, fragt Herr von Quinten und kippt mitten im Satz den Schnaps hinunter, »daß eine Milchkuh mehr als fünfzig Liter Wasser am Tag säuft?«

Maximiliane wußte es nicht; nie hatte jemand gemessen, wieviel Wasser die Kühe täglich dem Poenicher See entnahmen. Sie schüttelt den Kopf, und Herr von Quinten rechnet ihr vor, daß 60 Kühe einen Wasserbedarf von 3 000 Litern täglich hätten und der Kubikmeter Wasser koste –.

Er unterbricht sich, bevor er die Multiplikation vorgenommen hat.

»Lassen wir das! Jetzt habe ich Schweine, die trinken weniger, weil sie keine Milch produzieren und daher nicht gemolken werden müssen. Die Schweine sind übrigens intelligenter, als man meint. Sie bedienen ihre Trinkanlage selbst. Aber: warum erzähle ich Ihnen das alles?«

»Weil ich es gern höre!« sagt Maximiliane und richtet den vollen Blick auf ihr Gegenüber. Herr von Quinten, der nicht den ersten, sondern seinen vierten Schnaps an diesem Morgen trinkt, sagt zehn Minuten, nachdem sie sich kennengelernt haben, bereits: »Schade, daß Sie nicht zwanzig Jahre jünger sind!«, berichtigt sich, nachdem er gründlicher hingesehen hat: »Zehn Jahre würden auch genügen!«

Maximiliane blickt sich um, atmet tief ein und sagt ebenfalls: »Schade!«

Die Verständigung zwischen den beiden scheint leicht vonstatten zu gehen, wobei Maximiliane allerdings nicht gewahr wird, daß sich ihr Gesprächspartner so wie mit ihr mit den meisten Frauen leicht verständigt, und dieser nicht gewahr wird, daß ihr ›Schade‹ dem Erikshof gilt.

Herr von Quinten spricht nun von Drainagen und Einzäunungen, Sachgebieten, von denen Maximiliane bisher glaubte, daß sie dabei mitreden könne. Aber er sagt ›Betrieb‹ und nicht mehr ›Hof‹ und spricht nicht von ›Gattern‹, sondern von ›Ladezäunen‹, von ›Silos‹ und nicht von ›Mieten‹. Kein Pferd mehr im Stall; kein Huhn scharrt mehr auf einem Misthaufen; die Schweine fressen Kohlehydrate, Phosphate und Eiweißstoffe, der Dung läuft in den Gulli. ›Once over and all is done‹ auch in Holstein. Im Gegensatz zu jenem Mr. Simpson aus Montana läßt Marten von Quinten, worin sich ein Amerikaner deutlich von einem Deutschen unterscheidet, seine Besucherin an seinen Schwierigkeiten teilnehmen. Was er auch anfange, sagt er, immer versuchten andere Landwirte dasselbe gleichzeitig; er habe Absatzschwierigkeiten.

»Einer verdirbt dem anderen den zu kleinen Markt. Ich beliefere nicht die Verbraucher, sondern einen Schweineberg.«

Damit schafft er selbst den mühelosen Übergang zu dem, was Maximiliane an Plänen mit dem schweinemästenden Verwandten zu besprechen gedachte. Auch wenn der Grad der Verwandtschaft sich nicht genau hat feststellen lassen, scheint beiden die Anrede mit dem Vornamen gerechtfertigt zu sein.

Bis zu dem Gespräch, das vor seiner eigenen Haustür stattfand, war Herr von Quinten den Ratschlägen der Bauernverbände, der Landwirtschaftskammern und den Marktberichten nur allzu bereitwillig gefolgt. Von nun an vertraut er sich den Eingebungen Maximilianes an. Hier mußte kein bedächtiger oder mißtrauischer Geschäftspartner überredet werden, sondern ein unbesonnener.

Nachdem die Ferkel angeliefert waren, ging Herr von Quinten mit Maximiliane zu einem leerstehenden Leutehaus, aus dem vor fünf Jahren die pommerschen Flüchtlinge ausgezogen waren und das sich nicht hatte verkaufen lassen, weil es zu nahe an der Straße lag. Das Rieddach war inzwischen durch ein Aluminiumdach ersetzt worden. Es gab Wasser- und Stromanschluß, allerdings noch keinen Anschluß an die Kanalisation; fünf ausreichend große Räume standen zur Verfügung, Platz für eine spätere Vergrößerung des Betriebes war ebenfalls vorhanden. Über einen angemessenen Pachtpreis würde man sich verständigen können.

Nach der Besichtigung der künftigen Produktionsstätte gingen sie weiter zum Waldrand. Herr von Quinten hatte sich das Fernglas umgehängt, hob es gewohnheitsmäßig an die Augen und zeigte Maximiliane, wo im Juni das Wild stehe. Damwild, das es in Holstein noch gäbe. Schade nur, daß ihm für ein richtiges Jagdessen die Hausfrau fehle, seine Mutter übernehme das Amt zwar aushilfsweise, und für das Nötigste beschäftige er ein Mädchen aus Eutin. Dem Ton, in dem er das letztere sagte, konnte Maximiliane entnehmen, daß die Aufgaben dieses Mädchens über die übliche Hausarbeit hinausgingen.

Sie standen am Waldrand, besahen den schönen alten Baumbestand, zumeist Buchen, aufgeforstet in den achtziger Jahren des 19. Jahrhunderts, wertvolles Holz, aber nicht abzusetzen, wie Herr von Quinten sagte.

Als er an einem der Knicks, die die Felder in große, unregelmäßige Rechtecke unterteilen, haltmachte, stieg aus dem Dikkicht von Weiß- und Schlehdorn, Holunder und Haselnuß ein Schwarm Krammetsvögel auf. Diese Hecken, erklärte er, hielten die Ost- und Westwinde, aber auch die Entwicklung der Landwirtschaft in Holstein auf. Ohne sie könne der Wind ungehindert über das Land hinwegfegen, behaupte man. Aber er behaupte, ohne sie könne man wesentlich rationeller die Felder bestellen. Und wenn man einwende, es seien Niststätten für die Vögel, die das Ungeziefer vertilgten – er persönlich verlasse sich lieber, was die Ungeziefer- und Unkrautvertilgung anlange, auf die Chemie.

Diese Knicks hinderten Maximiliane daran, sich in Pommern zu wähnen. Ein Roggenschlag dehnte sich vor ihr aus, nicht so weit wie in Poenichen, aber doch weit genug, um Vergleichen standzuhalten. Mittagswolken stiegen auf, das Korn blühte; fast wie in Pommern. Dieses ›fast‹ schmerzte Maximiliane. Keine Kornblumen mehr, kein wilder Mohn, keine Kamille im blaugrünen, vom Ostwind sanft gewellten Feld, aber am Rand des asphaltierten Feldwegs blühte das Unkraut um so üppiger, auch der Hederich. Maximiliane summt zum erstenmal seit Jahren wieder ein Löns-Lied, singt ›Hederich‹ statt ›Hederitt‹. ›Und wenn der Sommer endet, dann wird die Liebe neu.‹ Eine Frau über vierzig!

Als sie den Arm um einen Buchenstamm legt, beobachtet Herr von Quinten sie nachdenklich.

Der Name ihrer Tochter Edda war bei diesem ersten Besuch nicht gefallen; es war lediglich von den Geldern aus dem Lastenausgleich und von der Poenicher Wildpastete ausführlich die Rede gewesen.

Bei jenem Kasseler Wildpasteten-Essen hatte Herr v. Fredell geäußert: »Mit Ihrer Art, liebe Maximiliane, Erbansprüche zu regeln, werden Sie ein Notariatsbüro mehrere Wochen beschäftigen! Da muß ich die Waffen strecken, das geht über die Fähigkeiten eines abgebrochenen Juristen weit hinaus!«

Diese Vermutung bestätigte sich nur teilweise, da ein mit den Lübecker Quinten befreundeter Notar, ein Dr. Jonas, in mehreren Fällen ›nach Ermessen‹ entschied. Auch eine Reihe von eidesstattlichen Erklärungen erleichterten den Fall.

Viktoria, deren Studium durch die Hinterlassenschaft der Charlottenburger Großmutter finanziell gesichert war, unterschrieb eine Verzichtserklärung, machte sie aber durch einen Zusatz, in dem sie sich abfällig über das ›Besitzbürgertum‹ aussprach, ungültig, unterschrieb dann jedoch die Erklärung nach mehrfachem Anmahnen ein zweites Mal ohne Kommentar und somit rechtsgültig. Mirka verdiente zu diesem Zeitpunkt bereits so viel als Fotomodell, daß sie ihren Anteil am Erbe ausschlug, was sie mit einer schön gestreckten Geste ihrer langen Arme tat, wurde aber in einer Klausel ›für den Notfall‹, der nicht näher beschrieben war, an den Einnahmen der künftigen Firma beteiligt. Joachim, der Erstgeborene, der sich jetzt Mosche Quint nennen ließ, weiterhin Gedichte schrieb und neuerdings auch veröffentlichte und der sich, wie er es ausdrückte ›in die schwedischen Wälder‹ zurückgezogen hatte, teilte brieflich und in schöngewählten Sätzen mit, daß er an familienrechtlichen Fragen nicht interessiert sei; juristisch wertlose Sätze. Erst als man ihm den genauen Wortlaut der Erklärung aufsetzte und er sie unterschrieb, war sie rechtsgültig. Was Joachim weiterhin und unangetastet verblieb, war der Grundbesitz in Poenichen, jetzt Peniczyn, nahe Kalisz/Pomorski. Auf dem zuletzt abgehaltenen Pommerntag hatte der Bundeskanzler allerdings nicht mehr, wie noch in Kassel, von ›Bestrebungen‹, sondern nur noch von ›Hoffnungen auf eine friedliche Rückkehr in die Heimat‹ gesprochen. Kaum wahrnehmbare Lautverschiebungen. Die Wünsche verkleinerten sich, wurden bescheidener, ließen sich bereits in ›Nur einmal hinfahren dürfen‹ zusammenfassen.

Zu ihrem zweiten, mehrwöchigen Besuch nahm Maximiliane dann Edda mit auf den Erikshof. Hier mußte nichts gefädelt werden, hier mußte lediglich den Dingen ihren Lauf gelassen werden, was man von allen Seiten auch tat.

Nur ein einziges Mal sagte Maximiliane warnend »Kuckuck« zu ihrer Tochter, die daraufhin errötete. Herr von Quinten erkundigte sich, was dieses ›Kuckuck‹ bedeute. Maximiliane antwortete: »Warten Sie, bis es März wird, dann sprenkelt sie sich wie ein Kuckucksei!« und sah, während sie das sagte, zum erstenmal, daß Martens Gesicht das ganze Jahr über gesprenkelt war; sogar die Sommersprossen paßten zueinander.

»Bis zum März kann ich nicht warten!« erklärte er, und Edda errötete noch einmal.

Man saß im Rieddachhaus der alten Quinten, sprach über Aufbaudarlehen und über Lastenausgleichsgelder. Seit Jahr und Tag seien vierteljährlich ein Prozent des Einheitswertes zu zahlen! »Eine erhebliche finanzielle Belastung für den Erikshof«, sagte der alte Herr von Quinten. Eine Bemerkung, aus der Maximiliane einen Vorwurf herauszuhören meinte. Es saßen sich an diesem Tage Lastenausgleichspflichtige und Lastenausgleichsbegünstigte gegenüber. Doch als der alte Herr von Quinten nachdrücklich sagte, daß bei Einheirat eines Ostvertriebenen diese Abgabe entfalle, erwies sich erneut, daß die Interessen der Parteien sich aufs glücklichste verbanden.

Anschließend besprach man ausführlich die Konservierungsmöglichkeiten von Pasteten: die bewährte Weckmethode in Gläsern und die damit verbundenen Versandschwierigkeiten, sprach über die Vorzüge und Nachteile von Weißblechdosen, die kostspieligen Porzellanterrinen, vor allem aber über Pastetenrezepte.

Frau von Quinten riet, den geräucherten Speck auszubraten. Die Frage, ob man Sherry oder Portwein verwenden solle, blieb vorerst offen; Maximiliane glaubte, sich erinnern zu können, daß man auf Poenichen Schnaps aus der eigenen Brennerei verwendet habe, Kartoffelschnaps, was Frau von Quinten, als eine Lübeckerin, für barbarisch hielt. Ein angeheirateter Quinten besaß in Lübeck eine Spirituosenhandlung, ›Goecke & Söhne‹, mit ihm würde man in geschäftliche Verbindungen treten können.

Maximiliane hätte nun bei dieser Gelegenheit der Wahrheit halber eingestehen müssen, daß Frau Pech, letzte Mamsell auf Poenichen, die jetzt in Schwerin im Kombinat Klara Zetkin die Werksküche leitete, zwar geantwortet hatte, sich aber an die exklusiven Rezepte, die man bei den preußischen Rittergutsbesitzern benutzt habe, nicht erinnern konnte, was soviel hieß wie nicht erinnern wollte.

Maximiliane hatte sich daraufhin aus vier Kochbüchern die Rezepte für Pastetengerichte herausgesucht und daraus ein fünftes entworfen. Wenn sie darüber sprach, gab sie zwar die wichtigsten Zutaten an; es blieb aber ein Rest Geheimnis dabei, der den Mythos um die Poenicher Wildpastete noch verstärkte.

Eva-Marie von Quinten, Martens Mutter, gute zehn Jahre älter als Maximiliane, zehn Zentimeter größer und zehn Kilogramm schwerer, in vielerlei Hinsicht ihr also überlegen, gab ein endgültiges Urteil über Edda erst ab, als diese neben Marten den Gartenweg entlangging und von hinten beobachtet werden konnte. Was sie zeitlebens mit gutem Erfolg bei dem weiblichen Personal so gehalten hatte, tat sie jetzt auch bei Edda: sie begutachtete deren Hinterteil.

»Am Hintern erkennt man jede Frau! Die mit kleinen flinken Hintern sind unruhig, die bleiben nicht lange. Und die mit breiten, weichen Hintern sitzen zu viel, die wird man nicht wieder los.«

Eddas Hinterteil genügte den Ansprüchen ihrer künftigen Schwiegermutter: nicht zu schmal und nicht zu breit, fest und energisch.

Die Hochzeit fand statt, noch bevor die Produktion der Poenicher Wildpastete begonnen hatte; aber die Vorbereitungen waren inzwischen doch weiter gediehen. Rechtzeitig zum Weihnachtsgeschäft würden die ersten Gläser mit Poenicher Wildpastete ausgeliefert werden können. Die Etiketts lagen bereits vor: Bismarckbrief in Faksimile links, der alte Freiherr von Quindt als Ahnenbild rechts.

Als Edda brieflich ihre Geburtsurkunde von der Mutter angefordert hatte, entschloß diese sich, sowohl die Geburtsurkunde als auch die Adoptionsurkunde aus Berlin-Pankow – beide seinerzeit von Martha Riepe mit den anderen Poenicher Dokumenten in Sicherheit gebracht – verschwinden zu lassen. Da das für Poenichen/Peniczyn zuständige Standesamtsregister nicht mehr vorhanden, das heißt, durch Kriegseinwirkung vernichtet war, galt von nun an jene eidesstattliche Erklärung, die Maximiliane nach der Flucht abgegeben hatte, in der es hieß, daß sie ›ihres Wissens am 5. März 1939 ein Kind weiblichen Geschlechts entbunden habe‹.

Marten von Quinten sprach beim Hochzeitsessen des langen und breiten über das ›seines Wissens weibliche Geschlecht‹ seiner Frau, und Maximiliane tauschte mit Edda Blicke und Lächeln. Es war ihr gelungen, aus einem juristischen Problemkind eine juristisch einwandfreie Ehefrau zu machen. Edda wurde – und das war, seit sie von ihrer wahren Herkunft erfahren hatte, ihr fester Wille gewesen – durch ihre Heirat ebenfalls adlig, adliger übrigens, als es je ein Quindt auf Poenichen gewesen war.

Sie erhielt zur Aussteuer ein komplettes Dutzend der Poenicher, mit gestickter Krone versehenen, Damastservietten, die von den Gästen bewundernd entfaltet wurden. Man verglich das Wappen der Poenicher Quindts mit dem der Lübecker Quinten. In beiden Fällen enthielt das untere Feld fünf Blätter, aber im oberen Feld befanden sich bei den Quindts, wie man sich erinnert, drei Gänse im Gänsemarsch mit gereckten Hälsen. Pommersche Gänse! Stoppelgänse! Spickgans! Räucherbrust und Schwarzsauer! Man erinnerte sich nur zu gut. Bei den Lübeckern dagegen war es nur ein einziger magerer Vogel, ein Wippstert vermutlich, den es im Holsteinischen häufig gab, eine Bachstelze, im Osten ›Ackermännchen‹ genannt.

»Was ist eigentlich aus dem Eyckel geworden?«

Der damals junge, jetzt alte Herr von Quinten, Martens Vater, beugt sich über den Tisch und wendet sich an Maximiliane. »Ich habe diesen Sippentag in bester Erinnerung. Wer hätte damals gedacht, vor mehr als einem Vierteljahrhundert, daß wir einmal in so nahe Beziehungen treten würden! An dich kann ich mich zwar nicht erinnern, du mußt damals ja noch ein Schulkind gewesen sein.«

»Sechzehn!« berichtigt Maximiliane.

»An diesen Arbeitsdienstführer erinnere ich mich und natürlich an diese Ahnfrau. Du mußt sie doch beerbt haben?«

Maximiliane gibt die gewünschte Auskunft, läßt allerdings einige wichtige Punkte dabei aus. »Zunächst habe ich den Eyckel an Herrn Brandes aus Bamberg verpachtet, seine Frau war eine geborene Quint, ohne d; er hat damals für den Sippentag das Bier gestiftet. Er benötigte Lagerraum. Im vorigen Jahr hat er den Eyckel dann käuflich erworben. Die Gebäude wiesen inzwischen solche Schäden auf, daß sie aus Sicherheitsgründen gesperrt werden mußten, als Lagerraum folglich nicht mehr zu nutzen. Geschenkt wollte Herr Brandes sie wegen der Schenkungssteuer nicht haben, aber er war bereit, mich, das heißt Mirka – ich hatte ihr das Erbe übertragen –, von dem alten Gemäuer zu befreien.« Sie tauschte Blick und Lächeln mit ihrer jüngsten Tochter, deren tiefere Bedeutung keiner der Anwesenden kannte. »Er hat es für den Mindestbetrag gekauft. Vier Prozent des Einheitswerts.«

»Bedauerlich, daß nun kein Namensträger von uns mehr auf dem alten Stammsitz lebt! Der Lauf der Zeit!«

Damit hatte Herr von Quinten sich sein Stichwort selbst gegeben. Er klopfte an sein Glas und erhob sich von seinem Platz, um die erwartete Rede zu halten. Mit dem unvergessenen alten Quindt auf Poenichen war er allenfalls in seinem Bedürfnis, Tischreden zu halten, nicht aber in seinen Fähigkeiten zu vergleichen. Er versicherte den Hochzeitsgästen – vorwiegend Lübecker Quinten und einige Gutsnachbarn, von den Quints nur die nächsten Verwandten, die Brautmutter und die drei Geschwister –, daß die Braut aus einem guten Stall stamme. Was man in dieser Hinsicht an dem Vater, einem schlesischen Quint, vielleicht auszusetzen haben könnte, machten die pommerschen Quindts wieder wett.

»Was den im Krieg gefallenen Vater der Braut angeht«, fuhr er dann fort, »so halte ich es mit dem lateinischen ›De mortuis nil nisi bene‹, über die Toten nur Gutes! Ich wage aber, die Behauptung aufzustellen, daß dieser Viktor Quint wie ein Held verehrt worden wäre, wenn – ja, wenn wir den Krieg gewonnen hätten! Daraus braucht nun niemand zu schließen, daß ich einer der holsteinischen nationalistischen Wähler bin!«

Die Nachbarn schlossen es trotzdem.

Er wandte sich Maximiliane zu, um auch ihr als der Brautmutter Lob zu spenden: »Wenn du, liebe Maximiliane, den Raum betrittst, hat man das Gefühl, daß es darin wärmer wird!«

Diese Bemerkung war echt, originell und erntete Beifall.

Er hob sein Glas, sagte: »Up ewig ungedeelt!«, meinte das Brautpaar und nicht das Land Schleswig-Holstein. Dieser Trinkspruch war weniger originell, fand aber trotzdem Anerkennung.

Man brauchte nicht erst das Hinterteil der Braut zu prüfen; die gleiche Entschlossenheit war ihrem Gesicht abzulesen: Sie heiratete diesen Mann ein für allemal. ›Up ewig ungedeelt‹, als Ersatz für jenes ›Bis daß der Tod euch scheide‹; eine kirchliche Trauung hatte nicht stattgefunden.

Der junge Quinten sprach anschließend den Eltern seinen Dank dafür aus, daß sie sich mit zwei Kindern begnügt hätten und er nur seine Schwester Lieselotte auszuzahlen habe und nicht drei Geschwister, obwohl er sich glücklich schätze, zwei Schwägerinnen mitgeheiratet zu haben. Sein Blick ruhte auffallend lange auf Mirka, die der Mittelpunkt des Festes war und häufiger fotografiert wurde als die Braut, und ging dann weiter zu Viktoria, die mit hörbarem Stillschweigen ihrer Anwesenheitspflicht genügte und ihre Mißachtung gegenüber dieser Veranstaltung dadurch kundtat, daß sie einen grauen unförmigen Pullover trug, alkoholische Getränke ablehnte und nur Gemüse aß.

Quinten zeigte mit dem erhobenen Glas auf sie: »Sitzt am Ende Aschenbrödel am Tisch? Sollte ich die falsche der drei Schwestern geheiratet haben? Muß ich mir die Füße ansehen?«

Man lachte auf Kosten Viktorias, die den tröstenden Blick der Mutter weder suchte noch nötig hatte.

Anschließend prostete Quinten seinem neuen Schwager zu: »Der erste Künstler in den langen Reihen der Quinten, soviel ich weiß. Ich würde mich freuen, wenn er uns im Laufe des Abends etwas zum besten gäbe! ›Wie wohl ist dem, der dann und wann sich etwas Schönes dichten kann!‹ Wilhelm Busch!

Balduin Bählamm!« Er fuhr fort, daß er von den Produkten seines Schwagers zwar noch nichts zu sehen bekommen habe, aber am Tisch eines holsteinischen Landwirts werde man, wie man sehe, nicht mit Worten abgespeist.

In diesem Augenblick wird das Hauptgericht aufgetragen, und Quinten kommt zum Schluß, gibt seinen Nachbarn nur noch den Rat, in Zukunft die Herren Hirsche und Rehböcke am Erikshof vorbeizuschicken. »Man wird demnächst in der Wildpastetenfabrik Verwendung für sie haben.«

Er setzt sich und greift als Hausherr zum Tranchierbesteck, um – wie in Jägerkreisen üblich – die beiden Hirschkeulen eigenhändig zu zerlegen, mehr gutwillig als sachkundig.

Edda nimmt ihm das Besteck aus der Hand. »Laß mich machen!«

Maximiliane erkennt den kleinen verführerischen Satz wieder, denkt an ihre zweite Eheschließung, die Taufterrine mit Levkojen gefüllt, Apfelkuchen und Kakao, der Kinder wegen . . .

Marten händigt seiner Frau bereitwillig das Tranchierbesteck aus, lehnt sich in seinem Stuhl zurück und sieht ihr mit Wohlgefallen zu. Darin wird fortan der größte Teil seiner Tätigkeit bestehen.

Edda tranchiert rasch und geschickt die Hirschkeule, wird bewundert und gelobt.

»Woher versteht sie sich darauf?«

Die Blicke wenden sich der Brautmutter zu.

»Sie stammt aus Pommern.« Die Antwort scheint als Erklärung nicht auszureichen, daher fügt Maximiliane hinzu: »Sie ist ein Sonntagskind!«

Mit diesem Zusatz ebnet sie ihrer Tochter Edda noch einmal den Weg. Nach ihrer Ansicht, die sie aber für sich behielt, konnte in einer Ehe immer nur einer gedeihen; in diesem Falle war noch nicht entschieden, welcher der beiden Partner es sein würde.

Hauptgesprächsstoff während des Hochzeitsessens bildete in der gesamten Tafelrunde die künftige Herstellung von Poenicher Wildpastete.

»Das entbeinte und enthäutete Wildfleisch mit Weinbrand oder Sherry beträufeln und zugedeckt kalt stellen!« sagte Frau von Quinten am oberen Tischende, und am unteren Frau Fenz:

»Es müssen ja nicht Trüffel sein, Kapern tun es schließlich auch.«

»Aber Pistazien!« fügte Frau Harmsen hinzu.

Viktoria hört den Gesprächen nur widerwillig zu, die Vorstellung einer Pastetenfabrik in einer Zeit, wo der größte Teil der Menschheit hungerte, war ihr unerträglich.

Joachim erzählt im Zusammenhang mit der Wildpastete von jener Fleischbüchse, ›Only for army dogs‹, die sein Bruder Golo 1945 auf dem Kasseler Hauptbahnhof gegen Feuerzeugsteine eingetauscht habe und deren Inhalt sie mit großem Appetit gegessen hätten.

Man kommt auf Golo zu sprechen, berichtet den Gästen, daß er mit dem Auto tödlich verunglückt sei; Edda erzählt, daß an derselben Stelle inzwischen noch ein junger Mann – wahrscheinlich wegen überhöhter Geschwindigkeit – mit dem Auto gegen einen Chausseebaum geprallt sei, drei Bäume weiter, und daß man die Bäume jetzt fällen wolle.

Man spricht von den schönen alten Bäumen an den Alleen Holsteins.

»Diese Alleen verleiten dazu, schnell zu fahren«, sagt Frau Fenz, und ihr Mann setzt hinzu: »Unser ältester Sohn Hasso hat sich ein schweres Motorrad gekauft. Es kostet fast genausoviel wie ein Volkswagen.«

»Und manchmal das Leben«, ergänzt Maximiliane. Erklärend fügt sie nach kurzer Pause heiter-melancholisch hinzu: »Der Motor ist meist stärker als der Charakter.«

Der Unterschied zwischen einer pommerschen Hochzeit der dreißiger Jahre und einer holsteinischen der sechziger Jahre schien Maximiliane weniger groß, als sie erwartet hatte. Es war ihr, als habe sie eben erst neben Viktor gesessen und ihre Hand auf seinen Arm gelegt:›Laß gut sein!‹ Sie hatte damals und später nichts verhindern können, nicht die Auseinandersetzungen zwischen Viktor und dem Großvater, nicht den Ausbruch des Krieges, nicht die Teilung Deutschlands, nicht die Restaurierung alter Verhältnisse.

Alles das scheint Viktorias Blick ihr jetzt vorzuwerfen. Als nächstes wird sie sich um Viktorias Zukunft kümmern müssen . . .

Sie seufzt hörbar, greift zum Halsausschnitt und zu den

Knöpfen, begegnet dem Blick Eddas und nimmt die Hand wieder weg.

Sie ist ermüdet. Auch die Trennung von diesem Kind hat sie angestrengt. Unbemerkt verläßt sie die Hochzeitsfeier, setzt sich in ihr Auto, fährt in ihr Hotel, ›Fürst Bismarck‹, und schläft.

Niemand hat die Vermutung ausgesprochen, aber jeder hat sie wahrscheinlich gehegt: Man würde sich bald wieder, noch vor der üblichen Zeit, zu einem Fest auf dem Erikshof treffen; wenn auch in kleinerem Kreise.

20

›Zuhause, das ist mehr ein Problem als eine Adresse.‹
Ludwig Marcuse

Joachim, bei seiner Geburt – im Mai 1938 – 52 Zentimeter groß, schmal, blond und blauäugig und damit allen Anforderungen genügend, die sein Vater Viktor Quint an ihn stellte, war nach Herkunft und den Bestimmungen des Fideikommiß als Alleinerbe von Poenichen vorgesehen gewesen und sieben Jahre lang dementsprechend erzogen worden. Ein Brustkind, von seiner Mutter lange und ausgiebig gestillt, wenn man von den mehrtägigen Versuchen seines Vaters absieht, in die Säuglingsernährung einzugreifen. Er hatte damals das Buch ›Die deutsche Mutter und ihr erstes Kind‹ mit nach Poenichen gebracht und, solange er anwesend war, streng darauf geachtet, daß die Anleitungen befolgt wurden. Das Neugeborene durfte bei den täglichen fünf Mahlzeiten nicht mehr als jeweils 160 Gramm Milch zu sich nehmen. Während des Stillvorgangs wurde folglich der Säugling mehrfach der mütterlichen Brust entzogen, auf die Küchenwaage gelegt, an die Brust, und wieder auf die Waage, so lange, bis die vorgeschriebene Gewichtszunahme erreicht war; ein Verfahren, das Maximilianes Geduld ebenso überforderte wie die des Säuglings, das aber mit der Abreise des Vaters ein Ende hatte. Die Waage wurde in die Küche zurückgebracht, das Buch ins Regal gestellt. Bei den später geborenen Kindern hatte der Vater die Anweisungen für eine deutsche Mutter über den größeren historischen Ereignissen vergessen.

Diese Episode in einer sonst glücklichen Kindheit mußte nachgetragen werden, da sie möglicherweise die Ursache dafür war, daß Joachim ein ängstliches Kind wurde, das der Nähe bedurfte und der Vertröstungen. Auf der monatelangen Flucht aus Pommern und noch lange Zeit danach hatte er das ›Kästchen‹, in welchem er seine kleine Habe verwahrte, während des Schlafs ängstlich an sich gedrückt. Sein Leben lang verfolgte ihn der Alptraum: er hört Pferdewiehern oder Motorengeräusch, das sich entfernt, springt auf, sucht nach Schuhen, Hemd, Büchern, Schreibzeug, packt alles hastig zusammen in einen Koffer, einen Karton oder einen Rucksack, aber immer kommt er zu spät, holt die Davonziehenden nicht mehr ein, bleibt allein zurück.

Statt einer Gegenrede hatte der alte Quindt dem Vater des Säuglings beim Taufessen in einem Trinkspruch entgegnet: ›Die Quindts konnten immer reden, trinken und schießen, aber sie konnten es auch lassen! Wir wollen darauf trinken, daß dieses Kind es im rechten Augenblick ebenfalls können wird. Auf das Tun und Lassen kommt es an!‹

Sowohl das Reden wie das Trinken und das Schießen hat Joachim Quint weitgehend gelassen.

Was das Schießen anbelangt, so gehörte er, als zwölf Jahre nach Ende des Zweiten Weltkriegs die Wehrpflicht wieder eingeführt wurde, zu den ersten Geburtsjahrgängen, die ihre Musterungsbescheide erhielten. Man muß sich daran erinnern, daß man ihm, als Fünfjährigem, Zinnsoldaten zum Spielen gegeben hatte, ein Offizier, fünf Mann, drei davon beritten, den Uniformen nach zu schließen, aus dem Siebenjährigen Krieg, Veteranen schon damals, die Farbe abgeblättert; sein Großvater, der mit neunzehn Jahren an der Westfront gefallen war, hatte als letzter mit ihnen gespielt. Joachim hatte eine kleine Kiste mit Watte ausgelegt, den Offizier und die Soldaten samt Pferden und Kanonen hineingebettet, sie zugedeckt und erklärt: ›Müssen alle schlafen!‹

Im Gespräch mit einem Offizier der neuen Bundeswehr, einem Hauptmann Freese, der bei den Abiturienten der Marburger Oberschulen um Offiziersnachwuchs warb, hatte er ähnlich arglose Ansichten geäußert. Er fragte, wie man einen Soldaten dazu bewegen könne, dorthin zu laufen, wo geschossen wird, da doch der angeborene Selbsterhaltungstrieb ihm zur Flucht rate; sei die Macht eines Offiziers oder Unteroffiziers so groß, daß man ihn mehr fürchte als den Feind? Der Hauptmann hatte, in großer Geduld, erwidert, daß er, Joachim Quint, seine Fragen falsch stelle; ein Vorwurf, den man bereits seiner Mutter in der Schule gemacht hatte, offenbar eine erbliche Belastung. Joachim hatte erklärend hinzugefügt, daß er sich für diese Fragen besonders interessiere, da sein Vater, seine beiden Großväter und drei seiner Urgroßväter gefallen seien.

Im Laufe der folgenden Jahre trafen im Abstand von jeweils einem halben Jahr Briefe des Kreiswehrersatzamtes bei seiner Mutter ein, adressiert an Joachim Quint. Da diese Briefe, laut Vermerk, nicht ins Ausland nachgesandt werden durften, behielt Maximiliane sie zurück und sammelte sie in einer Schublade. Aus der vorläufigen Zurückstellung Joachims wurde eine Ausmusterung. Er war der erste der Quindtschen Sippe, der nicht zu den Fahnen eilte.

Was Joachim dann schließlich tat, war in jenem Trinkspruch des alten Quindt nicht vorgesehen, obwohl dieser den Keim dazu vermutlich selbst gelegt hatte, das Schreiben, genauer: das Verseschreiben. Wenn die Umstände es zugelassen hätten, wäre schon jener am liebsten Reiseschriftsteller nach Art eines Alexander von Humboldt geworden, aber die Verwaltung von Poenichen ließ ihm allenfalls Zeit für einige Reisen und für das Lesen von Büchern. Seine literarischen Neigungen hatten sich auf Maximiliane übertragen; sie hatte sowohl das ungeborene wie das neugeborene Kind mit Gedichten genährt.

Die ersten Geräusche, die Joachim als Kind wahrgenommen hatte, rührten von den Kübelpalmen her, unter denen, in der Vorhalle des Poenicher Herrenhauses, seine Wiege stand, Geräusche von einer gewissen Poesie; auch das Schilfrohr des Poenicher Sees gehörte dazu, wo er in seinem Weidenkorb lag, derweil seine Mutter sich zusammen mit einem jungen Oberleutnant über Rilke-Gedichte neigte; da wurde damals manche Zeile laut. Kein Wunder also, daß diese zunächst unterdrückte, später genährte Neigung einmal zum Ausbruch kommen mußte; keine vulkanische Entladung, eher ein stiller Durchbruch.

Maximiliane, das Naturkind, hatte einen Dichter zur Welt gebracht, der Naturlyrik schrieb. Der alte Quindt hätte vermutlich geäußert: ›Das verwächst sich auch wieder‹; Maximiliane war ebenfalls der Überzeugung gewesen, daß ihr Sohn eines Tages Landwirtschaft studieren würde, um später Poenichen zu verwalten. Wie dieses ›später‹ aussehen sollte, wußte sie allerdings selbst nicht.

Als sie sich dann doch zu der Frage entschloß: »Kann man denn von Gedichten leben?«, hatte er, nicht ohne Anmaßung, geantwortet:

»Es ist keine Frage des Könnens, sondern des Müssens!« Daraufhin hatte sie genickt.

Als dieses Gespräch stattfand, war Joachim etwa zwanzig Jahre alt gewesen. Seine Brust war genauso schmal und so wenig behaart wie die seines Großvaters; zeit seines Lebens ein Knabe, verfeinert, nichts von einem Pommern; aber das Adlige war ihm angeboren, das ›Härrchen‹. Er entsprach den landläufigen altmodischen Vorstellungen, die man sich von einem macht, der Gedichte schrieb.

Er überragte inzwischen seine Mutter um mehr als 20 Zentimeter. Wie ihn, so empfand seine Mutter, die sich mittlerweile zu Brecht und Benn hinaufgelesen hatte, auch seine Gedichte: schmalbrüstig. Ihre Äußerung, ›es sei besser, er produziere aus seinen Konflikten Gedichte als Magengeschwüre oder Gallensteine‹, war aber weniger bezeichnend für Mosche Quints Lyrik als für Maximiliane, die sich eine überraschende Kritikfähigkeit gegenüber den Leistungen ihrer Kinder bewahrt hatte. Mutterliebe machte sie nicht blind, eher übersichtig. »Er lebt wie ein Dichter«, äußerte sie Dritten gegenüber, war aber um ihres Lieblingssohnes willen bereit, eine lyrische Lebensform als eine Kunstform anzusehen.

Seinen ersten Gedichtband, ›Dangerous Corner‹, der zunächst unter dem Titel ›Death is so permanent‹ hatte erscheinen sollen, gab er im Selbstverlag heraus und widmete ihn seinem Bruder Golo. Ohne die Unterstützung durch seine Großmutter Vera wäre die Finanzierung der Druckkosten nicht möglich gewesen. Als Verfassername stand Mosche Quint auf dem Einband: ein Kosename war zum Künstlernamen geworden.

Während seines Studiums lernte er eine Schwedin kennen, die, wie er, in Marburg Germanistik studierte.

Seit jeher hat zwischen den Pommern und Schweden eine

enge, wenn auch oft feindliche Beziehung bestanden: mehrere Schwedeneinfälle in Pommern, aber auch die Eroberungszüge Erichs von Pommern in Schweden. Joachim Quint hatte mehrere Jahre mit der Eroberung einer einzigen Schwedin zu tun, deren Verwandlungen er mit Überraschung, Angst und Freude verfolgte. Sie hieß Stina Bonde, stammte aus Stockholm, wo ihr Vater einen angesehenen Verlag, den Bonde-Förlag, als Mitinhaber leitete.

Nun wäre es für einen Lyriker sicher die beste Lösung gewesen, die Tochter eines Verlegers zu heiraten, aber Joachims Sinn stand nicht nach besten Lösungen. Er zögerte immer wieder. Noch immer blickt er sich um, wie er es als Kind getan hat. Er quält sich jahrelang mit seiner Herkunft ab: der Sohn eines Nationalsozialisten! Um diesen Vater loszuwerden, verläßt er am Ende sein Vaterland, zumindest steht es so in einem Gedicht zu lesen, das er ›Vaterländisches Gedicht‹ genannt hat.

Noch bevor das Sommersemester zu Ende war, reiste Stina Bonde nach Hause; eine andere Erklärung, als daß in Schweden jetzt Mittsommer sei, brachte sie nicht vor. Joachim reiste ihr mit mehrtägiger Verspätung nach, seiner Mutter schrieb er, daß er sich um das Larssonsche Erbe kümmern werde.

Es gab Schwierigkeiten der sprachlichen Verständigung zwischen Stina und ihm, obwohl Joachim nach einiger Zeit ein wenig Schwedisch und Stina gut Deutsch sprach. Die letzten Feinheiten der Sprache, um die es Joachim ging, blieben Stina allerdings oft unklar, aber auch unwichtig. Die seelische Nähe, die Joachim brauchte, kam nicht zustande. Er versuchte, sie durch körperliche Nähe zu erreichen, sagte, auf lyrische Art: »Du trägst meinen Samen in dir fort und weißt nicht, wohin«, woraufhin Stina lachte; und als er ein anderes Mal meinte, daß jede Frau sich nach der Vereinigung mit einem Mann ein wenig schwanger fühlen müsse, war sie bereits auf dem Weg ins Badezimmer und erwiderte nur, ›ein wenig schwanger‹ gebe es nicht. Sie blieb kühl, war nahezu unempfänglich, im Gegensatz zu Joachims Mutter. Stina kehrte angekleidet, eine Zigarette im Mund, ins Zimmer zurück, wo er noch nachdenklich auf dem Bett lag.

»Man sieht dir nichts an!« sagt er.

»Das wollen wir hoffen!« antwortet sie.

Das Übernatürliche blieb ihr verborgen; zumindest im Winter.

Diese Unterhaltung fand in Stinas Stockholmer Wohnung statt. Nachdem Joachim – sogar über Weihnachten – Gast im Hause der Bondes in Djursholm gewesen war, ohne daß eine Verlobung stattfand, hatte Ole P. Bonde seine Tochter auf eigene Füße gestellt. Sie nutzte die neugewonnene Unabhängigkeit. Ihre Küche glich einem Laboratorium, in dem sie Mahlzeiten auf Kaloriengehalt und Zeitersparnis berechnete, der Tiefkühlbox Fertiggerichte entnahm, ständig unterwegs zwischen Telefon und Müllschlucker. Morgens, wenn es noch dunkel war, hüllte sie sich in Bärenfell, Pelzmütze und Pelzstiefel und fuhr ins Büro, wo sie für den Verlag ihres Vaters russische und deutsche Bücher ins Schwedische übersetzte: eine unterkühlte, aufgeklärte Frau, vor der Joachim zurückwich.

Bis sie dann bei den ersten wärmenden Strahlen der Aprilsonne, die Joachim nicht einmal wahrgenommen hatte, ihr Pelzwerk verließ. Sie bekam ihren verträumten Blick, warf ein paar Jeans ins Auto und fuhr mit Joachim nach Dalarna.

Stinas Vater stammte von dort, von einem Bauernhof, der sich jetzt in fremden Händen befand. Er hatte ›Bondehus‹ in Järna verkauft, weil seine Frau jenen Ort mit seinen altertümlichen Bräuchen und seinen Unbequemlichkeiten scheute wie einen urweltlichen Zauber. Stina hatte als Kind ihre Ferien noch bei dem Vater ihres Vaters, dem geliebten ›Farfar‹, verbracht; seit dessen Tod war sie nie wieder in Dalarna gewesen, bis ihr Joachim erzählte, daß er dort, nicht weit vom Siljan-See, ein Stück Land mit mehreren Gebäuden darauf geerbt habe, und sie in der Folge mehrere Male dorthin fuhren, um die Häuser, die lange Zeit leer gestanden hatten, nach und nach wieder bewohnbar zu machen.

Wenn sie den Dala-Fluß überqueren, sagt Stina jedesmal: »Nördlich des Dala-Flusses gibt es keine Eichen mehr!« und »Jetzt beginnen die blauen Berge!«, dreht die Scheibe herunter und legt die Hand aufs Wagendach, und Joachim, den sie ›Jokke‹ nennt, stellt den Mantelkragen hoch. Unter den Birken, die sich eben erst begrünen, breitet sich ein weißes Laken aus blühenden Anemonen aus.

Stina biegt in einen Grasweg ein, der zu ›Larsgårda‹ führt, hält vorm Holzgatter an, steigt aus, schlägt die Wagentür zu, läuft zu dem rotgestrichenen Haus, schließt die Tür auf, stößt die weißgestrichenen Fensterläden auf und läßt den Winter hinaus, nimmt Besitz von ›Larsgårda‹. Sie schlüpft in die Holzschuhe, die, vom vorigen Sommer her, noch neben der Treppe stehen, oder geht barfuß, streift den Pullover über den Kopf, sobald ein wärmender Lufthauch sie trifft, lehnt an der Holzwand des Hauses, die sich rasch erwärmt, räkelt sich, dehnt sich, kein Zuruf erreicht sie: sie taut auf, verwandelt sich.

In der Frühe geht sie mit einem Eimer zum Nachbarn Anders Nilsson, kehrt mit kuhwarmer, handgemolkener Milch zurück, gießt sie in einen irdenen Topf, schürt das Feuer, legt Birkenscheite auf und schiebt den Elektrokocher beiseite. Sie wäscht ihr Haar unter der Pumpe, obwohl es eine Wasserleitung gibt, und läßt es im Wind trocknen. Ihr Schritt wird weiter, Joachim kann ihr kaum folgen. Plötzlich verlangsamt sie den Schritt, zieht einen weiteren Pullover an und springt in den noch winterlich kalten See. Im Sommer durchquert sie ihn, geht irgendwo an Land, kommt irgendwann zurück, die Hände voller Multbeeren, die sie im Sumpf gepflückt hat, und hält sie Joachim hin, der noch immer am Ufer im Schilf liegt.

Im ersten Dalarna-Sommer hat sie ihn mit nach ›Bondehus‹ in Järna genommen. Er ist tief in eine fremde Kindheit eingetaucht; die eigene Kindheit hat er verloren. Stina zeigt ihm all das, was sie ›die Steine der Kindheit‹ nennt, die schwingende Holzbrücke, wo sie als Kind den Flößern zugeschaut hat; den Platz, wo zu Mittsommer der Maibaum aufgerichtet wurde, die Stelle, an der Farfar saß und fischte.

»Ein echter Dalkarlar«, erzählt sie. »Drei Tage, bevor er starb, legte er sich auf sein Bett, ohne krank zu sein. Er sang ein Lied, das keiner von uns kannte. Er entfernte sich ganz allmählich. Am letzten Tag summte er nur noch, lächelte, ohne die Augen zu öffnen, wußte genau, wer an seinem Bett saß, mein Bruder Olaf oder Vater oder ich. Ich war zwölf Jahre alt. ›Kulla‹ hat er mich genannt, ›min Kulla‹, mein Mädchen. Er begab sich einfach fort. Er winkte wie von weit her. Er lebte friedlich. Er starb friedlich.«

Stina lehnt an einem Heureiter, auf dem das frisch geschnittene Gras trocknet und duftet, zieht eine halbwelke Blume heraus. »Wir nennen sie ›Priesterkragen‹«, sagt sie. Joachim notiert sich das Wort, noch immer sammelt er Wörter.

An diesem Tag sagt er zu Stina: »Ich liebe dich.«
»Du liebst Dalarna!« sagt Stina. Sie lieben dasselbe.

Noch vor Mittsommer treffen die Besucher ein, Stinas Bruder
Olaf und dessen Freunde, ein paar junge Larssonsche Nachkommen aus Uppsala. Die kleinen Holzhäuser und Schober,
die zu ›Larsgårda‹ gehören, füllen sich mit Leben. Einige der
Gäste haben ihre Gitarren mitgebracht. In den lichten Nächten
sitzen sie am Seeufer, die Männer angeln, machen ein Feuer,
die Frauen braten die Fische. Sie singen und lachen und laufen
zwischen den weißschimmernden Birkenstämmen in den Wald.
Tagsüber schwimmen sie im See, pflücken auf den Wiesen
Sträuße; sieben Sorten Blumen muß ein Mädchen pflücken und
sie in der Mittsommernacht unter ihr Kopfkissen legen, dann
wird sie von ihrem künftigen Mann träumen! Die Mädchen
zählen andächtig die Blütenstengel und verschwinden für die
Dauer der kurzen Dunkelheit mit ihrem jeweiligen Gefährten
in einem der Schober. Von wem sie dort träumen, erfährt keiner. Keiner achtet auf den anderen, keiner auf sich selbst.
    Joachim streift ebenfalls unruhig durch die Stämme der Bir-
ken und Kiefern, fängt sich aber keines der Mädchen ein; er
sitzt allein auf der überdachten Holzveranda und wartet, bis
sich die Sonne über den Bergen erhebt, hinter denen sie für
die Dauer von zwei Stunden verschwunden war.
    Eines Morgens steigen dann alle wieder in ihre vollautomati-
schen Wagen und kehren in die sechziger Jahre des 20. Jahrhunderts zurück.
    Wenn das letzte Auto auf die Straße nach Mora eingebogen
ist, läßt Stina den Arm sinken, mit dem sie gewinkt hat, dreht
sich nach Joachim um und sagt verwundert: »Jocke!«
    Und dieser beginnt erneut mit der Eroberung seiner Schwe-
din. Abends sitzen sie wieder allein am Seeufer, Stina schließt
die Arme um die Knie, als wolle sie sich festhalten, streckt dann
aber doch die Hand aus, hält sich an Joachims Arm fest und
sagt, was noch jeden Lyriker bezwungen hat: »Lies mir vor,
Jocke!«
    Durch Herrn Bondes Vermittlung erschien ein zweiter Ge-
dichtband Joachims in einem kleinen deutschen Verlag. Die
Auflagenhöhe blieb gering, 600 verkaufte Exemplare, dazu die
verschenkten. Er schrieb eine Reihe stimmungsvoller Essays

über ›Mittsommer in Dalarna‹ und ›Weihnachtsbräuche in Dalarna‹, die von mehreren Rundfunkanstalten gesendet wurden.

Die Kritiker zogen Oskar Loerke und Wilhelm Lehmann zum Vergleich heran, allzu hohe Maßstäbe. Es hieß immerhin, daß ›man sich den Namen Mosche Quint merken müsse‹. Das erste Exemplar schickte Joachim an seine Mutter, das zweite an Viktoria; von seinen beiden anderen Schwestern nahm er nicht an, daß sie Gedichte lasen. Als er von Edda eine Einladung zur Taufe des ersten Sohnes erhielt, lehnte er ab zu kommen, legte dem Brief ein Gedicht bei, das sich aber zum Vorlesen an der Festtafel nicht eignete: ›Sei furchtsam, Kind, laß dir / die Angst nicht austreiben/ Paß auf . . .‹

Joachim hielt derartige Zeilen bereits für ›engagierte Literatur‹. »Wie ich vermute«, schrieb er an Edda, »wird es nicht bei diesem einen Sohn bleiben, darin gleichst Du unserer Mutter. Du bist vom Wesen her fruchtbar. Später werde ich mir den Kindersegen ansehen. Jetzt kann ich von hier nicht weg, vielleicht kommst Du mit Deinem Mann einmal nach Dalarna. Am besten zu Mittsommer.«

Dieser letzte Satz stand fast unter jedem seiner Briefe. Die Reise war sehr weit, übermäßiger Andrang war nicht zu befürchten.

Vier Tage mußte Maximiliane reisen, um zu ihm zu gelangen; so weit hatte er sich von ihr entfernt und war ihr doch immer am nächsten gewesen. Er hatte die Nabelschnur, die sie noch immer mit den Kindern verband, schmerzhaft überdehnt.

Alle paar Stunden warf sie einen Blick auf die Autokarte, erreichte schließlich den Siljan-See. Die kleineren Orte waren auf der Karte nicht verzeichnet, von nun an mußte sie fragen, bis schließlich jemand nickte, »den tyska skalden!« sagte und ihr den Weg nach ›Larsgårda‹ wies.

Mittsommer war vorüber, die Gäste waren abgereist. Stina war einem Fernsehteam des ZDF, Außenstudio Stockholm, entgegengefahren, da Ortsunkundige leicht die richtige Abzweigung verfehlten. Nach einigem Zögern hatte Joachim Quint zugestimmt, daß man einen Film über ihn und ›Larsgårda‹ drehte.

Als Maximilianes Auto auf dem Grasweg vorm Gatter anhielt, wandte Joachim sich nicht einmal um, so sehr war er in seine Tätigkeit vertieft. Er rührte – über die Kniebundhose einen dunklen Schurz gebunden, die Ärmel des weißen Hemdes hochgekrempelt – mit einem Stock in einer übelriechenden Masse, die er in einer alten Teertonne über offenem Feuer am Kochen hielt.

Zweimal mußte Maximiliane seinen Namen rufen, bis er sich endlich umwandte. Langsam zog er den Stock aus dem Brei, lehnte ihn an die Tonne und strich sich die Hände am Schurz ab.

»Was tust du?« fragt Maximiliane anstelle einer Begrüßung und beugt sich über die Tonne. »Bist du ein Köhler geworden?«

Er erklärt ihr, was er tut. Er stellt Farbe her, um in den nächsten beiden Tagen zwei kleine Holzhäuser, die ehemalige Schmiede und einen der Heuschober, anzustreichen. Er benutzt ein altes Familienrezept der Bondes, Eisenvitriol in kochendem Wasser aufgelöst, feingemahlenes Roggenmehl eingerührt, dann eine Viertelstunde lang gekocht.

Eine Unterbrechung des Vorgangs scheint nicht ratsam; so besteht Maximilianes erste Tätigkeit nach ihrer Ankunft darin, Joachim beim Farbenkochen zu helfen. Während dieser rührt, schüttet sie langsam Rotfarbenpulver aus Falun hinzu und dann, als letzten Bestandteil, eine Kelle voll Jauche. Sein Nachbar Brolund nehme statt Jauche Harn, erklärt Joachim, andere benutzten Salz oder Teer.

Kaum sind sie fertig – die Masse mußte lediglich noch abkühlen –, da biegt zunächst Stinas Auto in den Grasweg ein und gleich darauf ein Kombiwagen, dem fünf Männer entsteigen; Gerät wird ausgeladen, auch für den Laien deutlich erkennbar: Aufnahmegeräte.

Maximiliane betrachtet die Männer, die Lampen, die Kamera, wirft dann einen Blick auf ihren mittelalterlich gewandeten Sohn, der sich gerade wieder umständlich die Hände an seinem Schurz abwischt, und erkennt die Zusammenhänge.

Am Abend wird ein Feuer am See angezündet, Joachim schenkt Aquavit ein, Stina, in einer alten Dalarna-Tracht, die sie sich vom Nachbarn Nilsson ausgeliehen hat, brät Fische auf dem Rost, die sie aus dem Kühlfach des Eisschranks holt.

Nach dem Essen singt sie in der langen Dämmerung, die mit Hilfe von Scheinwerfern und Kabeln noch heller gemacht wird, das Dalarna-Lied zur Gitarre, die man Joachim Quint in den Arm legt. Sie singt auf schwedisch, übersetzt dann mit reizvollem Akzent den Text: »Gott beglücke die Männer, die dort wohnen, beim Fluß, auf den Bergen und im Tal . . .«; nach den Anweisungen des Regisseurs und mit Hilfe des Assistenten richtet der Kameramann sein Objektiv auf den See, die Berge, Joachim, schwenkt dann zu ›der modernen Frau aus Stockholm, die in der Mittsommerzeit für ein paar Wochen die alte handgewebte und selbstgefärbte Dalarna-Tracht anlegt und auf alte Weise lebt‹, wobei es dem Filmtontechniker gelingt, das Geräusch eines springenden Fisches, das Quaken der Frösche aufs Band zu bekommen.

Am folgenden Morgen filmt man Stina, wie sie in der Küche gerade die alte buntbemalte Standuhr aufzieht, die rotgebänderte grüne Schürze über dem knöchellangen weiten Rock, die bloßen Füße in den groben Holzschuhen. Dann legt man Kabel zum Giebelzimmer und stellt Scheinwerfer auf, muß einige Möbelstücke verrücken: das Arbeitszimmer Joachim Quints, in dem er seine Lyrik schreibt. Das letzte Gedicht, das handgeschrieben auf dem aufgeräumten Schreibtisch liegt, liest er auf Verlangen des Regisseurs vor, bindet sich anschließend bereitwillig den Schurz nochmals um und streicht vor der Kamera eigenhändig eine Wand der ehemaligen Schmiede falunrot. Den Hinweis auf Johann Peter Hebels rührende Kalendergeschichte vom Kupferbergwerk im nahen Falun verdankt man seiner Mutter, ebenso die Anmerkung, daß eine ihrer Töchter in Holstein nach altem Familienrezept ›Poenicher Wildpastete‹ fabrikmäßig herstellt und mittlerweile sogar ins Ausland, vornehmlich in das klassische Pastetenland Frankreich, liefert.

Die Dreharbeiten zogen sich über drei Tage hin, dann wurden die Aufnahmegeräte wieder in dem Kombiwagen verstaut, die Herren vom Zweiten Deutschen Fernsehen verabschiedeten sich. Auch Stina brach auf, sie hatte in Stockholm zu tun.

Während der Zeit ihrer Abwesenheit bleibt Maximiliane in ›Larsgårda‹. Sie fährt allein mit dem Boot auf den See hinaus oder streift, die alte Tarnjacke übergezogen, durch die hellen schwedischen Nächte, ihre Sehnsucht nach Poenichen nährend. Sie bekommt rheumatische Beschwerden, weil sie zu lange am feuchten Seeufer sitzt, bleibt einige Tage im Bett liegen und wird von Joachim gepflegt. Er schiebt einen Tisch neben ihr Bett und stellt das Schachspiel darauf, das Maximiliane ihm als Gastgeschenk mitgebracht hat. Keine Partie wird zu Ende gespielt, jedesmal sagt Joachim: »Erzähl von Poenichen!« Und Maximiliane erzählt von den Abenden am Poenicher See, als der alte Quindt und Inspektor Blaskorken im Schein der Fakkeln auf dem Bootssteg saßen und Schach spielten und sie selbst, tropfnaß unterm bodenlangen Bademantel ihres Vaters, daneben stand und zusah. »Als der alte Quindt dann das Rheuma bekam – das Quindtsche Rheuma –, habe ich an seinem Bett gesessen und Blaskorkens Part übernommen.« Sie streckt sich, legt die Arme überm Kopf zusammen und genießt es, im Bett liegen zu dürfen und gepflegt zu werden.

Auch diesmal stellt Joachim die Frage nach seinem Vater. Er trägt sich mit der Absicht, über seinen Vater zu schreiben. »Ich werde mich auf die Suche nach Spuren machen, es werden sich Briefe oder Aufzeichnungen finden lassen.«

»Bei Martha Riepe«, sagt Maximiliane. »Vielleicht bei seiner Schwester Ruth in München.«

»Und was weißt du von ihm?«

»Er hielt mich für ein pommersches Gänschen. Er hat recht gehabt, ich habe über Pommern nicht hinausgeblickt, im Grunde nicht über Poenichen.«

»Ich bewundere seine Stärke!«

»Er war nicht stark, sondern anfällig gegenüber einem Stärkeren, er war verführbar durch Macht.«

»Ich könnte das Buch ›Umwege zu einem Vater‹ nennen«, sagt Joachim. Zehn Jahre nach diesem Gespräch wird er das geplante Buch herausbringen, allerdings unter einem anderen Titel: ›Annäherung an meinen Vater‹. Jenes Kästchen aus Elfenbein, das auf dem Kaminsims in Poenichen gestanden hatte, in welchem Maximiliane als Kind die wenigen Zeugnisse aus dem Leben ihres Vaters gesammelt hatte und das von Joachim später gehütet worden war, diente ihm als Grundstock für seine Spurensammlung.

Beim Abschied stellte Maximiliane ihrem Sohn zwei Fragen: ob er gedenke, nun schwedischer Staatsbürger zu werden, und ob er Stina heiraten wolle; Fragen, die in Ursache und Wirkung zusammenhingen. Er antwortete: »Ich zögere noch.« Wenn er gleichzeitig die schwedische Staatsbürgerschaft hätte erwerben können, hätte er Stina Bonde ohne zu zögern geheiratet.

»Ist sie dir eigentlich treu?« fragte Maximiliane, Stinas Verhalten gegenüber dem Regisseur vor Augen.

»Nein«, antwortete Joachim.
»Und was tust du dagegen?«
»Ich leide darunter.«
»Ist das dein einziger Beitrag zur Lösung des Problems?«
»Ab und zu verhilft es mir zu einer Verszeile.«

Maximiliane nahm aus Dalarna einen kinderkopfgroßen Findling mit nach Deutschland. In Marburg trug sie ihn durch die Ahornallee des Friedhofs an der Ockershäuserallee, mußte, da sie lange nicht dort gewesen war, mit der schweren Last in den Armen nach Golos Grab suchen, fand schließlich das Kippenbergsche Grab, las die Grabinschrift, atmete einmal tief durch, fand dann auch das Grab ihres Sohnes und legte den Findling dort ab. Das Grab war inzwischen eingesät worden, er lag nun ›unterm Rasen‹, nicht mehr unter einem Blumenbeet.

Der Friedhofswärter überraschte sie dabei, als sie den Stein hinlegte, machte sie darauf aufmerksam, daß das eigenmächtige Aufstellen eines Grabsteins nicht gestattet sei und daß sie einen Erlaubnisschein dafür haben müsse. Maximiliane sieht erst ihn, dann den schweren Stein an, kann sich, da zuviel erklärt werden müßte, zu einer Antwort nicht entschließen und macht Anstalten, den Stein wieder aufzuheben, bleibt dann aber erschöpft daneben hocken. Der Friedhofswärter gibt ihr zu verstehen, daß ein formloser Antrag genüge. Aber auch formlose Anträge sind ihr lästig, sie erhebt sich mühsam und geht davon.

Ein halbes Jahr nach ihrer Rückkehr aus Schweden sieht Maximiliane unter dem Titel ›Und wieder auf hohem Roß‹ eine 45 Minuten lange Fernsehsendung zum Thema ›Was ist aus den Nachkommen der alten Adelsfamilien des Deutschen Ostens geworden?‹. Als drittes Beispiel Szenen aus Dalarna. Joachim Quint, Erbe des Ritterguts der Freiherrn von Quindt auf Poenichen in Hinterpommern, der zurückgezogen in den schwedischen Wäldern lebt, wieder auf einem ererbten Hof, dessen Größe allerdings – 40 000 Quadratmeter – nicht angegeben wird. Man sieht ihn, wie er angelt, mit der Sense Gras mäht und ein Holzhaus anstreicht. Statt des pommerschen ›Klaren‹ kippt er nun Aquavit, heißt es. Seine schwedische Freundin verdiene derweil in Stockholm das nötige Geld.

Von den drei Drehtagen waren knappe 5 Sendeminuten übriggeblieben; jene Szene, in der Joachim als Mosche Quint ein Gedicht vorlas, war, als vom Thema abführend, in dem Filmstreifen nicht enthalten. Wohl aber fiel der Satz von der ›Poenicher Wildpastete‹, die in Holstein fabrikmäßig hergestellt wurde und bereits von Bismarck lobend erwähnt worden war.

21

›Es schadet nicht, in einem Entenhof geboren zu sein, wenn man nur in einem Schwanenei gelegen hat.‹

Hans Christian Andersen

Maximiliane hatte ihren weiteren beruflichen Abstieg beim Volksbund Deutsche Kriegsgräberfürsorge nicht abgewartet; sie kündigte und lebte anschließend einige Jahre lang, wie sie es ausdrückte, ›ohne festen Wohnsitz‹.

Wenn man sie fragte: »Sie müssen doch irgendwo polizeilich gemeldet sein?«, sagte sie: »Ich habe mich in meinem Heimatort bisher nicht polizeilich abgemeldet.« Pommersche Geduld, pommersche Genügsamkeit, aber auch pommerscher Eigensinn.

Die Worte ›Flüchtling‹ und ›Heimatvertriebene‹ waren inzwischen aus den politischen Reden weitgehend verschwunden und tauchten allenfalls aus Anlaß der weiterhin stattfindenden Pommern-, Ostpreußen- und Schlesiertage, versehen mit entsprechend sarkastischen Bemerkungen, in den Zeitungsberichten auf; nur in den ›Lebensläufen‹ und beim Lohnsteuerjahresausgleich traten sie als ›außergewöhnliche Belastungen‹ noch in Erscheinung: eine Privatsache. Das Ende des ›kalten Krieges‹ bahnte sich an, eine Ostpolitik der Entspannung. Maximiliane schien einer der letzten Flüchtlinge zu sein.

Wenn es von den heimatvertriebenen Ostdeutschen heißt, sie seien, durch den kostenlosen Zufluß von 13 Millionen aufbauwilligen Arbeitskräften, eine der Ursachen des deutschen Wirtschaftswunders gewesen, so war Maximiliane Quint nur zu einem sehr geringen Teil daran beteiligt. Sie hatte zwar schon vor der Währungsreform die Fischbratküche in Marburg gegründet, diese aber bereits vor Jahren an Lenchen Priebe abgetreten. Immerhin könnte man geltend machen, daß sie der deutschen Wirtschaft Edda, die tüchtigste der Quints, eingebracht habe. Aber zur Gründung der Wildpastetenfabrik hatte sie lediglich mit dem Poenicher Rezept, einigen Ideen und dem Anfangskapital aus dem Lastenausgleich beigetragen und sich dann zurückgezogen.

Auch als Verbraucherin war sie kein nützliches Glied der kapitalistischen Wirtschaft. Fragte man sie: ›Wovon lebst du eigentlich?‹, dann sagte sie: ›Von dem, was ich nicht ausgebe.‹ Hinzu kam freilich dann und wann eine kleine Erbschaft. In Kalifornien war Dr. Green gestorben und hatte sie testamentarisch bedacht. Statt ›Das brauchen wir nicht‹, sagte sie jetzt ›Das brauche ich nicht‹.

Aus dem Poenicher Einzelkind war wieder eine Einzelperson geworden.

Ihre Kasseler Wohnung vermietete sie – möbliert – an eine ihrer bisherigen Kolleginnen, eine Frau Sand; was sie benötigte, und das war nicht viel, warf sie in ihre ›Karre‹.

Am Abend vor ihrer Abreise besuchte sie noch einmal die Fredells, die sich mittlerweile einen Bungalow am Hang des Habichtswaldes, mit Blick auf das weite Kasseler Becken, gebaut hatten. Der älteste der Fredellschen Söhne war Offiziersanwärter bei der Bundeswehr, der zweite studierte Rechtswissenschaften, beides zur Genugtuung des Vaters.

»Meine Söhne spuren«, sagte er, womit er wohl meinte, daß sie seiner Spur folgten. Er sagte ›meine‹ Söhne, wobei seine Frau ihn jedesmal nachdenklich ansah.

Sie sitzen im großen Wohnraum. Herr v. Fredell füllt die Gläser. »Wir hatten gehofft – ich spreche da auch in Bellas Namen –, daß Sie in Kassel nun endlich seßhaft werden würden!«

Maximiliane dankt mit einem Lächeln.

Herr v. Fredell erkundigt sich nach Viktoria.

»Sie studiert jetzt Politologie.«

»Woher hat sie eigentlich das Interesse an Politik?« fragt Herr von Fredell. »Für ein Mädchen ist das doch ungewöhnlich. Wenn Joachim in die Politik, vielleicht sogar ins Auswärtige Amt, gegangen wäre, das hätte man begreiflich gefunden.«

»Vermutlich hat sie das ›Politische‹ von meinem Großvater; alles vererbt sich, aber nicht immer an den Richtigen.«

»Könnte sie es nicht auch von ihrem Vater geerbt haben?«
wirft Frau v. Fredell ein.

Maximiliane sieht die Freundin überrascht an. »An ihn habe
ich in diesem Zusammenhang noch gar nicht gedacht.«

»Das tust du überhaupt selten!«

»Bei unserer Hochzeit hat mein Großvater ihn einen ›Narren
in Hitler‹ genannt«, sagt Maximiliane und hält diese Antwort
für ausreichend. Es geschah nicht zum erstenmal, daß man ihr
auf versteckte Weise Vorhaltungen machte, sich nicht genügend mit dem Nationalsozialismus und seinen Folgen ausein-
andergesetzt zu haben. Früher, als sie über dem Nachdenken
jedesmal eingeschlafen war, hatte sie mit ›später‹ geantwortet,
später wollte sie über ›Viktor und die Folgen‹ nachdenken; inzwischen spürte sie kein Bedürfnis mehr.

»Ich habe es abgelebt«, fügt sie, zu ihrer Freundin gewandt,
hinzu, und diese versteht sie. Herr v. Fredell blickt sie fragend
an. Aber für Maximiliane ist das Thema damit beendet. Sie
bringt das Gespräch wieder auf Viktoria.

»Sie studiert bereits im zwölften Semester.«

»Sie muß doch allmählich zu einem Abschluß kommen«,
meint Herr v. Fredell. »Sie kann doch nicht ewig weiterstudie-
ren. Was ist eigentlich ihr Ziel?«

»Alles, was sie studiert, studiert sie, um mir zu beweisen, daß
ich bei ihrer Erziehung vieles falsch gemacht habe, neuerdings
bezieht sie auch ›die Gesellschaft‹ in ihre Beweisführung ein.«

»Sie nehmen das sehr gelassen hin!«

»Vielleicht ›spurt‹ sie? Hat meine Spur eingeschlagen? Auch
ich weiß nicht, wohin ich will.«

Das Stichwort für ihren Aufbruch scheint damit gegeben; sie
erhebt sich.

»Es wird Zeit. Ich will morgen in aller Frühe aufbrechen!«

Die Fredells begleiten sie bis zur Gartentür. Herr v. Fredell
deutet einen Handkuß an; auch er hat seine Manieren der
neuen Zeit angepaßt. »Wir wünschen Ihnen eine gute Reise!«
sagt er und fragt, ob sie sich nicht vor der langen Fahrt scheue.

»Ich werde mir Zeit lassen und mich umschauen. Ich habe
noch nicht viel von der Welt gesehen.«

»Ein wenig beneide ich dich«, sagt Frau v. Fredell, schließt
sie freundschaftlich in die Arme und betrachtet dabei das bela-
dene Auto sowie die Straße, die wegführt.

»Ein wenig beneide ich dich!« sagt auch Maximiliane und betrachtet das geräumige Haus, den herbstlichen Garten samt dem Hausherrn in der Gartentür. Die Hermannswerder Freundinnen lächeln sich zu, sagen dann wie aus einem Mund: »Altes Kind!«

»Ich werde jetzt die unterdrückten Reisebedürfnisse meines Großvaters befriedigen!« sagt Maximiliane, als sie in ihr Auto steigt. »Du hast von Viktorias Psychologiestudium profitiert!« meint Frau v. Fredell.

»Ich befinde mich in einem unaufhörlichen Lernprozeß.«

Maximiliane schlägt die Wagentür zu, fährt an und dreht sich nicht mehr um, winkt auch nicht, wie die Fredells es erwarten. Sie hat sich nie umgedreht.

Wieder einmal fährt sie westwärts, genauer: südwestwärts. Ihr vorläufiges Ziel heißt Paris.

Auf dem Rücksitz ihres Wagens liegt ein Modejournal, die Zeitschrift ›Madame‹, die Mirka ihr aus Paris zugeschickt hat, Drucksache, Imprimé, Mirka als Titelbild: das kräftige Haar straff an den Kopf gebürstet und in einem Zopf, länger als der Rock, auf dem Rücken hängend, das fremdartige Gesicht mit den flachen, deutlich gezeichneten Jochbögen ohne Schminke und ohne Ausdruck.

Maximiliane denkt über ihre jüngste Tochter nach, über die man einen drei Seiten langen Bericht schreibt und von der es heißt, sie sei das Top-Modell von morgen oder übermorgen; eine Comtesse aus deutschem ›Hochadel‹; auf einer romantischen Burg in Süddeutschland geboren, wo die Mutter das kleine Mädchen auf einen amerikanischen Zuckersack gelegt hat, um, den Körperumrissen folgend, die Teile für ein Kittelchen zuzuschneiden. ›Die erste Begegnung mit der Mode!‹

Viel an Auskünften schien Mirka dem Reporter nicht gegeben zu haben. Er bezeichnete sie als ›schweigsam‹ und ›geheimnisumwittert‹ und äußerte die Vermutung, daß sie nur spreche, wenn ihre Mitteilungen veröffentlicht würden. Er hatte sich nach ihren Sprachkenntnissen erkundigt, die für ein Mannequin im internationalen Top-Milieu unerläßlich seien, und sie hatte entgegnet, daß sie die Körpersprache beherrsche, was noch wichtiger sei; woraufhin der Reporter bestätigte, daß sie mit ihren schönen Schultern und ebenso schönen Beinen viel zu sagen habe. Ein Kompliment, das sie mit einem seltenen, daher ›kostbaren‹ Lächeln belohnt zu haben schien sowie mit der freimütigen und selbstkritischen Äußerung: ›Als Kind muß ich wohl krumme Beine gehabt haben. Meine Mutter hat mir abends vor dem Schlafen die Beine zusammengebunden und mit einer Windel bandagiert!‹

Auf die Frage, ob sie rechnen könne, war die hochmütige Antwort ›Ich werde nicht rechnen müssen‹ gefolgt und mit ›Diese junge Mirka von Quindt wird ihren Körper gut zu verkaufen wissen‹ kommentiert worden.

Nach ihrem Alter wurde sie nicht gefragt, wohl aber nach dem Tierkreiszeichen, unter dem sie geboren sei. Auf einem der Fotos, die in den Text eingestreut waren, konnte man sie in einem lodengrünen Jagddreß sehen. ›Eine Schützin mit hoher Abschußquote!‹

›Was halten Sie für die wichtigste Erfindung der Neuzeit?‹

›Die Strumpfhose! Ohne sie wäre die Mini-Mode undenkbar!‹

Auf einem der Fotos trug sie eine wappenbestickte Batistwindel, zweifach lose geknotet, um den Hals. Allüren.

›Woher haben Sie diese ungewöhnliche, fast möchte man sagen erdgraue Hautfarbe? Das ist weder Sylt noch Miami!‹

Auch dafür hatte Mirka eine für die Veröffentlichung geeignete Antwort gewußt: ›Ich bin als Kind mit Stutenmilch genährt worden. Man sagt, solche Kinder würden wild.‹ Eine Bemerkung, die einem weiteren Foto als Unterschrift diente. Auf den Hinweis des Reporters, daß man in Ungarn, wenn er richtig orientiert sei, Joghurt mit Stutenmilch ansetze, hatte sie erwidert, daß ihr Hauptnahrungsmittel aus Joghurt bestehe, der sie widerstandsfähig mache; wogegen, wurde nicht erwähnt. Zum Abschluß hatte sie geäußert, daß ihre Mutter, eine Offizierswitwe, ihr unter Opfern eine langjährige tänzerische Ausbildung ermöglicht habe.

›Daher also diese absolute Körperbeherrschung!‹ Ein spontaner Ausruf des Reporters, wörtlich wiedergegeben.

An dieser Stelle, bei dem Wort ›Körperbeherrschung‹, setzten Maximilianes kilometerlangen Überlegungen ein. Vermutlich wußte außer ihr niemand, daß von ›absoluter Körperbeherrschung‹ nicht die Rede sein konnte. Sie erinnerte sich jenes Vorkommnisses vor etwa zwei Jahren, als Mirka sie während der Dienstzeit angerufen hatte. »Es ist dringend, Mama! Ich brauche eine bestimmte Menge Geld für einen bestimmten Zweck!«

Als keine Antwort erfolgte – Maximiliane hatte über diese Sätze nachgedacht –, sagte Mirka: »Ich muß nach London fliegen!«

Maximiliane hatte trotz dieser, wie Mirka annahm, alles erklärenden Angaben noch immer nicht geahnt, worum es ging. Um Leben und Tod nämlich. Mirka setzte hinzu, erregter, als Maximiliane ihre kühle Tochter je erlebt hatte: »Du wärest auch froh gewesen, wenn du eine solche Möglichkeit gehabt hättest!«

Nicht den Inhalt, wohl aber den Tonfall, in dem der Satz mehr gerufen als gesprochen wurde, hatte Maximiliane verstanden.

Sie sagte: »Komm!«

»Können wir das nicht telefonisch abmachen?«

»Nein!«

Maximiliane hatte ihren Kindern so selten Gehorsam abverlangt, daß sie über ein Guthaben verfügte. Ihr ›Komm!‹ galt noch immer.

Sie hatte das mündliche Gespräch bei jener Frage wiederaufgenommen, deren Beantwortung Mirka fernmündlich schuldig geblieben war.

»Bei welchem von euch meinst du? Bei Mosche? Bei dir? Oder bei Golo? Sollte er nicht einmal siebzehn Jahre lang gelebt haben dürfen?«

»Nimm es doch nicht so wörtlich, Mama!«

»Worte nehme ich wörtlich.«

»Ich meine es allgemein!«

»Es gibt nur einzelne, dich zum Beispiel. Wer ist der Vater?«

»Man kann da doch noch nicht von ›Vater‹ reden!«

Maximiliane wartete, und Mirka sagte: »Ich weiß nicht!«

»Treiben, herumtreiben, abtreiben«, sagte Maximiliane.

»Ich brauche Geld! Was ist mit dem Eyckel?«

Dieses Gespräch war den Verhandlungen mit Herrn Brandes vorausgegangen, dem die Anfrage, wie sich herausstellte, gelegen kam. Alles Weitere, zumindest was den Eyckel angeht, kennt man seit dem Tischgespräch bei der holsteinischen Hochzeit.

Maximilianes Gedanken schweifen ab – von jener Äbtissin Hedwig von Quinten, 1342 urkundlich erwähnte Besitzerin des Eyckel, bis zu ihrer Tochter Mirka, die ihr Kind in London abtreiben ließ, mit Hilfe jener Summe, die für den Verkauf des Eyckel erzielt worden war.

Es wäre richtiger gewesen, denkt Maximiliane, wenn Mirka als wichtigste Erfindung der Neuzeit die Pille genannt hätte.

Das Interview in ›Madame‹ schloß mit einer Frage, die sich an die Leserinnen richtete. ›Sieht die Frau der sechziger und siebziger Jahre unseres Jahrhunderts aus wie diese Mirka von Quindt, selbständig und selbstbewußt, undurchlässig und unangreifbar, eine Feindin des Mannes, dem sie gefallen will? Oder will diese moderne Eva nicht mehr gefallen?‹

Maximiliane war in alter Gewohnheit nicht auf der Autobahn, sondern auf der Bundesstraße 3 in Richtung Marburg gefahren. Als sie sich der Stadt näherte, warf sie einen Blick auf das vertraute Panorama: die Türme der Elisabethkirche, das hochgelegene Landgrafenschloß; links davon, tiefer gelegen, das Haus der Heynolds, an den beiden schiefergedeckten Türmen leicht zu erkennen. Sie entschloß sich, die ›Grillstube in der Ketzerbach‹ nicht aufzusuchen, weil Lenchen Priebe sich wohl bei einem unangemeldeten Besuch überwacht fühlen würde; andererseits würde sie sich nicht genügend gewürdigt fühlen, wenn sie erfuhr, daß man sie nicht besucht hatte. Aus der Freundschaft in Notzeiten war wieder ein Abhängigkeitsverhältnis geworden. Unterschiede waren plötzlich wieder da; es nutzte das ›Du‹ aus Kinderzeiten nichts, es nutzte nichts, wenn Maximiliane sagte: ›Es ist jetzt dein Laden, Lenchen!‹ Es blieb der fünfprozentige Anteil am Umsatz, der, laut Vereinbarung, jährlich zu zahlen war und auf den Maximiliane eher verzichtet hätte als Lenchen Priebe, die sich nichts schenken lassen wollte.

Sie besuchte auch nicht Golos Grab. Ohne anzuhalten fuhr sie an der Lahn entlang, konnte den Friedhof aber am Hang liegen sehen, in schöner Herbstfärbung; sie hatte sich vorgenommen, einen anderen Friedhof aufzusuchen. Sie fuhr weiter auf der Bundesstraße 3, an der man inzwischen die Straßenbäume gefällt hatte; Golos Todesort war nicht mehr auszumachen.

Ein Blick noch nach rechts auf den bewaldeten Hang des Marburger Stadtwaldes, zu jener Stelle unter den Buchen, wo das stattgefunden hatte, was sie die ›erste Begegnung‹ mit dem

Rheinländer nannte: Martin Valentin, der häufiger in ihren Träumen als in ihren Gedanken auftauchte. Ihr fiel ein Zitat aus einem der pünktlich eintreffenden Muttertagsbriefe ihrer Tochter Viktoria ein: ›Erziehung ist Beispiel und Liebe!‹, ein Satz Pestalozzis, den sich die moderne Psychologie angeeignet hatte und den Maximiliane bisher ebenso verdrängt hatte wie andere treffsichere Sätze Viktorias.

An mütterlicher Liebe hatte es Maximiliane ihren Kindern gegenüber nicht fehlen lassen, aber ein Beispiel, im üblichen Sinne, war sie ihnen nicht gewesen. Ihre Instinktlosigkeit gegenüber Männern kam der Wehrlosigkeit gleich. Man muß zu ihrer Entschuldigung vorbringen, daß sie ihren ersten Mann geheiratet hatte, um Poenichen vor schlimmeren Maßnahmen der nationalsozialistischen Diktatur zu schützen. Er hatte ihr zu dem Zwecke dienen sollen, ein Leben lang auf Poenichen bleiben zu können, und hatte dann selbst dazu beigetragen, daß sie es verlassen mußte. Auch für die späteren ›Begegnungen‹ – und es waren mehr gewesen, als hier erwähnt wurden – gibt es eine Entschuldigung: Männer waren in den beiden Jahrzehnten, die ihr zur Verfügung standen, rar, und da sie das sechste Gebot beachtete, war die Auswahl noch mehr eingeschränkt. Sie brauchte Wärme; sie hat sie auch vorübergehend in den Armen eines Mannes gefunden und an ihre Kinder weitergegeben, was nicht beispielhaft war, aber in kreatürlichem Sinne das notwendige und daher das richtige auch für die Kinder.

Maximilianes Gedanken kehren – sie nähert sich Gießen, wo sie die Autobahn erreichen will – zu Mirka zurück, zu dem Kellerkind, in einem Luftschutzkeller gezeugt, an einem Ort, dessen Namen sie nicht kannte, noch jenseits der Oder. ›Njet plakatje!‹ – ›Nicht weinen!‹ Eine Mahnung, von einem namenlosen Soldaten der sowjetischen Armee im entscheidenden Augenblick ausgesprochen, von Maximiliane beherzigt und an das Kind weitergegeben, das selten geweint, aber auch selten gelacht hat und heute, wenn auch für Fotografen, lächelte. Mirka, dieses Gotteskind, das wenig Schaden anrichtete und wenig Nutzen, das die Welt verschönerte, ein ungewolltes Kind, eine Last, die Maximiliane auf sich genommen hatte, wie sie alle Lasten auf sich nahm, als ›naheheliches Kind‹ in juristischem Sinne aufgewachsen, früh selbständig. Was Mirka besaß, stopfte sie in eine Tasche, die sie den ›Hund‹ nannte; immer fand sich jemand, der für sie sorgte, dem sie irgendwann weglief, besser: von dem sie wegging, noch immer in dem ihr eigenen reizvollen Paßschritt; sie ließ sich nicht einfangen, ließ sich beschenken, käuflich war sie nicht. Sie hing an nichts und an niemandem. Keine Tänzerin, sondern ein Fotomodell.

Dr. Green hatte auch mit dieser Voraussage recht behalten.

»Willst du mir immer noch nicht sagen, wohin wir fahren?« erkundigt sich Mirka. »Nur noch fünfzig Kilometer, dann sind wir schon in Lille.«

»Der Ort heißt Sailly-sur-la-Lys«, antwortet Maximiliane.

»Und was wollen wir dort?«

»Dort befindet sich ein deutscher Soldatenfriedhof.«

»Eine Kriegsgräberfahrt! Ich denke, du hast deinen Dienst an den Kriegsgräbern quittiert!«

»Ich erkläre es dir an Ort und Stelle.«

Mirka fragt nicht weiter; neugierig war sie nie gewesen. Geduldig und schweigsam sitzt sie neben der ebenso schweigsamen Mutter. Kein Krähenschwarm, der sich vom frisch gepflügten Acker hebt, erweckt ihre Aufmerksamkeit. Die Landschaft wird immer eintöniger. Maximiliane verpaßt die Abzweigung nach Armentière und biegt, um auf der Karte nachzusehen, in einen Feldweg ein. Sie holt den Notizblock mit der genauen Lageskizze des Friedhofs, die sie sich schon vor Monaten bei ihrer Dienststelle besorgt hatte, aus dem Handschuhfach. ›Unmittelbar an der Route Nationale 345, einen Kilometer von der Ortsmitte entfernt. Die Lys ist ein Nebenfluß der Schelde.‹

Sie stellt den Motor ab, hebt den Blick und erkennt in der Ferne bereits eine bewaldete Flußniederung. Plötzlich horcht sie auf; sie dreht das Wagenfenster herunter und faßt nach Mirkas Arm. Ein Hornsignal ertönt. Eine Trompe de Chasse!

»Aufbruch zur Jagd!« sagt sie erregt und läßt sich in den Sitz zurückfallen, die Hände fest am Steuerrad. Die Meute der Hunde kreuzt den Feldweg, gleich darauf die Reiter. Für einige lange Augenblicke gerät ihr die Rückkehr nach Poenichen und zu jenem Mann, der auf seinem alten französischen Jagdhorn die Pleßschen Signale geblasen hatte.

»Schon vorbei!« sagt sie dann.

»Hast du das Foto in ›Madame‹ gesehen?« erkundigt sich Mirka. »Der Jagddreß stammte von Bogner, exklusiv.«

Maximiliane läßt den Motor wieder laufen und setzt den Wagen zurück. Dabei nimmt sie den niedrigen Graben nicht wahr, der den Feldweg vom Acker trennt. Das linke Hinterrad gleitet ab, der Wagen sitzt fest, die Räder mahlen im nassen, lehmigen Boden. Maximiliane hat Übung im Befahren von Feldwegen, sie weiß, daß ein paar Zweige, vor die Räder gelegt, diese wieder greifen lassen.

»Komm mit!« sagt sie zu Mirka und deutet auf das kleine Gehölz. »Wir holen dort Zweige!«

»Laß nur, Mama, das mache ich anders!« antwortet Mirka, steigt aus, geht zur Straße und winkt. Schon der dritte Wagen fährt nicht vorbei, sondern hält an. Der Fahrer, ein Fünfziger, elegant und offensichtlich wohlhabend, erklärt sich sofort bereit, Vorspanndienste zu leisten, und zieht den Wagen der beiden Damen aus dem Graben. Er schreibt seine Telefonnummer, eine Pariser Nummer, auf eine Karte: »Rufen Sie doch einmal an!« sagt er zu Mirka; diese läßt die Karte in der Tasche verschwinden.

»Man muß sich helfen lassen, Mama!« sagt sie, als sie wieder allein sind. »Du willst immer alles selber machen.«

Sie erreichen den Ort Sailly-sur-la-Lys gegen Mittag. Die Straßen sind menschenleer, Regen hat eingesetzt. Maximiliane parkt in der Nähe der Kirche, fragt ein Kind nach dem Friedhof und wird zum Ortsfriedhof geschickt. Sie kehrt um, fragt ein zweites Mal und fügt ›pour les soldats‹ hinzu; das Kind deutet mit der Hand auf eine entfernt liegende Baumgruppe. In strömendem Regen stehen Maximiliane und Mirka einige Minuten später auf dem englischen Soldatenfriedhof des Zweiten Weltkriegs.

Sie fahren erneut zurück und beschließen, ein Café aufzusuchen. Dort bestellen sie Milchkaffee, und Maximiliane erkundigt sich bei dem Wirt nach dem Friedhof, auf dem die deutschen Soldaten liegen.

»Erster Weltkrieg!« betont sie.

Der Wirt ruft einem Mann, der an der Theke sitzt und seinen Rotwein trinkt, zu: »Clientèle, Louis!«

Wenig später steigt Louis Séguin, beinamputiert, Veteran und Invalide des Ersten Weltkriegs und mit der Instandhaltung des deutschen Soldatenfriedhofs betraut, zu den beiden Damen ins Auto. Er ist freundlich, redselig und beklagt sich, daß so selten jemand zu Besuch komme. Er fragt nach dem Namen; er kennt die meisten seiner Toten bei Namen.

»Le Baron?!«

Seit zwanzig Jahren, so berichtet er während der kurzen Fahrt, arbeitet er hier auf dem deutschen Soldatenfriedhof, und noch nie ist jemand von der Familie des Barons Quindt gekommen! Er mäht den Rasen, er schneidet die Hecken. Für wen? Natürlich, es ist lange her, die meisten Witwen sind tot, aber die Kinder leben doch noch! Er zählt die Jahrzehnte an den Fingern der linken Hand ab.

»1918, 1928, 1938, 1948, 1958, 1967. Mon Dieu! Die Zeit! Fast fünfzig Jahre!«

Sie haben derweil das Eingangstor zum Friedhof erreicht.

»Voilà!«

Maximiliane hält an, sie steigen aus. Der Regen hat nachgelassen. Der Friedhofswärter zeigt mit dem Stock auf eine Reihe von Bäumen; die Brandmauer eines Hauses mit einem verrosteten Reklameschild für ›Cinzano‹ schimmert durch die Äste, auf denen schwarze Vögel hocken. Er sagt: Pappeln, sagt: Krähen, zeigt auf ein paar Lindenbäume, nennt ihre Namen, zeigt auf eine Hecke, sagt: Weißdorn. Maximiliane kennt die französischen Namen nicht, aber erkennt Bäume und Hecken, auch wenn sie entlaubt sind.

Warum die Damen nicht im Sommer gekommen seien, fragt Monsieur Séguin. Im Frühling! Wenn die Hecke blüht und die Schwertlilien blühen!

Er holt aus dem rechten Sandsteinpfeiler der Eingangspforte das Gräberbuch hervor, legt es aber sogleich zurück. In diesem Fall benötigt er keine Gräberliste! Er hat die Nummern und Namen fast aller Toten im Kopf. »Monsieur le Baron hat die Nummer 3412.«

Er zeigt über die Gräberreihen und sagt zu Mirka, die aber unbeeindruckt dasteht: »Eine ganze Stadt! Lauter junge Männer! Monsieur le Baron besitzt ein Eckgrab, gute Lage!«

Er humpelt eilig voraus, durch das Gras; Wege gibt es nicht. Am Mittelkreuz, das den Friedhof überragt, macht er halt und zeigt auf die Inschrift: ›Hier ruhen deutsche Soldaten‹, auf der Rückseite dasselbe in französisch: ›Ici reposent des soldats allemands.‹ Er nennt die Zahl der Einwohner seiner Totenstadt. 5496. Aber alle haben sie ihr eigenes Grab, sagt er. Auf seinem

Friedhof gibt es kein Massengrab. Jeder hat sein kleines eigenes Kreuz, alle das gleiche.

Er eilt weiter und bleibt dann stehen, nimmt die Mütze ab und zeigt auf ein Kreuz. »Ici!«

Wie er gesagt hatte: Nummer 3412. Freiherr Achim von Quindt. Leutnant, Truppenteil und Todesdatum. 6. November 1918. Das Geburtsdatum war nicht angegeben.

Mit gedämpfter Stimme fragt der Wärter: »Le père?« und zeigt dabei auf Maximiliane. Sie nickt. Er zeigt auf Mirka. »Le grandpère?« Maximiliane nickt wieder und sagt zu Mirka: »In Poenichen lag dort, wo die anderen Quindts beigesetzt waren, ein Findling für ihn, zum Gedächtnis.«

Der Wärter zieht sich zurück. Er lasse die Damen jetzt allein, sagt er, erkundigt sich aber noch, ob er einen Grabschmuck besorgen soll, was Maximiliane verneint.

Falls man ihn brauche – er wird beim Auto warten, das Stehen wird ihm schwer. Er pocht, wie einst Rektor Kreßmann auf dem Pommerntag in Kassel, mit dem Spazierstock an das Holzbein.

»Der erste Quindt, der in einem Reihengrab liegt«, sagt Maximiliane, als sie mit Mirka allein ist. »Ich hatte bisher gedacht, Golo sei der erste.« Sie blickt nachdenklich und nägelkauend die Reihen der Kreuze entlang. In den Schnittpunkten bilden sie Diagonalen, die Metallschildchen glänzen vor Nässe.

»Die Reihen fest geschlossen!« fährt Maximiliane mit einem Unterton von Bitterkeit und Spott fort. Mirka blickt sie fragend an.

»Eine Zeile aus dem Horst-Wessel-Lied«, erklärt Maximiliane. Als Mirka immer noch nicht versteht, was gemeint ist, setzt sie hinzu: »Die Nationalhymne im Dritten Reich!«

Mirka vermag den Gedankengängen ihrer Mutter nicht zu folgen; für Geschichte hat sie sich nie interessiert. Sie fragt freundlich, aber ohne Interesse: »Wie alt ist er denn geworden?«

»Ich kenne nicht einmal sein Geburtsdatum. Ich vermute, kaum älter als zwanzig Jahre.«

»Ein zwanzigjähriger Großvater!« sagt Mirka erheitert. »Ich bin jetzt schon älter als er!« Ein Grund zur Trauer scheint ihr nicht gegeben. »Wo liegt eigentlich mein Großvater väterlicherseits begraben?« fragt sie dann und setzt, nun doch nachdenklich geworden, übergangslos hinzu: »Mein Vater hat nicht einmal ein Grab!«

»Vielleicht lebt dein Vater noch!« sagt Maximiliane nach kurzem Zögern.

Mirka blickt ihre Mutter überrascht an: »Wieso?«

»Deinen Vater habe ich fast so wenig gekannt wie deinen Großvater«, antwortet Maximiliane und zeigt auf das Grab. »Ich habe ihn dreimal gesehen. Er war Soldat der sowjetischen Armee. Er befand sich auf dem Vormarsch nach Berlin. Und ich befand mich auf der Flucht nach Berlin. Er stammte vom Balchasch-See und sah aus, wie Kirgisen aussehen. Ihm verdankst du dein Aussehen und deinen Erfolg.«

»Eine Vergewaltigung?« erkundigt sich Mirka, nicht anders, als man sich nach dem Wetter erkundigt.

»Viel Gewalt ist nicht nötig gewesen. Ich habe Angst gehabt, außerdem hatte ich vier kleine Kinder.«

Die Stunde der Wahrheit, von Mirka in ihrer Bedeutung kaum erfaßt, fand diesmal auf einem deutschen Soldatenfriedhof in Frankreich statt. Warum? Warum hielt Maximiliane es für nötig, Mirka zu diesem Zeitpunkt und an diesem Ort über ihre Herkunft aufzuklären? Eddas Aufklärung über ihre uneheliche Herkunft war gegen Maximilianes Willen erfolgt und von ihr, so gut wie möglich, rückgängig gemacht worden. Warum war sie nie konsequent? Wollte sie die Legende zerstören, die Mirka um ihre adlige Herkunft verbreitete? Wollte sie die Eröffnung an einem schicksalhaften Ort machen, den eigenen Vater als Zeugen, an einem Ort, wo die Sinnlosigkeit des Völkerhasses ebenso deutlich wurde wie die Sinnlosigkeit der Standesunterschiede? Hatte sie ihrer Tochter an diesem Platz mitteilen wollen, daß sie nur von einer Seite her von Adel war und keineswegs von ›Hochadel‹, wie es in dem Bericht hieß, von der anderen Seite her aber von einem einfachen russischen Soldaten abstammte?

»Balchasch-See?« fragt Mirka in das Schweigen hinein. »Wo liegt der?«.

»Im Inneren Asiens. In der kirgisischen Steppe.«

Weitere Auskünfte verlangte Mirka nicht von ihrer Mutter, mehr hätte diese auch nicht erteilen können.

Sie machten sich auf den Rückweg, erreichten die Pforte. Maximiliane schloß die Tür, erkannte die fünf Kreuze im Gitter, das Emblem des Volksbundes Deutsche Kriegsgräberfürsorge, unter dem sie jahrelang gearbeitet hatte. Erst in diesem Augenblick war dieses Kapitel für sie abgeschlossen.

Als sie in ihr Auto stiegen, hielt der Friedhofswärter zunächst Mirka, dann auch Maximiliane die Wagentür auf und bat die Damen, für seine kranke Frau und seine armen Kinder zu beten. Maximiliane, mit den Landessitten nicht vertraut, erkundigte sich teilnahmsvoll nach der Art der Erkrankung. Mirka griff in die Manteltasche und gab das erwartete Trinkgeld.

Sie fuhren, weitgehend schweigend, nach Paris zurück.

Es fiel Mirka nicht schwer, einen unbekannten Vater gegen einen anderen unbekannten Vater einzutauschen. Ein Kirgise kam ihr durchaus gelegen. Wenige Tage nach diesem Ausflug nach Sailly-sur-la-Lys ließ sie sich das Haar kurz schneiden, damit die kirgisische Kopfform noch deutlicher hervortrat. Sie baute den unbekannten Kirgisen in ihre Legende ein. Eine deutsche Comtesse als Mutter, ein Kirgise als Vater, ›er leitet seine Herkunft von Dschingis-Khan ab‹, konnte man später in einer Notiz über Mirka von Quindt lesen.

Als Edda in Eutin beim Friseur unter der Trockenhaube saß und rasch nacheinander einige Zeitschriften durchblätterte, hätte sie ihre Schwester Mirka fast nicht erkannt: streichholzkurz das Haar, das man in Holstein noch hochtoupiert trug, der Rock, der in Holstein noch handbreit über dem Knie endete, knöchellang. Und dann las sie in der Klatschkolumne: ›Der Vater Kirgise, die Mutter aus deutschem Hochadel.‹

Eddas erster Gedanke war: Wie werden die Lübecker Quinten diese Nachricht aufnehmen? Sie schob die schöne Legende beiseite, übrig blieb die Tatsache der Vergewaltigung. Ein Makel fiel nach mehr als zwanzig Jahren auf den Namen der Quindts. Kein Mitgefühl, auch kein Sinn für Exotik. Sie selbst stammte aus Berlin-Pankow. Schon die kurze Ehe ihrer Mutter mit dem zwielichtigen Herrn Valentin, von der ihre Schwiegereltern inzwischen erfahren hatten, war auf spürbares Befremden der von Quinten gestoßen. Eddas zweiter Gedanke: Ich bin überhaupt nicht mit Mirka verwandt! Aber diese Befriedigung nutzte ihr nichts, weil sie niemandem davon Kenntnis geben konnte. Sie beschloß, die Mutter zur Taufe des Kindes, das sie im April erwartete, nicht einzuladen.

22

‹Wenn man nur die wahre von der falschen Liebe unterscheiden
könnte, so wie man eßbare von giftigen Pilzen unterscheidet.‹
Katherine Mansfield

Das Leben hält sich oft eng an die Literatur und vermeidet dabei kein Klischee.

Maximiliane trat in ein Liebesverhältnis zu einem Künstler, genauer: einem Kunstmaler, der in Paris lebte. Nun ist die Wahrscheinlichkeit, sich in einen Künstler zu verlieben, in Paris größer als an jedem anderen Ort, erst recht, wenn man in einem Hotel im Quartier Latin wohnt; Mirka hatte es ihrer Mutter mit den Worten empfohlen: »Dort befindest du dich im Herzen von Paris.« Maximiliane verbesserte, nachdem sie das Fenster zur Rue de la Huchette geöffnet und die aufsteigenden Düfte aus chinesischen, serbischen und kroatischen Restaurants gerochen hatte, den bildlichen Ausdruck in: »Im Magen von Paris. Aber der Magen liegt ja nahe beim Herzen.«

Nachdem ihr Vorhaben, einige Korrekturen an ihrer Tochter Mirka vorzunehmen, fehlgeschlagen war, blieb sie nicht, wie vorgesehen, wenige Tage, sondern monatelang, wenn auch mit Unterbrechungen, in Paris. Grund hierfür war jener Maler.

Die natürliche Abfolge eines Frauenlebens, Kind, Mädchen, Braut, Ehefrau, Mutter, Großmutter, Witwe, wird oft nicht eingehalten, aber im Falle Maximiliane Quints geriet sie völlig durcheinander. Maximiliane war Großmutter geworden, bevor sie eine Geliebte hatte werden können. Dies wurde sie als letztes, in ihrem fünfzigsten Lebensjahr, wie überhaupt diese Episode wenig in den Entwurf ihres Lebens paßte. Sie war bereits zu alt, um an Wunder zu glauben. Eine Liebe, die ohne Wunder auskommen mußte. Trotzdem richteten sich die Abfahrtszeiten der Metro wochenlang nicht nach dem Fahrplan, sondern nach ihren Wünschen; Gewitter entluden sich nicht über Argenteuil, wo Maximiliane und der Maler sich gerade aufhielten, sondern über St-Denis . . .

Am Morgen des 1. November, ein strahlender verspäteter

Sommertag, hatte sich Maximiliane, den Polyglott in der Hand und Mirkas Ratschläge im Kopf, auf den Weg gemacht, die Kathedrale Notre-Dame zu besichtigen. Sie geriet, kaum daß sie die Seine überquert hatte, in den Strom der Kirchgänger, dem sie sich überließ und der sie ins halbgefüllte Mittelschiff der Kathedrale führte.

Toussaint! Allerheiligen! In der Tasche trug sie den Toussaint-Langenscheidt, jenes Wörterbuch, auf das Fräulein Wanke, Lehrerin für Englisch und Französisch an der Mädchenschule in Arnswalde, bei groben Fehlern geklopft und dabei ›Tous Saints!‹ ausgerufen hatte. Jetzt erst, nach annähernd vierzig Jahren, verstand Maximiliane den Fluch. ›Alle Heiligen!‹ Schon war sie eingestimmt, heiteren Sinnes, hörte die Orgelmusik, den Wechselgesang der Nonnen, kniete nieder wie die anderen, erhob sich wie die anderen, setzte sich, kniete wieder, verfolgte das Auf- und Niederwogen der Wellen, die am Hochaltar begannen, durch das Kirchenschiff gingen und am Hauptportal endeten; unvermutet eine Querbewegung, Hände streckten sich aus, griffen über die Bänke hinweg, streckten sich ihr entgegen, brachten sie außer Fassung; in Pommern streckte man keinem Fremden die Hand hin.

Die nächste Menschenwoge trägt sie durch das Südportal ins Freie. Sie geht die Stufen zur Seine hinunter, wirft, getreu den Anweisungen des Polyglott, einen Blick auf Angler und Bouquinisten, auf den Justizpalast und das Hôtel-Dieu.

Paris, wie es im Buche steht.

Maximiliane kehrt ins Quartier Latin zurück, um im ›Jade de Montagne‹ am Boulevard St-Michel zu essen, wie Mirka es ihr empfohlen hatte. Sie findet einen unbesetzten Stuhl, muß aber lange auf Bedienung warten, da, des Feiertags wegen, das Restaurant überfüllt ist. Immer noch freudig beseelt, sieht sie sich in aller Ruhe um, betrachtet die Gesichter der Gäste, schließlich auch die Bilder, die an den Wänden hängen und die, wie ihr scheint, alle von demselben Maler stammen. Sie hat wenig Übung im Betrachten und Beurteilen von Bildern; ihr Geschmack ist unverdorben, aber auch unentwickelt. Sie erkennt nicht, was auf den Bildern dargestellt ist, erhebt sich deshalb von ihrem Platz, tritt an die Bilder heran und betrachtet sie eingehend, bis der Kellner sie anspricht und ihre Bestellung aufnimmt. Es ergeben sich dabei Sprachschwierigkeiten, die ein etwa vierzigjähriger Mann vom Nebentisch her behebt. Als der Kellner gegangen ist, fragt der Mann auf deutsch, mit einem leichten rheinischen Akzent, der sie hätte aufmerksam machen müssen: »Gefallen Ihnen meine Bilder?«

Keine Umwege diesmal. Diese Liebe nimmt den unmittelbaren Weg über die Kunst.

Maximiliane antwortet mit einer Gegenfrage: »Warum vermehren Sie das Häßliche in der Welt? Warum machen Sie die Welt nicht schöner?«

Der Mann lächelt über die naive Frage, nimmt seinen Stuhl und rückt näher an Maximilianes Tisch heran. Dann setzt er ihr auseinander, daß seit Jahrzehnten die Aufgaben der Kunst sich geändert hätten, und erläutert ihr seine Bilder; Protestbilder gegen die Umwelt. Da Maximiliane seine Vorbilder, wie Bacon oder Wunderlich, nicht kennt, haben seine Bilder für sie den Vorzug der Originalität.

»Sagt Ihnen der Begriff ›Phantastischer Realismus‹, besser ›Surrealismus‹, etwas?« fragt er.

Maximiliane hebt in völliger Unkenntnis die Schultern.

Bevor der Mann mit seinen Erläuterungen fortfahren kann, bringt der Kellner die Suppe. Maximiliane greift nach dem Löffel, blickt den Mann mit ihren immer noch wirkungsvollen Augen an und sagt: »Der phantastische Realismus einer Zwiebelsuppe.«

Der Mann stellt sich vor, schiebt ihr sogar eine Visitenkarte hin: Ossian Schiff, Kunstmaler, peintre; das Signum eines stilisierten Segelschiffs darunter, eine Pariser Adresse, im selben Bezirk. Er erwähnt, daß der Besitzer des Lokals, den er seit Jahren kenne, seine Bilder in Zahlung nehme, pro Bild zehn Mahlzeiten.

»Auf diese Weise friste ich mein Leben. An Feiertagen wie heute genieße ich es!«

Mit materiellen Gütern sei er nie gesegnet gewesen, fährt er dann fort; er sei das fünfte Kind eines Dorfschullehrers aus der Nähe von Aachen. Bei dem Vornamen, den sein Vater ihm gegeben habe, setzt er lachend hinzu, sei ihm nichts anderes übriggeblieben, als so etwas Außergewöhnliches wie Künstler zu werden.

»Nur Schweine sparen!« sagt er, winkt dem Kellner und bestellt nochmals einen halben Liter Rotwein gegen Barzahlung und wendet sich wieder Maximiliane zu. »Ich habe übrigens sofort erkannt, daß Sie Deutsche sind! Die Deutschen wollen immer wissen, was etwas bedeutet, die Franzosen sehen nur das Bild.«

Dann wechselt er vom Kunstgespräch zum Verkaufsgespräch, was Maximiliane nicht sofort wahrnimmt, dann aber mit dem Hinweis rasch beendet: »Ich besitze nicht einmal eine Wand, an der ich ein Bild aufhängen könnte!«

Das Interesse des Malers an seiner Gesprächspartnerin läßt nach: eine Touristin, die bei den Bouquinisten zwei oder drei der billigen kolorierten Stiche von Paris kaufen und sich damit begnügen wird; er wendet sich der Lammkeule zu, die auf seinem Teller liegt.

Aber Maximilianes Interesse ist inzwischen erwacht. Einige Jahre lang hatte sich ihr Umgang mit Männern auf die Toten zweier Weltkriege beschränkt, und nun saß sie endlich wieder einem lebendigen Mann gegenüber! Er entsprach in seinem Äußeren ganz dem Bild, das man sich von einem Pariser Maler machte: dunkelhaarig, bärtig, etwas bleich, nachlässig gekleidet, aber kräftig und offensichtlich vital.

Sie selbst sah zu diesem Zeitpunkt gesund aus. Bei einer Fünfzigerin ersetzte gesundes Aussehen die Schönheit, eine Form von Schönheit allerdings, die nicht auffiel, die dem Betrachter erst bei mehrmaligem Hinsehen aufging und sich ihm einprägte. Ossian Schiff hatte die eigenen Bilder vor Augen, sein Wahrnehmungsvermögen war daher begrenzt; erst später wird er einmal sagen: »Du bist innen wie außen!«

Beim zweiten Zusammentreffen, das drei Tage später im selben Restaurant stattfand und von Maximiliane herbeigeführt worden war, erkannte er sie nicht wieder.

Diesmal rückte Maximiliane ihren Stuhl an seinen Tisch.

»Ich habe von Ihnen geträumt!« sagt sie vorwurfsvoll. »Sie liefen durch die Säle des Louvre, hatten einen großen Stempel in der Hand, ein schwefelgelber Atompilz, den Sie auf alle berühmten Bilder drückten. Auf das Floß der Medusa! Sogar auf die Mona Lisa!«

»Schade, der Einfall hätte mir selber kommen sollen!« sagt Ossian Schiff. »Alle diese heilen Bilder müßten zerstört werden!« Er zieht einen Bleistift aus der Tasche, nimmt die Papierserviette, zeichnet mit wenigen Strichen Leonardos Mona Lisa darauf und setzt den Atompilz in die linke obere Ecke der Skizze.

»Links oben!« Maximiliane bestätigt die Übereinstimmung von Traum und Wirklichkeit.

Als sie das Hauptgericht gegessen haben, fragt Ossian Schiff, ob er zu einem Eis als Nachtisch einladen dürfe, eine Spezialität des Kochs.

»Mit zwölf Jahren hätte mich ein Himbeereis glücklich gemacht«, sagt Maximiliane, »mit fünfzig tut eine Wärmflasche die gleiche Wirkung.«

Der Maler blickt sie prüfend an und überlegt, ob sie mit diesem Hinweis lediglich auf die kühle Temperatur des Lokals anspielt. Aus der Bemerkung, daß sie aufbrechen müsse, weil ihr Wagen im Parkverbot stehe, erfährt er, daß sie ein Auto besitzt, also nicht mittellos sein kann. Ohne Geld ist Paris nur ein Dorf, eine Beobachtung, die er oft genug gemacht hat.

Seine bisherigen Erfahrungen mit jungen Frauen waren dazu angetan, ihn die Vorzüge – oder doch wenigstens einige, nicht alle wurde er sogleich gewahr – einer älteren Frau erkennen zu lassen. Zuerst wohl Berechnung, dann erst Zuneigung.

»Wollen Sie mein Atelier sehen?« fragt er.

Der Satz kommt geläufig, die Antwort ohne Zögern: »Wenn es bei Ihnen warm ist!«

»Bei mir hat noch keine Frau frieren müssen!« antwortet Ossian Schiff und setzt erklärend hinzu, daß er allein lebe. »Als Künstler bin ich außerstande, eine Frau zu ernähren.«

»Ich bin wohlgenährt«, entgegnet Maximiliane.

Als sie den engen Flur seiner Wohnung betreten, zeigt Ossian Schiff auf das Atelierfenster und macht darauf aufmerksam, daß man von dort aus die Seine sehen könne, und als Maximiliane vergebens danach Ausschau hält, fügt er hinzu, was er immer hinzufügt: ». . . wenn nicht drei Häuserzeilen dazwischen lägen!«

Als erstes löst er ihr die Bernsteinkette vom Hals und sagt: »Ich mag Frauen nicht in Ketten sehen.«

Auch er trägt eine Kette um den Hals, aber es hängt eine Kapsel daran. »Zyankali!« erklärt er. »Eine ausreichende Menge, es lebt sich leichter. Leben bleibt dann etwas Freiwilliges.«

Er wundert sich, daß seine Mitteilung die beabsichtigte Wirkung verfehlt. Aber Maximiliane hatte in den letzten Wochen des Krieges und in den ersten Nachkriegsmonaten mehrfach solche Kapseln gesehen, in denen sich Zyankali befand, und erfahren, daß diese Chemikalie sich bei ständiger Körperwärme zersetzt und somit unwirksam wird. Doch sie verschweigt es ihm, jetzt und auch später.

Seine Stimmungen wechseln rasch. Maximiliane kennt solche Stimmungsumschwünge nicht; sie ist von ihrer Großmutter Sophie Charlotte nach dem Grundsatz ›Eine Frau zeigt niemals Launen‹ erzogen worden.

Eben noch heiter, wendet sich Ossian Schiff plötzlich dem Fenster zu, blickt hinunter und sagt: »Ich trage mein Todesdatum auf dem Rücken. Alle können es sehen, nur ich nicht!«

»Ich sehe es auch nicht«, antwortet Maximiliane, faßt ihn bei den Armen, dreht ihn herum, und mit dem Blick auf das breite Bett äußert sie ihre Lust ebenso freimütig, wie es die Männer seit eh und je tun, steht ein wenig herausfordernd vor ihm, die Hände auf dem Rücken, die Augen unruhig, die Brüste, an denen sie vier Kinder genährt hat, vorgereckt.

Falls Maximiliane Quint in jüngeren Jahren triebhaft gewesen sein sollte, so war sie es jetzt nicht mehr; sie lag gerne in den Armen eines Mannes, aber es war nicht mehr zwingend. Auch keine Vorsichtsmaßnahmen mehr, eine Befruchtung war nicht mehr zu erwarten. Sie hatte aufgehört, ein Nährboden zu sein.

Immer noch hätte sie jetzt abreisen können, oder auch abreisen müssen. Paris und sie paßten nicht zueinander. Die Menschen sprachen hier alle zuviel und zu schnell, so daß sie fast nichts verstand; menschliche Geräusche, die sie zu den anderen Großstadtgeräuschen hinzunahm. Die krümelnden Croissants, die alle anderen Touristen zu entzücken schienen, mochte sie nicht; Brot, das davonsprang! Sie wischte die Krümel mit der Hand zusammen und warf sie den Tauben hin. Croissants machten sie hungrig und weckten in ihr das Verlangen nach körnigem Brot. Sie gewöhnte sich auch nicht an die Tafel, die an der Hauswand neben ihrem Hotel hing. ›Ici . . .‹ 1942 war dort ein Franzose von Soldaten der deutschen Besatzungsmacht erschossen worden.

Nachts, wenn sie aufwachte, hörte sie das Rumpeln der Metro tief unter der Erde, hörte den Stundenschlag der Glocke von Notre-Dame, sagte im Halbschlaf zu sich selbst: »Was tust du hier? Du stammst aus einem Dorf in Pommern!«, schlief wieder ein, verschlief die nächtliche Erkenntnis und rettete sich bei Tage manchmal unter die drei breiten Kastanien im Garten der Kirche St-Séverin, setzte sich dort auf einen der Säulenstümpfe; ein friedlicher Platz, träumte aber in der nächsten Nacht: Sie beugte sich über das Miniaturmodell von Paris, die Seine deutlich erkennbar, die Boulevards, Sacré-Cœur, Madeleine und Eiffelturm, und durch die Straßenschluchten eilte als einziger Mensch der Mann, den sie mittlerweile Ossian nannte, und riß die letzten Platanen und Kastanien aus, räumte sie beiseite, legte einen Wall von Bäumen rund um Paris an, reinigte die Stadt von aller Natur, bis sie nur noch aus Steinen bestand.

Maximiliane erwachte erschreckt und erschöpft, fand dann aber später die drei Kastanienbäume noch vor, wenn auch kahl und kränklich. Sie faßte den Entschluß, abzureisen und nicht abzuwarten, bis auch diese Bäume noch geschlagen wurden.

Aber am selben Abend sagte der Mann: »Ich brauche dich!« und:

»Was hast du für Träume! Du bist sehr schöpferisch!«

Zunächst wirkte Maximiliane auf ihn wohl wirklich anregend, später dann besänftigend. Sie lebte neben ihm, stellte wenig Ansprüche und gab sich mit der zweiten Rolle – die erste war durch seine Arbeit besetzt – zufrieden. Sie gehörte zu jenen Frauen, die ihr Leben bereitwillig an einen fremden Karren binden ließen, nicht um sich ziehen zu lassen, sondern um ihn zu ziehen.

»Du wirst mir Glück bringen!« sagte Ossian Schiff an demselben Abend. »Du verhilfst mir zum Durchbruch!«

Für diesen künstlerischen Durchbruch wurde es höchste Zeit. Er war bereits Anfang Vierzig, für einen unbekannten Künstler zu viel an Jahren, für den Geliebten Maximilianes allerdings zu wenig.

Mirka, die zu dieser Zeit in Meudon mit einem Fotografen zusammen lebte, der ihr Vater hätte sein können, flüsterte der Mutter beim ersten Zusammentreffen mit Herrn Schiff zu: »Er ist doch viel zu jung für dich, Mama!«

In einem Brief Eddas, die von Mirka unterrichtet worden war, hieß es: »Jetzt habe ich meiner Familie schon beibringen müssen, daß eine meiner Schwestern von einem russischen Soldaten abstammt, soll ich ihnen auch noch sagen müssen, daß meine Mutter mit einem Maler zusammen lebt, der zehn Jahre jünger ist als sie?«

Edda schien eine Verzichtserklärung ihrer Mutter zu erwarten. Alle schienen von einer Witwe mit vier erwachsenen Kindern Verzicht zu erwarten; es waren übrigens, wie Maximiliane feststellte, dieselben, die auch in ›Fragen der Ostpolitik‹ den Verzicht auf die ehemals deutschen Ostgebiete erwarteten. Verzicht auf etwas, das ihnen nicht gehörte, nie gehört hatte, das sie folglich nicht entbehrten.

›Let me stay in your eyes!‹ Anselm Quint, der nun als Arzt in Gotha, Thüringen, lebte, hatte mit Hilfe dieses Schlagers das Blasen der Jazztrompete erlernt; im ersten Nachkriegswinter auf dem Eyckel. Und jetzt spielte ihn eine Beat-Band in St-Germain-des-Prés, wo Maximiliane und Ossian Schiff in einer Kellerbar saßen. Maximiliane summte die Melodie mit, ihre Augen gewannen an Glanz, wie immer, wenn sie sich erinnerte. Sie fing an zu erzählen, zunächst von der Burg über der Pegnitz, sprang aber dann in zwei Sätzen nach Poenichen und gewann in Ossian Schiff einen aufmerksamen Zuhörer.

Sobald sie im Erzählen innehielt, befahl er: »Sieh mich an!« oder: »Erzähl weiter!« und schließlich: »Komm mit!«

Er reichte dem Kellner einen Geldschein, zog Maximiliane die Kellertreppen hinauf und durch die Straßen zu seinem Atelier. Dort angekommen, sagte er: »Sei still!« und: »Setz dich!« und dann, als er mit den Vorbereitungen fertig war: »Erzähl weiter von diesem Poenichen!«

Er zeichnet mit dem Stift einen Kreis auf den Block und füllt ihn mit dem, was er hört, zeichnet und malt in Wasserfarben, ohne aufzuhören, ohne Pausen, zuerst Kinderaugen, braun wie Bier, dunkel umrandet, Augen, die nichts gesehen haben, setzt dann blaue Sprenkel ein, wie Seen, malt mit der Lupe, Bilder wie Miniaturen, Stilleben, Medaillons. Es steht nicht fest, wer am Ende mehr erschöpft ist, der Maler oder das Modell, hier: die Erzählerin.

In den folgenden Tagen malt er dann immer wieder neue runde, immer größere Bilder, füllt die ›Kirsch-Kuller-Klickeraugen‹ mit dem, was sie in den ersten 25 Lebensjahren zu sehen bekommen haben, pommersche Seen und Kiefernwälder,

Chausseen, verschilfte Ufer, Kranichzüge, Endmoränen, Schneesturm und Schneeschmelze. Maximiliane läßt noch einmal den Flüchtlingstreck über die verschneiten Ebenen des Ostens ziehen, Pferde, Wagen, Menschen, Hunde, wie Schemen, roter Feuerschein am Himmel, zuerst im Osten, rechts im Bild, dann den ganzen Himmel überziehend.

Aus Worten werden Bilder. Ossian Schiff macht kenntlich, macht wieder unkenntlich, malt in den nächsten Wochen immer neue Augäpfel, apfelrunde Bilder, die er im Übermut mit Blüte und Stiel versieht, zehnfach vergrößerte, hundertfach vergrößerte Augen, setzt ein anderes Mal zehn Augen nebeneinander und untereinander, ganze Bilderbogen, jetzt nicht mehr in Aquarell, sondern auf Holz oder Leinwand in Kunststofffarben, rasch trocknend, unverwüstlich. »Du kannst Wäsche darauf waschen wie auf einem Waschbrett!« sagt er zu Maximiliane. Doch diese war, ohne daß er es gemerkt hatte, weggegangen.

Es hatte sie – es war ein Märzmorgen – plötzlich das Bedürfnis nach Lerchen überfallen. Sie hatte sich ein Metro-Billett Richtung Clichy gelöst, war an der Endstation ausgestiegen und, mehr laufend als gehend, einer Asphaltstraße gefolgt, an Tankstellen und Reparaturwerkstätten vorbei bis an den ersten Feldweg – und wahrhaftig: Lerchen stiegen auf, schwangen sich in die Luft, die blau war, und sangen! Maximiliane blieb stehen, atmete tief, öffnete die Knöpfe des Mantels und kehrte erst gegen Abend zurück.

»Ich war draußen«, sagte sie zu Ossian Schiff, aber dieser erwartete keine Erklärung; er war dabei, Gold in die Bilder zu setzen, Augenlichter.

Eines Tages packte er dann alle Bilder in eine Mappe, sagte wieder: »Komm mit!« und suchte einen Galeristen in der Rue des Petits Champs, unweit des Louvre, auf, David Mayer-Laboillet, den er schon seit langem kannte, der ihn bisher nicht zur Kenntnis genommen hatte, jetzt aber die Originalität der Bilder wahrnahm. ›Pop-Art‹ kam gerade in Mode, mischte sich hier mit Phantastischem Surrealismus. Die Bilder ließen sich in eine Rubrik einordnen. Sie mußten auch nicht wieder in Worte zurückverwandelt werden; nichts mußte Herrn Mayer-Laboillet erklärt werden; er brauchte keine Bildgeschichten, sondern Bilder.

Die Ausstellung sollte bereits Anfang April eröffnet werden. Maximiliane schrieb die Adressen für die Einladungen, lud auch Mirka ein, die kurz zuvor aus Marokko zurückgekehrt war, wo Aufnahmen für die kommende Wintermode gemacht worden waren, ›Pelzwerk unter der Wüstensonne‹. Mirka stellte in Aussicht, zwei oder drei finanzkräftige Käufer zu der Vernissage mitzubringen, und erbat sich weitere Einladungskarten. Sie bestand auch darauf, daß die Mutter sich zu diesem Anlaß entsprechend kleiden müsse, und verabredete sich mit ihr in einem Salon der Rue de Rivoli.

Steif in den Schultern, die leicht rachitischen Knie durchgedrückt wie als Zwölfjährige, steht Maximiliane vor dem Spiegel; wie immer ein wenig zu dick.

»Am Kleid liegt es nicht!« stellt Mirka sachlich fest. »Sieh nicht so unglücklich aus!«

»Ich sehe nicht so aus, ich bin es!« sagt Maximiliane und versucht, den Schultern in dem, was Mirka ein ›deux Piècechen‹ nennt, Platz zu verschaffen.

Bei der Anprobe begutachtet Mirka den Körper der Mutter objektiv, vergleicht ihn, ebenso objektiv, mit dem eigenen und stellt fest: »Du wirst immer hübscher, je mehr man dich auszieht; bei mir ist es umgekehrt.«

Der Einkauf dauerte mehrere Stunden. Schließlich hatte man im vierten Modesalon ein original ›Salzburger Dirndl‹ gefunden, in welchem, wie Mirka meinte, Maximiliane ›exotisch‹ wirkte.

»Du wirst im Mittelpunkt der Vernissage stehen, Mama!«

Es stand dann bei der Ausstellungseröffnung weder Ossian Schiff und schon gar nicht Maximiliane im Mittelpunkt, sondern Mirka, die einen eigenen Reporter mitgebracht hatte; eben dieser wurde auch sofort darauf aufmerksam, daß Mirkas Augen als Vorlage für die Augen auf den ausgestellten Bildern gedient haben mußten. »Augen wie Taubenaugen«, sagte er mehrfach im Gespräch und notierte sich den Satz. Ein Vergleich, auf den eigentlich schon Pfarrer Merzin bei Maximilianes Taufe hätte kommen müssen; aber wie alle pommerschen beziehungsweise preußischen Pfarrer war er im Alten Testament wenig bewandert gewesen und hätte das ›Hohelied der Liebe‹ wohl auch für unschicklich gehalten.

Ossian Schiff warf einen einzigen Blick auf Mirkas Augen

und stellte fest: Augen, die nichts Sehenswertes gesehen hatten. Dann wurde er mit ihr zusammen fotografiert.

Maximiliane trat, trotz des großzügig dekolletierten Dirndlkleides, als Frau nicht in Erscheinung, nicht einmal als ständige Begleiterin und Lebensgefährtin des Malers Ossian Schiff, statt dessen als erste Käuferin. Das zweite und dritte Bild wurde von Herrn Henri Villemain erworben, jenem Herrn, der Maximilianes Auto auf ihrer Fahrt nach Sailly-sur-la-Lys aus dem Graben gezogen hatte und dem Mirka eine Einladung hatte zukommen lassen. Er mußte sich ohnehin neu einrichten, nachdem er sich gerade von seiner Familie getrennt hatte. Außerdem verfügte er über die nötigen Mittel; er besaß einen Betrieb der metallverarbeitenden Industrie, in dem Kochgeschirre und Feldflaschen für die französische Armee und, neuerdings, auch für die Truppen des Nordatlantikpakts hergestellt wurden.

Insgesamt wurden elf Bilder verkauft. Herr Mayer-Laboillet bot Ossian Schiff einen Exklusivvertrag an. Der Bilder-Zyklus ›Les Yeux‹ machte den deutschen, in Frankreich lebenden Maler Ossian Schiff bekannt, vor allem durch die neuartige runde Form der Bilder. Es erschienen zwar im ganzen nur drei Kritiken, aber an jenem Abend hatten in Paris 24 Ausstellungseröffnungen stattgefunden. ›Ossian Schiff, ein mythischer Name‹, hieß es im ›Figaro‹. ›Er scheint dem Träger angemessen. Er malt wie ein Magier oder Augur. Er malt Vergangenes, aber er malt auch Künftiges: Visionen. Was wie »Rückkehr zur Landschaft« aussieht, wird durch Bomben aus der bedrohlichen Nähe der Idylle ins Visionär-Gefährliche entrückt!‹ Ein anderer Kritiker hatte allerdings die Bomben des Zweiten Weltkrieges als Sexualsymbole mißdeutet und von ›unverkennbarer Anlehnung an die neue Wiener Schule‹ gesprochen.

Im großen und ganzen konnte Ossian Schiff mit dem Erfolg zufrieden sein, aber auch Maximiliane: Poenichen hatte sich ein weiteres Mal bezahlt gemacht. Sie legte das für 600 Neue Francs erworbene Bild in jenen Karton, in dem sie die Bildbände über ›Pommern und die Ostseeküste‹, die ›Gedichte in pommerscher Mundart‹ und die ›Anekdoten aus Pommern‹ aufhob; Bücher, die man zu Geburtstagen und Weihnachten alljährlich den Ostvertriebenen zu schenken pflegte. Dazu einige Nummern des ›Pommerndienst‹, von der Pommerschen Landsmannschaft herausgegeben, eine Zeitschrift, die ihr nachreist, sie aber nur selten erreicht. Sie ist als Abonnentin ungeeignet; Abonnenten sind seßhaft. Maximilianes ›Pomerania‹ konnten sich sehen lassen. Sie schob den Karton wieder unter das Bett, das sie seit Monaten mit Ossian Schiff teilte.

In eben diesem Frühjahr zogen Studenten und dann auch Arbeiter durch die Straßen von Paris, Demonstrationen, die zunächst eher dem Frühling zu gelten schienen, eher heiter, noch keine Revolution, die Absicht, die Weltordnung umzustoßen, noch nicht kenntlich. Maximiliane fühlte sich körperlich und seelisch mitgerissen, spürte etwas vom großen Atem der Geschichte, einer neuen Zeit, fühlte sich aber gleichzeitig auch an die Flüchtlingsströme erinnert. Ossian Schiff nahm ihre Unruhe wahr. Das ungewohnte Geld in der Tasche, bestimmte er: »Wir verlassen die Stadt! Wir werden an einen anderen Ort gehen, und dort erzählst du von Paris, und ich male es, wie es sich in deinen Augen spiegelt.«

Erste Anzeichen dafür, daß er eines Tages andere Vorbilder brauchen werde, gab es, als er mit ihr die Medicigräber in Florenz aufsuchte und die Statuen des Michelangelo nicht nur mit den Augen des Künstlers, sondern auch mit den Augen des Mannes betrachtete. Vor der allegorischen Figur des ›Morgen‹ stehend, sagte er überrascht: »Das ist ja eine Frau von fünfzig!« Vor der gegenüberliegenden Gestalt der ›Nacht‹ erklärte er, ebenso überrascht, dasselbe.

Maximiliane steht neben ihm; ihr Körper hatte an denselben Stellen Falten wie die Plastiken Michelangelos. Sie erkennt das Alter des eigenen Körpers in dem der Statuen. Ossian Schiff sieht sie an, wie man eine Kunstfigur ansieht: prüfend, wägend, begutachtend und empfindsam. Er vergißt diesen Augenblick wieder; Maximiliane vergißt ihn nicht mehr.

Ausgerechnet jetzt, umgeben von Menschengruppen, darunter auch viele deutsche Touristen, sagt sie: »Ich hätte gerne ein Kind gehabt von jemandem, den ich liebe!« und faßt in dem einen Satz ein Frauenleben zusammen. Der Wunsch nach einem Kind ließ sich nicht durch Enkelkinder, die Edda regelmäßig zur Welt brachte, befriedigen.

Sehnsüchtig blickte sie jetzt oft nach den Kindern, die auf den Armen ihrer Mütter saßen.

Der Besuch der Medicigräber fand am 8. August 1968 statt,

an Maximilianes 50. Geburtstag. Am Vormittag hatte sie sich am Schalter des Postamtes die postlagernden Briefe aushändigen lassen. Von Joachim waren mehrere handbeschriebene Blätter mit ›Maximen‹ der Mutter eingetroffen, die er gesammelt hatte. ›Im November habe ich den November gern‹ und ›Verschwende deinen Charakter nicht an Kleinigkeiten‹ oder ›Ich habe zu allem zwei eigene Meinungen‹, worin sich eine Quindt-Essenz wiedererkennen ließ.

Viktoria hatte aus Paris geschrieben: »Jetzt, wo sich von hier aus die große Weltveränderung vollzieht, bist Du weggereist! Du verweigerst Dich! Ich habe mir von der Concierge den Schlüssel aushändigen lassen. Wir mußten allerdings mit Gewalt drohen. Wir leben zu viert in Eurer Wohnung.«

Mirka berichtete, daß in der Firma von Herrn Villemain wochenlang gestreikt worden sei und er sich in wirtschaftlichen Schwierigkeiten befände, sich ihr gegenüber aber weiterhin großzügig verhalte.

Ein Brief von Anna Hieronimi, die selten von sich hören ließ, war ihr nachgesandt worden. »Ich heiße Dich im Kreis der Fünfzigerinnen willkommen! Glück braucht man einer Frau dann nicht mehr zu wünschen.« Sie berichtete auf zwei engbeschriebenen Seiten über Eingemachtes. »Ich gehe ganz in meinem Garten auf!« Als letztes eine Bemerkung, die Maximilianes Aufmerksamkeit weckte: Herr Brandes ließ den Eyckel zu einem Hotel ausbauen.

Auch ein Brief von Lehrer Finke war über die Kasseler Adresse nachgeschickt worden. »Den Tag vergesse ich mein Leben lang nicht, als es im Dorf hieß: ›Der kleine Baron ist da!‹ Fünfzig Jahre ist das schon her! Ich war damals auch noch ein Kind. Die Tochter Emma von Schreiner Jäckel ist mit ihrem Sohn aus Pommern ausgesiedelt worden, sie lebt noch im Lager Friedland. Der Junge kann kaum ein paar Sätze Deutsch. Jetzt lebt keiner von uns mehr in Poenichen.« Maximiliane konnte sich an die Tochter des Schreiners Jäckel nicht erinnern. Martha Riepe ließ nichts mehr von sich hören. Lenchen Priebe schrieb nur zu Weihnachten.

Von Edda war kein Glückwunsch eingegangen. Ihr Schweigen war vielsagend. Ossian Schiff hatte das Datum des Geburtstages vergessen; erst einige Tage später erinnerte er sich daran.

Monatelang reiste Maximiliane mit ihm durch Europa; nicht immer hat sie, wenn ihr eine Landschaft gut gefiel, Poenichen zum Vergleich herangezogen, es mußten auf dieser Reise keine Bäume umarmt werden. Sie setzte jene Erkenntnis, die ihr bei der Ballonfahrt gekommen war, nämlich, daß man Ballast abwerfen muß, um leicht zu sein und an Höhe zu gewinnen, in die Tat um.

Die Zeit der Weltraumfahrt hatte begonnen. Raumkapseln lenkten die Aufmerksamkeit von der Erde weg ins Weltall. Die beiden Reisenden saßen in einem Hotel in Delphi und sahen auf dem Bildschirm, wie die ersten Menschen die ersten Schritte auf dem Mond taten. Die Erde war zum fotografierbaren, blau leuchtenden Planeten eines der zahlreichen Sonnensysteme geworden. Sie sahen, inzwischen in Haifa, einen Raumfahrer von einer Raumkapsel in die andere umsteigen und nun, in Istanbul, wie die Raumkapsel im Pazifik landete. Maximiliane schien über die epochemachenden Ereignisse im Weltraum wenig verwundert zu sein, schien das alles bereits zu kennen. Sie öffnete, mitten in der Nacht, die Fensterflügel ihres Hotelzimmers und beugte sich hinaus, blickte über den Bosporus und sagte: »Ich befinde mich im Weltall.« Wieder einmal spürte sie, daß die Erde sich mit ihr drehte. Aber Ossian, ihr Begleiter, schlief. Vorm Theseion in Athen stehend, sagte sie tief einatmend und wiedererkennend: »Pommersche Antike!« Eines der Vorbilder für das Herrenhaus in Poenichen.

An manchen Plätzen verweilten sie monatelang. Ossian Schiff malte und zeichnete, Maximiliane versorgte ihn mit Material und Nahrung und ließ Herrn Mayer-Laboillet in Paris, der sich nur selten und zurückhaltend äußerte, die fertigen Bilder zugehen.

Als sie nach Paris zurückkehrten, wurde klar, daß Ossian Schiff allenfalls ein kleiner, aber kein großer Durchbruch gelungen war. Die apfel- oder eirunde Form seiner Bilder, zunächst ein überraschender Einfall, wurde inzwischen als Manier empfunden. Herr Mayer-Laboillet gab zu verstehen, daß der Kunstmarkt inzwischen noch unsicherer geworden sei, die Stilarten wechselten mit jeder Herbst- und Frühjahrsmode, und bei dem allgemeinen Geldwertschwund betrachteten die Käufer die Bilder als Wertanlage und wünschten mehr denn je, berühmte Namen zu kaufen.

Die Zyankali-Kapsel, die während der Reisen verschwunden war, tauchte wieder auf. Ossian Schiff zeigte sich anhaltend verstimmt darüber, daß Maximilianes Tochter und deren Genossen während seiner Abwesenheit wochenlang das Atelier besetzt und eine Reihe seiner Bilder verkauft hatten.

Paris hatte sich während ihrer Abwesenheit verändert. Die Revolution war vorbei, hatte, für die Geschichtsbücher, den Namen ›Mai-Revolution‹ erhalten. Maximiliane kam sich im Quartier Latin wie eine Exotin vor: weißhäutig, kurzhaarig, um dreißig Jahre zu alt, aber ohne den Wunsch zu verspüren, selber jung zu sein. Mit langen Haaren, zotteligen Jacken, die Mädchen mit langen Röcken und traurigen, sanften Gesichtern, zogen die Studenten durch die Straßen des Quartiers, saßen rauchend auf dem Brunnenrand am Place St-Michel; von Zeit zu Zeit fuhren Polizisten vor, kontrollierten Ausweise und suchten nach Rauschgift; ohne Widerstand zu leisten, ließen sich die Verdächtigen in das Polizeiauto verladen.

Einige Male während dieser Pariser Zeit kam Maximiliane ihren Pflichten als Mutter und Tochter nach. Zweimal suchte sie in Berlin Viktoria auf, dieses törichte Kind, das immer vernachlässigt wirkte und sich vernachlässigt fühlte und in deren Lebenslauf sich die wilden sechziger Jahre deutlicher spiegelten als in den Lebensläufen ihrer Geschwister.

Die zweite Berlinreise richtete Maximiliane so ein, daß sie ihre Mutter in Berlin am Flughafen in Empfang nehmen konnte. Es hatte für Vera Green vom ersten Tag der Emigration an festgestanden, daß sie, falls sie ihren Mann überlebte, ihre letzten Lebensjahre in der Stadt verbringen wollte, in der sie geboren und aufgewachsen war, in der Stadt ihrer beruflichen und weiblichen Triumphe. Eine waschechte Berlinerin. Aber sie hatte Berlin verlassen, als sie selber und Berlin noch jung waren; jetzt, nach mehr als dreißig Jahren Abwesenheit, waren beide älter geworden; Berlin geteilt, sie selber verwitwet.

Maximiliane half ihr bei der Einrichtung einer Wohnung im neuen Opernviertel. Vera Green würde von den Honorareinkünften ihres Mannes, die reichlich flossen, leben können. Sie gedachte außerdem, dafür zu sorgen, daß nach und nach seine Bücher auch in Deutsch erschienen, in der Sprache, in der sie geschrieben waren. Es zeigte sich schon in den ersten Tagen und Wochen: Vera Green, geborene von Jadow, verwitwete von Quindt, erfüllte alle Voraussetzungen, die man an eine Witwe stellen konnte; als Ehefrau und Mutter war sie weniger gut geeignet gewesen, die Rolle einer Großmutter hatte sie gar nicht erst angenommen. Maximilianes Hinweis, daß Viktoria im Wedding – in einer Kommune – lebe, blieb unbeachtet.

Als Joachim mit einer der beiden Ehrengaben zum Andreas-Gryphius-Preis ausgezeichnet werden sollte, reiste Maximiliane nach Düsseldorf, um an der Feier im ›Haus des Deutschen Ostens‹ teilzunehmen. Sie saß in der ersten Reihe neben ihrem Sohn und versuchte, mit dem Ellenbogen den Kontakt zu ihm herzustellen, während das Streichquartett einen langsamen Satz von Haydn spielte.

In der Festansprache wurde auch Mosche Quint mit einigen Sätzen bedacht. Es hieß darin, daß er als ein Siebenjähriger den Ort Poenichen, unweit Kallies, in Hinterpommern, verlassen habe, bestimmt zum Erben eines großen Namens und eines großen Besitzes; früh schon habe er ein anderes, ein literarisches Erbe angetreten, das Erbe Oskar Loerkes etwa oder Wilhelm Lehmanns. ›Wer möchte leben ohne den Trost der Bäume‹, eine Zeile aus dem Gedicht eines anderen Trägers des Andreas-Gryphius-Preises, träfe auch auf Mosche Quint zu, der zwar einer neuen Generation angehöre, sich der vorigen aber verpflichtet wisse. Kein Neuerer sei hier zu fördern, kein Revolutionär, eher ein Waldgänger, der nur zum Anlaß dieser Feierstunde die schwedischen Wälder verlassen habe. Ein spürbarer Generations-Umbruch zeige sich darin, daß die Preisträger zwar im Osten geboren, aber durch ihr Erleben im Westen geprägt worden seien.

Mosche Quint trug im letzten Teil der Feierstunde zwei seiner Gedichte vor, eines, das von einer Zeile des Gryphius ausging, ›Sterbliche! Sterbliche! Lasset dies Dichten! Morgen, ach morgen muß man hinziehn!‹, und eines seiner ›Pommerschen Kinderlieder‹, in welchem er, ausgehend von der Zeile ›Maikäfer flieg‹ in kaum versteckter Form seinen Vater, den Nationalsozialisten, anklagte, aber auch die Mütter, weil sie sich mit diesen Männern verbündet hatten.

Das Unbehagen und die spürbare Unruhe, die unter den Zuhörern entstand, wurde von dem darauffolgenden beschwingten dritten Satz des Haydn-Quartetts aufgefangen.

Als man im Anschluß an die Feier Maximiliane Quint zu ihrem begabten und hoffnungsvollen Sohn beglückwünschte und aus ihrem Munde einige anerkennende Worte über die doch lobenswerte Einrichtung dieses Hauses, das ›Haus des Deutschen Ostens‹, erwartete, sagte sie: »Jetzt hat der deutsche Osten in einem einzigen Hause Platz!« Eine Maxime, die ihr Sohn Joachim seiner Sammlung einverleibte.

Maximiliane hatte seinerzeit ihre berufliche Kündigung nicht abgewartet; sie wartete auch die Kündigung, die ihr als Frau bevorstand, nicht ab. Anzeichen von Unruhe wurden spürbar, die sogar Ossian Schiff gewahr wurde. Jenen Blick allerdings, den ihre Kinder ›Mamas Fluchtblick‹ nannten, kannte er nicht; er war nie geflüchtet, hatte nie einen Flüchtlingstreck gesehen. Er glaubte lediglich, was Männer schnell glauben, sie fühle sich nicht ausgelastet; auch er hatte von ›Women's Lib‹ gehört, von der ›Selbstverwirklichung‹ der Frau, davon, daß sie eine eigene, vom Mann unabhängige Existenz brauche.

Diese Erkenntnis kam ihm in jenem Augenblick, als Maximiliane sagte: »Ich werfe uns ein Stück Fleisch in die Pfanne« und er zusah, wie sie mit Fleisch und Pfanne umging. Es wiederholte sich bis in die Einzelheiten jene Szene aus Marburg. Alle die kleinen einträglichen Restaurants der Rue de la Huchette und der Rue Saint Jacques vor Augen, sagte Ossian Schiff: »Sollten wir nicht zusammen ein Bistro aufmachen?«

Er sagte ›wir‹, meinte aber ›du‹, dachte dabei wohl an seine eigene unsichere Existenz als Maler und, angesichts des Geldwertschwundes, an eine sichere Geldanlage. »Wir können es ›Maxime‹ nennen oder ›Bei Maximiliane‹ oder einfach ›Deutsches Restaurant‹, so wie es algerische und koreanische und indonesische Restaurants gibt. Sauerbraten und Klöße! Gänsebraten und Grünkohl! Kartoffelpuffer und Apfelbrei!«

Wollte er sie loswerden? Oder wollte er sie behalten? Vermutlich wollte er beides.

»Ich habe immer nur für Hungrige gekocht, für Satte koche ich nicht!« sagte Maximiliane; einer jener Augenblicke, wo das pommersche Freifräulein durchbrach.

»Wir könnten reich dabei werden!«

»Was ich brauche, kann man nicht für Geld kaufen.«

Er stand am Bordstein, und auch diesmal drehte sie sich nicht um. Sie verschwand aus seinem Leben. Ein Flüchter.

23

›Es gibt nichts so grausames wie die Normalmenschen.‹

Hermann Hesse

Als Viktoria in Berlin zeitweilig im ›Untergrund‹ verschwand, teilte sie dies ihrer Mutter mit, gab aber gleichzeitig ihre Telefonnummer an. Später schloß sie sich einer neunköpfigen Kommune an, bestehend aus Studenten beiderlei Geschlechts, einem Programmierer, einem weiblichen Banklehrling.

Im Keller eines abbruchreifen Hauses in Berlin-Moabit zog sie nachts Matrizen für Flugblätter ab, die sie am folgenden Tag auf den Straßen rund um die Gedächtniskirche an Passanten oder in den Fluren der Freien Universität und in der Mensa an ihre Kommilitonen verteilte. Der Inhalt der Flugblätter unterschied sich nicht wesentlich von dem jener Flugblätter, die einst Willem Riepe heimlich am Alexanderplatz ausgelegt hatte. Willem Riepe, Sohn des Poenicher Kutschers, der dann von der Geheimen Staatspolizei verhaftet und für Jahre in das Konzentrationslager Oranienburg gebracht worden war. Auch er wollte die Welt verändern, und sie hatte sich in der Tat verändert: Viktoria saß lediglich drei Stunden lang im Polizeirevier; Gefahr für Leib und Leben bestand in ihrem Fall nicht. »Mach, daß du nach Hause kommst!« sagte der Polizeiwachtmeister; er hielt die Fünfundzwanzigjährige für fünfzehnjährig. Noch immer sah sie aus, als wäre sie aus Glas; Glas, das inzwischen allerdings ein wenig trübe geworden war. Auch diesmal befiel sie Fieber; außerdem bekam sie Durchfall, wie bei allen Aufregungen. Sie hatte, um die Anschrift der Kommune nicht aufzudecken, die Kasseler Adresse ihrer Mutter angegeben. Maximiliane erhielt auf diese Weise Kenntnis von dem Vorfall, legte aber das betreffende amtliche Schreiben zu jenen Briefen des Kreiswehrersatzamtes, die Joachims Einberufung zur Bundeswehr betrafen.

Selbst schwach, machte Viktoria sich für die Unterdrückten stark und nahm den Kampf gegen Ausbeuter und gegen das sogenannte Establishment auf.

Als sie an einem der ersten Tage, die sie in der Kommune verbrachte, im Kreis anderer, erfahrener Hasch-Konsumenten ihren ersten ›Trip‹ unternahm, waren nicht nur ihre Verstandes- und Sinnesfunktionen, sondern vor allem auch ihr Magen gestört; sie mußte sich stundenlang erbrechen und wurde, was in solchen Fällen nur selten geschieht, durch Schaden klug; sie rauchte künftig statt dessen Rothändle. In ihrer alten ausgebeulten Tasche, die sie ständig bei sich trug, befand sich immer noch das Stofftier einer unbekannten Tiergattung, das Frau Hieronimi ihr vor zwanzig Jahren aus Lumpen genäht und mit dem sie als Kind gespielt hatte.

Als sie ihre Kommune gründeten, waren die Mitglieder zur nahen Spree gezogen und hatten, in einer Art Ritual, sämtliche Zimmerschlüssel ins Wasser geworfen. Keiner würde jemals allein sein, niemand würde sich mit einem anderen zurückziehen können, alles würde man gemeinsam tun. ›Wer zweimal mit demselben pennt, gehört schon zum Establishment‹ verkündete ein handgeschriebenes Plakat, das im Flur hing. Ein Ausspruch, der zwar Viktorias Theorien entsprach, in Wirklichkeit aber schlief sie mit keinem, richtiger: keiner schlief mit ihr. Sie wurde wie ein Porzellanengel betrachtet, aber nicht behandelt. Sie war ihrerseits unter die Ausbeuter geraten. Sie war es, die die Lebensmittel herbeitrug, das Geschirr für alle spülte, den größten Teil der Kosten für den gemeinsamen Unterhalt trug und damit ihre Schuld abzahlte, aus dem Großbürgertum zu stammen. Dank der Erbschaft ihrer Charlottenburger Großmutter verfügte sie über ein eigenes Konto.

Im Verlauf weniger Jahre hat sie gegen die Notstandsgesetze und gegen die Unterdrückung der Schwarzen in den Vereinigten Staaten protestiert, hat für die Black-Power-Bewegung demonstriert und für die Integrierung der ausländischen Arbeitnehmer in der Bundesrepublik, gegen den Schah-Besuch in Berlin – dabei war sie festgenommen worden –, gegen den Vietnam-Krieg und gegen den Hunger in Biafra. Sie hat ›Hoho-ho-Tschi-Minh‹ gerufen und Plakate durch die Straßen getragen: ein, wenn auch schwaches, Mitglied der Außerparlamentarischen Opposition, die die Gesellschaft grundlegend verändern wollte.

Fragte man Maximiliane nach dem Ergehen ihrer Tochter Viktoria, dann sagte sie: ›Tora demonstriert‹, in einem Ton, als handle es sich dabei um einen Beruf. Der alte Quindt hätte wohl gesagt: ›Das verwächst sich wieder‹, eine Äußerung, die kein Erziehungsberechtigter der sechziger Jahre mehr wagte.

In diesem Falle konnte es sich nicht verwachsen; es saß zu tief: eine Aggression aus Zurücksetzung und Angst.

Viktoria – oder wie sie meist genannt wurde: Tora –, zart, kränklich, immer gefährdet, war als Kind mehr behütet worden als ihre Geschwister und hatte sich trotzdem immer benachteiligt gefühlt, vermutlich als Einzelkind gedacht, aber versehentlich in eine kinderreiche Familie geraten; ›eine Stöpselnatur‹, wie ihre Mutter sich ausdrückte. Wenn die Kinder gebadet wurden, hatten sich, den Zeitumständen entsprechend, jeweils zwei Kinder in die Badewanne teilen müssen, und dabei war Viktoria jedesmal auf den Stöpsel zu sitzen gekommen, Edda hingegen immer auf dem bequemeren Teil der Wanne. Im Gegensatz zu ihrer jüngeren Schwester Mirka, die immer im Mittelpunkt stand, hatte Tora immer am Rande gestanden, war außerdem von der Natur weder mit Charme noch mit Humor ausgestattet, im Sommer von Sonnenbrand bedroht, im Winter von Erkältungskrankheiten. Instinktiv versuchte sie unterzukriechen und war gleichzeitig unbegabt für jede Form des Zusammenlebens. Der Kopf aufsässig, der Körper unterwürfig.

Als auf der Frankfurter Buchmesse Hunderte von Studenten und Schülern durch die Messehallen zogen und in Sprechchören die Politisierung von Literatur und Leben forderten, ging sie in einer privaten Demonstration durch jene Gänge, in denen die Wände mit Großaufnahmen weiblicher Körperteile bedeckt waren: auf dem Rücken und auf der flachen Brust trug sie Plakate: ›Der Körper der Frau ist keine Litfaßsäule‹, wobei sie notgedrungen für ihre Kundgebung doch wieder den eigenen Körper benutzen mußte. Sie erntete daher auch mehr Gelächter als Zustimmung; eine einzige Kamera richtete sich auf sie, ›eine Randerscheinung im Messetrubel‹.

Sie war Ende Zwanzig, als sie ›Trau keinem über Dreißig‹ verkündete; sie geriet in alle Zeitströmungen hinein, oft auch in Strudel. Als es Mode wurde, ›oben ohne‹ zu gehen, erschien sie mit nacktem Oberkörper als Zeugin zu einer Gerichtsverhandlung der Moabiter Strafkammer, die Haare strähnig, die Haut zu weiß, die Schultern nach vorn gebeugt. Sie verweigerte lange Jahre, auch das nicht aus Bequemlichkeit, sondern aus Protest, den Büstenhalter; sie wäre vermutlich ein leichtes Opfer der ›Feministinnen‹ geworden, hätte nicht eine andere Strömung sie vorher erfaßt.

Einige Monate lang arbeitete sie als Verkäuferin in einem Warenhaus und lebte während dieser Zeit mit einem Studenten, dem Germanisten Udo Ziegler aus Ulm, zusammen. Sie trugen die Haare gleich lang, trugen ihre Jeans und Pullover abwechselnd gemeinsam, lebten die totale Kommune; allerdings war es wieder Viktoria, die, wenn auch nicht oft, die Jeans für beide wusch. Die Änderung der Gesellschaft, die mit Gewalt nicht erreicht worden war, sollte – auch diese Welle kam aus den Vereinigten Staaten – nun mit Sanftheit erreicht werden, ›Make love not war‹. Wegen Unruhestiftung wurde Viktoria schon bald wieder aus dem Warenhaus entlassen.

Das Spruchband ›Mein Bauch gehört mir‹ und ›Wir reden nicht über die Pille, wir nehmen sie‹, mit dem gegen den Paragraphen 218 protestiert wurde, trug sie zu einem Zeitpunkt, wo niemand sich für ihren Bauch interessierte, durch die Straßen. Nur selten ergab sich für sie eine Gelegenheit, die erkämpfte sexuelle Freiheit der Frau zu nutzen.

Da jede Generation die Schuld an den Mißständen bei der vorigen Generation sucht, zog Viktoria ihre Mutter zur Rechenschaft, diesmal nicht brieflich, sondern mündlich.

Sie saßen zusammen in der Bierstube im Bahnhof Zoo. Viktoria hatte sich geweigert, in ein bürgerliches Restaurant zu gehen. Maximiliane erinnerte sich daran, mit welchem Vergnügen sie sich mit dem Großvater bei Kempinski getroffen hatte, wenn er zur ›Grünen Woche‹ nach Berlin kam und sie zwei der Hermannswerder Freundinnen mitbringen durfte. Es war schwer, wenn nicht unmöglich, Viktoria ein Vergnügen zu bereiten.

»Willst du dich nicht in meinem Hotelzimmer duschen?« erkundigt sich Maximiliane.

»Die Weißen haben die Indianer mit Wasser und Seife missioniert und am Ende ausgerottet!« antwortet Viktoria.

Mit einem Blick auf den zerschlissenen Mantel ihrer Tochter sagt Maximiliane: »Solange es noch soviel echte Armut auf der Welt gibt, ist es da nicht eine Herausforderung, so zu tun, als sei man arm? Du hättest doch genügend Geld für einen neuen Mantel.«

»Begreifst du nicht, daß ich mich auf diese Weise mit den Unterdrückten solidarisch erkläre?« fragt Viktoria zurück und hängt an diesen Vorwurf alle seit langem angestauten Vorwürfe an: gegen die falsche Erziehung, die Versäumnisse der sexuellen Aufklärung, ja sogar gegen die ›feudale‹ Abstammung.

Dann bringt sie, unvermittelt, das Gespräch auf ein Thema, mit dem sie sich gerade in einer Seminararbeit befaßt, und erkundigt sich nach der ›vorgeburtlichen Gestimmtheit‹ ihrer Mutter, mit einem Vokabular, das diese erröten läßt. Trotzdem antwortet sie der Tochter, allerdings mit einem völlig unverständlichen Satz: »Ich bin unmittelbar vorher Adolf Hitler unter die Augen geraten«, bricht dann aber ab und sagt der Tochter nicht, daß sie Hitler für den eigentlichen Erzeuger, zumindest für die Ursache des Zeugungswillens, hält. Der Sachverhalt schien ihr zu schwierig, um ihn der Tochter klarzumachen.

»Wo warst du denn?« fragt diese.

»In Berlin. Auf dem Reichssportfeld. Eine Massenkundgebung.«

»Ich denke, ich bin in Poenichen geboren!«

»Ja. Aber du stammst aus Berlin.«

»Sprichst du von der Zeugung?«

»Ja.«

»Das widerspricht doch jeder Theorie!«

»Aber nicht den Tatsachen«, sagt Maximiliane; sie sah nach wie vor in dem bohrenden Blick Hitlers die Ursache aller Schwierigkeiten, die diese törichte Tochter sich und anderen machte.

»Während deiner Geburt ertönte übrigens gerade aus dem Rundfunkgerät eine Sondermeldung«, fügt sie dann hinzu. »38 000 feindliche Bruttoregistertonnen waren von deutschen Unterseebooten versenkt worden und anschließend . . .«

»Das spielt doch wohl keine Rolle«, wirft Viktoria dazwischen.

»Wenn das Licht der Welt so wichtig ist, könnte doch auch der erste Ton der Welt, den ein Neugeborenes zu hören bekommt, von Bedeutung sein«, sagt Maximiliane.

»Wie lange hast du mich gestillt?« will Viktoria dann wissen.

Maximiliane denkt angestrengt nach, erinnert sich schließlich und gibt zu: »Nicht lange. Du bist ein Flaschenkind.«

»Siehst du!« Viktoria triumphiert.

»Die Milch war versiegt.« Maximiliane meint, sich entschuldigen zu müssen, fügt sogar hinzu: »Statt dessen fielen Tränen auf dich. Du bist ein Aprilkind.«

Aber die Tränen der Mutter rühren die Tochter nicht.

Maximiliane, die zumeist weniger den geistigen als den körperlichen Kontakt zu ihren Kindern suchte, greift in Viktorias Haare und wickelt sich eine Strähne um den Zeigefinger. Diese glaubt, ihre Mutter bemängle die Länge der Haare, und macht sich unwillig los.

Maximiliane erinnert sich an die alte Frau aus Pasewalk, die sich in jener Notunterkunft – welche der vielen Unterkünfte es war, weiß sie nicht mehr – Viktoria auf den Schoß genommen und gesagt hatte: ›Wie die Haare, so der ganze Mensch‹, als würde dieses Kind sich ebenso um die Finger wickeln lassen wie seine seidigen Haare. Sie erinnerte sich weiter an jenen denkwürdigen Weihnachtsabend auf dem Eyckel, den ersten nach dem Krieg, als Viktoria ihre Hand auf die glühende Herdplatte gelegt hatte, um auf sich aufmerksam zu machen; und an Dr. Green, der Viktoria in jener prophetischen Abschiedsstunde mit einem Hund verglichen hatte, der nach Fährten sucht. Nichts von diesen Erinnerungen läßt sie laut werden, sagt auch nicht, daß die Freundin ihres Vaters sechs Wochen vor ihrer, Viktorias, Geburt der Familie ein dreijähriges Kind untergeschoben hatte wie ein Kuckucksei. Jenes bedeutsame Gespräch, das sie wenige Stunden nach Viktorias Geburt geführt hatte – bewirkt durch die körperliche Mattigkeit und den seelischen Aufruhr –, hat auch sie inzwischen vergessen. Damals hatte sie, was nur selten geschah, einen selbständigen Gedanken laut werden lassen, erst ihrem Mann gegenüber, der, vor seiner Abkommandierung nach Rußland, gerade einen kurzen Urlaub auf Poenichen verbrachte, dann gegenüber dem Großvater: ›Irgendwo stirbt jemand, seine Seele wird frei und sucht eine neue Unterkunft; wessen Seele hat in diesem Kind Zuflucht genommen?‹ Ein Gedanke und eine Frage, die von dem einen nicht verstanden, von dem anderen nicht beantwortet werden konnte.

Wenige Monate später wird Viktoria sich, zunächst wissenschaftlich, dann auch weltanschaulich, mit der ›Metempsychose‹, der Seelenwanderung, befassen und sich dem Buddhismus zuwenden.

Aber noch sitzt sie, unerleuchtet, mit der Mutter zusammen im Bahnhof Zoo. Zu diesem Zeitpunkt gehörte sie einer Gruppe an, die sich ›Roter Morgen‹ nannte. Die meisten ihrer Freunde hatten sich inzwischen ins ›Establishment‹ begeben, hofften auf Verbeamtung, strebten nach lebenslangen Sicherheiten. Ein neues – linkes – Bürgertum bildete sich. Viktoria war allein übriggeblieben, sah aus wie ein müdes, altgewordenes Kind.

»Ich werde in Zukunft in einem Kinderladen arbeiten!« verkündet sie der Mutter. »Unmittelbar an der Basis!«

»Eine Zeitlang habe ich auch an der Basis gearbeitet«, sagt Maximiliane.

Viktoria blickt hoch. »Du?«

»Auf den Knien. Beim Bauern Seifried. Feldarbeit. Ich bekam dafür Gemüse und Kartoffeln. Und später habe ich Fußböden und Treppen geputzt. Erinnerst du dich nicht mehr an Frau Professor Heynold in Marburg? Wir durften dafür mietfrei wohnen.«

»Du warst aber nie eine Lohnabhängige, sondern immer eine Privilegierte! Das schlimme ist, daß du mit allem zufrieden bist! Du bist dir überhaupt nicht deiner Lage bewußt! Jahrelang hast du in einer Universitätsstadt gelebt. Was hättest du dort zu deiner Bewußtseinsfindung tun können!«

»Vielleicht hätte ich dabei mich gefunden und euch verloren?«

Die Antwort kommt fragend, in heiterer Ruhe.

»Ich habe damals in den Fluren der Ämter gestanden«, fährt sie fort, »um einen Wohnungsnachweis zu bekommen, um Lebensmittelkarten und Schuhbezugsscheine zu erhalten. Später habe ich dann hinter dem Tisch gestanden, auf dem ich Heringe briet und verkaufte. Außerdem hatte ich zweimal wöchentlich Fuß- und Fingernägel von sechs Personen zu schneiden.« Mit einem Blick auf die abgekauten Nägel Viktorias und auf die eigenen abgekauten Nägel fügt sie schnell und lächelnd hinzu: ». . . soweit dies notwendig war!«

Für einen Augenblick entsteht etwas wie Komplizenschaft. Aber dann wird das Lächeln der Mutter von der Tochter doch nicht erwidert; diese schien ein Gelübde abgelegt zu haben, niemals und unter keinen Umständen zu lächeln. Sie redet weiter von der Selbstverwirklichung der Frau im allgemeinen und von der der Mutter im besonderen. Als Maximiliane antwortet, dabei statt von Selbstverwirklichung von ›Selbstbefriedigung‹ spricht, wird sie von Viktoria in scharfem Ton verbessert.

»Das ist in etwa dasselbe«, sagt Maximiliane. »Ich habe immer nur versucht durchzukommen. Ich habe versucht, fünf Kinder ohne Vater oder Großeltern durchzubringen.«

Sie bricht ab und sagt nach kurzer Pause: »Es ist mir nur mit vier Kindern gelungen.«

Endlich scheint Viktoria erreicht zu haben, was sie erreichen wollte, jene Stelle zu treffen, wo die Gelassenheit und die Geduld der Mutter ein Ende hatte: In Maximilianes Augen standen Tränen.

Unerbittlich führt Viktoria das Gespräch fort: »Helfen und heilen, soll das denn ewig die Aufgabe der Frauen sein?«

»Solange es nötig ist. Man muß tun, was nötig ist. Sollen Frauen denn auch noch zerschlagen?«

Die Bahnpolizei machte gerade einen der üblichen Kontrollgänge, ließ sich, zumeist nur von den Jugendlichen, Personalausweise und Fahrkarten vorzeigen. Viktoria wurde, da sie in Begleitung der Mutter war, nicht kontrolliert, was sie offensichtlich als Kränkung empfand.

Maximiliane erhebt sich. »Ich muß jetzt gehen.«

Sie schiebt ihrer Tochter einen Hundertmarkschein zu, den diese unwillig annimmt.

»Wohin gehst du denn?« fragt Viktoria.

»Ins Kino«, antwortet Maximiliane.

Nach dieser Zusammenkunft hörte Maximiliane lange Zeit nichts von ihrer Tochter Viktoria, erfuhr aber aus einem Brief ihrer Kusine Marie-Louise, daß diese sie in Düsseldorf zufällig getroffen habe. »Richtig Hippie! Sie ist in den Bannkreis dieses sechzehnjährigen Guru geraten, ist völlig vergammelt, wirkt aber eher glücklich. Ich habe ihr selbstverständlich angeboten, daß sie bei mir Hilfe finden kann, schließlich ist sie eine Quint. Gut, daß meine Mutter diese Zeit nicht mehr erleben muß! Viktoria hat mir eine Schrift über ›Transzendentale Meditation‹ in die Hand gedrückt und mir angeraten, Hesse zu lesen. Von meiner Schwester Roswitha höre ich nichts aus dem Kloster. Wenn es stimmt, daß ›keine Nachrichten gute Nachrichten‹ sind, muß es ihr gutgehen. Ich habe übrigens im Euro-Center an der Königsallee jetzt ein eigenes Studio: Dekor. Es wird dich sicher interessieren, daß es mir gelungen ist, diesem Buntmetallhändler aus Hilden die Ahnenbilder wieder abzukaufen. Die guten Zeiten der Altwarenhändler sind vorbei. Ich konnte ihm beweisen, daß es sich bei dem Maler der Bilder nicht um Leo von König handelt. Außerdem braucht er nötiger Geld als Ahnen. Er sagt doch wahrhaftig immer noch, wenn er sich vorstellt: ›Wasser. Wie Wasser.‹ Ich konnte ein paar schöne Jugendstilrahmen auftreiben. Die Bilder hängen jetzt in meinem Studio. Hauptsache, sie bleiben in der Familie. Schließlich sind es ›von Quindts‹. Du hast ja aus der Familie hinausgeheiratet.«

Maximiliane beantwortete den Brief nicht; sie hielt es für aussichtslos, sich mit der Kusine noch zu verständigen.

Wieder hörte sie lange Zeit nichts von Viktoria, weder mittelbar noch unmittelbar, bis dann eine Karte aus Katmandu eintraf. »Ich befinde mich auf einem Weg, den ich für den richtigen erkannt habe. Wir erleben hier in den Hügeln Nepals Stunden des Vergessens und der vollkommenen Glückseligkeit.«

Wer zu diesem ›wir‹ gehörte, erfuhr Maximiliane erst später; es handelte sich um eine persische Studentin namens Fatme Taleghni.

Gegenüber ihrer Freundin Isabella v. Fredell, bei der sie Unterkunft fand, als sie die Wohnung in Kassel endgültig aufgab, äußerte Maximiliane: »Tora hat wohl zu lange Hermann Hesse gelesen. Statt den ›Weg nach Innen‹ nur zu lesen, fährt sie gleich nach Indien! Die Dichter scheinen nicht zu ahnen, was sie mit ihren Büchern anrichten. Weißt du noch, wie wir in Hermannswerder Asien durchgenommen haben? Katmandu und Nepal und Tibet, was ging mich das damals an, ich hörte gar nicht zu.«

Dann schaut sie sich in dem Raum um und sagt, mit dem Blick auf den großen Globus: »Ihr besitzt einen Globus.«

»Sogar mit Innenbeleuchtung«, sagt Frau v. Fredell. »Die physikalische Welt für mich, die politische für meinen Mann! Die alte Rollenverteilung!«

»Bella ist in letzter Zeit ein wenig aufsässig«, sagt Herr v. Fredell zur Erklärung, erhebt sich und schaltet die Innenbeleuchtung des Globus ein.

»Ihnen wird es um Meere und Gebirge gehen, nehme ich an.«

Er läßt die Erdkugel aufleuchten, Maximiliane gibt ihr einen leichten Stoß.

Herr v. Fredell macht sie darauf aufmerksam, daß sie die Erdkugel in falscher Richtung dreht. Maximiliane stutzt, hält die Erde zwischen den Handflächen fest.

»Wenn ich meine Familie aufsuchen will, genügt keine Landkarte mehr, da brauche ich einen Globus. Ich muß mich nach Breitengraden und Meridianen richten.«

Sie legt den Zeigefinger auf Dalarna, wo Joachim die ›seiner künstlerischen Existenz gemäße Lebensform‹ gefunden hat, folgt dem Meridian, legt den Finger auf Holstein, wo Eddas ehrgeizigen Plänen in der Fabrikation Poenicher Pasteten und der Gründung eines neuen Geschlechts von Quinten für lange Zeit ein Ziel gesetzt ist, dreht den Globus, sucht die Bahamas, auf denen Mirka zur Zeit mit Monsieur Villemain Urlaub macht; sie hatte die Tätigkeit eines Fotomodells und Mannequins aufgegeben, ohne ein Top-Modell geworden zu sein. Dann zeigt Maximiliane mit dem Finger auf Kalifornien, wo Dr. Green begraben liegt, läßt die Erde sich rascher drehen, hält sie dann an, sucht Katmandu und findet statt dessen den Balchasch-See. Das Bild jenes Pfarrhauses jenseits der Oder taucht vor ihren Augen auf, wo sie schon einmal den Balchasch-See auf einem Globus gesucht und ihren Fluchtweg ausgemessen hatte, von Hinterpommern bis zur Oder, mit dem Handwagen und mit vier kleinen Kindern. Sie schwankt, wie damals, überwältigt von Erinnerungen und legt die Arme um den Globus, als ob sie sich daran festhalten wolle.

Damals hatte der Pfarrer gefragt: ›Ist Ihnen nicht gut?‹ Diesmal fragt die Freundin: »Ist dir nicht gut? Brauchst du einen Kognak?«

»Spürst du nie, wie sich die Erde unter dir dreht?« entgegnet Maximiliane.

Jener Pfarrer hatte sie damals mit den Worten ›Sie werden schon durchkommen‹ getröstet. Jetzt sagt Herr v. Fredell: »Das geht vorüber. Diese Zustände kenne ich von meiner Frau. Die Jahre!«

Er spricht bedeutungsvoll, aber doch mit der gebotenen Diskretion.

»Als ich dreizehn war, sagten die Diakonissen in Hermanns-werder mit derselben Betonung: ›Mein liebes Kind, du be-kommst deine Tage!‹ Und als ich mich verheiratet hatte, redete die Poenicher Hebamme Schmaltz von den ›Wochen‹, und nun also ganze ›Jahre‹! Die Schonzeiten der Frauen. Vielleicht muß sich mit uns wirklich etwas ändern? Aber dann biologisch.«

Maximiliane nimmt die Arme von dem Globus, wirft noch einmal einen Blick darauf und legt den Finger auf die Stelle, wo Berlin eingezeichnet ist.

»Ich habe Berlin vergessen, wo meine Mutter wohnt!«

»Und den Eyckel!« ergänzt Herr v. Fredell. »Sozusagen Ih-rer aller Urwurzel. Wir hörten übrigens auf Umwegen, daß die Burg wieder aufgebaut wird, zu einem Hotel, wie es heißt. Und Sie haben sie für ein Butterbrot abgegeben. Wie konnten Sie einen solchen Vertrag unterzeichnen, liebe Freundin!«

»Es handelt sich da wohl um einen Akt höherer Ungerech-tigkeit. Oder soll ich vielleicht den Vertrag nachträglich an-fechten?«

»Um Gottes willen, nein! Das wäre Wahnsinn!«

»Ich habe immer alles unterschrieben, wie Hindenburg! Ich gebe zu, daß es nicht nur um sachliche Erwägungen ging, es war auch Ideelles oder besser: Irrationales im Spiel, nicht allein vom Verstand Faßbares.«

»Ideelles! Irrationales! Wundert es Sie da eigentlich, daß Ihre Tochter nach Indien reist? Aber auch sie wird sich eines Tages die Hörner abgestoßen haben.«

»Leider besitzt sie keine Hörner«, stellt Maximiliane richtig. »Sie stößt sich den Kopf blutig.«

Dann wendet sie sich wieder der Freundin zu.

»Kannst du dir vorstellen, daß auch ich ein Hippie-Mädchen geworden wäre, wenn ich in der entsprechenden Zeit gelebt hätte?«

»Sehr leicht kann ich mir das vorstellen«, antwortet Frau v. Fredell.

»Ich auch«, sagt Maximiliane. »Aber ich hatte Wurzeln, und meine Kinder haben keine. Ich hatte Wurzeln in Poenichen.«

»Deine Kinder wurzeln in dir«, sagt Frau v. Fredell abschlie-ßend.

Drei Monate später kehrte Viktoria zurück, ›geheilt‹, wie Edda schrieb, bei der sie ein paar Tage zu Besuch gewesen war, ›geheiligt in einem weltlichen Sinne‹, wie Joachim schrieb, bei dem sie Zuflucht gesucht hatte, um in Ruhe arbeiten zu können.

Nach und nach drangen einige Nachrichten mit Einzelheiten bis zu Maximiliane durch. Auf der Rückreise aus Indien war Viktoria an dem Treffpunkt der Hippies vor der Blauen Moschee in Istanbul wegen Rauschgifthandels verhaftet und vorübergehend ins Gefängnis gebracht worden; man hatte sie mit einer Deutschen ähnlichen Namens verwechselt und den Irrtum erst nach dreieinhalb Wochen erkannt.

In dem ersten ausführlichen Brief, den Viktoria ihrer Mutter schrieb, ließ sie, wenn auch nur in Andeutungen, einiges von ihren Zukunftsplänen durchblicken. »Man muß Brücken schlagen von dem verzweifelten und zerstörerischen Ernst der Sozialisten zu dem verantwortungslosen Egoismus der Blumenkinder, die mit Drogen aus einer unmenschlichen Wirklichkeit in eine Traumwelt fliehen. ›Daß etwas noch nicht existiert, macht es weder falsch noch unsinnig‹, sagt Herbert Marcuse. Zwei Strömungen gehen zur Zeit über die Welt hin: die eine führt zum Besitz, die andere führt von ihm fort. Ich glaube, daß es, wie schon die stoische Schule lehrte, ein glückseliges Leben nur aus Verzicht gibt. Denken wir nur an Sokrates, der in wunschloser Armut lebte, oder an Diogenes und dessen Schüler Krates, der mit seiner reichen Frau wie ein Bettler lebte, oder an die Barfüßerorden! Die Bettelorden! Bis hin zu den Hippies! In uns lebt eine Sehnsucht nach Ganzheit, nach Vollkommenheit, auch nach Aufhebung der alten Geschlechterrollen. Diese Sehnsucht darf nicht in der Resignation der einen und der Radikalisierung der anderen enden. Eine Mischung aus Heiligen und Revolutionären könnte die Welt retten, hat Ignazio Silone gesagt. Festliche Radikale . . .«

Über den ›Begriff des glückseligen Lebens bei Zeno aus der Sicht der heutigen Psychologie, mit besonderer Berücksichtigung der Jugendrevolten in der westlichen Welt der sechziger Jahre‹ reichte Viktoria Quint eineinhalb Jahre später ihre Dissertation ein.

24

›Und jedermann ging, daß er sich schätzen ließe, ein jeglicher in
seine Stadt.‹

Lukas 2,3

Noch vor der offiziellen Eröffnung, zu der man, wie üblich, die
Vertreter des Landes, der Gemeinde, der Fachverbände und
Bauunternehmen einladen würde, sollte das ›Burg-Hotel Eyk-
kel‹ mit einem Familientag der Quin(d)ts eröffnet werden. Der
Gedanke war von Frau Brandes, der zweiten Frau des Braue-
reibesitzers Brandes, ausgegangen, mit der er schon vor dem
Tod seiner ersten Frau einige Jahre zusammen gelebt hatte. Es
steckte hinter dem Plan eines Familientags also ebensowenig
ein Quindt wie hinter der Umgestaltung der Burg zu einem Hotel. Die neue Frau Brandes war dreißig Jahre jünger als ihr
Mann, entsprechend unternehmungslustiger als er und wohl
auch – warum sonst hätte sie ihn heiraten sollen – auf Sicherheit
bedacht; die Brauerei, in die Herr Brandes seinerseits vor vierzig Jahren eingeheiratet hatte, würde nach seinem Tode an die
Familie seiner ersten Frau fallen. Die zweite Frau hatte drei
Semester Architektur studiert, eine ›angebrütete Architektin‹,
wie ihr Mann es nannte; es hatte sich hier ein Architektentraum
verwirklichen lassen. Allerdings war er durch einen erfahrenen
Bauunternehmer und durch die Bauaufsichtsbehörde versach-
licht worden. Auch der Landeskonservator hatte, da der Eyckel
unter Denkmalschutz stand, einige Einschränkungen in Form
amtsüblicher Auflagen gemacht, vor allem die Fassade betreffend; in den Kunstführern wurde besonders auf die ›vielgestal-
tige Schaufront des Eyckel‹ hingewiesen; im übrigen aber hatte
das Denkmalamt keine Einwände gegen die Umgestaltung der
Burganlage zu einem Hotel erhoben, im Gegenteil, es begrüßte
dieses Vorhaben, da es eine Überlebenschance für das kranke
Gemäuer bedeutete.

Soweit Herr Brandes sich noch an jenen Familientag des Jahres 1936 erinnern konnte, teilte er die Erinnerungen seiner
Frau mit, damit sie ihr als Anregung zur Ausgestaltung des

neuen Familientages dienen sollten. Man wählte ein Wochenende im Mai; dem Frankenland stand, wie jeder deutschen Mittelgebirgslandschaft, der Mai besonders gut. Die Einladungen wurden verschickt; in einigen Fällen stand hinter der derzeitigen Adresse der Zusatz ›früher Gießmannsdorf/Schlesien‹ oder ›ehemals Königsberg i.Opr.‹.

Maximiliane erhielt mehrere solcher Einladungen, mit der Bitte, sie an jene Quints weiterzuleiten, deren Anschrift ihr bekannt sei. Vier davon schickte sie ihren Kindern und schrieb in ihrer großen Schrift »Kommt!« auf die Rückseite, darunter ihr »M«, das sie immer benutzte, das für ›Mama‹, ›Mutter‹ oder ›Maximiliane‹ gelten konnte. Eine weitere Einladung schickte sie ihrer Mutter Vera nach Berlin; schließlich war auch diese für kurze Zeit eine Quindt gewesen.

Unter den Geladenen gab es auch diesmal mehrere, die es ablehnten, zu dem Familientag zu kommen, einige deshalb, weil sie zur Geschäftsbelebung der Brauerei Brandes nicht beitragen wollten. Aber die Reihe derer, die sich auf die Reise machten, um ihre Neugierde und ihr Bedürfnis nach Abwechslung zu befriedigen, war trotzdem noch lang genug. Es befanden sich darunter auch mehrere Vertreter der übernächsten und nächsten Generation, Nachfahren des inzwischen verstorbenen Senatspräsidenten Ferdinand von Quindt oder der Mathilde von Ansatz-Zinzenich, von der jener Ausspruch stammte: ›Wir Reichen verstehen es einfach nicht, kein Geld zu haben.‹

Mit Störungen von seiten der jüngeren Quindts würde man nicht zu rechnen haben, selbst von Viktoria nicht, die inzwischen promoviert hatte und, aus Köln kommend, als eine der ersten eingetroffen war. Auch bei diesem Familientag galt: ›Teilnehmen heißt zustimmen.‹ Es würde weniger ›deutsch‹ zugehen als im Jahre 1936, keine Nationalhymnen, keine Beflaggung. Jene ›großen geschichtlichen Umwälzungen‹, von denen seinerzeit einer der Festredner, Hitler zitierend, gesprochen hatte, waren inzwischen eingetreten; einer der Gäste, ein Herr v. Larisch, erinnerte sich dann auch, beließ es aber bei einigen Streiflichtern auf jenes ›im ganzen doch wohlgelungene Fest, als man so ahnungslos beieinandergesessen hatte‹.

Man mußte diesmal ohne Festgottesdienst auskommen, einen Pfarrer oder Diakon gab es unter den Quindts nicht mehr.

Auch Festgedichte waren nicht zu erwarten: eine Ausstellung alter Familienwappen, Urkunden und Ahnentafeln konnte nicht veranstaltet werden, weil keiner unter den Geladenen sich dafür interessiert hätte. Vom ›Blut der Quindts‹ würde ebenfalls nicht mehr die Rede sein; von Erbfaktoren wollte keiner mehr etwas wissen, die Ansichten von damals waren politisch mißbraucht und unbenutzbar geworden.

Die geistige Ausgestaltung machte, da eine weltanschauliche Ausrichtung vermieden werden sollte, Schwierigkeiten. Es fehlte, unter neuen Vorzeichen, ein Mann wie Viktor Quint, der selbstlos und um der Sache willen dem Familientag sein Gepräge gegeben hätte. Keine Fahnenehrung, keine Fackeln, auch keine selbstgekochte Erbswurstsuppe aus der Gulaschkanone, keine Matratzenlager, keine freiwilligen Hilfsleistungen, keine Schmalz- und Marmeladenbrotseligkeit.

Wer den Eyckel seit den ersten Nachkriegsjahren nicht mehr gesehen hatte, erkannte ihn kaum wieder. Alle Mauern, bis auf die des sogenannten ›Frauenhauses‹, waren instand gesetzt, das Fachwerk erneuert, der Burggarten, in dem man damals Kaninchen und Hühner gehalten und Kartoffeln und Tabak gezogen hatte, war nach alten Stichen, von denen Frau Brandes sich im Germanischen Museum Ablichtungen verschafft hatte, vorbildlich gestaltet. Demnächst würden alle diese hochstämmigen Rosen und Rosenbögen in Blüte stehen. Das Flieder- und Holundergebüsch an den alten Mauern hatte man in die Planung mit einbezogen. Steinerne Sitzgruppen unter blühenden Kastanien, aber auch bequeme Hollywoodschaukeln. Die Gästezimmer ländlich eingerichtet, Naturholz, nicht mit Nummern, sondern mit Namen versehen, ›Dürer-Zimmer‹, ›Holbein-Zimmer‹, ›Tristan-und-Isolde-Zimmer‹.

Herr Brandes hatte die Verteilung der Gästezimmer selbst vorgenommen. Die Unterschiede zwischen arm und reich waren zwar nicht mehr so groß wie früher, aber doch noch vorhanden. Man sah es schon auf dem Parkplatz, wo Maximilianes kleiner Citroën neben dem Mercedes 300 des mit einer Quindt verheirateten Dr. Olaf Schmitz, geschäftsführender Gesellschafter der Firma AKO-Kunststoff-Werke, ehemals AKO Dynamit AG, stand.

Herr Brandes, ohne je eine Zeile von Bert Brecht gelesen zu haben, hielt sich an dessen Ansicht, daß die Reichen zusammengehören und die Armen zusammengehören. Hatte man im Jahre 1936 noch zwischen den adligen und den nichtadligen Quindts unterschieden, so teilte man jetzt die Quindts in Besitzende und Nichtbesitzende ein. Da nicht alle Gäste im neuen Burg-Hotel untergebracht werden konnten, mußten einige im Dorf, im Gasthof ›Zum Hirsch‹, einquartiert werden, darunter auch Frau Hieronimi mit Sohn und Schwiegertochter und jene beiden Witwen im Rentenalter, Frau v. Mechlowski aus Gera und die Witwe des Diakons Quint, die bei ihrem Sohn Anselm in Gotha lebte; beide waren aus der Deutschen Demokratischen Republik angereist und wurden – für alles dankbar und beschämend bescheiden – von den Verwandten zu einem Glas Wein oder einer Tasse Kaffee eingeladen.

Maximiliane wurde in einem der besten Zimmer, dem Turmzimmer ›Veit Stoß‹, untergebracht, was ihren Besitzverhältnissen nicht entsprach, aber mit den Absichten des Herrn Brandes zusammenhing. Er zeigte ihr das Zimmer persönlich und blickte sie erwartungsvoll an.

»Nun?« fragte er schließlich. »Da sind Sie sprachlos, was?«

Maximiliane betrachtete das Doppelbett und sagte: »Seit ich erwachsen bin, habe ich lieber zu zweit in einem Bett geschlafen als allein neben einem leeren Bett.« Eine Feststellung, die Herrn Brandes verblüffte, aber in seinen Absichten bestärkte.

»Es gibt zu viele Witwen unter den Quindts!« sagte er bedauernd.

»Dafür müssen Sie sich nicht entschuldigen. Daran sind ganz andere schuld.«

»Ich hätte übrigens gern etwas mit Ihnen besprochen!«

»Später!« sagte Maximiliane und trat ans Fenster. »Ich muß mich jetzt erst einmal einnorden.«

Vera Green traf, von Berlin kommend, auf dem Nürnberger Flughafen ein, eine halbe Stunde nach Joachim, der, über Frankfurt, von Stockholm kam. Beide wurden von Maximiliane in Empfang genommen und mit dem Auto zum Eyckel gebracht. Joachim beantwortete die Frage nach Stina Bonde mit: »Ich zögerte zu lange. Sie hat inzwischen den Verkaufsleiter des Verlags geheiratet. Hin und wieder erinnert sie sich an Dalarna, dann kommt sie.«

Maximiliane legt den Arm um seine Schultern und nimmt ihn erst wieder weg, als sie die Gangschaltung bedienen muß.

Vera Green, die in Kalifornien wie eine Berlinerin gewirkt hatte, wirkte in Deutschland wie eine der intellektuellen Amerikanerinnen aus San Francisco. Als sie gleich nach der Ankunft, um ihr Gleichgewicht wiederherzustellen, an der Hotelbar um einen ›Bourbon‹ bat, erwies sich, daß man auf amerikanische Wünsche nicht vorbereitet war. Herr Brandes notierte auf der ausgelegten Wunschliste ›Bourbon‹, Vera Green trank ein Glas Sekt – es tat die gleiche belebende Wirkung – und erklärte, nicht unter vier Augen, sondern vor mindestens zehn Ohren: »Erstaunlich! Fünf Tage war ich, alles in allem, das, was ihr eine angeheiratete Quindt nennt. Was für ein Ergebnis! Offensichtlich habe ich das Lob des alten Quindt verdient: ›Mir scheint, du hast deine Sache gut gemacht!‹ Was für eine wunderbare Vermehrung: fünf Enkel und zahllose Urenkel!«

Sie schob eine Zigarette in die Spitze, die, wie früher, aus Ebenholz war. Sie hatte ihre Allüren wieder angenommen, lehnte an der Bar, in einem schwarzen Samtanzug, derselbe Haarschnitt, die Haare jetzt weiß, ein Überbleibsel der goldenen zwanziger Jahre, ›gespenstisch‹ fanden die einen, ›amüsant‹ die anderen.

Der Fotograf, der während des Familienfestes Aufnahmen für den Hotelprospekt anfertigen sollte, hatte sein erstes Objekt gefunden, mußte sich allerdings einige Korrekturen von seiten der ehemaligen Starreporterin Vera von Jadow, verwitwete von Quindt, verwitwete Green, gefallen lassen.

Als der Wagen der holsteinischen Quinten auf den Parkplatz einbog, stand Maximiliane gerade mit Schwester Emanuela, ihrer ehemaligen Kusine Roswitha, am Tor. Aus den Wagentüren krabbelten die kleinen Quinten, alle mehr oder weniger rotblond, alle sommersprossig, das Kleinste noch in eine tragbare Tasche verpackt; Edda, die schon vor den Schwangerschaften zum Dickwerden geneigt hatte, üppig oder, wie Maximiliane sich äußerte: »Geschwellt von Stolz, nicht lauter Speck!«

Die Ordensfrau Emanuela wandte ihr altersloses Nonnengesicht Maximiliane zu und sagte: »Genauso bist du damals hier angekommen. Ich stand auch gerade am Tor.«

Maximiliane zeigte auf den Vater der Kinder, Marten von Quinten, der gerade das Auto verließ und sich zu seiner vollen Größe und Breite dehnte.

»Ich kam zu Fuß und ohne Mann hier an. Statt dessen war ich schwanger. Es war Winter und nicht Mai, aber sonst war wirklich alles genauso.«

Die beiden Frauen lächelten sich zu.

Zwei Tage lang wurde Unvergleichliches ständig miteinander verglichen. Der Sippentag 1936, der Winter 45/46 und diese Maitage der frühen siebziger Jahre. Man taxierte einander, wozu Autotyp, Kleidung und Schmuck als Maßstäbe dienten. Noch immer gab es ein Brillantcollier aus dem Besitz der Großmutter Sophie Charlotte, das Maximiliane auf ihrem noch immer sehenswerten Dekolleté bei einem solchen Anlaß zur Schau stellen konnte. Alle befanden sich auf dem Prüfstand, Alter, Gesundheit und Besitz wurden verglichen. »Man mött och jönne könne!« sagte Maximiliane.

»Woher hast du denn das?«fragte ihre Mutter, und die Tochter antwortete: »Von einem Rheinländer.«

Maximiliane hatte die kleinen Quinten eines nach dem anderen auf den Arm genommen: die Haare gleich lang, alle in Jeans-Anzügen, keine Geschlechtsunterschiede erkennbar, aufgeklärt und antiautoritär erzogen, von Marten ab und zu ermahnt, wenn Edda gerade nicht hinhörte.

»Bewußte Elternschaft!« sagte Edda. »Darin sind Marten und ich meiner Meinung.« Ein Sprachschnitzer, nichts weiter; man überhörte ihn denn auch.

»Bei uns gibt es keine passierten Kinder«, fügte sie hinzu. Maximiliane erkannte in diesem Satz Eddas Vater wieder, erinnerte sich an das Zuchtbuch, das er über ihre empfängnisgünstigen Tage geführt hatte, und wandte sich an Marten, den sie nach wie vor schätzte. »Freie Marktwirtschaft in den Ställen! Planwirtschaft in den Betten!«

Marten brach in sein ansteckendes Lachen aus, Edda sagte, in jenem Ton der Entrüstung, den sie sich Maximiliane gegenüber angewöhnt hatte: »Mutter!« und erklärte gleich darauf den Kindern: »Ihr braucht nicht ›Großmutter‹ zu sagen, ihr könnt ›Maximiliane‹ sagen.«

Die Kinder konnten es nicht; der Name erwies sich für ihre geringen sprachlichen Fähigkeiten als zu lang und schwierig. Es kam bei ihren Versuchen ›Ane‹ heraus, es klang wie ›Ahne‹ und entsprach dem Sachverhalt.

Maximiliane nahm das Baby – um der Tradition willen ›Joachim‹ genannt – in den Arm, wiegte es, fand es zu schwer für sein Alter, sagte es auch und bot sich an, das Kind frisch zu windeln. Edda warf ihr ein Paket mit Papierwindeln zu, Maximiliane knöpfte das Höschen auf, warf die schmutzige Einlage weg und legte die neue ein; mehr war nicht zu tun.

»Es ist sehr praktisch und zeitsparend«, sagte sie; es klang nicht lobend, sondern enttäuscht.

Edda nahm ihr das Kind aus dem Arm. »Der Wechsel der Bezugspersonen ist schädlich für ein Baby!« sagte sie. »Und wenn du meinst, es sei zu schwer für sein Alter: es wird einzig danach ernährt, ob es Hunger oder Durst hat. Befriedigung von Bedürfnissen!«

Dann wechselte sie plötzlich das Thema. »Wir müssen übrigens über das Geschäftliche mit dir reden, Mutter!«

»Später«, sagte Maximiliane, »ihr habt ja noch nicht einmal die Koffer ausgepackt.«

»Wir sollten es gleich tun. Wer weiß, ob wir noch einmal Gelegenheit haben, in Ruhe miteinander zu reden.«

Maximiliane ließ sich auf den Bettrand fallen und nahm den größten der kleinen Quinten zwischen die Knie.

»Reden wir also über die Fünf-Prozent-Klausel!«

»Woher weißt du, worüber wir mit dir reden wollen?«

»Du sprichst meist von Zahlen. Das hast du schon als kleines Kind getan.«

Marten von Quinten versuchte, sich unter dem Vorwand, er müsse einen schattigen Platz für das Auto suchen, zu entfernen.

Edda hinderte ihn daran.

»Bleib bitte hier! Ich halte es für besser, wenn du zugegen bist!«

Und dann sagte sie, zu Maximiliane gewandt: »Wir haben vier Kinder!«

»Ich bin zu demselben Ergebnis gekommen.«

Die Antwort ließ Eddas Gesicht vor unterdrücktem Ärger erröten. Sie biß sich auf die ohnehin schmalen Lippen und fuhr dann fort: »Reden wir also über die Firma! Das erste Rezept′ stammt von dir, zugegeben. Inzwischen hat sich die Zusammensetzung unserer Pastete völlig geändert. Die Walnüsse wurden ranzig! Es kamen Beanstandungen. Wir mußten die sehr viel kostspieligeren Pistazien verwenden. Und statt der

Kapern nehmen wir jetzt Trüffel. Weißt du, wie hoch die Kosten für ein Kilo Trüffel sind? Dazu trockener Sherry! Im vorigen Jahr haben wir ein Glas Holundergelee mit einem Zusatz von schwarzem Johannisbeerlikör mit in die Geschenkkiste verpackt, gratis!«

»Ich habe ein solches Kistchen zu Weihnachten bekommen!« bestätigte Maximiliane.

»Dann weißt du es ja! Von ›Poenicher Wildpastete‹ kann längst nicht mehr die Rede sein. Wenn wir den Namen beibehalten, dann nur, weil er jetzt eingeführt ist, wozu jene Fernsehsendung über den deutschen Ost-Adel beigetragen hat, das leugnet keiner. Aber: Man speist wieder! Die Ansprüche steigen ständig, die Reklame im Fachorgan der Pommerschen Landsmannschaft genügt heute nicht mehr. Wir haben ein anderes Publikum.«

Edda drehte sich zu ihrem Mann um.

»Erzähl du nun weiter!«

Marten entschloß sich ungern dazu.

»Das ist doch kein Gespräch, das man im Schlafzimmer führt! Wir hätten das alles bei einem Schnaps bereden sollen.«

»Nüchtern!« sagte Edda. »Also!«

»Also!« wiederholte Marten und wandte sich dabei an Maximiliane. »Du kennst meinen alten Plan, Rotwild im Gehege zu halten. Dazu mußte das gesamte Waldgelände mit Maschendraht eingezäunt werden. Steuerwirksam, aber die erwarteten Zuschüsse der Landwirtschaftskammer sind ausgeblieben. Natürlich ist es nicht ›waidgerecht‹, das weiß ich selbst, aber eines Tages sicher bilanzwirksam. Leider trägt dieses Projekt mir die Verachtung und den Neid meiner Nachbarn ein.«

»Und die Bewunderung!« warf Edda dazwischen.

»Sie liefern jedenfalls kein Wild mehr an. Es wird einige Zeit vergehen, bis sich herausstellt, ob sich Rotwild bei guter Fütterung und optimalen Lebensbedingungen rascher vermehrt. Aus dem Wildschwein ist schließlich auch einmal ein Hausschwein geworden.«

»Vermutlich hat es Jahrhunderte gedauert«, wandte Maximiliane ein.

»Den einen Vorzug hat es wenigstens: es kommen nicht mehr so viele Kitze in die Mähdrescher.«

»Geschieht das immer noch?« fragte Maximiliane besorgt.

»Reden wir bitte nicht von Rehkitzen!« sagte Edda. »Kommen wir auf die Putenpasteten zu sprechen! Mit Putenpasteten könnte man auch die Versandhäuser beliefern und den Betrieb rationalisieren. Putenzucht ist vergleichsweise risikolos, die Ställe sind vorhanden. In jedem Falle müssen wir einen neuen Vertrag machen, Mutter! Deine Leistung für die Firma ist gleich Null!«

»Der alte Quindt hat wieder einmal recht gehabt. Dein Vater hat uns ein Kuckucksei ins Nest gelegt.«

»Mutter!«

»Ich verstehe kein Wort«, sagte Marten.

»Dann laß es dir erklären, Edda wird auch das besser wissen!«

Eine halbe Stunde später hatten die holsteinischen Quinten einen weiteren wirkungsvollen Auftritt. Einträchtig betraten sie die Halle, vorweg die drei Kinder, die bereits laufen konnten, das kleinste auf dem Arm des Vaters. Sie wurden mit Bewunderung begrüßt: ein Beispiel für die Gesundheit und Lebenskraft des Geschlechts.

Bald darauf lenkte dann aber, von Edda eifersüchtig vermerkt, das Eintreffen Mirkas die Aufmerksamkeit von ihnen ab. Mirka erschien an der Seite ihres Mannes, den einjährigen Sohn Philippe auf der Hüfte, als gehöre er zum Kostüm. Ein schönes, stilles, heiteres Kind, auf das sich viele Merkmale der Mutter vererbt hatten, am auffälligsten die Augen.

»Wie Taubenaugen!«

Mirka hielt sich an die Abmachungen, die sie vor ihrer Eheschließung mit Henri Villemain getroffen hatte: kein Wort von einer Vergewaltigung! Der Vater Russe, die Mutter von deutschem Adel, das genügte. Um nähere Beziehungen zu den adligen Quindts zu knüpfen, war er bereit gewesen, sich ›die Stätte ihrer Geburt‹ anzusehen, und er gab zu: »Ich bin überrascht.«

Monsieur Villemain erklärte seinem Schwager Marten von Quinten in gebrochenem Deutsch, daß er sich seine Frau und deren Mutter aus dem Straßengraben geholt habe. Einige von denen, die dabeistanden und es hörten, darunter die Lübecker Quinten, verstanden den Scherz nicht und machten sich ihre Gedanken, zumal sie wußten, daß Maximiliane in Paris mit einem Maler zusammen gelebt hatte und daß Mirka ein Fotomodell oder Mannequin, eines so unstandesgemäß wie das andere, gewesen war. Aber sie beließen es beim Denken. Diese Villemains sollten reiche Leute sein, Rüstungsindustrie, schloßähnliche Villa in Meudon, Zweitwohnung in Antibes. Wer sich durch den Reichtum nicht beeindrucken ließ, zeigte sich zumindest von Mirkas exotischer Schönheit beeindruckt.

Das Wetter tat das Seine zum Gelingen der Festveranstaltung. Es ging zwar ein böiger Wind, aber die Begrüßung der Gäste konnte dennoch, wie geplant, im Freien stattfinden. Die Damen hängten sich, je nach Alter, Stand und Vermögen, eine gehäkelte Stola oder einen Nerz um die fröstelnden Schultern. Da die offizielle Eröffnung erst zwei Tage später stattfinden sollte, war man unter sich, Quindts unter Quinten. Der Fotograf ging seiner Tätigkeit nach, ohne allzu sehr zu stören.

Herr Brandes wollte in seiner Ansprache, wie er sagte, keine Zahlen über die Kosten des Um- und Ausbaues nennen, damit sie den Gästen ›weder den Appetit noch die Sprache verschlügen‹. Er selbst, das gebe er freimütig zu, habe es nicht für möglich gehalten, daß aus dem alten Gemäuer ein so prächtiges Hotel zu errichten sei.

»Das Verdienst meiner Frau ist es« – er legte bei diesen Worten seine alte Hand auf eine sehr junge Schulter –, »daß man heute wieder von einer Burg Eyckel sprechen kann und nicht von der ›Ruine Eyckel‹ sprechen muß. Mein Verdienst kam dazu. Im Französischen macht man den feinen Unterschied zwischen ›mériter‹ und ›gagner‹ – ich habe für das letztere, das Verdienen, gesorgt. Der Gedanke, das Burg-Hotel Eyckel mit einem Familienfest zu eröffnen, ist wiederum das Verdienst meiner Frau. Alle Quindts von fern und nah sollen hier jederzeit etwas wie eine Heimstatt haben.«

Bisher habe der Eyckel nur eine Vergangenheit gehabt, fuhr er dann fort, jetzt habe er auch wieder eine Zukunft. Leider sei er nicht imstande, Gültiges über die Geschichte des Eyckel zu sagen, alle Aufzeichnungen, die es gegeben habe, seien in den Nachkriegswirren verlorengegangen. »Aber vielleicht wird der junge Schriftsteller, den wir unter uns haben und der hier im Burghof als Kind gespielt hat, ein echter Quint von Quindt – mit und ohne d! –, aus der pommerschen und aus der schlesischen Linie stammend, eines Tages diese Chronik schreiben. Die Burg spiegelt ein Stück deutscher Geschichte, vor allem die unseres unruhigen Jahrhunderts. Erst Ritterburg im Mittelalter, dann der Auszug der Quindts zur Kolonisierung oder Christianisierung des Ostens, ich will mich da nicht auf politisches Glatteis begeben; der langsame Verfall der Burg bis hinein in die dreißiger Jahre unseres Jahrhunderts und dann der Ausbau zu einer nationalsozialistischen Jugendherberge, im Krieg ein Auffanglager für fliegergeschädigte Nürnberger, nach dem Krieg ein Flüchtlingslager, danach, bis zur Unbewohnbarkeit, ein Altenheim, schließlich nichts weiter als Lagerraum für das Bier meiner Brauerei, dann wegen Baufälligkeit gesperrt, ein Rattennest, und heute ...«

Er machte eine Pause, gab einen Wink, auf den hin einige Scheinwerfer die Fassade der Burganlage anstrahlten; gleichzeitig wurden die nach historischen Vorbildern geschmiedeten Lampen der Einfahrt erleuchtet, die auf Brandes-Biere hinwiesen.

Leider war es noch nicht dunkel genug, um die volle Wirkung erkennen zu lassen, aber die Anwesenden richteten bereitwillig den Blick auf die Burg der Ahnen.

Herr Brandes ließ sich von der Größe des Augenblicks hinreißen. »Wenn wir das ehemalige ›Frauenhaus‹ der Burg als Ruine stehengelassen haben«, sagte er, »so hat es nicht nur – aber auch! – den Grund, daß die Ruine als Symbol für den Auf- und Niedergang des Geschlechts der Quindt stehen möge. Sie soll zugleich als ein Sinnbild für alle allenthalben in der Welt noch vorhandene Armut, Not und Bedürftigkeit gelten. Sie soll darauf hinweisen, daß im Zuge der zunehmenden Demokratisierung der Welt der Eyckel heute als Hotel der Allgemeinheit zugänglich sein wird. Einige, vor allem die jüngeren Gäste unter uns, könnten hier einwenden, daß das Hotel für die meisten zu teuer sein dürfte. Dazu möchte ich sagen, daß diese Jüngeren ja älter werden und daß sie es sich eines Tages werden leisten können! Außerdem ist vorgesehen«, Herr Brandes hob die Stimme, »daß eines der Zimmer ständig für einen Quindt – ob nun ›original‹ oder angeheiratet – kostenlos zur Verfügung steht, eine Regelung, die notariell für die nächsten fünfundzwanzig Jahre festgelegt worden ist.«

Diese Bemerkung wurde mit allgemeinem Beifall aufgenommen, und Herr Brandes schloß die Ansprache mit stolzer Genugtuung. »Wie Sie inzwischen festgestellt haben, sind aus den Massen- und Notunterkünften freundliche Gästezimmer geworden, nicht Luxusklasse, aber Kategorie A, Romantik des Mittelalters plus Komfort der Neuzeit. WC und TV für jeden!«

Die Schlußpointe, auf die er besonders stolz war, fand nicht die erwartete Zustimmung, aber es wurde nachsichtig geklatscht. Herr Brandes band sich einen Lederschurz um und stach das bereitstehende Bierfaß eigenhändig an. Der große Umtrunk konnte beginnen.

Ein Herr von mittleren Jahren verbeugte sich vor Maximiliane und reichte ihr ein Glas.

»Max von Quindt!«

Er entpuppte sich als ein Enkel des von ihr so geliebten Großonkels Max aus Königsberg. Er war Oberst in der Inneren Führung der Bundeswehr, weltmännisch, elegant, aber mit jenem heiter-sarkastischen Zug, den auch Onkel Max gezeigt hatte.

Der Abendwind hatte die Frisuren zerzaust, die Damen gingen in die Halle zu den Spiegeln, die Herren zogen ihre Kämme aus den Taschen, auch Max von Quindt zog, indem er sich bei Maximiliane entschuldigte, einen Kamm aus der Tasche – einen Kamm aus Blech, an dem einige Zinken fehlten – und fuhr sich damit durch das ergraute Haar.

»Ich hätte nicht gedacht, daß ich den Kamm so lange benutzen würde«, sagte er, »und gewiß nicht in einer solchen Umgebung! Ich habe ihn selber im Gefangenenlager Minsk, Winter 1945, aus einem Stück Blech angefertigt.«

»Ein Taliskamm demnach«, sagte Maximiliane lächelnd.

»So etwas Ähnliches. Ich kontrolliere daran meine Einstellung zum Leben. Der Kamm in der Tasche des Gefangenenrocks, in der Galauniform und heute abend im Smoking.«

Er faßte Maximiliane beim Arm.

»Willst du dich meiner inneren und äußeren Führung anvertrauen?«

Maximiliane blickte sich suchend um, erkundigte sich nach seiner Frau und bekam zur Antwort: »Ihr genügt ein einziger Quindt. Gelegentlich ist ihr der schon zuviel. Eine Ansammlung von Quindts wäre ihr unerträglich.«

Frau Brandes war auf der Suche nach Möglichkeiten zur Ausgestaltung des Eröffnungsabends, auf der Suche nach Traditionen, auch auf jenen Choral des Grafen Zinzendorf gestoßen, der mit den Quindts verwandt gewesen sein sollte, ›Herz

und Herz vereint zusammen‹. Frau Brandes mochte den Text
für den Anlaß hochgeeignet gehalten haben. Zur allgemeinen
Überraschung fand jeder Gast den gedruckten Text auf seinem
Platz vor, aber nicht alle sieben, sondern nur die erste und die
bedeutungsvolle sechste Strophe:

> ›Liebe, hast du uns geboten,
> daß man Liebe üben soll,
> oh, so mache doch die toten
> trägen Geister lebensvoll.
> Zünde an die Liebesflammen,
> daß ein jeder sehen kann:
> wir als die von einem Stamme
> stehen auch für einen Mann.‹

Ganz ohne Choräle ging es auch diesmal nicht ab. Aber wieder einmal war hier die höhere Bedeutung einem niederen Anlaß geopfert worden. Die Quin(d)ts hatten in den zurücklie-
genden Jahrzehnten nur selten bewiesen, daß sie füreinander
einzustehen bereit waren. Ein großer Teil von ihnen mochte
zwar von einem Stamme sein, aber nach dem Sachverhalt bei
den pommerschen Quindts zu schließen, war selbst dies fraglich
genug. ›Aufs Blut kommt's an!‹ Diese ironische Äußerung des
alten Quindt, nach der Geburt seiner Enkelin Maximiliane zum
Kutscher Riepe getan, fällt einem wieder ein. Es handelte sich
schließlich um das Blut eines nahezu unbekannten polnischen
Leutnants, das anstelle des seinen in Maximilianes Adern floß.
Unter den Lebenden gab es seit langem niemanden mehr, der
wußte, daß deren ›Kulleraugen‹ von eben jenem Leutnant
stammten, mit dem Sophie Charlotte, die Großmutter Maximilianes, in jungen Jahren ein kurzes, aber folgenreiches Liebesverhältnis in den Zoppoter Dünen erlebt hatte. Trotzdem war
Maximiliane eine echte Quindt, allen Anhängern der Umwelt-
theorie zur Genugtuung. Jeder halbwegs Unterrichtete, der etwas von einem Vater-Komplex gehört hat, erkennt, daß es sich
bei ihr um einen ›Großvater-Komplex‹ handelte. Nie war sie
einem Mann begegnet, der dem alten Quindt gleichgekommen
wäre. Statt dessen war sie ihm immer ähnlicher geworden, zumal sie sich jetzt in einem Alter befand, in dem der alte Quindt
sich zur Zeit ihrer Kindheit befunden hatte. Statt Quindt-Essenzen nun Maximen. Sie entwickelte sich zu einem Original.

Die Jazz-Band ›The Sounders‹, die Frau Brandes für den

Abend verpflichtet hatte, spielte gerade, in verjazzter Form, Mozarts Thema zu den ›Variationen aus der A-Dur-Klaviersonate‹ mit der wohlbekannten, gefälligen Melodie.

Über Maximiliane geht eine Hitzewallung hin, die diesmal aber keine biologische, sondern eine seelische Ursache hat. Bereits die ersten Töne dringen ihr bis in die Zehenspitzen, erreichen wesentlich später erst ihr Gedächtnis und setzen Erinnerungen frei. Diese Töne, seither nie wieder gehört, hatte vor mehr als dreißig Jahren ein Oberleutnant der Artillerie auf ihren nackten Zehen geklimpert. Eine Idylle am Ufer des Poenicher Sees, kurz vor Ausbruch des Zweiten Weltkrieges. Einzig die Wirklichkeit beweist gelegentlich noch Mut zum Kitsch. Ein Märchen, in dem das Pferd Falada wieherte und, fünf Schritt entfernt, ihr kleiner Sohn in seinem Weidenkorb lag. Sie wendet sich nach Joachim um, der fünf Schritt von ihr entfernt sitzt, sucht den Blick dieses Mannes, der schmal, blond, unzugänglich und so wenig anwesend wie möglich in seinem Sessel sitzt.

Die Hitzewallung verebbt, die Erinnerung verliert sich. Wie lange noch, dann wird sich ihr Körper, unter den Worten und Händen jenes Reiters erweckt, nur noch rühren, um ihr Beschwerden zu verursachen; sie befindet sich bereits in der Übergangszone: von Freuden über Schauer zu Schmerzen.

Der Abend geriet festlich. Im Kamin flackerte ein Feuer, auf den Tischen standen brennende Kerzen. Man aß ›à la carte‹, Spezialitäten, Wild, Geflügel, Forelle; es fehlte auch nicht der Kinderteller und die Schlankheitskost. Außer den gepflegten Bieren der Brauerei Brandes wurden Frankenweine ausgeschenkt.

Als das Essen beendet war – einige tranken noch einen Mokka, andere einen Kognak, die Kinder waren bereits zu Bett gebracht –, wurde der derzeitige Senior der Sippe gedrängt, ein paar Worte zu sagen. Es handelte sich um Klaus von Quindt, hochbetagt, aus der ostpreußischen Linie, ehemaliger Besitzer des Gutes Lettow, südöstlich von Allenstein gelegen, schwerhörig, wie die meisten Quindts es im Alter gewesen waren. Er gab schließlich nach und sprach für alle jene Quindts, die aus dem deutschen Osten stammten, und das waren die meisten von ihnen. Er lehnte es ab, sitzen zu bleiben, stützte sich auf die Lehne seines Stuhls und ließ, wie alle Quindts, die umständlichen Einleitungssätze weg.

»Als Schüler des traditionsreichen Friedrichs-Kollegs in Königsberg habe ich ein Gedicht auswendig gelernt. Es stammt von Adalbert von Chamisso. Kaum einer von euch wird es noch können oder kennen. Es heißt ›Das Schloß Boncourt‹.

> ›Ich träum als Kind mich zurücke
> Und schüttle mein greises Haupt.‹

Diese Zeilen erheiterten uns damals ganz besonders. Ich will versuchen, ob ich die letzten Strophen noch zusammenbekomme.

> ›So stehst du, o Schloß meiner Väter,
> Mir treu und fest in dem Sinn
> Und bist von der Erde verschwunden,
> Der Pflug geht über dich hin —‹«

Der alte Herr stockte, dachte nach und hob ratlos die Hände. Es war Maximiliane, die ihm weiterhalf: »Sei fruchtbar, o teurer Boden —‹«

Er dankte ihr durch Zunicken und fuhr fort:

> »›Sei fruchtbar, o teurer Boden,
> Ich segne dich mild und gerührt
> Und segn' ihn zweifach, wer immer
> Den Pflug nun über dich führt.‹

Nicht jeder unter uns wird sich zu der Haltung Chamissos, der ein französischer Emigrant war, durchringen können«, sagte er und setzte übergangslos seine Rede fort. »Ich habe kürzlich gelesen, daß jeder Einwohner der Bundesrepublik Deutschland in seiner Familie mindestens einen Angehörigen besitzt, der aus dem Osten stammt. Die große Völkerwanderung ist zum Stillstand gekommen. Einige unter uns erinnern sich noch – in Verehrung – an Simon August von Quindt, der aus dem Baltikum stammte. Zweimal in seinem Leben hatte er die Heimat verlassen müssen und liegt nun drunten auf dem Dorffriedhof begraben. Er hat uns vorgeführt, wie man als Balte mit Anstand ausstirbt. Auch wir alten Ostpreußen und Schlesier und Pommern werden lernen müssen, mit Anstand auszusterben. Aber ich will noch einen anderen Gedanken laut werden lassen, der mir erst in der letzten halben Stunde gekommen ist. Es hat unter den Quindts und Quinten, mit und ohne ›d‹, jahrhundertelang Offiziere, Beamte, Landwirte, auch einige Kaufleute gegeben, darunter eine Reihe verdienter Männer. Von jenen, die aus ihrer Heimat vertrieben wurden, sind einige im Westen nie wirklich angekommen. Für sie kam die Entwurzelung einer Art Entmaterialisierung gleich. Darin lag, wie ich es von meinem heutigen Standpunkt aus sehe, die Chance zu einer Vergeistigung, die sich metaphysisch, religiös, künstlerisch oder karitativ äußerte. Ich habe mich nie viel mit Ahnenforschung befaßt, aber soviel ich weiß, waren unter den Quindts vor der großen Katastrophe – ich nenne kein Datum, mancher versteht darunter das Jahr 1945, andere 1939 oder 1933, und einige gehen zurück bis zum Versailler Vertrag –, soviel ich also weiß, waren vorher unter den Quindts einige liberal Denkende, ich erinnere an Joachim von Quindt auf Poenichen, aber Materialisten waren sie allesamt und daher Egoisten. Wenn ich mich nun hier umblicke, dann hat sich doch einiges geändert. Wir haben unter uns eine Ordensfrau, die wenige Jahre nach Kriegsende in einen Benediktinerinnenorden eingetreten ist. Wir haben einen Schriftsteller, also einen Künstler, unter uns, und wir haben eine Frau unter uns, die ehrenamtlich seit Jahrzehnten beim Deutschen Roten Kreuz arbeitet. Mein verstorbener Bruder Ferdinand hat nach seiner späten Rückkehr aus russischer Kriegsgefangenschaft noch einige Jahre an den Novellen für die Gesetze zum Lastenausgleich mitarbeiten können. Die Reihe wird gewiß noch länger sein, jeder mag sie für sich ergänzen. Wir haben sogar eine junge Quindt unter uns, die, wie ich hörte, über die ›Glückseligkeit‹ promovierte. Um das Glück haben sich früher die Quindts nicht ausreichend gekümmert. Die Quindts hielten es immer mit der Pflicht. Junge Menschen, die nach neuen Wegen zu neuen Zielen suchen. Ob sie begehbar sind für andere –? Für mich nicht mehr. Ich spreche für meine Generation. In unserem Unbewußten und in unseren Träumen ist die verlorene Heimat immer gegenwärtig.«

Er machte eine Pause und fügte, bevor er sich setzte, als Nachsatz hinzu: »Niemand vermag seine Träume zu vererben.«

Man schwieg ergriffen oder auch befremdet. Man hatte damit gerechnet, daß in der Rede vor allem auf die großartigen Beispiele des Existenzaufbaus hingewiesen würde, auf die Fabrik in Holstein oder den Wiederaufbau des Eyckel.

Maximiliane erhob sich, ging zu ihrem Onkel und küßte ihn auf beide Wangen. Jetzt erst setzte Beifall ein, der dem Geküßten und der Küssenden galt.

Man wechselte die Plätze, tauschte freudige und traurige

Nachrichten aus. Vera Green berichtete in größerem Kreise, daß das Standardwerk ihres Mannes unter dem deutschen Titel ›Wortlose Sprache‹ bereits in 4. Auflage vorliege und ihr ermögliche, in angenehmen finanziellen Verhältnissen zu leben. Fotografien machten die Runde, schwarz-weiße, jetzt vergilbte Aufnahmen von alten Gutshäusern und geräumigen Stadthäusern, Farbaufnahmen von Bungalows und Ferienwohnungen. Einige Fotografien vom Sippentag 1936 kamen zum Vorschein; heute konnte man wieder darüber lachen. Diese Uniformen! Diese Haarschnitte! Diese zum Hitler-Gruß erhobenen Arme! Man blickte sich um und stellte mit Befriedigung und Heiterkeit fest: Die Quindts waren schöner geworden, außerdem wohlhabender.

Die Erinnerungen gingen auch zu jenem denkwürdigen Weihnachtsabend 1945 zurück, der sich in dem Bericht der alten Frau Hieronimi zu einer bethlehemitischen Legende verklärte: »Irgendwie urchristlich! Wir teilten das Wenige, das wir besaßen, miteinander. Wir tranken ein warmes Getränk, das uns köstlich schmeckte. Wir aßen ein Gebäck, das wir miteinander gebacken hatten, ohne alles mit Essig! Das neugeborene Kind Maximilianes lag in einer Kiste neben dem Herd!«

Sie blickte sich nach Mirka um, die neben ihrem Schwager Marten an der Bar lehnte. Die anderen blickten sich ebenfalls um, versuchten zu vergleichen, was nicht zu vergleichen war, einzig die Kerzen, aber damals hatte es sich um Hindenburglichter gehandelt.

»Der Nachttopf für die weißen Tanten aus Mecklenburg!«

»Wo alle die kostbaren Stickereien wohl geblieben sind?«

»Jetzt würden sie hohen Wert besitzen, reines Leinen, jeder Stich mit der Hand ausgeführt!«

»Frivolitäten aus Mecklenburg!«

»Und im Radio sang Bing Crosby ›White Christmas‹!«

Joachim rückte näher an den Tisch und gab ebenfalls eine Erinnerung aus jener Zeit zum besten.

»Am Ostersonntag hat unsere Mutter uns alle mit ins Dorf genommen. Mirka trug sie in einem Tuch auf dem Rücken, um ihre Hände frei zu haben. Wir gingen in das Haus des Bauern. Wie er hieß, weiß ich nicht mehr. Sie hat bei ihm auf dem Feld gearbeitet. Wir gingen durch die Haustür und, ohne anzuklopfen, geradewegs in die Küche, wo alle beim Essen saßen. Ein gebratenes Osterlamm stand auf dem Tisch. Wir stellten uns in einer Reihe auf, und dann sagte Mutter: ›Meine Kinder sollen sich wenigstens zu Ostern mal richtig satt sehen können!‹ Wir standen und guckten, der Bauer guckte auch, stand dann auf und stemmte zornig die Arme auf die Tischplatte. Viktoria fing an zu weinen, und Mutter sagte zu uns: ›Kommt! Aber vergeßt es nicht!‹ Und zu den Leuten am Tisch: ›Sie auch nicht!‹«

Die Erinnerungen waren zu Anekdoten geschrumpft. Vieles war zum Lachen; unter manchem Lachen saß noch die Furcht.

Joachim wurde aufgefordert, alle diese Geschichten einmal zu Papier zu bringen. Immer wieder sagte jemand: »Wenn ich nur Zeit hätte, ganze Romane könnte ich schreiben!« Selten hatte man so viele verhinderte Schriftsteller beieinander getroffen wie bei diesem Familientag.

Schwester Emanuela führte lange Gespräche mit Viktoria über den Unterschied von Mitleid und Gemeinsinn, über das ›wahre Glück‹ und die ›metaphysische Unruhe‹ in einer Zeit des Fortschrittsglaubens.

· Monsieur Villemain unterhielt sich mit Max von Quindt, dem Oberst aus der Inneren Führung, wobei Mirka immer wieder übersetzen mußte. »Für mich gibt es nur noch einen gerechten Krieg«, sagte mit großer Entschiedenheit Oberst von Quindt, »den Krieg gegen den Krieg!« Die dreimalige Wiederholung des Wortes ›Krieg‹ bestürzte den Franzosen.

An anderen Tischen wurde ebenfalls vom Krieg gesprochen, vor allem vom Nachkrieg, über das Sammeln von Altpapier und Zigarettenkippen, von Enthaltsamkeit und Sparsamkeit, während man Mokka trank, Sekt und französischen Kognak, die Zigaretten halb angeraucht ausdrückte und wegwarf.

»Verzicht!« sagte Dr. Olaf Schmitz, ein gebürtiger Breslauer. »Was hat uns der Verzicht eingebracht? Wir haben auf Elsaß-Lothringen verzichtet, auf die Kolonien, auf Südtirol, auf Oberschlesien, den Korridor, Danzig und Memel und alles um des lieben Friedens willen! Diese Verzichte haben nichts eingebracht, sie haben weder uns noch Europa befriedigt! Glaubt denn einer von uns noch daran, daß der Verzicht auf die deutschen Ostgebiete uns den Frieden garantiert?«

Der alte Klaus von Quindt gab zu bedenken, daß man in größeren Zeiträumen denken müsse. »Vielleicht geht auch die deutsche Teilung einmal aus wie die Teilung Polens?«

»Der polnische Nationalgeist ist von ganz Europa bewundert worden! Heute wird der Nationalgeist der Palästinenser bewundert! Warum wird den Deutschen nicht wenigstens ein Nationalgefühl bewilligt? Warum werden wir verlacht, wenn wir von unserer deutschen Heimat sprechen?«

Bevor die Frage beantwortet werden konnte, kam ein Kellner und bat die Herren, den Platz zu wechseln. Sie wechselten dann auch das Thema.

Einige Tische wurden beiseite geschoben, um eine Tanzfläche frei zu machen. Die Kapelle spielte abwechselnd Evergreens und Hits, für alle Generationen etwas Geeignetes. Maximiliane tanzte mit ihrem Sohn und ihren beiden Schwiegersöhnen. Zu Monsieur Villemain, der sich um ein Gespräch bemühte, sagte sie während des Tanzens: »Ich habe mit Männern immer lieber getanzt als geredet, erst recht, wenn man die Sprache des anderen nur unvollkommen versteht. Mit den Beinen verständigt man sich leichter. Mit einer einzigen Ausnahme.«

Monsieur Villemain sah Maximiliane fragend an.

»Der alte Quindt aus Poenichen. Mein Großvater. Sie haben ihn nicht gekannt. Kaum einer hat ihn noch gekannt.«

Es wurde spät. Mehrere Gäste hatten sich bereits zurückgezogen, die Instrumente wurden schon eingepackt.

Schwester Emanuela bat um Gehör. »Nicht für meine Worte«, sagte sie lächelnd, »sondern für Gottes Wort.« Sie sprach ein Abendgebet, von dem sie sagte, daß es in der protestantischen Kirche ebenso gebetet würde wie in der katholischen. »Bleibe bei uns, Herr, denn es will Abend werden, und der Tag hat sich geneigt. Bleibe bei uns am Abend des Tages, am Abend des Lebens, am Abend der Welt. Bleibe bei uns, wenn über uns kommt die Nacht der Trübsal und der Angst, die Nacht des Zweifels und der Anfechtung, die Nacht des bitteren Todes.«

Es folgte eine hörbare Stille, teils aus Ergriffenheit, teils aus Verlegenheit. Die Situation war ungewöhnlich: ein Gebet in einem Raum, wo eben noch getanzt worden war.

Monsieur Villemain, der im Hintergrund stand und das Gebet für eine weitere Ansprache gehalten hatte, klatschte Beifall. Der Bann war gebrochen und löste sich in Lachen auf.

Maximiliane schloß ihre Kusine in die Arme: »Es hat lange keiner mehr für mich gebetet.«

25

›Wer weiß, wofür's gut ist.‹

Anna Riepe, Mamsell auf Poenichen

Kein Rauhfußkauz weckte Maximiliane; aber die Morgensonne traf ihr Gesicht, und ihre Augenlider waren, worüber sie
sich schon als kleines Mädchen bei den Großeltern beklagt hatte, lichtdurchlässig. Sie erhob sich, zog sich den Mantel über
und verließ auf bloßen Füßen das Hotel. Sie ging durch den
taunassen Morgen und schlug den Weg zum Waldrand ein, den
sie früher so oft gegangen war: der Schafpferch, dort, wo der
Wacholder wuchs; die Wiese, auf der damals die Pferde des
Bauern Wengel gestanden hatten, jetzt mit einem elektrisch geladenen Weidezaun umgeben. Aus dem Feldweg war ein
asphaltierter Wirtschaftsweg geworden, aber ein Schritt zur
Seite genügte, und ihre Füße berührten Sauerampfer, Wege-
rich und Kamille. Eine Jean-Paul-Landschaft: Die Wege liefen
von einem Paradies ins andere. Die Apfelbäume blühten, der
Weißdorn blühte, im Tal schimmerte, sonnenbeschienen, die
Pegnitz und verleugnete die Abwässer.

Im Durcheinander der Vogelstimmen siegten die Buchfin-
ken. Maximiliane verließ den Weg, streifte durchs welke Laub
des Vorjahrs, der Vorvorjahre, sah Bucheckern liegen, hob
eine davon auf, nahm sie zwischen die Zähne, spürte viel und
dachte wenig und kehrte um, als im Dorf die Kirchturmuhr sieben schlug.

Sie ging zum Hotel zurück, dessen frisches schwarz-weißes
Fachwerk von fern her leuchtete. Die erneuerte Wetterfahne
zeigte an, daß der Wind von Südwest wehte; am Nachmittag
würde es vermutlich ein Gewitter geben.

Im Frühstücksraum, der, ohne Tür, unmittelbar an die Hotelhalle grenzte, traf sie ihre Tochter Edda an, die gerade im
hellblauen bodenlangen Morgenrock, den kleinen Joachim auf
dem Arm, Werbeprospekte für Poenicher Wildpastete auf den
Frühstückstischen auslegte.

Statt eines Morgengrußes sagte Edda: »Du solltest dich anziehen, Mutter! Du kannst doch nicht barfuß hier herumlaufen!«

»Ich hatte ein Kinderfräulein, das verlangte von mir, ich sollte jeden Morgen barfuß ums Rondell vorm Schloß laufen.«

»Ich habe vier Kinder, einen Beruf und so gut wie kein Personal!«

»Du vergleichst Zeiten miteinander, die sich nicht vergleichen lassen! Du solltest die Verhältnisse, unter denen du heute lebst, mit jenen vergleichen, unter denen wir hier gelebt haben!«

»Aber du hattest wenigstens keinen Mann, der ständig Anforderungen an dich stellte!«

»Das ist ein Thema, über das ich nicht mitreden kann.«

Maximiliane fuhr sich mit beiden Händen durchs Haar, schüttelte es, wie der Wind einen Baum schüttelt, und nahm den neuesten Pastetenprospekt zur Hand, ohne allerdings darin zu lesen.

Joachim kam leichtfüßig die Treppe herunter, legte kurz die Hand auf die Schulter der Mutter, leicht und drucklos, wie alles, was er tat. Mit dem Blick auf Edda stellte er lächelnd fest: »Ich sehe, ich komme zu spät. Ich zögerte, ob ich den Prospekt meines neuen Gedichtbandes auf die Frühstückstische legen sollte.«

Er zog ein Faltblatt aus der Tasche und reichte es seiner Mutter. Sie legte den Pastetenprospekt beiseite und nahm den Gedichtprospekt zur Hand. ›Hilfssätze‹ las sie und darunter ein faksimiliert wiedergegebenes Gedicht.

Joachim nahm neben ihr Platz.

»Der Mensch braucht Pasteten doch wohl nötiger als Gedichte«, sagte er.

»Er braucht beides«, antwortete Maximiliane. »Für Notzeiten sind Gedichte sogar besser als Pasteten. ›Pasteten hin, Pasteten her, was kümmern mich Pasteten!‹ Matthias Claudius. Man kann es auch singen. Wenn ich das Gedicht früher gekannt hätte, gäbe es heute Eddas Fabrik nicht. Der Körper muß täglich genährt werden, er verdaut alles, scheidet alles aus, folglich ißt man immer wieder. Und der Geist braucht Gedichte. Weil er alles immer wieder vergißt, muß der Geist ebenfalls täglich genährt werden.«

»Wovon sprichst du eigentlich?«

»Von der fünfprozentigen Beteiligung an der Poenicher Wildpastete. Der alte Quindt als Markenzeichen verwendet. Poenichen grammweise käuflich. Ich bin mit offenen Händen geboren worden, hat die Hebamme Schmaltz immer behauptet. Deshalb bringe ich es zu nichts.«

Maximiliane hielt ihrem Sohn die Hände hin, beide zu Schalen geöffnet. Joachim hielt seine Hände dagegen, wie immer zu Fäusten geballt. »In offene Hände wird mehr hineingelegt als in Fäuste!« sagte er.

»Greens ›wortlose Sprache‹!« sagte Maximiliane.

Die ersten Frühstücksgäste wurden hörbar, Kaffeeduft drang durch die Tür, die zur Küche führte.

Unbemerkt war auch Viktoria die Treppe heruntergekommen, setzte sich ebenfalls zu ihrer Mutter und las die beiden Prospekte.

»Hast auch du etwas zu verteilen?« erkundigte sich Maximiliane bei ihr, nachdem Joachim sich entfernt hatte.

»In meiner Tasche habe ich allerlei an Sonderdrucken und Broschüren.«

»Was habe ich nur für Kinder in die Welt gesetzt!« sagte Maximiliane. »Lauter Weltverbesserer! Mosche will sie mit Poesie verändern, du mit Parolen, Edda mit Pasteten. Mirka ist die einzige, die sie nur zu verschönern gedenkt.«

»Gestern abend und heute nacht ist mir übrigens manches klargeworden«, sagte Viktoria. »Ich bin in eine Sackgasse geraten!«

»Sackgassen sind nach oben hin offen!« antwortete Maximiliane, ohne zu fragen, um was für eine Sackgasse es sich diesmal handelte.

Als Viktoria sie überrascht ansah, ergänzte sie: »Ich weiß es auch noch nicht lange. Es ist einer von Mosches ›Hilfssätzen‹.«

Nach dem Frühstück unternahmen die Gäste Ausflüge in die nähere Umgebung. Einige fuhren mit dem Auto nach Gößweinstein und nach Bamberg, andere machten sich auf den Weg zu der nahegelegenen Tropfsteinhöhle, nicht in Gruppen wie beim ersten Sippentag, sondern zu zweien und dreien, in persönlichem Gespräch. Gesungen wurde ebenfalls nicht, auch Feldblumensträuße wurden nicht gepflückt. Eine Belehrung in der Tropfsteinhöhle fand nicht statt, da kein Ortskundiger zugegen war.

Maximilianes Kinder beschlossen, ins Dorf zu gehen, um die Schauplätze ihrer Kinderzeit zu besuchen und sie ihren Familienangehörigen zu zeigen, jene Plätze, wo sie gespielt hatten, wo der Flurhüter Heiland sie beim Äpfelstehlen erwischt hatte, wo sie beim Lehrer Fuß zur Schule gegangen waren.

»Kommst du nicht mit?« fragte Joachim seine Mutter.

»Lauft!« sagte diese, wie sie es früher so oft gesagt hatte, und blickte ihren erwachsenen Kindern lange nach, als sie den Berg hinuntergingen. Noch nie hatte sie Golo so sehr vermißt wie in diesem Augenblick.

»Das ist alles dein Werk!« sagte Vera Green, die zu ihr getreten war, und Maximiliane erwiderte: »Mein Mann hat die Frauen immer als Nährboden angesehen.«

»Wie stehst du dich eigentlich finanziell?« fragte Vera Green ihre Tochter, als sie bald darauf zusammen in einer der Hollywoodschaukeln saßen.

Eine Stunde später wurde sie dasselbe von ihrem Onkel Klaus gefragt, dem ihr Schicksal sehr am Herzen lag, anschließend von ihrer Kusine Marie-Louise, die an ihrer, Maximilianes, ›äußeren Aufmachung‹ manches auszusetzen fand, später dann noch von Frau Hieronimi.

Sie beantwortete die Frage entweder mit: »Ich halte Ausschau nach einer fünfprozentigen Beteiligung« oder mit: »Eine kleine Erbschaft käme mir gelegen.«

Woraufhin mit Sicherheit die Feststellung gemacht wurde: ›Du bist die Jüngste nicht mehr!‹ oder: ›Du brauchst doch einen festen Wohnsitz!‹ oder: ›Denkst du denn gar nicht an eine gesicherte Existenz?‹

»Daran lasse ich die anderen denken!« sagte Maximiliane.

»Du bist keine Lilie auf dem Felde!« erklärte Marie-Louise von Quindt mit einiger Schärfe.

»Das ist schade!« antwortete Maximiliane.

Ihre Lebenseinstellung und ihre entsprechenden Entgegnungen wurden von den einen als ›liebenswert‹, von den anderen als ›unbedacht‹, von Frau Hieronimi als ›störrisch‹ empfunden.

Der letzte, der sich ihr mit besorgter Miene näherte, war Herr Brandes. Maximiliane nahm ihm die Frage ab.

»Ich sehe es Ihnen an, Sie machen sich Sorgen um meine Zukunft!«

»In der Tat! Und das aufrichtig!«

Herr Brandes nahm Maximiliane beim Arm und zog sie beiseite, um, wie er sagte, in ›Ruhe und gegenseitigem Vertrauen‹ etwas mit ihr zu besprechen, was im beiderseitigen Interesse liege.

»Am besten, wir setzen uns an die Bar, dort stört uns um diese Zeit niemand.«

An der Bar öffnete er eigenhändig eine Flasche Pommery.

»Sie sind gewiß von Paris her an französischen Sekt gewöhnt?«

»An Paris ja. An Sekt nein!« antwortete Maximiliane.

Herr Brandes füllte die Gläser und kam zur Sache.

»Was diesem Haus hier fehlt, das hat gestern und heute jeder gemerkt. Es ist das Atmosphärische, das Menschliche. Meine Frau kann Häuser bauen und einrichten, aber sie kann sie nicht bewohnbar machen. Sie kann eine Sache nicht mit Leben füllen. Um es noch deutlicher zu sagen: Wir brauchen den alten Namen. Sie stammen aus der angesehensten Linie der Quindts! Mehr Anwesenheit als Tätigkeit! Eine angemessene Honorierung! Eine angemessene Wohnung!«

Er legte eine Pause ein und wartete ab. Als Maximiliane sich nicht äußerte, putzte er ausgiebig seine Brille und füllte die Gläser nach.

»Ich merke keinerlei Reaktion! Lockt Sie der alte Familiensitz nicht? Schöner denn je, das versichert mir jeder! Ich habe ein paar alte Stiche im ›Steinernen Saal‹ aufhängen lassen. Vielleicht haben Sie es gesehen. Auch eine Nachbildung des Quindtschen Familienwappens in der üppigen Renaissanceausführung. Zum Vergleich! Bitte – wenn Sie meinen, daß man über Gewinnbeteiligung reden sollte! Ganz unerfahren sind Sie ja im Gaststättengewerbe nicht. Gegenüber meinem Geschäftsführer und gegenüber meiner Frau ließe es sich rechtfertigen. Schließlich haben Sie vor der Währungsreform bereits einen kleinen Gaststättenbetrieb auf die Beine gestellt. Die holsteinische Pastetenfabrik geht ebenfalls auf Ihre Initiative zurück. Sie haben Welterfahrung und Lebenserfahrung. In den bescheidenen Hotels, in denen Sie vermutlich bisher unterkommen mußten, lernt man in der Regel mehr als in den guten.

Auf den Rittergütern des Ostens hat man auch von klein auf gelernt, mit Personal umzugehen. Das kann heute kaum noch jemand. Sprachkenntnisse haben Sie vermutlich auch, das ist im Umgang mit dem Personal noch wichtiger als mit den Gästen.«

Maximiliane hörte zu, ließ Herrn Brandes ausreden und wartete weiter ab.

»Muß ich Ihnen Ihre Vorzüge einzeln aufzählen?« sagte er schließlich ungeduldig.

»Ich war mir über meine Vorzüge nicht im klaren«, entgegnete Maximiliane.

»Einen tüchtigen Geschäftsführer habe ich. Aber um sich wohl zu fühlen, brauchen die Gäste jemanden Untüchtiges! Wenn ich mir nun auch noch einen kleinen Einwand erlauben darf . . .« sagte Herr Brandes.

Maximiliane ergänzte den unterbrochenen Satz: »Ich bin die Jüngste nicht mehr.«

»Ganz recht! Fünfzig, wie ich schätze.«

»Bald fünfundfünfzig!«

»Viel Auswahl haben Sie also nicht mehr. So gut ist die Lage im Hotelgewerbe nicht! Was ich Ihnen hier bieten kann, ist immerhin eine Lebensaufgabe. Eine Dauerstellung!«

»Dann geht es nicht!« Maximilianes Antwort war ohne Zögern gekommen.

»Begreife einer die Frauen!«

Herr Brandes füllte die Gläser nochmals.

»Habe ich Sie richtig verstanden? Auf Zeit also ginge es? Fürs erste, bis das Hotel eingeführt ist? Bis alles läuft? Gut! Jedes Haus muß warmgewohnt werden, sagte meine Frau immer, die erste, meine ich.«

Maximiliane leert ihr Glas in einem Zug und sagt, was sie in ähnlichen Fällen immer gesagt hat: »Ich kann es versuchen.«

»Wie kannst du dich auf ein Angestelltenverhältnis bei diesem Herrn Brandes einlassen! Schließlich war der Eyckel jahrhundertelang unser Besitz!« Edda war entrüstet.

Maximiliane nahm eine Miene an, als könne sie im nächsten Augenblick den Warnruf ›Kuckuck‹ ausstoßen. Bevor es geschieht, klärte Edda die Lage. »Ich bin immerhin jetzt eine von Quinten! Und Herr Brandes ist ein gewöhnlicher Bierbrauer.«

»Vielleicht leben wir in einer Zeit der Bierbrauer«, sagte

Maximiliane ungerührt. »Die Quindts sind lange genug dran gewesen. Jetzt sind andere dran. Lenchen Priebe zum Beispiel oder du oder Herr Brandes. Er ist sehr tüchtig. Die großen Bier-Konzerne geraten in Schwierigkeiten, doch er hält seinen Betrieb in der richtigen Größe. Er hat einen Blick für Maßstäbe. Und wenn er von Demokratisierung gesprochen hat, dann hat er es auch so gemeint. Und ob du sagst, was du meinst, und tust, was du sagst, weiß ich nicht. Bis heute nicht!«

Jede andere Mutter hätte ihre Erklärung an dieser Stelle abgebrochen, aber Maximiliane ließ der sachlichen Darlegung noch eine unsachliche folgen. »Herr Brandes hatte einen einzigen Sohn. Er ist als Jagdflieger abgeschossen worden. Er war meine erste Liebe. Ich war damals sechzehn Jahre alt. Ich habe ihn hier auf dem Eyckel kennengelernt und zwei Tage mit ihm verbracht, von denen ich die meiste Zeit verschlafen habe.«

Nachmittags gab es ein kurzes, erfrischendes Maigewitter. Anschließend reisten die Quin(d)ts nacheinander ab. Maximiliane blieb als einzige zurück, nahm tags darauf an der offiziellen Einweihung des Hotels teil und trat eine Woche später ihre Stellung an, die arbeitsrechtlich als ›Empfangsdame‹ unzureichend bezeichnet wurde. Sie lebte von nun an in einem Hotel, was ihren Bedürfnissen nach einem Zuhause entsprach.

Viktoria wurde wenig später Betriebspsychologin in der Firma AKO-Kunststoffwerke.

26

›Der Abend ist klüger als der Morgen.‹
Kirgisisches Sprichwort

Wenn der eine oder andere Hotelgast erfuhr, daß Maximiliane von Quindt aus Hinterpommern stammte, erzählte er, möglichst in größerem Kreise, eine, wie er annahm, passende Anekdote, etwa jene: »Als der preußische König wieder einmal Vorder- und Hinterpommern besuchte, konnte man am nächsten Morgen in der Lokalzeitung lesen: ›Heil König, dir, so tönt's aus Vorderpommern, doch aus dem Hintern soll's noch lauter donnern.‹«

Maximiliane war nicht schlagfertig genug, solche Anspielungen abzuwehren, und sagte nur wahrheitsgemäß: »Das habe ich schon einmal gehört.«

»So?« fragte dann der Betreffende, und es wurde auf seine Kosten, nicht auf Kosten der hinterpommerschen Baronin gelacht. Es ließ sich immerhin über dieses ferne Pommern wieder lachen.

Auf dem Pommerntag 1976 in Kiel, zu dem sich nur noch 20 000 Pommern einfanden, hieß es, daß man sich auf der Suche nach einer größeren Heimat befinde, wo Pommern ein Land unter anderen Ländern sein dürfe. Pommern war inzwischen zu einem Utopia geworden.

Die Proteste gegen die ›Verzichterklärung auf die deutschen Heimatgebiete im Osten‹, von der polnischen Regierung als revisionistische Äußerungen gebrandmarkt, waren verstummt. Die Heimatvertriebenen hatten sich an ihre Charta vom August 1950 gehalten, hatten auf Rache und Vergeltung verzichtet, hatten unermüdlich am Wiederaufbau Deutschlands mitgearbeitet und hatten darüber den dritten Punkt der Charta aus den Augen verloren: die Schaffung eines geeinten Europas mit Völkern ohne Furcht und Zwang. Aber das war anderen ebenso ergangen. Das Heimatgefühl der Ostvertriebenen wurde in Museen und Stiftungen gepflegt, wo man den deutschen unverlierbaren Kulturbesitz sammelte und archivierte.

Hin und wieder lagen den Briefen, die Maximiliane in jener Zeit erhielt, Zeitungsausschnitte mit dem Vermerk bei: ›Das wird dich sicher interessieren!‹, Berichte über Reisen in die ehemals deutschen Ostgebiete: Masurische Seenplatte, Schlesien, Pommern, zumeist mit dem Untertitel ›Heimweh-Tourismus‹ versehen. Maximiliane nahm die Zeitungsausschnitte und legte sie ungelesen zu ihren ›Pomerania‹. Dieser Koffer blieb jahrelang unausgepackt.

Eines Tages traf ein Reisebericht in Form eines Rundbriefes ein, den Martha Riepe verfaßt hatte. Zusammen mit zwanzig anderen Landsleuten des Kreises Dramburg, darunter auch vier Poenicher, hatte sie eine Omnibusreise in die alte Heimat unternommen. Lenchen Priebe war ebenfalls mitgereist, aber nicht mehr unter dem Namen Priebe, sondern als Frau Schnabel. Sie hatte ein Jahr zuvor einen verwitweten Landsmann aus Stolp geheiratet, der in ihrem Betrieb, inzwischen ein beliebtes

Studentenlokal, ›Bei Lenchen Priebe in der Ketzerbach‹, die kaufmännischen Arbeiten übernommen hatte. Maximiliane hatte ihnen zur Hochzeit die fünfprozentige Beteiligung erlassen. Lenchen Schnabel, geborene Priebe, gezeugte v. Jadow, schickte eine Ansichtskarte vom Hotel ›Skanpol‹ in Kołobrzeg, ehemals Kolberg: ›Viele Grüße aus der alten Heimat‹, mit einer Reihe von Unterschriften, die Maximiliane mit einiger Mühe entziffern konnte.

Den Reisebericht von Martha Riepe las sie nicht und legte ihn ebenfalls in den Koffer. Die Ansichten von Martha Riepe nützten ihr nichts.

Als sie dann eines Tages in den Sonderzug einer Reisegesellschaft steigt, um nach Pommern zu fahren, ist sie schlechter unterrichtet als alle anderen Touristen. Sie reist allein, hat keines ihrer Kinder gefragt, ob es mitreisen wolle, hatte auch niemanden von ihrem Reiseplan unterrichtet. Ein Nachtzug; der Reiseleiter würde Fahrausweise und Reisepässe einsammeln, und am nächsten Morgen würde sie in Pommern aufwachen. Ihre Erwartungen erwiesen sich als falsch. Man ließ sie die beiden Grenzübergänge nicht verschlafen. Grenze ist dort, wo man seinen Paß vorzeigen muß, lautete eine neue, zeitgemäße Begriffsbestimmung.

Sie steht im Gang, wie die meisten der Reisenden. Der Zug fährt bei Oebisfelde über die deutsch-deutsche, dann über die deutsch-polnische Grenze. Stettin, jetzt Szczecin. Die Oder, jetzt Odra. Vor dreißig Jahren war sie in der Gegenrichtung darübergefahren, hatte den Fluß mit ihren kleinen Kindern in einem Boot überquert, eine Brosche der Großmutter Sophie Charlotte als Fährlohn. Auch diesmal ist es Nacht, aber sie reist als Tourist in einem Sonderzug, die Rückfahrkarte in der Tasche. Der Zug fährt langsam, langsam genug für ihr langsames Gedächtnis. Ein Mitreisender öffnet das Fenster. Es riecht nach Braunkohle. Funkenflug, der Erinnerungen an Krieg und überfüllte Güterwagen wachruft.

Im ersten Morgenlicht ein Rudel Wildschweine auf einem Kartoffelfeld; sie wühlen die Saatkartoffeln aus, wie früher. Die Kartoffeln blühen noch nicht; in der Mark Brandenburg hatten sie schon geblüht. Die ersten Birkenalleen, die ersten Sandwege, graue Nebelkrähen: Osten. Die Lupinen am Bahndamm machen die Reise von Westen nach Osten mit.

Dann ein Rübenschlag, das Flächenmaß ihrer Kindheit, ein Roggenschlag, ein Kartoffelschlag. Eine Frau, die aussieht, als wäre sie eine Schwester von Anna Riepe, erzählt, daß sie beim Rübenverziehen das Ende des Feldes nicht sehen konnten, zehn Stunden Arbeit pro Tag. Zweimal täglich kam der Inspektor, einmal der Herr, der Einspänner hielt an, fuhr dann weiter. Bei Gewitter legte man sich platt auf den Boden, die Blitze schlugen in die Überlandleitungen, liefen funkensprühend die Drähte entlang.

Andere haben andere Erinnerungen.

Zwei Störche stelzen durch sumpfiges Gelände, stochern nach Fröschen. Baumbestandene Chausseen, ein fast vergessener Anblick. Was für eine Bereicherung der Landschaft! Aber im gleichen Atemzug sieht Maximiliane ihren Sohn Golo vor sich, dessen Auto an einem Chausseebaum zerschellt war.

Es zieht kein strahlender Sommermorgen auf, kein Morgenrot. Statt dessen setzt Regen ein. Pommerscher Landregen. Wasservorhänge verdecken die Sicht. Der Zug durchfährt langsam die Bahnhöfe. Die Ortsnamen müssen ins Deutsche übersetzt werden: Swidwin gleich Schivelbein. Die Frau, die aussieht wie Anna Riepes Schwester, erkennt das Haus wieder, in dem sie gewohnt hatte. Mit einem Blick übersieht sie alles: Die Fensterrahmen müßten gestrichen, der Gartenzaun erneuert werden! Nur Salat und Stangenbohnen im Garten, keine einzige Blume! Und was für Gardinen!

Übernächtigt und frierend stehen die Pommern-Reisenden in Gruppen vor dem Bahnhof von Koszalin und warten.

Ein Herr, der neben Maximiliane steht, schlägt den Mantelkragen hoch und sagt lachend: »Das Klima in Pommern können nur Sauen, der Uradel und der Kiefernspanner vertragen!«

Maximiliane erwidert das Lachen nicht, sondern sieht den Herrn aufmerksam an.

»Verstehe!« sagt er. »Da Sie kein Kiefernspanner sind, werden Sie zum Uradel gehören!«

Diesmal lachen sie beide, und Maximiliane bestätigt, daß sie nur geringe Ansprüche an das Wetter stelle.

Sie stellt auch nur geringe Ansprüche an ein Hotel, etwa das ›Skanpol‹ in Kołobrzeg, Kategorie A, ein Hotel, in dem, wie alle anderen Pommern-Reisenden, auch Lenchen Priebe gewohnt hatte. Sie denkt nicht in Kategorien, es ist ihr nicht wichtig, wo sie schläft; sie hatte mit Ossian Schiff im Schlafsack geschlafen, unter Öl- und Eichbäumen. Sie rechnet nicht damit, daß Fahrstühle und Wasserleitungen immer in Ordnung sind. Seit Jahren selber im Hotelfach tätig, überblickt sie die Schwierigkeiten. Und wenn das Wasser im Waschbecken nicht abfließt, sieht sie darin nicht den Triumph eines Wirtschaftssystems über ein anderes. Sie teilt die Welt nicht nach Weltanschauungen und Gesinnungen, nicht in oben und unten, rechts und links, Ost und West. Sie weigert sich jedenfalls, diese Einteilungen anzuerkennen. Pommern hatte dem technischen Fortschritt ohnedies schon immer den natürlichen Widerstand von Gewittern, Schneestürmen und Unkraut entgegengesetzt: Überschwemmungen, Rohrbrüche und umgeknickte Telefonmasten.

Ihr Großvater hatte wiederholt geäußert, einer der Quindtschen Vorfahren sei Woiwode in Polen gewesen. Außerdem floß ihr der eine oder andere Tropfen polnischen Blutes in den Adern. Der Klang der polnischen Sprache war ihr vertraut; so hatten die polnischen Landarbeiter in Poenichen gesprochen, so hatte Anja gesprochen, die in den Kriegsjahren die Quintschen Kinder versorgt hatte und ihr, Maximiliane, eine gleichaltrige Vertraute geworden war. Der Großvater, dem sie die wichtigsten Unterweisungen in Erdkunde und Geschichte verdankte, pflegte zu sagen: ›Po morje, das ist wendisch und heißt: vorm Meer.‹ Po morje – Pommern – und nun: Pomorze. Lautverschiebungen.

Den deutschsprachigen Prospekt, den man ihr an der Rezeption des Hotels aushändigt, legt Maximiliane beiseite. So liest sie nicht schwarz auf weiß, daß dieses Land von jeher polnisches Land gewesen ist, nur vorübergehend germanisiert war und 1945 heimgekehrt ist ins polnische Mutterland.

Als sie sich abends im Speisesaal einfindet, sitzt an dem Tisch, den man ihr zuweist, jener Herr, mit dem sie in der Frühe ein paar Worte gewechselt hatte, auch er ein Einzelreisender.

»Muß ich mich vorstellen?« fragt er. »Oder ist Ihnen meine Stimme vielleicht zufällig bekannt? ›Bi us im Dörp. Wilm Lüppers erzählt Döntjes aus Pommern.‹ ›De Leiw giwwt Maut.‹ Sprecher im Hörfunk, Schauspieler in Mundartstücken, zuständig für die pommersche Heimat, besonders überzeugend als pommerscher Landmann.«

Maximiliane nickt bestätigend und betrachtet ihn aufmerksam. »Sie sehen aus wie ein pommerscher Bauer.«

»Ich sehe nicht nur so aus, ich sollte auch einer werden. Wie schon mein Vater und mein Großvater. Jetzt spiele ich die Rolle meines Lebens. Unser Hof liegt zwischen Treptow und Deep, 250 Morgen, Acker- und Weideland. Fast unverändert, nur alles ein wenig älter geworden, die Bäume, die Gebäude. Ich fahre bereits zum zweitenmal hin. Ich werde erwartet. Ich darf mich auf unserem Hof umsehen, ich darf sogar fotografieren. Ich werde bewirtet. Die Frau schlachtet ein Huhn. Das hat meine Mutter auch getan, wenn Besuch kam. Die Frau heißt Maria, und meine Mutter hieß Marie, Mariechen genannt. Der jetzige Bauer heißt Jurek Barbag. Er wurde vor dreißig Jahren, da war er noch ein Kind, aus seiner Heimat in Ostpolen hierher in ein Land umgesiedelt, aus dem man uns vorher ausgesiedelt hatte. Unsere ›Schicksäler‹ ähneln sich verblüffend. Ich stelle mir manchmal vor, daß die Goten eines Tages ebenfalls Besitzansprüche auf die Gebiete östlich der Oder geltend machen. Schließlich haben sie hier auch einmal gesessen, schon vor den Polen! Man muß nur das Rad der Geschichte weit genug zurückdrehen! Stellen Sie sich vor, die Pommern hätten bei ihrem Auszug auch solch einen Anführer gehabt wie die Goten den Alarich und hätten im Westen das Reich der Pommern gegründet! Im Rheinland zum Beispiel!«

»Wie soll ich mir das alles vorstellen!« sagt Maximiliane. »Ich komme ja kaum mit dem zurecht, was ich sehe!«

»Morgen früh werde ich sehen, daß dieser Jurek Barbag seine Gummistiefel genau an dieselbe Stelle neben der Haustür stellt, wohin mein Vater seine Stiefel schon gestellt hat. Überzeugt Sie das eher?«

Maximiliane nickt.

»Neben dem Herd in der Küche schaukelt der kleine Jurek auf meinem Schaukelpferd. Die Mähne des Pferdes ist dünn geworden, den Schweif hat es eingebüßt.«

»Wenn der kleine Jurek im vorigen Jahr auf dem Schaukelpferd saß, wird er in diesem Jahr nicht mehr draufsitzen«, stellt Maximiliane richtig.

»Sie haben recht! In diesem Jahr wird die kleine Maria draufsitzen. Für Jurek habe ich Lego-Steine mitgebracht, Kulturgüter des Westens. Und natürlich Kaugummi. Für seinen Vater bringe ich einen Elektro-Bohrer mit, damit er Reparaturen selber ausführen kann. Das Stück, das wir dort mehrere Tage lang spielen werden, heißt ›Entspannung‹. Wir sind keine Feinde. Aber auch keine Freunde. Wir sind uns fremd. Aber wir haben eine Reihe gemeinsamer Interessen, zum Beispiel, daß es keinen Krieg gibt . . . Wenn ich mich einmal unterbrechen darf: Was sind Sie eigentlich für eine?«

»Eine Quindt. Aus Poenichen, Kreis Dramburg.«

»Mithin schuldig an der Germanisierung des alten Piastenlandes!«

Herr Lüppers schüttelt in gespielter Mißbilligung den Kopf. »Diese ostelbischen Junker! Prototypen kapitalistischer Ausbeuter!«

Er winkt dem Kellner und bestellt zwei Wodka; Wodka gehört zu seinen Verständigungsmitteln.

»Sie werden nicht viel vorfinden«, fährt er fort. »Je größer der Besitz war, desto größer ist auch der Verlust. Die berühmte ausgleichende göttliche Gerechtigkeit. Soweit die Herrenhäuser stehengeblieben sind, sitzen jetzt statt der Rittergutsbesitzer die Kolchosendirektoren drin. Am Gefüge des Ganzen hat sich nicht viel geändert. Soweit die Herrenhäuser zerstört oder abgerissen worden sind, hat man die Steine nach Warschau und Danzig gebracht und damit Schlösser und Patrizierhäuser wiederaufgebaut.«

Als der Wodka vor ihnen steht, halbgefüllte Wassergläser, greift Herr Lüppers danach. »Na zdrowie!«

»Ein Zweietagiger!« sagt Maximiliane, den Inhalt betrachtend, und setzt hinzu: »Poenichen war immer meine Speisekammer.«

»Haben Sie schon einen Taxifahrer, der Sie hinfährt? Morgen brauche ich meinen. Er spricht deutsch. Seine Großmutter war Deutsche. Taxi Nummer 17. Aber übermorgen können Sie ihn haben.«

Herr Lüppers erhebt sich.

»Ich will mich mal zu den Treptowern dort an den Nachbartisch setzen, mich umhören«, sagt er, »mir eine Meinung bilden.«

»Ich habe jetzt schon von allem zwei Meinungen«, antwortet Maximiliane.

Es gerät Herrn Lüppers an jedem Abend, Maximiliane zum

Lachen zu bringen. Sie essen miteinander polnische, aber auch pommersche Gerichte, Borschtsch, aber auch Kliebensuppe. Einmal begleitet er sie, als sie zum Seesteg gehen will, um dem Sonnenuntergang zuzuschauen. Sie kommen an den hölzernen Pavillons vorbei, in denen Dorsch und Scholle gebraten und verzehrt werden. Maximiliane wird lebhaft an den Geruch ihrer ehemaligen Fischbratküche erinnert. Sie setzen sich zwischen die polnischen Badegäste und bestellen ebenfalls Fisch. Aber der Inhaber winkt ab. Es gibt keinen mehr.

»Nie ma«, sagt er.

»Nie ma!« wiederholt Herr Lüppers. Die polnische Antwort auf die deutsche Frage. »Es gibt nicht mehr. Il n'y a plus.«

»Was treibt Sie eigentlich zum zweitenmal hierher?« fragt Maximiliane, als sie weitergehen.

»Neugier! Ich beobachte meine Landsleute, wie sie dort Ferien machen, wo sie früher arbeiten mußten. Besitz ist das beste Mittel gegen Heimweh. Im Westen haben sie ein Haus, einen Garten und ein Auto. Warum sollten sie dann hierher zurückkehren wollen? Der Westdeutsche Rundfunk plant einen Film über einen pommerschen Bauern, der die alte Heimat besucht. Wenn das Projekt verwirklicht wird, bekomme ich eine kleine oder größere Rolle darin; welcher Schauspieler kann schon pommersches Platt sprechen? Und dieser Bauer lernt eine Frau von pommerschem Adel kennen, die sich scheut, mit eigenen Augen zu sehen, was sie längst weiß. Soll ich Sie nach Poenichen begleiten?« – »Nein! Vielleicht fahre ich morgen.«

Am nächsten Morgen geht sie die Reihe der wartenden Mietwagen entlang und beobachtet, wie die deutschen Touristen einsteigen, um nach Stolp, nach Falkenberg oder Treptow zu fahren, und bleibt selber in Kołobrzeg, um das alte Kolberg zu finden. Sie sucht nach Spuren, sucht nach jener Pension ›Zum Alten Fritz‹, in der sie mit Viktor die ersten Tage ihrer Ehe verbracht hat, und findet sie nicht. Statt dessen erhebt sich aus dem eingeebneten Ödland, auf dem einst die Altstadt gestanden hat, der Koloß der Marienkirche, weithin sichtbar, und damals hat sie ihn nicht einmal wahrgenommen. Mit den Häusern waren auch die Erinnerungen eingeebnet. Sie steht lange an jener Stelle, wo die Persante ins Meer mündet, und blickt ins Wasser, Wasser, das durch den Poenicher See geflossen ist. Muß sie sich damit begnügen: Alles fließt?

Sie geht am Strand entlang, vorbei an Sandburgen, Strandkorben und gesprengten Bunkern, in deren verrostetem Eisengestänge Algen hängen. Sie kommt am ›Familienbad‹ vorüber, wo sie mit Viktor abends getanzt hat und wo man auch jetzt wieder tanzt. Ab und zu sagt sie zu sich: ›Es ist recht‹ oder nickt zustimmend. Vor Schranken und Warnschildern, die auf militärisches Gelände hinweisen und das Weitergehen verbieten, macht sie betroffen halt und kehrt um, sitzt lange in den Dünen, blickt aber nicht in Richtung Meer, sondern landeinwärts, mehr Himmel als Land vor Augen, geht am verschilften Ufer der Persante entlang, wo im Röhricht die gelben Schwertlilien blühen und die vielfarbigen Libellen schwirren, hört und sieht einen Pirol, dessen Ruf sie vergessen hat, dehnt ihre Erkundungsgänge täglich weiter aus, erobert von der Küste her das Land, gerät auf Sandwege, die in lichte Birkenwälder führen, auf moorigen Untergrund, wo das Wollgras in dichten Büscheln blüht, kommt an Bauernhöfen vorbei, wo Hunde bellen und Gänseherden ihr den Weg versperren.

Sie nickt. So ist es recht.

Abends im Speisesaal, wenn Herr Lüppers nach ihren Erlebnissen fragt, sagt sie, daß sie zwei Bachstelzen gesehen habe, und dann sagen sie beide wie aus einem Munde: »Ackermännchen!« Am Ende der Mahlzeit hebt Herr Lüppers mahnend den Finger und sagt: »Die Speisekammer! Vergessen Sie nicht Ihre Speisekammer!«

Doch am nächsten Morgen fährt Maximiliane wieder nicht nach Poenichen. Es ist Fronleichnam. Sie folgt dem Strom der Kirchgänger, steht im Mittelschiff der Marienkirche, im Wald der Birkenstämme, die als Baugerüste das mächtige Gewölbe tragen. Schwalben und Spatzen fliegen zwitschernd ein und aus. Man kniet nieder, man schlägt das Kreuz, singt und betet. Maximiliane versteht nur das ›Hosianna‹ und das ›Amen‹ und nickt auch hierzu. Aus Pommern ist wieder ein christliches Land geworden. Donnernd fliegen Düsenjäger, die vom nahen Militärflugplatz aufgestiegen sind, am Himmel, Richtung Ostsee.

Bei den Mahlzeiten hört Maximiliane, wie jetzt von ›Zuhause‹ gesprochen wird, von Leverkusen und Gelsenkirchen, nicht mehr von Maldewin und Bütow und Rügenwalde, daß man Reiseandenken eingekauft hat, Wodka, Honig, Bernsteinketten, daß man zum Baden am Strand war, schließlich hat man

Ferien; man hat alles einmal wiedergesehen, man wird von zu Hause die entwickelten Farbfotos schicken, man wird Pakete schicken, die Maße für die Gardinen hat man sich aufgeschrieben, falls man sie nicht – von früher her – noch im Kopf hat.

»Die Westdeutschen hatten recht, wenn sie uns ›die Heimat‹ neideten«, sagt Herr Lüppers. »Erst fahren wir in die Heimat, dann fahren wir nach Hause. Wir haben beides. Im nächsten Jahr werde ich meine Frau mitnehmen und die Kinder auch. Die Kinder können im Grasgarten zelten. Meine Frau und ich helfen bei der Ernte und schlafen in den Betten meiner Eltern, unter demselben Bild: Jesus geht durchs Kornfeld. Bevor ich morgens hinfahre, brauche ich zwei Wodka, wenn ich abends zurückkomme, brauche ich vier.«

Er sieht Maximiliane aufmerksam an.

»Wie ein Pferd!« sagt er dann und leert das Glas. »Sie scheuen wie ein Pferd!«

Es hätte nicht viel gefehlt, und Maximiliane wäre nach Westdeutschland zurückgefahren, ohne Poenichen wiedergesehen zu haben.

Am letzten Morgen steigt sie dann doch in ein Taxi. Der Fahrer kann kein Wort Deutsch sprechen. Aber sie benötigt ein Auto und einen Fahrer, zur Unterhaltung braucht sie niemanden. Gesprächig war sie nie gewesen. Vermutlich würde sie eines Tages so schweigsam werden, wie es der alte Quindt und seine Frau Sophie Charlotte im Alter geworden waren.

Ein pommerscher Sommertag. Lichtblauer Himmel mit großen weißen Wolken am Horizont. Das Land noch weiter, endloser. Das Korn blüht. Der wohlbekannte Duft dringt durch das geöffnete Wagenfenster. Die Vogelscheuchen tragen die Sonntagskleider der Bauern auf. Stille Straßen und Chausseen, manchmal ein Omnibus oder ein Lastkraftwagen. Aus den überschaubaren Feldern werden, je weiter sie nach Süden kommen, unübersehbare Schläge. Die pommersche Sandbüchse beginnt. Keine Bauernwirtschaft mehr, sondern Kolchosenwirtschaft. Von den Chausseen führen Alleen zu kleinen ehemaligen Herrenhäusern, in denen jetzt – wie Herr Lüppers berichtet hatte – die Kolchosenverwaltungen untergebracht sind. Maximiliane nickt.

Der Kirchturm von Dramburg wird sichtbar. Der Fahrer

zeigt in die betreffende Richtung. Aber Maximiliane hat ihn bereits selber erkannt. Sie gibt dem Fahrer zu verstehen, daß er nicht die Umgehungsstraße benutzen, sondern in die Stadt hineinfahren solle. Als sie über den alten Marktplatz kommen, wirft sie einen Blick auf die Backsteinkirche und nickt. Sie läßt sich um den Platz herumfahren und erkennt das ›Deutsche Haus‹ wieder, wo ihr Großvater sich von Riepe abholen ließ, wenn er in der Kreisstadt zu tun hatte. Sie erkennt auch die Metzgerei in der Hauptstraße wieder, deren übereifriger Besitzer damals eine Zungenblutwurst mit einem kunstvoll geformten Hakenkreuz im Schaufenster liegen hatte. Josef Labuda stand jetzt darüber, ein Textilgeschäft. Überall unverputzte Neubauten, die Zerstörungen noch sichtbar, eine kriegsversehrte Kleinstadt, deren Wunden noch nicht verheilt waren.

Auf den Straßenschildern taucht jetzt der Name Piła auf; der Fahrer spricht es ›Piwa‹ aus und fügt ›Schneidemühl‹ hinzu, woraufhin Maximiliane nickt. Dann erreichen sie Kalisz/Pomorski, und dort, nur noch fünf Kilometer von Poenichen entfernt, verliert Maximiliane die Orientierung. Sie kann nicht angeben, wo die Chaussee abbiegt. Zum erstenmal sagt sie statt Poenichen ›Peniczyn‹. Der Taxifahrer muß zweimal fragen, bis er die nötige Auskunft erhält. Sie kommt aus dem Mund eines Soldaten in sowjetrussischer Uniform. Zu Maximiliane gewandt, sagt der Fahrer erklärend: »Rosja!« Wieder nickt sie. Sie hat in dem Gesicht des Soldaten den Asiaten erkannt.

Was hatte Maximiliane denn erwartet? Die Lindenallee, an deren Ende das Herrenhaus stehen würde, wenn auch als Ruine? Die Telefonmasten? Das Gewächshaus?

An den Wirtschaftsgebäuden, jetzt offensichtlich zur Kolchose gehörend, waren sie schon vorbeigekommen. Die Dorfstraße hatte begonnen. Sie fahren bereits am ehemaligen Park entlang. Er ist durch keine Mauer mehr von der Straße abgegrenzt. Unbegehbares Dickicht.

»Stoj!« sagt Maximiliane zu dem Fahrer.

Er parkt im Schatten einer Esche, die Maximiliane wiedererkennt. Sie tippt dem Fahrer auf die Schulter, zeigt auf ihre Uhr und deutet die Spanne von zwei Stunden an. Er nickt, und Maximiliane steigt aus, begibt sich auf die Suche nach Poenichen.

Es ist Mittag. Irgendwo quaken Frösche. Sonst ist nichts zu hören. Kein Mensch weit und breit.

Maximiliane dringt durch das Dickicht aus Bäumen, Gebüsch und Unkraut vor. Der Verlauf der früheren Lindenallee ist nicht mehr auszumachen. Nichts gibt sich mehr zu erkennen. Vom ehemaligen Herrenhaus ist nichts zu sehen. Die Zerstörung ist endgültig, dreißig Jahre haben genügt.

Auf einer Lichtung grast ein Pferd.

Maximiliane folgt einem Trampelpfad, wie Kinder ihn anlegen, und gelangt zu einer Blutbuche. Sie erkennt darin den Baum, unter dem sie als Kind gespielt und an deren Äste Golo sich damals beim Aufbruch zur Flucht geklammert hatte. Sie geht weiter und steht unvermutet am Ende des Parks, wo die Akazien seit jeher blühten und auch jetzt wieder blühen.

Sie hat das Herrenhaus nicht gefunden, nicht einmal dessen Trümmer. Aber sie gibt nicht auf, Delphi und Olympia vor Augen, wo die Trümmer über zwei Jahrtausende erhalten geblieben sind. Sie geht auf einem anderen Trampelpfad durch das Dickicht zurück. Und dann sind es nicht ihre Augen, sondern ihr Fuß ist es, der, daranstoßend, das zerborstene Stück einer Säule entdeckt. Maximiliane bleibt stehen und betrachtet den Stein. Er ist nicht mehr weiß, sondern ergraut und bemoost, aber noch kenntlich als Teil der ehemaligen Vorhalle. Nicht weit davon findet sie ein weiteres Säulenstück, dann noch ein drittes: der einzig verbliebene Rest des großen Gebäudes! Offenbar hatte auch Poenichen als Steinbruch gedient, waren die kostbaren Steine zum Wiederaufbau von Warschau oder Danzig verwendet worden. Eine Bodenerhebung war übriggeblieben, von Erde bedeckt, die sich längst begrünt hat, Ahorn und Eibe, Linden und Zedern, Heimisches und Fremdländisches.

Die Stille des Mittags wird jäh von dem bellenden Abschuß einer Panzerkanone unterbrochen. Es folgen weitere Abschüsse, regelmäßig, in kurzen Abständen.

Im dämmrigen Dickicht, auf einem der Säulenstümpfe sitzend, vollzieht Maximiliane nachträglich und ihrerseits die Unterzeichnung der Polenverträge. Es fällt keine Träne. Sie greift mit beiden Händen ins Haar und schüttelt es; es ist von grauen Strähnen durchzogen. Sie kaut an ihren Fingernägeln und blickt sich um. Der Holunder blüht und die wilde Heckenrose. Über alles ist Gras gewachsen. ›Man muß immer das Ganze im Auge behalten‹, hatte der alte Quindt seinerzeit gesagt.

Maximiliane erhebt sich und geht langsam zurück, geht die

Dorfstraße entlang. Zwischen den Pflastersteinen wächst Unkraut wie früher, der Sandstreifen daneben ist von Wagenrädern ausgefahren, wie früher. Die Reihe der einstöckigen Häuser der Beskes, Klukas', Schmaltz', wie früher.

Auf den Bänken neben den Haustüren sitzen, wie früher, die alten dunklen Frauen und passen auf die kleinen Kinder auf. Die größeren spielen dort, wo sie selber mit Klaus Klukas, Walter Beske und Lenchen Priebe gespielt hatte, am Rand des Dorfangers, im Haselgebüsch, wo polnische Enten und pommersche Gänse nebeneinander friedlich schnatterten und ihre Schnäbel in den Morast steckten.

Auch vor dem Haus, in dem die Hebamme Schmaltz gewohnt hatte, sitzt eine alte Frau. Maximiliane geht auf sie zu und zeigt wortlos auf den leeren Platz neben ihr. Die Frau nickt, rückt ein wenig zur Seite und wischt mit dem Rock über die Bank. Maximiliane lächelt sie an, setzt sich und sagt: »Dobre dzien!« und: »Prosche!« Sie zählt die Kinder, die sich neugierig nähern – bis drei kann sie auch auf polnisch zählen: rundköpfige, blondhaarige Kinder, nicht anders als früher. Sie zeigt auf sich selbst und hält die fünf Finger ihrer rechten Hand hoch, kippt einen der Finger weg. Die alte Frau nickt; sie hat verstanden: fünf Kinder, aber eines ist tot.

Maximiliane holt, was sie mitgebracht hat, aus der Tasche, Kaffee und Kaugummi, Farbstifte und Schokolade. Sie ist es gewohnt, Geschenke in die Leutehäuser zu tragen.

»Janusz?« fragt sie, auf die Kinder zeigend. »Jurek? Josef? Antek?« Sie zieht eines der Kinder, die zweijährige Zosia, auf den Schoß und spielt mit ihr, was Anja seinerzeit mit Joachim, Golo und Edda in Poenichen gespielt hatte. Sie erinnert sich sogar an den Wortlaut des Liedes vom schlafenden Bären, den man nicht wecken darf, und singt es.

>»Jak się zbudzi, to nas zje‹ –
Wenn er aufwacht, frißt er dich!«

Die Kinder kennen das Liedchen nicht, sind nicht gewohnt, daß man ihnen Lieder vorsingt. Aber Zosia scheint das Spiel und das Lied zu gefallen. Maximiliane muß es ein zweitesmal singen. Sie lacht das Kind so lange an, bis es zurücklacht, erobert ein polnisches Kinderherz. Irgendwo muß man mit der unblutigen Eroberung anfangen. Und ein Viertel ihres Blutes ist polnisch.

Die alte Frau steht auf, gibt Maximiliane zu verstehen, daß sie warten möge, und geht ins Haus. Mit einer Flasche und einem Glas kehrt sie zurück. »Samogonka!« sagt sie und: »Dobre!«, zeigt dabei auf sich und dann auf die Flasche. Er ist selbstgebrannt. Sie gießt das Glas zu drei Vierteln voll, wie man es in Polen zu tun pflegt. Maximiliane sagt »Na zdrowie!« und trinkt – und schluckt alles hinunter.

»Palac?« fragt die alte Frau und zeigt in Richtung zum ehemaligen Park. Maximiliane nickt. Die alte Frau wischt mit der Hand alles, was ohnedies schon unsichtbar war, weg und sagt: »Nie ma!« Als sie hierher gekommen ist – soviel kann Maximiliane verstehen –, war alles schon zerstört. Die Frau zeigt in die Ferne, nach Osten. Maximiliane nickt. Dann verabschiedet sie sich, sagt: »Do widzenia!«, »Auf Wiedersehen!« Aber sie weiß, daß sie nie wiederkommen wird. Sie hat keinen Baum umarmt.

Sie folgt der Dorfstraße, bis eine Schranke und ein Schild ihr den Weg versperren. Das militärische Gelände beginnt. Sie biegt in einen Feldweg ein. Auf der einen Seite ein Kartoffelschlag, auf der anderen ein weites schwermütiges Kornfeld. Die Kamille blüht, die Kornrade und der wilde Mohn. Der Wind streicht über das Korn. Maximiliane bleibt stehen und muß daran denken, wie Rektor Kreßmann damals in Arnswalde, im Physikunterricht, die Wellenlehre am Beispiel des unterm Wind wogenden Kornfeldes erklärt hat. Die Lerchen, an die Abschüsse der Panzerkanonen gewöhnt, hängen singend über ihr in der Luft. Und während sie dasteht, geht ihr eine Liedzeile durch den Kopf, auswendig gelernt mit fünfzehn Jahren und von dem eigenmächtigen Gedächtnis bis zu diesem Augenblick aufbewahrt. ›Du sollst bleiben, Land, wir vergehn‹, eines der gültig gewordenen prophetischen Lieder der nationalsozialistischen Bewegung. Auf ihre Weise empfindet sie, was ein Philosoph auf seine Weise gemeint hat, als er von der sanften Gewalt der Feldwege schrieb, die die Riesenkräfte des Atomzeitalters überdauern würden.

In der Tischrede, die der damals fünfzigjährige Freiherr Joachim von Quindt anläßlich der Taufe seiner einzigen Enkelin Maximiliane hielt, hatte er gesagt: ›Hauptsache ist das Pommersche, und das hat sich noch immer als das Stärkere erwiesen. Am Ende sind aus Goten, Wenden und Schweden, die alle einmal hier gesessen haben, gute Pommern geworden.‹

Hatte er recht gehabt mit seinem Vertrauen auf die prägende Kraft des pommerschen Landes? Bei ihrer Hochzeit hatte er wörtlich gesagt: ›Dem Grund und Boden ist es ziemlich egal, wer darüber geht, Hauptsache, er wird bestellt.‹ Ansichten eines freisinnigen liberalen Mannes, der seine Ansichten nicht in die Tat hatte umsetzen müssen und es vorgezogen hatte, Poenichen nicht lebend zu verlassen, der im Gespräch mit seinem Kutscher und Freund Riepe bereits 1918 die Vermutung geäußert hatte, daß es mit den Quindts eines Tages vorbei sein würde, ebenso wie es mit dem deutschen Kaiserreich und mit Preußen vorbei sei.

Den Poenicher Wald, den er bald nach dem Ersten Weltkrieg hatte aufforsten lassen, sieht Maximiliane nur von ferne, ein ›Wald des Friedens‹, wie er ihn genannt hatte, und daneben die ›Poenicher Heide‹, später ein Truppenübungsplatz der deutschen Wehrmacht, auf dem Übungsschießen der Artillerie abgehalten wurden, und nun ein unübersehbares militärisches Gelände für die Streitkräfte des Warschauer Paktes, auf dem sowjetrussische und polnische Panzer schossen, auch Panzer der Deutschen Demokratischen Republik. Übungshalber, probeweise, zur Erhaltung des militärischen Patts zwischen Ost und West . . .

Ein Frösteln geht über Maximilianes Rücken, es schaudert sie am hellen, heißen Sommermittag.

Der Weg zum Poenicher See ist ihr ebenso versperrt wie der zum Innicher Berg, wo, unter Findlingen und alten Eichen, die Gräber ihrer Vorfahren lagen. Langsam geht sie zurück. Löns-Lieder hängen in der Luft, aber sie singt nicht. Hätte jemand sie in diesem Augenblick nach ihren Empfindungen gefragt, so hätte sie vermutlich zur Antwort gegeben, daß sie sich ›allgemein‹ fühle. Ähnlich Unbestimmtes hatte sie vor dreißig Jahren auf der Flucht empfunden, Erbarmen mit dem Menschengeschlecht; aber mit Worten ließ es sich nicht ausdrücken.

Am Tor, das zur Kolchose Peniczyn führt, bleibt sie stehen und sieht sich um. Die alte, in Jahrhunderten bewährte Anordnung von Ställen und Scheunen war beibehalten worden, drei Futtersilos waren dazugekommen sowie ein zweistöckiges Wohnhaus für die Arbeiter. Jauchegeruch wehte von der Dungstätte herüber.

Ein Mann hat sie beobachtet und kommt auf sie zu. Er sieht

aus, wie Inspektoren aussehen. Er fragt in schlechtem Deutsch: »Was wollen?«

Maximiliane schüttelt den Kopf und sagt: »Nie!« Sie will nichts.

In Andeutungen erfährt sie von ihm, daß die Kolchose Peniczyn längst von einem anderen Verwalter geleitet wird als dem, dem Otto Riepe im Auftrag seines Herrn die Drainagepläne übergeben hatte. Inzwischen war der Posten schon dreimal neu besetzt worden. Dieser neue Verwalter hat der Besucherin nichts zu danken, den Namen Quindt hat er nie gehört.

Niemand, der sie haßt; niemand, der sie liebt. Wenn sie zurückkommt, wird man sie fragen, ob sie sich um das vergrabene Silber gekümmert habe, und sie wird wahrheitsgemäß antworten müssen, daß sie an die bleibenden Werte der Quindts nicht gedacht habe.

Jener Satz, den sie selbst auf dem Pommerntag in Kassel gegenüber Rektor Kreßmann im Trotz geäußert hatte, als er von all den ›entwurzelten Menschen‹ sprach, bewahrheitete sich ihr jetzt. Der Mensch besaß nicht Wurzeln wie ein Baum. Was gedeihen sollte, mußte verpflanzt werden. Die biologischen Gesetze galten auch für den Menschen: die kräftigen und jungen Gewächse gediehen, die schwächlichen und alten verkümmerten. ›Aussterben‹ hatte es ihr ostpreußischer Onkel Klaus anläßlich der Einweihung des Burg-Hotels Eyckel genannt.

Wenn sie zurückkommt, wird sie ihre vorläufige Anstellung in eine Dauerstellung umwandeln.

Zwei Stunden für Peniczyn, dann kehrt Maximiliane zu dem Auto zurück.

Am Ortsschild von Peniczyn hält der Fahrer noch einmal an. Nach seinen Erfahrungen wollen diese Deutschen noch einen letzten Blick auf ihre alte Heimat werfen und ein Foto machen. Aber Maximiliane schüttelt den Kopf. Sie wünscht sich nicht umzudrehen.

Sie nehmen, auf Maximilianes Wunsch, einen anderen Rückweg, vorbei an der Abzweigung, die zu dem ehemaligen Gut Perchen der Mitzekas führte, fahren durch die pommersche Seenplatte, über Chausseen, deren Baumkronen sich in der Mitte berühren; zu beiden Seiten der Chausseen, jenseits des Straßengrabens, wachsen junge Ahorn- und Lindenbäume der künftigen Straßenverbreiterung entgegen. Maximiliane sieht es und nickt.

An einem der Seen – Tempelburg liegt schon hinter ihnen – bittet sie den Fahrer, noch einmal anzuhalten. Sie steigt aus, geht zum Ufer und zieht die Schuhe aus. Dann watet sie ein Stück durchs seichte, sonnenwarme Wasser, stört einen Reiher auf und kehrt, die Schuhe in der Hand, zum Auto zurück.

»Dobre«, sagt sie. Es ist gut so.

Als sie in Kolberg ankommen, dämmert es bereits. Das Auto hält vor dem Hotel ›Skanpol‹ an. Der bisher so schweigsame Fahrer wird plötzlich beredt, zeigt nachdrücklich mit dem Finger auf den Kilometerzähler, dann auf seine Uhr und schreibt auf einen Zettel die Zahl Hundert, in Deutscher Mark zu zahlen. Er betreibt angewandten Sozialismus. Wäre das Ziel seiner Fahrt eine Dorfkate gewesen, hätte er nur die Hälfte berechnet. Wer aber in einem ›Palac‹ gelebt hat, besitzt die Mittel, um das Doppelte zu zahlen. Maximiliane folgt seinen Überlegungen, sieht ihn flüchtig an, nickt zustimmend, lächelt sogar und reicht ihm den Schein.

Herr Lüppers hatte in der Hotelhalle auf ihre Rückkehr gewartet. Er geht auf sie zu und fragt: »Wie war's in der Speisekammer?«

»Sie ist leer«, antwortet Maximiliane, schiebt ihn beiseite und geht zu den Fahrstühlen. Sie ißt nicht zu Abend, sondern legt sich auf ihr Bett und schläft, woran selbst die Düsenjäger sie nicht hindern können.

Am nächsten Morgen steht sie auf dem Bahnsteig in Koszalin zwischen den anderen Rückreisenden, all den ehemaligen Flüchtlingen und Vertriebenen, die sich in Leverkusen und Gelsenkirchen Häuser gebaut haben.

Jetzt wird auch sie seßhaft werden können.

ein Ullstein Buch

ein Ullstein Buch

Arthur Hailey

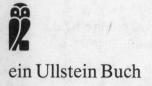

ein Ullstein Buch

»Dieser Bestsellerautor
kennt den direkten Weg
zum Publikum: Spannung.«
Münchner Merkur